内容简介

九一八事变当月，一伙土匪血洗冀中周家镇，牵出一个惊天秘密。

晚清翰林方子儒在辛亥革命前夜惨遭灭门，太平天国将领周定河儿子周剑锋拼死救下其女方文玉。在漫长寻仇路中两人结为夫妻并育有两子。方家那块光绪帝御赐砚台落入江洋大盗漠北双煞之手，匪首黑白无常正是漠北双煞后人。旧恨未了又添新仇，面对老柳树上悬挂着的五颗人头，周剑锋、方文玉执剑雪耻。

为躲避灾难，周家兄弟午夜除霸后奔赴抗日征途，老大奔黄埔军校，老二投游击队。拉开了两兄弟征战沙场的序幕。七七事变前家乡村头的遭遇战，抗战胜利后演武场上同室操戈，解放前夕姑苏城下阴差阳错擦肩而过……战场上南北逐鹿各自争雄，两兄弟终成为国共耀眼的将星。

国军团长爱上八路军女干事，哥哥爱的是弟弟暗恋的人。周正鹰和江子君一段横跨半个世纪有因无果的奇特恋情，隔海相望彼此牵挂遗憾终生。

改革开放后家乡重逢，古稀之年的兄弟将军能否回归血浓于水？这是一段尘封已久的往事，主人公均已作古，但感人的故事给人留下深深思考和不尽的回味。

杨剑茹 著

百花洲文艺出版社
BAIHUAZHOU LITERATURE AND ART PRESS

图书在版编目(CIP)数据

兄弟将军 / 杨剑茹著.——南昌：百花洲文艺出版社，2013.8

ISBN 978-7-5500-0728-4

Ⅰ.①兄… Ⅱ.①杨… Ⅲ.①长篇小说－中国－当代
Ⅳ.①I247.5

中国版本图书馆 CIP 数据核字(2013)第 219233 号

兄弟将军

杨剑茹 著

出 版 人　姚雪雪
责任编辑　郑　骏
美术编辑　郑　健
制　　作　武　杰
出版发行　百花洲文艺出版社
社　　址　江西省南昌市红谷滩世贸路 898 号博能中心 9 楼
邮　　编　330038
经　　销　全国新华书店
印　　刷　北京市凯鑫彩色印刷有限公司
开　　本　787mm × 1092mm　1/16　　印张 18
版　　次　2013 年 12 月第 1 版第 1 次印刷
字　　数　300 千字
书　　号　ISBN 978-7-5500-0728-4
定　　价　30.50 元

赣版权登字 05-2013-284

邮购联系　0791-86895108

网　　址　http://www.bhzwy.com

写在前边的话

午夜梦回,耳畔依稀听闻枪炮声、喊杀声;披衣灯下,脑海里萦绕着的是一张张或清晰或模糊的脸……虽未亲历那个炮火纷飞的年代，但是时代的印痕却裹在了我的胸膛里、流在我的血液里,永生不灭。

记得七十年代父亲每次带我去祭奠他的战友时,总爱说这样一句话:他们都死了,我还活着!每当这时候我就在心里默念:你们都活着,只是活在不同的时空。腐朽的是身体,有些东西却是长存与世,亘古不变的。

目睹耳闻了太多我父亲和他战友的真情故事,它们在我的记忆里储存、发酵、酝酿,我无以排遣,只有把它们都记录出来,留下去,聊以慰藉那些忠魂烈骨,也聊以宽慰自己。

朋友讲,你总喜欢写过去的东西,喜欢讲战争故事。确实如此,我的文字大多和战争联系在一起,不只是情结,更多的是使命。是经常被战争故事中的英雄人物所感染,被那种大无畏的革命牺牲精神所感动的内心独白。

“也许你会认为战争太过残酷和血腥,战争给国家和人民留下太多的灾难和痛苦,但是不可否认的是,今天就是经过几代人的艰苦卓绝的努力和奋斗,牺牲了几千万人换来的。如果你连这么大的横跨半个多世纪的大事件都能忘记了,那么不是你的记忆力有问题,而是你把不该忘记的东西忽略了,就像忘记了你自己是谁,或者你父母姓什么一样。”这是一位抗战老战士说给我的一段话,此后不久他就离开了人世。

留不住光阴但可记忆过去,那不太遥远的过去,这就是我想做的,这就是我的责任。有人这样说,人不能生活在过去里,应该生活在未来。但是,生活在美好的未来里,也应该带着对过去的记忆,不管是痛苦的还是美好的,因为那毕竟是人们一步步走过来的,或艰辛,或坎坷,或流血,或牺牲!

在今天，能让我们感动的东西也许很多，但能成为深刻记忆的东西却不多。在抗日战争胜利70周年来临之际,回首一下那铁血的年代,或许能给你的事业奋斗和快节奏的生活带来些许启发和收获。

作者

2013年3月

一

辛亥革命前一年的初冬，京城西郊发生了一件轰动城池的血案，晚清翰林方子儒老先生一家惨遭灭门之灾。虽经官府多年侦破，但仍一无所获，终成为疑案、迷案。

镜头穿越时空，拉回到那个被人们遗忘已久的充满了恐怖的午夜。这是一个月黑风高的夜晚，京城沉浸在一片伸手不见五指的黑暗之中，初冬的寒冷笼罩了千家万户。今年冷得较往年早，北风呼啸着刮过京城，偌大的京都如同鬼域，大街上空荡荡，只有呼啸的寒风掠过千家万户门前，刮得吊灯笼东摇西晃，如鬼影一般。

西郊一条胡同的一所小院门前，凛冽的寒风中站立着一高一矮、一胖一瘦两个人。一身夜行衣，紧裤子，短打扮。仰望着门楣上方悬挂着的那块仿宋牌匾：方府。一阵瘆人的冷笑顺风刮过。

高个子长得像个竹竿，但却有一张娃娃脸，眉清目秀，慈眉善目，和他的木乃伊身材很不相称。手里握着阴阳剑，一脸的幸灾乐祸。

矮个子像个门墩子，堪比武大郎，络腮胡子，一脸的横肉，能给人留下深刻印象的是他那双三角眼，凶巴巴的寒光外泄，咄咄逼人，腰间插一把弯刀。

矮个子的冷笑声从高个子的耳边刮过之后，高个子仿佛得到了什么暗示一般，快步上前来到门下，伸出骨瘦如柴的鹰爪子在门缝间鼓捣了几下子，门竟被推开了尺许宽的缝隙，矮个子闪身凑上前来，瞬间，两个人闪进院落中。

院中之人大都进入梦乡，唯有方老翰林独自在书房内挑灯夜战。方翰林一家八口人:三女儿一妇人，还有一位80高堂，外加两位跟随多年的女佣。

方翰林退休后隐居家中赋闲，为人谦和善良，为官多年，但却不曾得罪过什么人，一个普通的编修而已。整天以笔墨为伴，桌椅为邻，终日做学问，日子虽过得衣食无忧，却也不曾积攒下什么万贯家财。自认为那什么一任清知府，十万雪花银的事情和自己毫不相干。日子虽寡淡，倒也过得坦然。

他将狼毫毛笔伸向砚台，目光落在那款光绪皇帝御赐的砚台上，这款砚台外形奇特、质地一般。猛一打眼属于珍稀之品，仔细一瞧取材却也普通。心想，这是家中唯一能算得上值钱的物件了，虽谈不上皇恩浩荡，却也不是什么人都能得到的恩宠啊。

在他看来，这款砚台其本身的价值或许算不了什么，不知哪一位给皇上拍马屁的官员，在给皇帝进贡的众多贡品中加了一个砚台而已，自己被皇帝召见时，不知触动了皇上哪一根兴奋的神经，一高兴就把它赏赐给了自己。方翰林摇摇头，提起已饱满的狼毫落笔宣纸上。（可就是这么一个不起眼的砚台却使得老翰林九泉之下也想不明白了：如果说光绪皇帝赐给方翰林一件心爱的宝物，不如说是皇上赐给了方老翰林一个“升天”的机会。）

周剑锋结束了一趟远程护镖任务后返回京城。由于舟车劳顿，过于疲惫想早一点赶回镖局复命交差，好好歇息一下，不免脚程就快了一些，原本该明天上午赶回，却在午夜时分赶到了西郊一带。正当他全神贯注匆忙赶路之时，突然从一个院落里传来打斗和哭喊声，且声声凄厉、震人心弦。

周剑锋出身于冀中沧州武林之家，年少气盛、血气方刚，仗着一身精湛的功夫和侠义肝胆，一扭身飞进院子，一片惨景呈现在眼前，正房和偏房门大敞四开，门口处一个老者躺在血泊之中，一个老妇人趴在老者的腿上，脖颈已被砍断，院子里还躺着两个男丁。

高个子手上拿着一个砚台正沾沾自喜，砚台上缓缓滴下的不是墨迹而是热血。高个子用另一只衣袖轻轻地擦拭着，心说，老东西，你要此物有何用，还是到咱手里价值大哩。飞起一脚把挡在前边的方老翰林踢下台阶。

矮个子左手提着一个披头散发的姑娘，哈喇子流在姑娘美丽的脸蛋上，面对如花似玉的姑娘，他动作迟缓了些，但瞬间右手的弯刀还是向姑娘的脖颈挥去。一阵撕心裂肺的喊叫：爹……娘……啊……等等孩儿！

此时高个子的注意力在手中的宝贝上，而矮个子虽有些舍不得眼前的漂亮娃娃，淫心动荡、垂涎三尺，却也不得不顾忌黑道上的规矩。

就是矮个子这一迟疑，一把钢刀风驰电掣般直奔矮个子的脑袋而来，一阵阴风掠过矮个子的脖颈，武功高强的他，松开手蹿出去两米多，随后扑通一下倒在地上。保命和杀人他选择了前者。然而命虽保住了，但厄运却没放过他，他一脚踩进了躺在地上的被他开膛破肚一位家丁肚子中，紫色的肠子黏糊糊地缠绕住他的右脚，他拼命地挣脱。

周剑锋一把将侥幸拣了一条命的姑娘挡在身后。这个可恶的矮胖子，逃命的同时竟然用弯刀在姑娘的脖子上割开一道口子，姑娘昏死过去。

望着眼前的一高一矮,周剑锋心中不由一阵战栗,竟然是这两个凶煞:绿林道上神出鬼没、贪婪暴虐、乱屠苍生的“漠北双煞”! 立刻想起父亲的叮嘱:江湖险恶, 世道无常, 日后若碰上一高一矮一胖一瘦两个半鬼之人万万不可大意,以你的武功修为尚不足以与其二人抗衡,若遇其一,不足为惧。若能择机杀之,必是为民除害,除暴安良之举。

“漠北双煞!”周剑锋大吼一声,钢刀直奔矮个子而去。他不能放过任何一次至其死地的机会,面对满目凄惨的场景,他不能视而不见,听之任之。

高个子终于明白了眼前发生的一切,这是有人站出来替方家出头了,这还了得,既然对方认出了自己,那就是他的死期。

一声嘶哑的叫唤从那细长的脖子里发出来:

“老二,留他不得!”话音未落地,迈动竹竿般的细腿向周剑锋扑过来。

可老二却自顾不暇了,右脚拖着紫色肠子,拖拉拉地行动不便,别说蹿蹦跳跃了,就是跑几步都费劲,无奈之下,手上的弯刀向腿上缠裹的肠子砍去。

说时迟那是快,周剑锋的钢刀使出追风赶月招数,瞬间刀锋距离矮个子的脑袋三寸远近,矮个子的右手弯刀回救不及,条件反射般将左手举起,保护脑袋。

距离矮个子还几米远的高个子两眼一闭,心想,完了,完啦!

耳轮中只听到咔嚓一声,伴随着一声嚎叫,矮个子的左胳膊向前飞去,吧唧一声落在几米远的地方,其厄运并没到此结束,钢刀减缓了一下速度,刀锋继续向对方的脑袋划去。

顷刻间,矮个子的半只耳朵落下来,后脑勺子被钢刀划开了一道血槽。

“啊呀……疼煞老夫了——小辈找死呀!” 矮个子举着弯刀挣扎着想爬起来。

忽然,周剑锋感到一阵冷风扑向自己的背后,他知道危险来之于另一个凶煞,只好暂时放弃眼前的机会,尽管有些惋惜。一个莲云步飘向一边。但,他想有点得简单了, 高个子手中的阴阳剑并没有放过他, 竟然在他后背割开一道半尺长的血口子,鲜血顿时染红了衣衫。

伤了一煞,周剑锋勇气倍增,反手钢刀刮动风声迎上去,刀剑交织在一起,寒光闪闪,火星四溅,一时间难分上下。周剑锋一招迎风奔月直奔高个子的喉咙,高个子欺负对方有伤在身并不躲闪,左手剑架住对方的钢刀,右手剑快速划向对方的脖颈。一招双龙搅海欲置对方于死地。

宝剑距离周剑锋脖颈不到两寸远近，高个子露出几丝冷笑，心想，小辈去死吧！胎毛未干就想混迹江湖，太嫩啦！

周剑锋望着对方那得意忘形的神色，看来不拿出点真玩意来教训他一下子，还真就枉费了自己这一身的功夫。

他感觉到剑风的刺痛了，猛然硬硬向左挪移了半步，让过对方的剑锋，抽出被对方宝剑压住的钢刀，一个急转身，这招叫梦幻千变，周家刀法的精髓，随着急抽身，钢刀护住身体的同时，向对方的左臂砍下去，咔嚓一声，钢刀砍在对方的左臂上。高个子手臂一哆嗦，宝剑落在地上。刚才的豪气被周剑锋灭下去不少，但仍歇斯底里叫道：

“小辈，可敢留下姓名！”又一声低沉沙哑的吼叫，底气少了许多。

一阵钻心的疼痛袭上心头，周剑锋知道，后背伤的不轻，不由得向前一趔趄，差点摔倒在地上。周剑锋一阵冷笑向对方迎过去：

“漠老大，有种的你放马过来，小爷若是皱皱眉头便枉在江湖上走动！”

双方对峙了几分钟，终因各自的顾虑而没有再动手。

周剑锋若不是被对方砍了一刀，是绝不会就此罢休的。

漠老大看了对方的身手，知道不是易与之辈，凭自己的武功和对方单挑基本没有任何胜算，何况自己也受伤了，力不从心。但却又不愿就此罢手，按照道上的规矩，凡看到自己真面目的人必死无疑，否则就给自己以后的生存留下祸端。

高个子那张娃娃脸上显现出和那张俊俏的模样极不相配的表情，恶狠狠地咬牙切齿道：

“快说，你是冀中周家的什么人？”他看出对方的功夫源于冀中周家拳。

周剑锋见对方已看出自己的来路，再隐瞒下去已无意义，倒让对方小瞧了自己，便正色道：

“周剑锋就是在下，难道还怕你不成！”

“好小子，你等着，老子会找你算账的！”

“不必烦劳，老子也不会放过你们！”

“你想为他们出头？哈哈，找死！”高个子甩下一句狠话，抱起矮个子奔了出去。

“善恶到头终有报——”

周剑锋转身背起姑娘，瞥了一眼燃起熊熊大火的房子，向外奔去。

寒风中，方翰林府第化作一片灰烬，从此方翰林一家在京城消失了。

周剑锋救下的这个人就是方老翰林的二女儿，年方二八的方文玉。方翰林一家老小只剩下这么一根苗。

说匡扶正义也好，除暴安良也罢，总之，周剑锋又做了一件自豪的事情，他可以自豪地对父亲这样说：我把漠北双煞打伤了！打跑了！

他把方文玉安排在客栈中，从朋友的药铺中找来一位精通医术的郎中，给两个人处理包扎伤口。

方姑娘家庭遭此不测，从此亲人皆无，痛不欲生。两个人一夜无眠，周剑锋聆听方文玉诉说事情的原委和家事。一个已举目无亲，无家可归的小姑娘，只好把比自己大几岁的救命恩人当成了亲人，当做了哥哥。

"大哥，我要跟你学功夫，替爹娘报仇。"

方文玉是一个聪慧的姑娘，虽没有锦衣玉食的环境，但却有满腹经纶的父母，家庭的熏陶和自己的努力，成就了她满身的才气和一肚子学问，老父亲高兴之余曾承诺，准备送她去外国读书。没想到这一切在瞬间变成了泡影。

"好吧，不过现在我们必须尽快离开京城，这两个魔鬼不会就此收手。目前谈报仇时机还不成熟。早晚有一天我会让他们为自己的行为付出惨重的代价。"

周剑锋的心情一下沉重起来，闯荡江湖一个人无牵无挂倒也轻松自在，可是再搭上这么一个文弱女子的话，难免不让他有所顾虑。经过深思熟虑，他决定尽快离开京师，当晚他到镖局和总镖头辞别之后，便带领方文玉到天津卫的一个师叔开的武馆里任教头去了。

三年之后，经过勤学苦练的方文玉武功小有所成。周剑锋和方文玉辞别师叔，踏上了复仇之路。

这年的春天，两人历经艰辛、踏遍大江南北，终于在唐山以北找到了漠北双煞的踪迹。到这时两人才体会到"灯下黑"这话是多么的有道理，寻遍三山五岳，踏破铁鞋无觅处，竟然在自己老家旁边找到了恶贼的老巢，既兴奋又后悔。枉跑破了几双鞋子，耽搁了几年工夫。

两个人站在庄外冷冷地望着前方。

"哥，不知这两个畜生可否在家中？"方文玉有些忧虑。

"小妹，不必担心，跑了和尚有庙在，今天不在，明天不在，后天可能就会回来，这里毕竟是他们的老家。"周剑锋若有所思。

方文玉感到哥哥话里有话,可一时又难以猜测。

“哥,我们何时进去算账?”

周剑锋朝前一摆头:

“走!”

周剑锋紧握挂在腰间的钢刀手柄,步履沉重而坚定。这一天等得太过漫长,一千几百个日日夜夜,可谓寝食难安。复仇两字无时不刻在困扰着自己,居无定所,食不定时,不知何时能有个结局。这天终于来临了,原本应是轻松的心情反倒沉重起来。他一时难以说清是何原因。

方文玉是另一种心情,她的心思简单,只有两个字:报仇!杀了这两个魔鬼,替全家报仇,用这两个魔鬼的头颅祭奠父母的在天之灵,告慰那些死去的亲人。她迈着轻盈的步履,全身轻松,恨不得马上见到对方,杀之而泄心头之愤恨。

“哥,你要让我亲手割下他们的脑袋!”

“好,让你先动手就是。”周剑锋摇摇头,不置可否。

两个人来到村前,有一个年轻人迎面走过来。

“老乡,我们想打听两个人,不知您能否告知?”周剑锋上前询问。

年轻后生打量着眼前的一男一女,将对方的装束和腰间的兵器收入眼底,再看到周剑锋的眼神和表情,似乎明白了什么:

“二位是不是来寻那莫(漠)家人的?”

周剑锋点点头道:

“一高一矮!”

“一胖一瘦!”方文玉接了一句。

年轻人毫不犹豫地用手一指北山头道:

“在那里,山坡下面便是。”说罢摇摇头,径直走了过去。

莫名其妙,方文玉望着对方的背影。

周剑锋抬眼向北山望去,庄子北面二三里地的光景,那是一片被绿色植被包裹着的不太高的小山包,绿油油的在阳光照射下犹如一幅美丽的风景画卷。周剑锋摇摇头,心说,可惜了!这等美丽如画的风景地带,让这两个魔鬼占据着,岂不大煞风景!

两人拾级而上,快步来到山脚下,一幅意想不到的场景呈现在眼前。山坡下一块平坦的土地上鼓起两个一人高的土丘子,土丘子上面杂草丛生,两块残缺不全的石碑矗立在土丘前。两个缺胳膊少腿的青年人相互搀扶着迎风站立在土丘前。一幅木然的、毫无血色的表情,仿佛在等待着什么,或者说是期待着什么。对周剑锋和方文玉的到来似乎并不感到惊讶和奇怪。

周剑锋明白了,但还需要证实一下。

“你们是漠北双煞的后人吗?”话语冷的令人发诧。

这两个人一高一矮,高的失去了左胳膊右腿,矮个子失去了右胳膊左腿,两人并肩站在一起,就像一座破角门洞子,倒也相称。只是高个子的右腿是齐大腿根断掉的,而矮个子的大腿是在膝盖处断的。高个子的左胳膊肘子以下没有了,矮个子的右手掌不见了,只有一个肉柱子。这等形象有点令人恐怖,不过在仇恨满眼的周剑锋和方文玉来看倒也没有什么。

两个人虽只有一只胳膊一条腿,但一看就是练家子,腰间插着宝剑,唯一的手腕子上戴着护腕,肌肉看似很发达。

高个子面部没有任何表情,仿佛已经揣测了对方的来意,张张嘴发出了沙哑的声音:

“是!你们想怎样?”

方文玉唰一下抽出宝剑,左手掌食指中指并拢指向斜后上方,右手握宝剑指向右前下方。

高个子明白了,这是周家门派武功的上式。矮个子和高个子对视一下,心想,大麻烦来了。

周剑锋冷冷哼了一声:

“说出漠北双煞的下落或许我能放你们一马,否则的话,谁也别想活着离开。”

高个子被周剑锋那犀利的寒光刺的浑身一激灵,忙道:

“这已不是什么秘密,告诉您们何妨,我父亲和二叔就在这下面。”说着转过身去用唯一的手指指着那两座坟茔。

方文玉吃惊地望着周剑锋:

“哥,这是怎么回事?难道——”

周剑锋扬扬眉头,心想,死啦?不会这么简单吧,横行江湖几十载,武功高强,狡诈多端,怎会一起完蛋了?不可信,听听对方如何解释。

“怎么死的?如实招来,若有半句假话,这里将再添两座土丘子!”

高个子镇定的目光中不露半点破绽,沉声说道:

“你看我们都这个样子啦，再隐瞒还有意义吗！”矮个子忙伸伸断臂，晃晃断腿。

“快说！”方文玉不耐烦了，向前跨了一步。

高个子继续说道：

“那是辛亥年间，有一天突然有几个人闯上门来，拿着我父亲和二叔的血衣和兵刃，还有几块散碎的骨骸。”

“对，其中一个我也认识，是爹爹在南京的一位朋友，是革命军，他说，我们的父亲在护送一批军火的途中同清军遭遇了，为了毁掉军火，对方引爆了炸弹，数十人死于非命。”矮个子有些悲伤。

周剑锋将信将疑，指着坟茔道：

“这里面掩埋的是兵刃和几块骨骼？”

“是的，你们看，这两块墓碑已经被几伙前来寻仇的砸坏了，这坟茔也被挖开好几次了！信不信由你们，我们也没办法，能做的只能是这些，我们的爹爹也是为了共和才——”高个子到这时还没忘给自己那作恶多端、罪该万死的老父亲争得一个名分。

周剑锋的青紫脸色稍微变红了一些，而方文玉的脸色却有紫变黄了。

“不管是恶终还是善寂，今天必须给我们一个交代。”

矮个子望着方文玉，知道今天难以善了，哭丧着脸对高个子说道：

“大哥，善恶到头终须报，债主既然寻上门来，总得有个交代不是，上次为了刘家寨那五条人命，你还了人家一条腿；今天这翰林府的七条血债，兄弟我得把这人头撂这里了。”

矮个子晃晃脑袋，看似很悲壮慷慨。

高个子忙道：

“不可，老二，你可不能就这样走了，咱还不知道这老哥俩到底欠下多少‘债务’，你不能把这‘饥荒’都压在我头上啊！”

方文玉终于明白了，漠北双煞的两个儿子在替父亲进行“父债子还”，心里多少不是个滋味，不用说，身体上缺少的这几个物件都是为父亲还债了，都被深仇大恨的人拿回去祭奠死去的亲人了。手上握着的宝剑颤抖了几下。

事情发展到此等地步，周剑锋也颇感无奈，至于土丘子里是不是漠北双煞，死无对证，既使挖开来也无济于事，这倒有点棘手了。但事情总不能就这样完了，方翰林府上 7 条人命，就得有人来承担。

“二位,我知道这事跟你们没什么关系,我们也不是不通情达理之人,既然你们父亲这样的不负责任地走了,那剩下的事情只能有你们来了结了。”

高个子和矮个子对视了一下, 知道今天这一关是不好过了, 双双拔剑在手,高个子说道:

“二位苦主,我们哥俩尽力而为之,你们千万别嫌少啊,争取让大家都有份,当然,都满意是做不到啦!”

话音未落地,高个子的宝剑已将矮个子右臂齐肘关节砍下来。矮个子那半尺许断臂啪一声掉在地上,滚到了周剑锋的脚下。周剑锋皱皱眉头,有心想一脚踢飞,但还是忍住了。

矮个子疼的直呲牙咧嘴,但却没叫出声来。他发现方文玉的宝剑仍然指向父亲的坟茔,知道事情还没有结束,咬紧牙关,来了个地躺翻滚,直奔高个子而去,刀光一闪,高个子的左臂齐肩膀下被砍断了。

两个断臂的年轻人望着周剑锋和方文玉,眼神依然是木然的、迷茫的。周剑锋忙上前给两人点穴止血,方文玉也赶紧给两人包扎伤口。这一切都是在默默地进行的,大家没有任何语言交流。

“走吧大哥。”方文玉有气无力地对周剑锋说。

“罪孽!”周剑锋转过去看了一眼那两座土丘子和仍然站立在土丘子前的两个断臂残肢的年轻人,心想,漠北双煞用其一生的罪恶,给其后人留下了难以偿还和承担的“血债”,这种代价实在是太过惨重了。

两个人走下山来,再也没有回头,径直走下去。

高个子和矮个子望着方文玉和周剑锋的背影,一时竟也忘记了伤痛,高个子长叹一声,用沙哑的声音低声说道:

“爹爹呀,你们千万可别回来啊,就凭你二老干的这些缺德事,就是碎尸万段、撒骨扬灰也解不了人家的气啊!”

矮个子嗨嗨哼哼了几声,心想,不知道这谎言还能隐瞒多久,更不知道哥俩能支撑多久。哥儿俩实在是没有多少“零件”可以卸了。

二

北伐军打过武汉了，北伐军打到上海啦！周家镇上沸腾了，人们上街奔走相告，张家二小子在叶挺独立团当排长，听说大胜贺胜桥、汀泗桥，人家可露脸啦！那才叫个威风。冀中古镇失去了往日的平静。

方文玉带领两个十来岁的儿子也上街凑热闹去了。

自从十几年前方文玉、周剑锋在唐山以北的莫家庄了却一桩心事之后，便跟随周剑锋来到冀中老家周家镇定居下来。结束了漂泊流浪的生活，过起相对安定的日子。一年后，方文玉为周家生下了第一个男丁周正鹰，两年后又迎来了老二周正雄。

周剑锋仍以老本行为业，在祖上留下的宅院里开起武场，真正是子承了父业。

周剑锋的祖父周铮有两个儿子，老大周定海，老二周定河，也就是周剑锋的父亲。周铮在咸丰初年带领大儿子周定海到广州帮助师兄打理武馆，周定河跟随母亲在老家度日。没想到三年后周铮旧疾复发不治而亡。周定海和一群师兄弟于咸丰末年参加了洪秀全领导的太平军。同治元年周定海返回家看望母亲，这才知道老娘撇下弟弟独自走了。周定海拜祭过母亲后，便带领弟弟来到太平军中。同治三年，也就是1864年天京陷落，周定海战死。

太平天国失败后，周定河跟随梁王张宗禹转战南北，1868初被左宗棠部数万大军围追堵截，在山东境内的一次战斗中负伤。隐蔽在东昌的一位卖豆腐的老乡家养伤，不久，得知梁王所部在山东茌平南镇被清军包围，部分人马突围到徒骇河一带遭遇不测。过后，他偷偷沿徒骇河一带寻找梁王下落，乡亲们的说法不一，众多版本无法判定真假，便含泪悄悄返回老家冀中。

周定河回到周家镇后便收徒当起了拳师，好在这些年东闯西荡，无人知晓其太平军的身份，不然早就被府衙抓去砍头了。四十岁上娶了一位寡妇，十多年来妻子的肚子不见动静，不知妻子是盐碱地，还是自己的种子不成实（饱满），周定河泄气了，心想，这也许就是自己的宿命。可没想到刚过知天命之年，妻子的肚子竟渐渐鼓了起来，光绪二十五年冬天，经历十月怀胎后，竟给周家生下一个能传宗接代的男娃来,老来得子,那个高兴劲儿无法言表。

周定河给儿子取名周剑锋，顾名思义，他要将儿子培养训练成锋利的宝剑,能不能光宗耀祖且不说,起码周家的武功不能失传。他确实做到了。宣统元年,周定河夫妇相继病逝,周剑锋失去了所有的亲人,遵照父亲的嘱托,离开家乡行走江湖去了。周剑锋后来成长为闻名京津唐的一代宗师，但因其行事低调,不善交往,隐居在冀中周家镇,和妻儿过起平静的生活。

几年之后,周剑锋才将自己的家世告诉方文玉,听罢方文玉陷入痛苦的折磨和沉思中。尽管是短暂的痛苦,也让周剑锋刻骨铭心了。

不过方文玉很快就释怀了,这让周剑锋轻松了些。对方文玉来说,这确实有点残酷，她怎么也没想到周剑锋竟然是朝廷罪犯后人，太平天国将领的儿子。自己父亲是朝廷命官,曾经受到皇上的恩宠。完全对立的两个家庭,竟然成了一家人,不能不说是上苍跟自己开了个大玩笑。

周家镇人世世代代崇尚武德武风,是出侠客豪杰的地方。武林宗师周铮,绿林枭雄周光,还有名震关外的侠客周一刀。故,周剑锋的武场不缺弟子,他明白,靠此发财万不能,养家糊口混个温饱绰绰有余。十几年来日子过得倒也安生。没想到人在家中坐祸从天上来,院子外的一声巨响,拉开了久违的恶战序幕。

周家大院外站立着一个游方僧人,五短身材,花甲开外,一只断臂上挎着一只破褡裢,另一手上端着一个破瓷碗,太阳穴突起,两眼烁烁放寒光,紧盯着周家大院子，撇着大嘴哼哼冷笑。他今天要和周剑锋算一算十八年前的断臂之账。

十八年来,他一直没有忘记,且耿耿于怀。从辛亥年间的那场劫难之后,大哥漠老大被炸成重伤，十几年来一直卧床不起，一个月前终于走完了自己罪恶的、不光彩的人生。漠老大咽气后漠老二也松了一口气,机会终于来了,便急匆匆赶来冀中寻找周剑锋的下落。

哈哈……哼哼……他得意非凡,一阵狂笑。

笑声惊动了院子里练功的几个后生,忙打开院门走出来。刚上前询问,便被一阵强劲的掌风刮倒在地:

“快把你们的师父叫出来,老夫不想伤及无辜。”

“住手!”一声断喝惊住漠老二。方文玉领着两个儿子从街上回来,正赶上有人在自家门前寻衅滋事。

漠老二转过身来望去，惊讶道：

“你还活着？”他一眼就认出了眼前这位美女。尴尬中夹杂着几分惋惜，能从自己刀下逃生的唯此一人。

“我当然活着，对你来说是个不幸！”

方文玉一打照面，就认出了这个化斋的僧人是十八年前血洗周家的那个矮个子，仇恨的种子时刻都能发芽。

对于十八年前那个恐怖的夜晚，她记忆犹新，虽然那是在深沉的夜晚。漠北双煞的行事风格怪虐暴戾，和别人不一样之处就是入室杀人越货从不掩饰自己的本来面目，因为他们规矩是从不在现场留下活口，几十年来唯一一次失手就是在方翰林府邸。

她望着眼前这个只有一条手臂，一只耳朵，一条紫褐色的疤痕从嘴角一直划到了耳后，面目狰狞可惧，尤其那两只大金泡鱼眼球子所发射出的阵阵寒光，令人十分不舒服。

“活着也好，不枉老夫今日一行，快将那周氏小儿找来，老夫一并打发你们去见阎王爷。”

无需再印证什么，杀父之仇不共戴天，仇人相见分外眼红。方文玉将两个儿子往后一推：

“不许动！”

“娘，这个老爷爷是坏人吗？”周正雄忙问。

“那还用说，你没看娘两眼通红吗！”大两岁的周正鹰边说边挽起袖子。这时一位徒弟上前护住两个孩子。

方文玉提双掌气运丹田。

漠老二根本没把对方放在眼里，心想，找死！凭你也也配和老夫动手。

方文玉从跟随周剑锋之后，起五更睡半夜，勤学苦练，武功大有所成，练就了一身浑厚的内功，今天终于派上了用场，和仇人过招，哪还顾忌什么，一招老道的追命锁魂直奔漠老二的咽喉而来。

漠老二一向不把女人放在眼里，何况今天是为了结陈年旧账，更想一招将对方打趴下。便用上十成的功力，并不躲闪，挥掌迎将上去。砰一声，两只手掌硬生生印在一起，马上分出了上下。蹬蹬——方文玉一阵趔趄，后退七八步之后，终于站稳，强憋住一口气，喉咙一阵发咸，嘴角溢出血丝。

漠老二一阵狂笑之后，发现对方不但没有趴下，竟还好好地站在那里，当年的那个文弱女孩，今天竟变成了武林高手！能接住自己这一掌的没有几个，她算是其一了。不由得一时兴起，兽性大发，非要将方文玉打趴下不可。猛然一招“问天地”浑厚的掌风向方文玉推过去。

已受内伤的方文玉自知不是对方的对手，若硬接招的话，恐性命难保。忙使出轻功莲花步，向右侧飘出三步。

她虽躲了过去，但身后的那根两米高碗口粗的拴马桩子遭了秧。这根历经近百年的拴马桩见证了周家的历史。周剑锋的父亲周定河跟随太平天国梁王张宗禹转战南北，梁王兵败山东后，周定河身负重伤，侥幸活了下来，返回家乡隐居时亲自埋下这根立柱，寓意着一柱冲天，随时策马征战的意思。

砰一声，那根老榆木的拴马桩齐腰斩断，断茬如刀切一般。由此可见漠老二的武功已到了登峰造极的地步。漠老二翻翻大眼珠子，拍拍手掌，哼了几声。

“躲得过初一躲不过十五，看掌——”呼一声又一掌拍了过来。

方文玉望着得意忘形、不屑一顾的漠老二，大声喊道：

“秋辞，快来啊——”声音凄厉地护住两个儿子。

此刻周剑锋正在卧房小歇，突然被一声巨响惊动了。赶忙走出房间，听到妻子变味了的呼喊，不好，这是从未有过的事情。哪里还顾得上走正门，飞身越过院墙落在院外，双脚刚着地，犀利的目光已将现场的一切尽收眼底。原来自己怀疑的没错，这魔头果然还活着，今天竟然独自找上门来，倒也省却了自己很多的工夫。正所谓：天堂有路你不走，地域无门自来投！

妻儿正受到这老匹夫的威胁，仓促中周剑锋挥掌一招“猛龙过江”接住了漠老二的“问天地”，随着一声巨响过后，周剑锋和漠老二站在原地冷冷地注视着对方。

周剑锋怒目圆瞪沉声喝道：

“老匹夫，你寿命够长的呀，不过今天就是你的末日。”

漠老二哈哈一阵冷笑：

“周家小儿，我怎能死在你前头呢，就是死也得等咱俩把当年那一刀之仇，断腕之恨的账算清了才成！让你多活了十八年是老夫有好生之德，来吧，该秋后算账啦！”

漠老二嘴上强硬，心里却有些虚，刚才这一掌自己使出了十二成功力，对方竟然没稳住下盘就一掌化解了,看来今天有些麻烦,他不再那么轻松了。闹不好这老命就得搁这里。

周剑锋心里也在嘀咕,没想到十八年后,这厮的功力长进不少,还真不能和当年同日而语,若小视了对方可能就会犯错误。不过话说回来,既然这厮寻上门来就不能再让他这么走回去。再者,原本是烂韭菜不破捆的两个老怪物,怎么此刻只出现了一个?难道其中有诈不成?想到此朗声说道:

"漠老二,不是在下小瞧你,俗话说有账不怕算,把你老大一起叫来,省得我再费一次事,你看如何?"

漠老二瞥了周剑锋一眼,心想,都是他妈废话,老大活着的话,早就来把你这几间破柴禾棚子一把火燎啦,还能等到现在。

"哼哼,让你多活了十八年,也是我那大哥有沉疴在身,否则怎能等到今天。"

"好啊,报应!"周剑锋听罢一阵欣喜,心说,什么他娘的替革命党护送军火,狗屁谎言,这等劣迹斑斑的恶魔,人所不齿的垃圾,真能给自己脸上贴金。

"小心这厮的云魔掌。"方文玉提醒。

周剑锋点了方文玉两处穴道,让其护住心脉运功疗伤。

"略等片刻,待我收拾了这厮再给你治疗。"

向前跨了两步,仰首向北方双手一拱道:

"岳父岳母在上,小婿今日定给你们讨回公道!"

漠老二颇为不屑,心想,真他娘的啰唆,这是给那边的老东西报信哩,一会就要去汇合啦:

"有遗嘱就留给你的子孙,何必再麻烦天上那些老东西哩,他们又不能给你收尸。"

周剑锋转过身来用手一指那根半截的拴马桩子,脸色有白变红,再变紫:

"漠老二,你竟敢毁我百年基业,那我就好好招待招待你——"周剑锋失去了所有的耐心,将周家武功精髓发挥到极致,风云连环掌直逼漠老二,一阵强劲的掌风将对方罩住。

漠老二自然不敢托大,见自己被对方的掌风罩住了,忙运起金刚护身功,单掌向前推出去。瞬间两股神力碰撞在一起,轰一声巨响,两个人蹬蹬向后退出去。漠老二退了七步才稳住脚步。周剑锋退了三步,用千斤坠内功定住身形。

方文玉见状心中一喜，高低已经见分晓。

“秋辞，废了这厮，替爹娘报仇！”

漠老二心中一凉，所谓行家一伸手，便知有没有，这周家小儿的功夫实在是厉害，看来十八年前那一刀换的不冤。若不用点歪门邪道的功夫，今天恐难讨到便宜，眼珠子一转悠，计上心来，正道的玩意自信没多少，可这邪道上玩意攒了一肚子。漠老二瞪起牛眼珠子，鼓起腮帮子，闭紧嘴巴用力咀嚼着，像个杂技小丑。

方文玉莫名其妙了，这是什么功夫？见所未见闻所未闻，不由得起疑。提醒丈夫道：

“小心有诈！”

周剑锋冷哼道：

“漠老二，这儿离唐山只有两天的路程，看在你上门寻死的份上，我给你三天的时间，让你回去跟漠老大地狱见面！废了你的武功，震断你的筋脉，对得起你吧！”

任周剑锋怎么数落，对方就是不言语，鼓起腮帮子一个劲地咀嚼着。

周剑锋的风云连环掌可碎石断铁，变化莫测，漠老二则全然不惧，举单掌迎上来。完全是一股玉石俱焚、同归于尽的打法。周剑锋心想，老东西找死呀，那我就成全你，本想给你留下半条命，爬回唐山老家，不想让你这肮脏的东西污染了我周家镇，但你却好歹不知、四六不懂，那可怪不得咱了。十二成的功力罩住了对方。

站在一旁的方文玉护住两个儿子，感到强劲的掌风四射，衣衫紧裹着身体。

砰——啪——漠老二硬生生接了周剑锋右手一掌后，而周剑锋的左手掌却同时印在莫老二的胸口上。

只见漠老二飞快地向后退去，蹬蹬……蹬，七八步之后，扑通一声倒在地上，张大嘴巴，大口大口的鲜血溢出嘴来，胸脯阵阵起伏，喘息不定，肮脏的络腮胡子上沾满了血水。

周剑锋晃晃身子，虽然站稳了，但却吓了方文玉一跳。只见丈夫满脸血迹，原本方正的脸蛋已面目全非了。

方文玉这才明白漠老二那使劲咀嚼的嘴巴里暗藏杀机。

原来漠老二将嘴里的仅有的几颗牙齿嚼碎了，将腮帮子划破之后血水和牙齿混合在一起,当两人手掌接触的一刹那,用内功将嘴里的东西喷射出来,可想而知劲道非同一般,若换做别人恐当场毙命了。

方文玉忙用衣袖帮助周剑锋将脸面擦拭干净，周剑锋两眼受对方气血的冲击,视力下降到勉强能看到对方的模糊身影。脸颊上出现了几个血坑,血水一滴滴渗出来。他何时受过这等委屈,出道几十年来艰险无数,没想到在自家门口当着众弟子的面翻船了。自尊心极强的他后悔大意失荆州。

“爹爹——”周正雄跑过来抱住周剑锋的大腿眼泪哗哗地流下来。

长弟弟两岁的周正鹰武功刚刚有点根基，比弟弟镇定一些，轻声地问爹爹:“爹,疼吗？我给你拿药去？”

片刻后,周剑锋的视力恢复了许多,抚摩着两个儿子的头:

“儿子们,知道吗,这就是江湖,慢慢你们就会明白的！”原本不想让孩子们过早的经历江湖险恶和不定,可既然赶上了,倒也是一种锻炼,我周家的子孙早晚都是江湖中人。

周正鹰似懂非懂地点点头,周正雄则恐惧地盯着爹爹脸蛋上滴血的坑坑。

漠老二颤颤巍巍爬起来,一运气才知道武功尽失,真的被周剑锋废掉了。向前迈了两步又扑通一下跪在地上。骄横跋扈、暴虐残忍的漠老二,因为武功高强而有恃无恐,而今武功被废,一颗冰凉的心往下沉去,完喽,没有了护身符,作恶多端、罪孽深重的他才感到了从未有过的恐慌和胆怯。沮丧的心情几乎到了崩溃的地步。虽是如此,表面上还得硬撑着,嘴上却不能认输:

“周家小儿,你等着,下次——”他还在放狠话。

“你还有下次吗!漠老二,你只有十二个时辰的阳寿,漠老大在地狱门口等你,如你不想让我再缩短你阳寿的话,就快滚！”

方文玉唰一下抽出宝剑大喝道:

“畜生,待我割下你的狗头祭奠我爹娘的在天之灵！”

“算啦,不要脏了咱家的地方,我震断了他的筋脉,还是让他爬回唐山去吧。”

方文玉心有不甘:

“哥,就这样放过这厮？”

周剑锋摆摆手:

“回家！”

此刻他的心情也不好，是何原因？是因废了对方的武功把漠老二判了死刑？还是因自己的面部受伤？都有又都不是。

方文玉在重大问题上一向是尊重丈夫的决定，刷一下将宝剑还鞘，望着漠老二拖着沉重的双腿，步履蹒跚，一步步走向远方。她真想亲手砍下对方的脑袋祭奠父母的在天之灵，可是又不愿意违背丈夫的意思，她知道，丈夫既然这样决定肯定有他的道理，自己想不通是暂时的。

方文玉清楚丈夫面部受伤，无疑是一种变相的破相。不似自己的内伤，经过治疗会很快恢复原样，且不留痕迹。

晚饭后，方文玉照顾两个孩子睡下之后，来到卧房之中。

周剑锋盘腿坐在炕上打坐，一脸的阴沉，尤其脸上多了几个伤疤，显得令人可怕了。方文玉不想打搅丈夫，便坐在一旁注视着对方。

"梓菡，鹰儿、雄儿睡下了？"周剑锋没有睁眼。

"嗯，睡了。"

"过来，我给你疗伤。"

"秋辞，我的伤不碍事，吃几天汤药就行了。"

周剑锋略通医术，在埋怨对方：

"你不该这样莽撞，想那漠北双煞是什么东西你应该清楚，以你的功力，若再接对方一掌的话，恐怕坐在这里的就不是你了。"

方文玉不以为然：

"我知道是有些鲁莽，可当看到杀父仇人——"

"能接住漠老二一掌得益于你十几年的内功修炼，一般人奈何你不得！"周剑锋的话语中流露出几分欣慰。

方文玉凑到丈夫跟前，周剑锋将右手搭在妻子的手腕上，一股紊乱的脉象让他不安，这漠老二下死手，妻子的伤情绝不像她说的这么轻松。

"坐好——"周剑锋把双手按在妻子的后背上。

"秋辞，我看还是——"

"别动——"周剑锋不容置疑。

一个时辰过后，周剑锋头上冒出了热气，这才住手。略显疲惫的他，重新打坐。方文玉顿感浑身轻松，下地来：

"我去烧水，烫烫脚吧。"

方文玉刚刚撩起门帘子，忽然一阵撕心裂肺的喊叫声传进来：

"爹——有坏人——娘快来啊——"

三

漠老二没有选择回老家，他不想把性命撂在返回唐山的路上。因为他不想就此罢休，只要一息尚存。他要在这十二个时辰里完成一件重要的事情。拖着沉重的双腿走进一家酒店中。找了一个靠近窗子的桌子坐下来。

酒保打眼一看，来气了，刚轰走一个又进来一个，真晦气！一个要饭花子竟也敢来蹭吃蹭喝。看他那脏兮兮的破大褂子，臭烘烘地老远就熏人。尤其是一脸络腮胡子上沾满了脏粑粑的东西，令人作呕。

"去去，哪儿凉快到哪儿呆着去，别影响我们做买卖。"酒保咋咋呼呼地走上前来。

漠老二不屑一顾，待酒保走到跟前，他摸摸索索地从怀中掏出一块袁大头来，举到酒保眼前：

"弄几个好菜，来一壶好酒。"

酒保一下愣住，一把抓过那块银元反过来调过去仔细辨识，当确认是真的时，一咧嘴，换了一种模样，好一个四川的变脸术。

"好好，客官略等片刻，就来，就来。"兴高采烈地转身准备去了。

不一会酒保端上下酒菜和一壶老酒放在漠老二面前，殷勤地送上热脸：

"客官还有什么吩咐？"

漠老二咧开大嘴，将壶嘴送到口里，咕咚咚灌下去半壶，用手一抹嘴巴子，将黏黏糊糊的手掌在破大褂上抹了两把，这才答话：

"当然有。"说罢又将手伸进怀里。

酒保瞪大眼睛紧紧盯住对方唯一的那只手，摸索半天总算拉出来了，又是一块银白色的袁大头，酒保脸上挂满笑容。

"客官还需要点啥？你老尽管吩咐，这天上飞的、地下跑的，海里游的——"

"扯淡！你他妈别在老子面前吹牛逼了，就你这小破店，有口酒喝，有口饭吃就他妈不错了，老子走南闯北什么玩意没见过！"

酒保没想到自己一下子攮在大粪上，忙赔笑脸：

"是是，您老高明，高明。"虽驴唇不对马嘴，但却找不到更合适的词了。

啪一下，漠老二把袁大头拍在桌子上：

"去，给老子找一个人，快去快回！"

酒保抓起袁大头，紧紧攥在手心里，来到管家面前耳语几声，快步走出酒店奔镇外而去。

漠老二度日如年，如坐针毡，他是在扳着手指计算自己的死期，只剩下不足十个时辰，懊恼的他，再给自己的生命进行倒计时。

约莫过了半个时辰，酒保返回酒店，身后跟着两个人，一个是二十几岁的年轻人，环眼豹头，身材魁梧，鹰钩鼻子，见一面就能给人留下深刻的印象。进来后坐在门口的桌子。一个是年近半百的中年人，个子不高却很壮实，瘦小的脑袋和肌肉发达的宽肩阔胸有点不协调，左眼戴一黑眼罩，右眼烁烁放光。走到漠老二桌子前，一屁股坐在其对面的凳子上，一只独眼狠狠盯住漠老二。

"漠老二，你还有闲心喝酒？嫌十二个时辰，不，是十个时辰太长啊！"独眼李一脸的不屑和讥讽夹杂着幸灾乐祸。

漠老二哈哈一阵狂笑，尽管鼓足了气力，但仍显底气不足：

"做一桩买卖一个时辰足够了，何须十个时辰！"

一听说有买卖可做，独眼李精神一震，就像打了鸡血一般。但片刻之后，又恢复了原样，心想，狗屁！都他妈苟延残喘了，吃完这顿断头饭就拉稀了，还能有什么买卖可做，忽悠谁啊。

"漠老二，要想花几个钱找人收尸的话，咱还能办得到。看在十几年的交情上，咱怎忍心让你抛尸荒野！"

漠老二听罢一阵心凉，狗日的独眼李，忘恩负义，当年要不是老子帮衬你，早他妈成要饭花子了，心里虽如此想，可嘴上却不能如实说：

"看家护院是清苦的差事，有事没事汪汪几声，主子能给几根骨头？若不是当年上海租界的那场买卖——"

"别提什么狗屁租界，不是那次老子能成现在这模样吗？那几块银子早就他妈花光了！"就是那次让他失去了一只眼睛，独眼李耿耿于怀。

漠老二冷哼一声，讥讽道：

"吃喝嫖赌抽大烟，多少银子能填满你这穷坑？！"漠老二打心眼里瞧不起这独眼李，虽然他自己也是杀人越货之流，但从不进窑子、赌场和烟馆。可当下他实在是没辙了，要想出这口窝囊气，就得在闭眼前搞定。咧嘴道：

"别他妈瞎掰了，直说吧，这买卖你干还是不干？"漠老二不信贪婪成性的独眼李不眼馋有银子赚。

确实,独眼李就是个贪得无厌的家伙,及时行乐有奶便是娘的德行,他用狐疑的目光盯着对方,心想,漠老二从不放空炮,说不定真有什么生意要做,他说的不错,做成一桩买卖一个时辰就够了,这倒是真话。忙换了一种表情,独眼里的目光柔和了许多:

"摸瓜(绑票)还是摘桃(抢劫)?"

"摸瓜。"

"几只?(几人)"

"两只!"

"几分利?(多少钱)"

"十根条子!"漠老二竖起大拇指。

"定钱?"这是独眼李最关心的事。

"两根条子。"漠老二出价试探对方。

"四根。"独眼李伸出四根手指。

"一锤定音。"漠老二的目的达到了。

独眼李是老江湖了, 若换在平时, 他不敢对漠北双煞提这种掉脑袋的要求,但今天不然,眼看漠老二要断气了,有没有十根金条还是个谜,他可不干赔老本的买卖。何况是绑票,这可是掉脑子的买卖。

漠老二十分不舒服,真想一掌把独眼李的脑袋拍碎。可有心无力了,只能忍气吞声地将手伸进怀里,掏出四根金条放在独眼李面前。

独眼李一把抓起来将金条收起揣进怀中。

漠老二冷冷道:

"将周家那两个小崽子给老子带到镇西的坟地里,要活的,老子要开膛破肚就着心肝下酒。"

独眼李一惊,这老家伙真疯了。若在平时,这宗买卖说啥也不能接,那周剑锋是好惹的主儿吗,自己这等武功,能在其手下走上三招就算不错了。可今天则不然,周剑锋两口子都身受重伤,成了病老虎,不用畏惧了。干完这票买卖就放飞。再也不用看周老财主的郎当脸蛋子了!今天机会终于来了,怎能轻易放过。

"你请好吧,两个时辰之后,镇西坟地,一手钱一手货。"独眼李放射出凶巴巴的寒光,抓起桌子上的酒壶,咕咚咕咚灌下去几口,咚一下将酒壶墩在桌子上,起身离去。

哈哈——漠老二阴狠得意地狂笑几声,这才开心地海吃猛喝起来,不一会来了个风扫残云,沟满壕平。一招手,酒保忙跑过来,漠老二拇指和食指捏着一块袁大头,拍在桌子上。那块银元忽然又蹦了起来。莫老二不免一阵心酸,若在平时,这块银元早就镶嵌在桌面木板里了。可恨的周家小儿,你废老子的武功,老子就吃你儿子的心肝,让你他妈断子绝孙。

独眼李走到门口,鹰钩鼻子马上站起身来跟出去。

两人回到周老财主家,收拾一下细软,快速离开了。两人来到镇西的坟地转悠一圈,查看一下地形,这才蹲下来商议怎样去周家绑架周剑锋的两个小儿。

“干爹,你看这样成不?”

鹰钩鼻子如此这般一番。原来这鹰钩鼻子是个孤儿,弃儿,十多年前在大街上乞讨时昏死在路边,独眼李路过时上前踢了一脚,没想到对方哼哼了两声,他一看还有气,反正自己这把年纪了,无家无妻无儿无女,年近半百的老光棍汉子,拣上一个小东西给弄弄洗脚水,伺候伺候自己倒也是一件好事情。就这样将鹰钩鼻子带回家中,十多年来,鹰钩鼻子破衣烂衫地有一口无一口的穷凑合,这一晃就成了大小伙子了。表面上干爹长干爹短,内心里恨得牙根疼。他并不感激独眼李的救命收留之恩,一是他看谁都不顺眼,憎恨有钱的人,再就是跟上独眼李这么个不仁不义的人,也是近朱者赤近墨者黑了。

“扯淡!你当那周家是寻常人家呀,这不找死吗!”独眼李听罢对方的话后训斥道。

“那——干爹你看——”

“咱们这样——”

“干爹,我这两下子你还不知道吗,还是您老进去抓那两个小崽子,我望风吧。”

“熊包,妈的,我平时白让你吃大米白面了,全他妈浪费啦!”

鹰钩鼻子一阵反胃,你他娘的啥时候给我吃大米白面了?玉米饼子管够你都舍不得,去拼命了想起我来,你当那周剑锋家那么好进吗,方圆百里谁不知道他两口子的功夫。再者,金条都他娘揣在你怀里,就凭你这德性,半根也到不了我手里,哼,走着瞧。到时你要爬房(说话不算数),可别怪小爷不客气。

“走,先弄个明白人来探探路子。”

两个人来到镇子东侧一个破院子前,鹰钩鼻子上前敲门,不一会出来一个十七八岁的小伙子,睡眼惺忪地不高兴道:

“深更半夜的啥事呀?不能明天说吗。”

“锤子,过来,有好事哩,快过来。”鹰钩鼻子将对方领到院子后面的小树林里。

两人刚走到几颗碗口粗细的树旁,一只大手锁住锤子的喉咙,锤子猛然起腿踢向对方的下部,怎奈咽喉被锁住,力气发不出来,瞪大眼睛看着对方。

“别他妈让老子费事,弄死你比碾死一只蚂蚁还容易。”

独眼李恶狠狠地骂道。

锤子一下凉了半截,张张嘴,发不出声音来,心想,鹰钩鼻子你敢坑害咱,我非折断你的胳膊腿不可。见状鹰钩鼻子吓得一哆嗦。

锤子是周剑锋门下弟子,周剑锋一共有八个常年跟随其习武的徒弟,还有一些由父母送来临时学习武功的孩子,几个月或者几年便自动离去了。锤子属于后者,学了不到两年,仅是皮毛而已。哪里是独眼李的对手。说起来这鹰钩鼻子平时和锤子关系不错,有几分惧怕锤子。在独眼李的逼迫下,他只能选择在这么晚的时间能叫出去的朋友锤子。

“你只有两条路,一个是老子废了你,把你扔进前边的池塘里沤大粪;再就是告诉老子你师父的两个儿子住在哪个房间,说吧!老子的工夫可金贵。”独眼李在耐心地等着对方回话。

鹰钩鼻子见状忙小声劝道:

“兄弟,一条命和一句话哪个重要,你可别说不知道啊!还是快点吧,俺干爹的手段你听说过吧?”

“去你妈的,狗屁!老子算是瞎眼了。”独眼李手指一松,锤子终于缓过一口气来,一口唾沫喷在鹰钩鼻子脸上。

“快说,老子的耐性有限。”独眼李手上一紧,把刚喘过一口气来的锤子又憋了回去。

锤子的大脑在快速转悠,他跟随周剑锋夫妇学武两年的时间里,耳熏目染师父的侠肝义胆和高尚武德,怎能出卖师父做欺师灭祖的勾当。但眼下这一关也得过去才行,他不想死。他也知道这独眼李有名的心狠手辣,是一个混混,惹不起的主儿,如果不拿出点真东西来,今晚难过这一关。思忖片刻,他终于决定来个真真假假、半真半假，即使这样，他的眼泪也流出了眼眶，默默道：师父师母，弟子对不住你们了，待过了这个坎儿，徒弟一定好好孝敬你们。（他哪里知道，自己这一念之差，从此便失去了做周剑锋弟子的机会。）

“那——我告诉你们，我师父两个儿子住在东厢房的南间里，行了吧，放了小爷。”

“你他妈要是忽悠老子，你这一家人的性命就交代了！”独眼李的手并没有松开。

“信不信由你，反正告诉你了。”锤子无所谓的样子。

“好，老子就信你一回。”说罢一掌拍在锤子的脖颈子上，锤子立刻昏死过去。

午夜时分，那太空中的月牙发出的微弱光亮使得地球上能见度只有几米远近。独眼李和鹰钩鼻子蹑手蹑脚地来到周家大院外面，两人观察一番，然后凑到院门前，独眼李从怀中掏出一个铁钩子，发挥了他黑道上撬门锁的长处，摆弄几下门便被推开一条缝隙，两个人挤了进去。鹰钩鼻子在门口把风，独眼李直奔东厢房而去。

此刻虽是深夜，但周正鹰和周正雄哥俩并没有入睡，刚才假装睡着了把娘蒙了过去。白天所发生的事情让小哥俩仍惊魂未定、难以入眠。娘被那老头子打得吐了血，尤其是爹爹那脸蛋子上恐怖的血坑，一闭上眼睛就呈现在眼前。

“哥，你说爹娘睡了吗？”弟弟紧紧挨着哥哥，哥俩一个被窝。

大弟弟两岁的周正鹰把两只胳膊交叉在一起枕在脑后，若有所思：

“睡了吧，不一定睡。”

弟弟翻翻白眼，这是什么话呢。

“哥哥，你说那老头子真走了吗？会不会再来呀？”

哥哥一听马上把两只手抽出来，借着月光，摸摸炕头上那把未开刃的单刀柄。

周正雄很是羡慕哥哥的刀，可是自己却不能动这些兵刃，爹爹只让自己练习一些基本功，天天扎马推平拳。

不过他也有自己的兵器，就是那根半截棍子，那是被爹爹练功时震断的齐眉棍，也是真家伙呢，有时他也将其抡得呼呼生风。

一想起那疯狂的老头子，两个人更没睡意了，瞪大眼睛盯着房顶数檩条子。

“别怕,有哥哥哩。”周正鹰感觉到弟弟的身子在颤抖。

“俺不怕！哥哥,咱俩是男子汉。”周正雄咬紧牙关说硬话,心却在咚咚直跳。

独眼李推开东厢房门直奔南房间。掀开门帘一脚迈进去,身手去抓捕炕上的孩子。没想到一脚踢在水桶上,随着咚一声响一个趔趄,摔倒在大木盆上。独眼李知道上当了,骂道:

“臭锤子,老子非宰了你不可！”

原来这是一间存放日用家什的房间。叮当几声响动惊动了北房间的小哥俩,周正鹰一轱辘爬起来反手抓住单刀柄,周正雄忙拎起半截棍子,两人下地站在门帘子后边。

独眼李忙又蹿进北厢房在炕上乱抓一通,万万没想到炕上竟空无一人。

周正鹰哥俩早已蹿到院子里大声呼唤爹娘。

此刻,周剑锋已听到了院子里的动静,听到儿子们变味了的嘶喊,知道发生了非常的状况,哪里还顾的上走正门,起身一掌震飞窗棂子,飞身跳到院子中。

这时,小哥俩正和一个黑衣人交手,一个被黑衣人抓住脖子,在拼命挣扎,一个抡起单刀拼命对方身上招呼,虽没什么招数,可这一通拼命的胡乱砍剁,也让对方一时手忙脚乱,用另一只手拼命抵挡。

“哥哥——救我——啊”

“弟弟别怕,哥来救你——”周正鹰杂乱无章的刀法拼命地往黑衣人身上砍去。

“别伤我孩子！”方文玉手中剑直指对方。

“儿子们别怕,爹娘来了！”周剑锋还没明白对方的用意,认为对方不过是鸡鸣狗盗之类。

“鼻子鼻子,快过来。”独眼李忙招呼鹰钩鼻子。

他哪知道他干儿子早脚底下摸油,溜了。

鹰钩鼻子可不想就这样死在黑咕隆咚的夜晚里。见势不妙,马上开溜,哪里还管什么干爹亲爹,保命要紧。

“放开孩子,兴许我还能放你一条生路。”周剑锋将大儿子招到身边。

“鬼才相信,放开小崽子我就死定啦,老子可不是傻瓜。”独眼李抓紧周正雄的脖子,令其喊叫不出来。他明白,这个小崽子就是自己的救命稻草。

周剑锋一时也没了主意,若逼得过紧对方可能会穷凶极恶伤及儿子。方文玉可没有这么好的耐性,小儿随时都有生命危险,暗中撸下手腕上串珠,一挥手,数道星光划破夜空直奔独眼李飞去,这一手追星赶月的暗器功夫浸淫了她十几年的心血,认穴道的准头不差分毫。寒光罩住了独眼李的上三路,尤其在这黑暗之中,就是周剑锋要想躲避的话,也未必能全身而退。

独眼李也非泛泛之辈,眼见那数颗暗器划破夜空到了眼前,他松开手上孩子,一个后仰跌倒在地上,但还是晚了,有几颗珠子镶嵌在身体里。他强忍疼痛,使出了逃跑的独门绝技,几个翻滚蹿出院子消失在夜幕中。

方文玉上前抱起小儿子,周剑锋飞身跃出院墙向远处张望,片刻又返回院中,穷寇莫追,虽然对方蒙面,他也能看出一二来。有账不怕算,来日方长。

周剑锋方文玉和两个儿子回到了北房间。

让他欣慰的是,两个十来岁的儿子,经历了一场生死劫,竟没有惧怕和哭泣。

“有种！这才是我的儿子。”周剑锋抚摸着孩子们的头,流露出几丝欣慰。

“让娘好好看看,伤着没有?”方文玉看看这个,摸摸那个,一阵不安。

“娘,没事,那贼休想伤着我。”周正鹰一脸的不在乎。

“娘,我不怕,他掐不死我。”周正雄晃晃脑袋。方文玉这才发现小儿子的脖子上红肿了一条清晰的痕迹。忙把小儿子拉到身边:

“来,娘给擦药。”方文玉将止疼消肿的药剂擦到红肿处。

“秋辞,不该放了那厮。”

“明天再找这厮算账。”周剑锋不是不想抓住对方,而是担心家里再发生状况。

“看清楚了?”

“周财主家的护院。”

“独眼李?”

“嗯,就是这厮！”

“可恶的东西,饶他不得。”方文玉气愤道。

独眼李逃出周家一路狂奔到了镇西坟地。他惦记着那六根金条,不止六根,他要将漠老二的财宝全都抢过来,今天若不是这老家伙,自己仍可在这周家镇混下去。是他打破了自己平静的生活,毁了自己的日子,就必须得付出代价。黑吃黑在黑道上可不算黑事儿。

镇西几里地外的这个坟地是整个周家镇一千多年来的祖上墓地,几百个坟茔大小不等,高低不一。最大的那几座石头砌成的坟墓是周家镇的开山之祖,一千多年前的周姓三兄弟来到这不毛之地,开荒种地,繁衍生息,一直到今天的规模。周家祖宗坟墓前有一块两分地的空场地,供家族前来祭拜祖先所用。

在周家祖先高大坟墓前盘腿端坐着一位老者。一脸的络腮胡子外加一道半尺长的疤痕狰狞可怖。漠老二在等待着什么,让他等得有些焦心,因为他的生命已经进入了倒计时。他要在倒下去前做完这件事情。

他很清楚独眼李是个什么东西,他伸手在后腰上摸摸那把跟随自己一生的锋利弯刀,这已经是第三次摸了,刀还在。这也是过去从未有过的事情,因为时过境迁,不可同日而语,现在的他不再是一代枭雄,和普通人没什么两样。但他所面对的是一个武林强手,绿林中行走二十多年的盗贼。若在以前,自己何惧之有!可是今天——今天不行了。想到此,他不免有点“英雄末路”的感觉。

说实话,能不能吃得上周家小儿的心肝他说不准,但只要那独眼李活着,就一定来这里寻自己,会有一场生死搏斗,自己必须一招制敌,不然的话就成了独眼李嘴里的肉。漠老二从没有像现在这样的没底气,没把握,没信心。但是,行走江湖一辈子,他非常清楚,该来的一定要来,该结束的一定会结束,这是上帝的旨意,尽管他过去从来不相信什么上帝,可现在,他有点信了。

天空中那弯弯的月牙躲进了云层里,夜黑得伸手不见五指,阵阵北风呼啸而至,夹杂着尘土颗粒打的脸颊有点疼,嘎嘎——嘎嘎——几声嘶哑的乌鸦叫声划破夜空。远处镇子方向传过来一阵狂犬声。

漠老二仿佛已渐渐踏上了鬼门关,黑白无常手持锁具在向自己招手。

一个黑衣人在狂风中疾驰,瞬间来到周家祖坟前。忽然,天空中那弯弯的月牙钻出了云层,大地变得灰暗起来。

独眼李距离盘腿打坐的漠老二五米处站定。让他有些吃惊的是,这漠老二竟然还能如此镇定和坦然,自己来早了?若等十二个时辰到了再来岂不水到渠成?不,这漠老二诡计多端,变数太大,到时他腰里的金子还不知道落在谁的手中哩。一个废人了,何惧之有。这不是自己吓唬自己吗。独眼李虽然知道对方没了武功,可还是有几分胆怯。

漠老二冷冷盯住独眼李,察觉出对方的不安,心想,就你,想整死老子,做梦去吧。今天这里就是你我的坟墓,在墓地结束人生,也不失为一桩好的结果哩。其实他想错了,大错特错,周家的子孙们怎能容忍他们这等肮脏的东西进入墓地,真的是做梦了。

“小崽子带来了吗?”一阵冰冷的话语从漠老二口中传出,因为他没有看到独眼李的另一个同党,不敢肯定这宗买卖做得怎样。

“折了!”独眼李的回答令漠老二很失望。

“那你还回来干什么?”

“我不回来谁给你收尸?”独眼李向前跨了两步。

“你不会这么好心眼吧?”漠老二看透了对方的心思。

“当然不会,收尸这等脏活哪有白干的,尤其像你这样的烂尸、臭尸。”

漠老二知道对方要动手了:

“可惜我没有什么收尸费了,全都给你了。”

独眼李怎相信对方的鬼话:

“不,你有,最好是能将你先前埋藏的宝贝告诉我,这样或许你能死得舒服一些。”独眼李终于露出狰狞的面目。

“死还能舒服吗?你会让我死得舒服吗!小子,别说我没有,就是有宝贝也不给你这种忘恩负义的东西,不讲信义的东西。”

独眼李一阵狂笑:

“哈哈——哈哈——你和我谈信义,扯淡!你啥时候讲过信义?你杀人越货的时候讲过信义吗?你灭门的时候讲过信义吗?漠老二,就是我不杀你,那周家人也不能放过你。”

独眼李一步跨到漠老二面前,一招追命锁喉奔对方咽喉而去,快似闪电。他很自信,弄死一个没有功夫的快要咽气的糟老头子,对他来说太过轻松了。可就是他这种过分的自信,把性命交到了这快要断气的糟老头子手上。

该来的终于来了,只是没能让周家断子绝孙不免有些遗憾,看来漠老二只能带着这个遗憾下地狱了,不过稍微让他感到平衡的是,临死还能拉上一个垫背的,看来西去的路上不孤独了。

独眼李的金钩锁喉手距离漠老二的咽喉一寸远近时,漠老二用尽平生气力快速从后腰上抽出那把跟随他一辈子也因此成名的独门兵器:弯刀,向独眼李的胸口狠狠扎下去,噗一声,弯刀从独眼李的前胸穿透,直至刀柄,背后露出的刀锋滴着鲜血。

就在独眼李生命结束的一刹那,他用此生最后的一击,右手五指紧紧扣在漠老二的咽喉上,越抓越紧,越抓越紧,直到漠老二断气。两个人轰然倒在地上。

狂风卷着尘土呼啸而过,那几只老乌鸦落在周家祖宗的坟头上,嘎嘎——嘎嘎——天空中那弯弯的月牙又钻进了云层中,大地由灰暗变成漆黑。

一个身影飞掠而至,停在莫老二和独眼李面前,一阵阴沉的冷笑过后,将两人身上翻了个遍,他紧握着从独眼李身上搜出的几根金条,点了一下头,算对他收养自己十几年的回报,一脚将漠老二踢出去一米多远,穷鬼,徒有其名的黑道大鳄,转身飞奔而去。

锤子苏醒过来之后,飞奔到师父家中,详细叙述了事情的经过,企图赢得师父的谅解,但是周剑锋无法接受这等没有骨气,出卖良心的弟子,没有对其进行责罚已是仁慈之心,将其逐出师门。方文玉倒能体谅弟子的苦衷,将其送出院子,并许诺,等师父消消气,过段时间再谈学武的事情。

锤子大名叫周劳善,他对自己的行为一直不能释怀,沉重的良心债压了他大半辈子。几十年后的文革中,在周家生命攸关的时刻,他挺身而出,这是后话。

四

九一八事变，日本人侵占东三省，东北沦陷使得整个国家处于动荡不安中。津浦铁路沿线的周家镇，地处南北咽喉要道上，商贾云集，消息灵通。经常过往一些从北方逃难过来的人群。

这一日，镇上出了一件大事情，确切地说是周家出了大事情。

傍晚，周家大院。一阵急促敲门声并伴随着阵阵不雅的叫骂声，周方两人很久没听到如此的声音，十里八村无人不知周家在武林中的名头，寻衅滋事的一般不敢光顾周家。方文玉推开房门走到院子里，周剑锋也跟出来。

周家的院门不入夜从不插门，这倒给对方省却了不少麻烦，哐当一声，院门被一脚踢开。呼啦一下涌进十几个横眉竖目的青壮年汉子，手里提着家伙，中间众星捧月般站着一个五十开外的汉子，肥头大耳秃头顶，怒目横眉一脸横肉，左手掌心握着两只铮亮的铁球，右手提着马鞭子，两眼冒火星，七八个人搀扶着几个鼻青脸肿的青年人。能看得出，是刚刚结束了一场恶斗。

肥头汉子用马鞭一指对面的周剑锋骂道：

“姓周的，本来老子给你三分颜面，那是看你在江湖上也是个腕儿，有点名气，可你别蹬着鼻子上脸，今天这事要是不给个说法，哼，老子烧了你这王八窝。”

周剑锋一下明白了，不用说又是这两个小子闯祸了。这不明摆着吗，看看柳树镇赵霸王身旁的四个儿子就知道咋回事了。方文玉冷冷一笑，心想，准是你那所谓的赵家四虎欺男霸女、仗势欺人，被我儿子碰上了，路见不平，这才替你教训一下，有何不妥！

“姓赵的，咱周家用不着恶人先告状、血口喷人的招数，有什么怨气划下道来。”

方文玉没听对方那一套，自己的儿子什么德行自己心里最清楚。

赵霸王原本就火气十足，老子的四个儿子被你两个儿子打成这样子，你不但没有个赔礼道歉的笑模样，竟蛮横不讲理，这还了得，方圆百八十里谁不知道我赵霸王跺跺脚四下乱颤。

“呵呵，你他妈还来劲了，给我打——”大手一挥，七八个随从挥刀而上，直奔周剑锋和方文玉而来。

等几个人把大砍刀挥到周剑锋脑壳上方半尺远近时，竟然愣住。周剑锋方文玉目不斜视，全没当回事儿。赵霸王心里清楚，原本是做做样子，能讨回点面子也就算了，如果真把两个老家伙当瓜菜切了，恐怕也不好收场，对方毕竟不是一般人，周剑锋那“三千弟子”都不是省油的灯。

周剑锋伸手夺下一柄宽背薄刃大砍刀，轻轻一掰，咔嚓一声断作两截，甩手扔在地上，吓得对手瞠目结舌。周剑锋飞身而起，一个大鹏展翅空中盘旋，落在练武场上，飞起一脚踢向一根碗口粗细的柱子，耳中一声震响，半截柱子飞向赵霸王。赵霸王虽然身手不行，但保命的功夫还不错，一闪身躲过一劫，但旁边的大儿子遭殃了，那半截柱子正好砸在他肩膀上，扑通一下趴在地上。

原本嘈乱的现场，突然鸦雀无声。片刻，趴在地上的赵大虎直呼要命啦。

这下，赵霸王的脸面丢到家了，原本上门讨债，竟变成无奈的羞辱，这个气憋大了，可眼见着自己一方是甘拜下风，技不如人，还能说什么？

“赵掌柜的，几个半大孩子玩耍一下，磕磕碰碰在所难免，你至于亲自上门来兴师问罪吗？”

周剑锋稍微给对方下台阶，人家毕竟是富甲一方、自我感觉良好的“霸王”。

赵霸王在这种状况下也只能忍气吞声，打又打不过，骂又骂不赢，只得又一挥手：

“周师傅，好好管教管教你那两个儿子，若再有下次的话，可没这么便宜了。”

方文玉听这话有些别扭，望着鱼贯而出的赵霸王一伙，关上院门，回头问道：

“秋辞，他说得是啥意思？”

哈哈，周剑锋笑了：

“是说让咱老大老二下手别太重了吧。”

方文玉莫名其妙地摇摇头。

“雄儿和鹰儿回来后一定要问明白，不可如此招惹是非。”周剑锋对方文玉说道。

方文玉何尝不对这两个儿子担心，老大 16 岁，老二 14 岁，两人跟随父母练习武功多年,武功学得是不错,三几个人难以近身,可性格上却也都似周剑锋般无二样,秉性刚直,眼里不揉沙子。尤其老二,暴躁脾气,点火就着,受不得半点委屈。老大虽稍微柔和一点,但也只是那么一点而已。主意正,心思快,行事坚决果断,和周剑锋当年一样的果敢。她不知道在时逢乱世之秋,这些是缺点还是优点。

下午,周正鹰和弟弟去坊子村找好朋友江城玩耍。坊子村距离周家镇三里多路,是一个有三百多口人的小村庄,可村南的池塘却是远近闻名的好去处。百十亩地的池塘四周芦苇丛生,树木环绕,池塘内鱼儿有几斤重,在塘边能看到成群结伴游弋的鱼群。

周正鹰和江城是县城中学的同学和好友,两人很是投缘,称兄道弟就差桃园结义了。江城的妹妹江子君和周正雄是镇上小学的同学,受哥哥们的影响,两个人也成了好朋友。江城父亲是一名郎中,家境一般,生活难免有些拮据,故此,周家弟兄经常接济兄妹俩。

一行四人在池塘边,三位男子汉持杆垂钓,江子君则提着竹篓子站在一旁观赏,不一会儿几条半尺大小的草鱼装进竹篓子里。江子君兴高采烈、手舞足蹈:

"哥哥,晚上有鱼汤喝啦!"

这时七八个人牵着几匹快马走过来。四位华服丽饰的公子哥手提马鞭走在前边。几个家丁牵马跟在后面。

"喝鱼汤?老子允许了吗?"赵大虎走上前来用马鞭子拨弄江子君的脸蛋,这小妮子倒有几分姿色哩。

赵霸王是本县一霸,财大气粗,家有良田千顷,将买卖做到了京津两城,关键是他的大舅哥在天津卫警察厅当差,混得相当不错。四个儿子傲慢骄狂,仗势欺人,横行乡里,为所欲为。乡亲们送其绰号:赵家四虎。

江子君忙躲到哥哥身边大声说道:

"我哥哥钓的鱼,咋不能喝鱼汤!"

赵大虎对身旁的赵二虎一咧嘴骂道:

"老二,你他妈告诉这小妮子,为啥不能喝鱼汤。"

赵二虎的马鞭子凑到江子君眼前晃悠着画圈,小眼睛里露出淫邪的目光:"小妹妹呀,别怕,知道吗,这池塘姓赵!不过你要是亲哥哥一口的话,这鱼汤吗,就能喝啦。”

周正鹰知道这赵家四虎是什么德行,本着不想多事的原则,半天没有说话。周正雄可没有哥哥那么好的耐性,站起身来虎目圆瞪,犀利的目光直刺赵二虎。

江城拉了一把周正雄,心想,这伙人咱可惹不起,只能打碎牙齿往肚子里咽。

赵二虎一看周正雄这架势,火了,飞起一脚踢在江子君手上提的竹篓子上,竹篓子翻滚下池塘,几只草鱼活蹦乱跳地回归了自然。

“都他妈给老子住手,谁也不许在我家的池塘钓鱼。”

赵三虎赵四虎也上来帮腔:

“穷鬼,快他妈滚蛋,留下这小丫头陪大哥玩玩——”

赵二虎忙假惺惺地说道:

“别别,别吓着小妹妹呀。”将手伸向江子君的脸蛋。

“哈哈,二哥也懂得怜香惜玉啦!”赵四虎凑上来。

周正雄年少气盛何时受过这等窝囊气,上前将赵四虎拨拉到一旁,用身体护住江子君。

“再动爪子别怪小爷对你不客气。”

赵二虎一瞪眼,脸上的横肉一哆嗦:

“你他妈找死呀,谁家的不知死活的小子,嫌寿长吗!”

“小爷周正雄,怕你不成!”

“来人,给我教训教训这个周狗熊。”赵二虎大喝一声。身后的几个家丁忙上前来抓周正雄。导火索拉开了。

周正雄知道收拾几个家丁没用,擒贼先擒王,一个外摆连环掌,连续打在赵二虎脸上,一阵火辣辣的疼痛,使得赵二虎连声喊叫:

“给我打呀,打死这几个王八蛋!”

周正鹰本不想出手,有弟弟跟他们玩几下也就算了,不想把事情闹大。年龄最大的他考虑问题总细致全面些。

没想到事态的发展出乎意料,几个家丁竟然将江城按倒在地,赵大虎竟抱住了江子君。这还了得,周正鹰指点着赵大虎的鼻子骂道:

“老子本不想和你一般见识,你竟蹬着鼻子上脸,放开我妹妹!”

赵大虎自持有两下子,没把周正鹰放在眼里,冷哼一声:

"有本事你放马过来呀,老子打掉你门牙可别后悔。"低下头瞄一眼江子君,哈喇子流在江子君的脸上。

"哥哥快救我啊——"

"别怕,哥来啦!"周正鹰涨红了脖子,深呼吸两下,练了十几年武功的他岂能把这几个纨绔子弟放在眼里。

"我先打掉你的门牙,让你他妈天天流哈喇子!"

周正鹰发威了,一闪身到了赵大虎面前,一招直捣黄龙,啪一声,钢拳砸在赵大虎的嘴巴上,随后又跟进一拳,砸在赵大虎的左眼上,这等封眼封嘴的打法,让赵大虎吃尽了苦头,一张嘴,噗一声,吐出一大口血水夹杂着几个牙齿。疼的嗷嗷直叫。

周正鹰救下江子君,把其按在芦苇丛中,转身去救江城。

赵二虎兄弟仨也好受不到哪里,哥儿仨围攻周正雄,这赵二虎不知跟随哪位师爷学了几招花拳绣腿,进攻的招数没多少,躲避的功夫倒不赖,周正雄功底扎实,招招硬朗快捷,不一会,赵三虎赵四虎鼻青脸肿,东倒西歪了。周正雄欺身上前一把抄起赵二虎,一个急旋转,飞脚踢在赵三虎裤裆上,一甩手将赵二虎扔下池塘。

赵二虎歇斯底里吓破了胆:

"救命啊,快救我——"

两个家丁忙跳下池塘救人。

周正鹰上前将抓住江城的两个家丁打倒在地,然后揪住赵大虎的脖领子骂道:

"死老虎,你还打不打?"

"不打,不打啦,饶命啊。"缺失了几颗门牙的大嘴,说话兜不住风了,吓得直往后缩,他怎么也没想到在这周家镇地面上,竟还有人敢对自己下手,这几个到底是什么人?

对于精通搏击术的周家兄弟来说,赵家的七狼八虎不好使,人多势众不管用,不到半盏茶工夫,该趴下的趴下了,该下水的下水了,该跑的跑了。

周正鹰和周正雄拍拍身上的灰尘,全每当一回事,然后把江城兄妹送回家中,转悠一圈后,晚上才回到家里。

待家丁把赵二虎从水里捞上来后,四只老虎成了四只老鼠,被打得伤痕累累。这时一个老家丁凑上前来:

“大少爷,刚才那两个出手狠辣的小子是周家镇上周拳师的儿子。”

啪一声,挨了一耳刮子,老家丁嘴角流血了。

“马后屁,怎么他妈不早说,老东西,回去再跟你算账。”

老家丁一阵后悔,恨不得抽自己几个嘴巴子,好心当成驴肝肺不说,这下子挨得太冤枉了,马屁拍在马蹄子上。

这才有了赵霸王带领一干人马上周家兴师问罪一幕。

晚饭后,周正鹰和周正雄来到父母的房间里。

周剑锋端起茶杯品茶,什么事都没发生一般,淡定得很。

周正鹰善于察言观色,见爹爹和往日无二,心里坦然许多。

周正雄则不然,他知道下午赵家四虎在赵霸王带领下寻上门来,心里像揣着几只小老鼠。不敢正视爹娘,心想,一顿责罚是免不了的。

“说说吧,下午是咋回事?”方文玉板着脸。

周正鹰心想,只要爹爹不怪罪,娘这一关好过。

“娘,没事,就是,就是在江城家玩时和几个小地痞子拌嘴。”

“是拌嘴这么简单吗?你说?”方文玉把目光投向老二。

周剑锋放下手中的茶杯,又拿起旱烟袋,装上烟丝,用拇指摁了摁,嚓一声打着火镰,点燃了烟袋,吱吱地使劲吸了两口,一股灰白烟雾冉冉升起。没理会三个人的说话。

周正鹰忐忑了:

“娘——”

“住嘴,我没问你。”转过脸来对着小儿子:“快说,咋回事?”

周正雄一看今天邪门了,娘专门和自己过不去,爹娘的脾气性格,两人是明里怕爹,暗里怕娘,老娘要是发了威,比老爹发火更可惧三分。

周正雄硬着头皮撅起小嘴嘟囔道:

“娘,你经常教我们要有正义感,路见不平拔刀——”

方文玉立马呵斥道:

“路见不平拔刀相助?这年头不平事多啦,你们能拔几次刀,助几回?”

周正雄继续小声嘀咕:

“当年若不是爹爹拔刀相助,娘早没命了,能有我吗?。”

“放肆!”方文玉提高声音,吓得周正雄一缩脖子。“人外有人天外有天;就你们这点能耐还差得远哩!

周剑锋面露得意之色,有种,像我。

周正鹰可不像弟弟那样无的放矢,让老娘弹脑门子可不是什么好事儿。

"娘,其实我们也不愿意动手,可是也不能眼睁睁看着那赵家四个混蛋糟蹋子君妹妹吧!娘,江城是我好兄弟,我如果不出手的话——"

"就是嘛,娘,好兄弟要两肋插刀,这可是你和爹爹说的。"周正雄一挺脖子。

"咳,娘是怕你们将小命搭上。"方文玉叹一口气,语气缓和下来。

周剑锋把眼袋锅子在鞋底上磕磕,然后插进烟荷包内,看了一眼妻子,心想,瞎操心!自己的儿子还不知道,如果连这几个地痞混混都对付不了,将来还能成什么大器。江湖中本就腥风血雨,不历练历练早晚要摔跟头。

"你娘教训的对。"他要维护妻子在儿子们面前的尊严,同时还要给儿子们台阶下。"事情过去了,以后要注意分寸,把握火候,像赵霸王这等小人最好离远一点,听到了吗?"

"是,爹爹。"

周剑锋摆摆手:

"歇息去吧。"

"是,爹娘。"

哥俩这才退出爹娘的房间。

望着儿子们的背影,方文玉深感不安。

"秋辞,事情没这么简单。"

"又能怎样复杂呢?"周剑锋装作不懂。

方文玉又叹一口气,心想,你呀,表面上看似对儿子们很严格,其实骨子里在宠着他们。岂不知那赵霸王称霸一方、为祸一地,打了他儿子,能就此罢休吗?得罪君子不得罪小人。

"我担心那赵家不会就此罢手,还是提防着点吧。"

周剑锋冷哼一声:

"担心有用吗,兵来将挡水来土掩,武林人从来就是刀尖上行走,否则就不要做武林人。"

方文玉低下头去。

周剑锋感到话语重了些,他知道妻子不是怕事之人,二十年来跟随自己东闯西荡，练就了一种坚强的性格和韧劲，忙又补充道：

"梓菡，什么风浪咱没经历过，小河沟子翻不了船，歇息吧。"

方文玉点点头。两人躺在炕上盯着房梁，方文玉心思重重，周剑锋也在为儿子感慨，这两个小子比自己当年有过之无不及，只是还欠火候。

五

春节过后,周正鹰和江城被学校开除了。校方的理由是周正鹰和江城打架斗殴,寻衅滋事,破坏校规。两人很清楚,虽早有思想准备,可没想到来得如此快。两人没敢直接回家,而是来到同学乔岳明家中。

乔岳明家在县城开了两家店铺,京城也有买卖,乔老爷子是开明绅士,家资雄厚,膝下三子,大儿子乔岳江黄埔军校毕业后在南京当团长。乔岳明是老二,三儿子也在中学读书。

周正鹰江城和乔岳明是无话不谈的好朋友,周正鹰和江城住乡下,故此,有个大事小情经常到乔岳明家打搅。乔岳明大两人一岁,被视为大哥。今日小弟有难,怎能不和大哥相商。

当晚,三人挤在乔岳明的炕上彻夜不眠。

周正鹰心情沉重,怎么和爹娘交代呢?尤其是娘,她老人家希望自己能完成学业,然后送自己去北平读大学。这下可好,黄花菜凉了。

江城更是挠头,本来家境不富足,好不容易从嘴里挤出点银子来供自己读书,这还给爹娘惹了祸,辜负了爹娘的期望不说,那赵霸王竟还不依不饶,这可如何是好。

乔岳明不以为然:

"行啦兄弟,咱这有句俗语:黄天饿不死瞎家雀,活人不能叫尿憋死,看你俩这点出息,碰上这么点小事就拉稀了,还怎么在社会上混。"

"咳咳,我说大哥,谁是瞎家雀?别把兄弟们看扁,大不了一走了之,看他们还能把咱怎样。"江城说道。

周正鹰心想,这倒不失为一步好棋。可转念一想,受这么大委屈,走也得走的光棍:

"走也得有个走法,不能饶过那赵家老肥驴,忍气吞声走了岂不让大家耻笑。"

乔岳明乐了:

"还嫌窟窿戳的小啊,行,我倒想听听你俩还有什么锦囊妙计?"

"家乡是呆不下去了,让那赵霸王惦记上还能有好吗!"江城沉闷起来。

"先找赵霸王了结这段恩怨,然后再走不迟。"周正鹰坚定地说:"废了这老狗,看他以后还怎么害人!"

"对,弄死他,百姓们准拍手叫好!"江城精神一震。

"然后呢?你们去哪里?"乔岳明继续问。

周正鹰一时还真难以回答乔岳明,将脖子一挺:

"天下如此之大,哪里不能容身,去北平,不,去上海,去广州——"

江城更干脆:

"去吃军粮当兵打日本鬼子!"

周正鹰眼前一亮,对呀,去打鬼子,学了一身的本事正好找个用处:

"天下兴亡匹夫有责,章老师不是这样教导我们的吗?去上海。"

乔岳明兴奋了,他的消息远比周正鹰和江城灵通,他哥哥乔岳江就驻扎在南京,黄埔军校三期生,陆军上校团长。他要显摆一下自己的灵通了:

"你们知道吗,两个月前日本人占领青岛,随后又大举进攻上海,国民革命军第十九路军奋起反抗,爆发了著名的一二八抗战,还有张治中将军也起兵抗日,我哥哥就在他的部队当团长,战斗打得非常激烈。"乔岳明偷看了大哥给父亲的家书。

"岳明,我们去投奔你大哥成不?他是你大哥,你是我大哥,我们也是你大哥的兄弟呀,你给大哥写封书信不就成了。"周正鹰看到了希望。

江城高兴了,有地方投奔总比瞎闯好,两人走出这县城两眼一抹黑。

"对呀,岳明,赶紧写信,纸里包不住火,学校的事瞒不了几天,一旦让家里晓得,我们就惨了。"

乔岳明眼见着两个好同学、好伙伴即将离开家乡去闯荡江湖,眼馋的不得了,尤其是去投奔大哥。一阵春心荡漾,如果能和这哥俩结伴而行,岂不也是一次愉快的旅行,说不定自己也能干成一番事业,强似将来在家当一个杂货店老板。

周正鹰见乔岳明沉默不语,揣摩对方的心思,怎么了?不想帮这个忙还是顾虑什么,三人是多年的好朋友,好玩伴,今天兄弟有困难了,咋的,想溜号?

江城是直性子,快人快语,见乔岳明犹豫不定,一阵心凉:

"乔岳明,是我们给你添麻烦了不是?"转过头来对周正鹰道:"正鹰,咱们走!平时称兄道弟亲热得不得了,要见真章了,拉稀了(掉链子),算哪门子兄弟。”

乔岳明乐了，扯淡，咱是那种人吗：

“急啥，看你看你，脸红脖子粗，像猴屁股一般。”乔岳明指着江城讥讽道。

江城急了，两眼直瞪瞪看着对方，握紧拳头。

周正鹰坐在一旁沉默不语，他倒要看看这乔岳明能有什么脓水(招数)。

乔岳明将桌子上的纸笔推到一旁，一脸轻松：

“费这劲干啥，大哥我给你们带路不更好吗，咱哥仨去投奔我大哥，战场上还能有个照应，真的谁为国捐躯了，还有个回家送信的不是。”

江城恍然大悟，原来如此，误会了对方，不好意思低下头去。

周正鹰一咧嘴笑了，这个结果虽然有点出人意料，但无疑是最佳的选择。乔岳明亲自前去，再好不过。

“我的好哥们儿，你太棒了，有你亲自出马再好不过。”

三个人嘀嘀咕咕，喳喳唧唧，不显时间，乔岳明见时间不早，忙说道：

“事情就这样定下，咱们抓紧准备，赶早不赶晚，你们不要回家了，这两天咱们就起程，千万不要让家里知道咱们的行踪。”

江城挠挠头皮心里直嘀咕，这他娘的身无分文，咋赶路呀？俗话说在家千日好，出门一日难。

周正鹰看出江城的心思，也有同感。

乔岳明知道两个人在想什么，一挥手道：

“好啦，别郎当着脸蛋子啦，盘缠问题大哥我包啦，不用你们操心。保证咱们一路上吃喝不愁就是。”乔岳明慷慨解囊，两人很是感动。

周正鹰和江城此刻真感到这份兄弟感情的重要性，张嘴想说些什么，竟没发出声音来。

“睡觉，快睡觉，要是被老爷子发现咱们的计划就前功尽弃了。”乔岳明催促道。

周正鹰刚躺下，蹭一下又坐起来，望着窗外暗淡的夜色说道：

“岳明，你先睡吧，我和江城还要出去一下，明天下午咱们冀州火车站见面，你看如何？”

乔岳明明白了对方的用意，忙说道：

“正鹰，这件事情你要斟酌，如果没把握我看还是算了，君子报仇十年不晚。”

“未必，如果咱们马革裹尸、铁血疆场，岂不留下终身遗憾，有仇不报非丈夫。”江城穿鞋下地了。

“你执意要去也算我一个，多一人多一份力量。”乔岳明无法说服对方，妥协的同时也参与进来。

“不，你不能去，咱们分头行动，你做好出行的准备工作，这更重要。关系到咱们能否顺利地到达目的地。”

周正鹰明白乔岳明的担心所在，赵家非等闲之地，养着十几个家丁不说，大门楼高城墙，快马快抢，要想进入赵家绝非易事。可既然想做，就有做的办法。

“岳明，你不必担心，我不是还有一个兄弟吗，他可是得力的帮手。”

乔岳明见多说无益，只好叮嘱道：

“还是见机行事吧，能干成当然好，不行的话就赶紧回来，别耽误了咱们的行程。”

乔岳明悄悄将两个人送出家门。乔岳明躺在炕上翻来覆去像烙烧饼一般，这一夜睡得十分不踏实。

周家大院是高大别致的四合院，既不像京城里的四合院，又不是冀中的四合院。北房、南房和东西两厢房，这样的建筑冀中并不多见。周家大院原本只有西厢房和北房，南房和东厢房是周剑锋后来修建的。是为了方便外地来学武功的弟子们临时居住。

周正鹰和周正雄哥俩住在南房里。周正鹰在县里读书，一个月回来一趟。平日里只有周正雄独守空房。

这天睡到午夜时分，一阵有规则的声音传进耳朵里。睡意正浓的他，伸了个懒腰，这么晚才回来，真个烦人啊。咚咚——咚咚咚——咚咚，这是哥俩预定的暗号，回来晚了用脚踹墙根，不用惊动爹娘。

周正雄披上衣服悄悄打开院门，只见哥哥和江城站在门外。周正鹰小声说道：

“老二，快办两件事，把你所有的钱都拿来，再带上两把刀跟我走。”

周正雄愣住，迟疑地望着哥哥：

“哥，你这是干啥去？”

“不要多问，没时间了，快去！”周正鹰不容对方质疑，周正雄不敢怠慢，回身来到房间抄起两把短刀插进腰里，转身掩上房门，边走边嘀咕，哥哥这是要干啥呢，急三火四的，还带上家伙，该不是去找什么人算账吧。

一行三人快速消失在夜幕之中。

出了镇子，周正鹰才将行动计划和盘托出。

周正雄一听要去找赵霸王算账，兴奋了，可一想到哥哥要去当兵，一种失落感油然而生。

“哥哥，你就这样走啦？不跟爹娘说一声吗。”

周正鹰瞥了一眼对方，真是傻蛋，跟爹娘说还能走得了吗。

“明天把这个交给爹娘就行了。”将一封书信塞进弟弟的兜里。“以后爹娘就有你照顾了，等大哥混出样子来再回来看望二老。”

周正雄一阵心酸，所谓打虎亲兄弟，何况像周正雄、周正鹰这样的兄弟俩，经历了无数次的一致对外打斗，哥俩相互默契到一定程度，真舍不得哥哥离开。眼里含着泪水：

“大哥你去吧，不用担心家里，有我呢。”

江城见哥俩相互交代和托付，也凑上前来将自己担忧的事情托付给周正雄：

“兄弟，我最放不下的就是俺那个妹子了，咱哥仨兄弟一场，虽没义结金兰但也和亲兄弟一样的亲，有时间还望你关照一下。”

周正雄此刻才感到自己高大起来：

“江城哥你见外了，你妹妹就是我妹妹，谁若敢欺负咱妹妹，先过我周正雄这关。”干脆硬朗的承诺，让江城心里一阵热乎乎的。

“大家都是好兄弟，不必介意什么，正雄，有时间你多往江城家跑跑，帮助大娘大爷干点活计。”

“你们放心去吧，家里交给我了。”

周正鹰和江城心里踏实许多，知道正雄秉性刚直，是说到做到的人。

周正雄有一件事情想半晌了，权衡半天，还是讲了出来，他就是这样的脾气，不吐不快：

“我说大哥，你对国民党军了解多少？张学良把老家都拱手让给小日本鬼子了。”

周正鹰不假思索地反驳道：

“你懂什么，张学良是大军阀张作霖的儿子，和国军有啥关系，不知道别瞎掰，让人家笑话你四六不懂、狗屁不是。”

周正雄急眼了：

“大哥，北平的学生们都闹翻天了，‘还我东北，还我河山！’共产党正领导学生、工人、农民奋起反抗，你还蒙在鼓里。”

“又是你高老师说的吧？老二，你可给我听好了，他那一套宣传是很危险的，政府当局正在——”

“行啦大哥，别教训我了，还是想想你自己吧，你这就要上贼船了，不是我说你，换作我的话，宁可上山当和尚，也不去当什么劳什子国民党兵。就说那个什么蒋介石吧，放着日本鬼子不打，专门搞内战打红军，你知道这叫什么吗？这叫窝里反，窝里横，同室操戈——”他搜肠刮肚地把高老师说的一番话讲了出来。

周正鹰认为弟弟真的很危险，这等话要是被别人听到可就闯祸了，后悔自己知道的太晚了：

“老二，这话当着哥的面说说也就罢了，今后不可再说。有一天你掉了脑袋还不知是咋回事！”

周正鹰摇摇头，无可奈何，怎早不知道弟弟是这个样子，否则无论如何也要阻止他受这种赤色影响，这是要掉脑袋的。知道现在再多说什么对方也听不进去，忙转移话题：

“老二，记住替大哥给爹娘尽孝道、养老送终。自古来忠孝不能两全，将来咱们老周家只能是少一个孝子，而国家多了一个将士。”

周正雄感到大哥有点愚昧愚忠，直言道：

“大哥，恕小弟直言，你这哪是为国家尽忠啊，现在国军正在围剿红军，你也想去当炮灰不成，爹娘知道后能为你高兴吗？能为你自豪吗？山河已破碎，外敌踏华夏，杀鬼子保国家那才叫尽忠，自己人打自己人这叫自相残杀，哪里有什么忠可言。”

周正鹰不耐烦了，一挥手打断对方：

“好啦老二，这又是你高老师说的吧，你懂得多少？做事情看问题不能偏颇，你知道吗，辛亥革命之后，是孙中山先生领导中国革命，国民党就是他一手缔造的最大的党，全国最大的革命组织，承载着中国革命和抗击外来侵略者的重大责任——”

周正雄磨了半晌嘴皮子，大哥一句也没听进去。也难怪，自己啥时候说服得了大哥呢。

一行三人来到县城北郊一座大院子前。这片占几亩地的大院子就是赵霸王的府邸。

赵霸王名叫赵博生,祖上在天津卫做布匹生意,到他这辈上已经攒下万贯家财,不过生意的性质已经变味了,再不是正当的买卖。他的父母是善良的商人,在家乡口碑不错,经常接济有困难的相邻。但到他这里就反了过来,他是靠鱼肉乡邻、横行乡里,才博得这么一个"美名"。

这天晚上,赵博生刚从县里回到家中。他把在自己任大股东的学校里当小学教员的一位共产党员出卖给警察局长,换来了一次黑恶的勾当,将对方扣押的一批大烟土赎了回来。做这样的事情他是轻车熟路了,上次把东庄一位有点姿色的姑娘抢回来做小妾,没想到这姑娘是烈性女子,还没等入洞房就拔剪子自尽了。这赵霸王不但没有半点补偿,反而将尸体扔进一个荒郊野外的枯井中,给警察局长打点了五十块大洋了事。

今天这件事做得非常可心,一个小学教员换来一车大烟土,一个共产党换了一笔批银子,实在是划算的很。他回家后直奔四姨太的房间。四姨太是从妓院里赎出来的青楼女子,颇有几分姿色,很能讨得他的欢心。赵霸王从衣袋里掏出一个金首饰放在小妾面前,两个人搂抱在一起。

"小婊子,今天老子要好好和你热乎热乎。"赵霸王大猪嘴在对方脖子上、脸蛋上乱拱一气。

"嘻嘻,多来几次吗——老爷。"小妾施展出浑身解数,伸手宽衣解带。

刚刚进入情绪的两个狂蜂浪蝶,没想到身后站立着两个黑衣蒙面人,正虎视眈眈地注视着自己。两眼冒火星,手里紧握着短刀。

赵霸王沉浸在得意忘形的销魂之中,哪里还顾得上其他。热浪翻滚中小妾一眼瞥到炕前站立两个黑影,大吃一惊刚想惊叫,一枚铜子飞过来,一下印在了额头上,立刻昏死过去。

突如其来的变故令赵霸王后背直冒凉气,一翻身坐起来,右手伸向枕头下边,他明白,黑道走多了,难免不做噩梦;坏事做多了,也难免不遇报仇人。右手刚刚触摸到驳壳枪手柄,"咔嚓"一声,手腕被砍断了。

啊——刚一出声,迎面挨了一记重拳,扑通一下倒在炕上。

赵霸王怎么也没想到,自己雇佣了十几名功夫不错的护院,还有小有名气的拳师做头领,怎么就让这两人轻而易举地进了自己的房间。

黑衣蒙面人说话了，冰冷的声音让他彻底绝望：

“姓赵的，今天是阎王爷来给你索命了，判你死刑前总得告诉你个缘由，听好了：死在你手上有名有姓的人一共八个，学校里的共产党教员是你杀的，东庄张大爷家的独生女是你害死的，张刚村刘老汉是被你逼死的，周家镇上周掌柜的杂货店是你放火烧毁的，两个老人死于非命，还有——”

赵霸王彻底明白了，也晚了，求生的欲望“蹭”一下蹿起来。

黑衣人没犹豫，一招“追风赶月”锋利的尖刀刺向对方的胸口。

赵霸王也不含糊，眼疾手快，条件反射般死命抓住了锋利的刀锋。

另一名黑衣人使出了独门功夫“樵夫砍柴”，刷一刀，赵霸王的脖颈被割断了。飞起一脚将赵霸王踢到在炕下。两人在其尸体上擦拭一下刀锋上的血迹。一个黑衣人将对方衣袋里的银元收入囊中。两人飞快离开赵家。

周正鹰、周正雄和江城三人离开了县城。待跑出去几里地后才坐在一片小树林里歇息一下。

“正雄，伤得怎样？重不？”周正鹰关切地问。

“让我看看，俺爹是郎中呢。”江城忙查看周正雄的臂膀。

“没事没事，别大惊小怪，这点伤算啥。”周正雄脱下衣袖，一阵钻心的撕裂感。

一道三寸的伤口出现在月光下，江城给其做了简单的包扎止血：

“你不要回家了，赶紧到我家去，让俺爹给你上药，防止感染，顺便告诉俺爹娘我的事情，不要让他们担心，我们一起三人哩。”

周正雄点点头。

原来刚才出了一个小插曲，正所谓计划不如变化快。

三个人来找赵霸王算账有些仓促，对周家大院并没做细致的了解。认为只要抓住一个人，了解一下院子里的情况也就是了。

江城留在院外放哨，周正鹰哥俩翻墙进院，黑暗中抓住一个巡夜的家丁，得知赵霸王今晚夜宿四姨太房间里。周正雄将对方打昏后拖进花丛中。两人向后院摸去，当路过二进院时，一间房门突然打开了，一个人影出现在门口，三个人一打照面，便动起手来，哥俩马上将对方逼进屋里。屋里空间狭小，难以施展拳脚，对方不知啥时摸出一把钢刀，舞动得上下翻飞虎虎生风，一时间两人难以靠近欺身，对方说话了：

“你们是何人？胆敢夜闯周家大院，不想活了吧！”

“你就是梁护院吧？如果明智的话，退到一旁，不要妨碍我们的事，以免伤及你性命。”

“不见得吧，少口出狂言，是骡子是马遛儿圈看看。”

梁护院武功出自于洪门，功夫虽算不得上乘，可也非同一般，一把钢刀护身，招数老辣，招招逼命。兄弟两人上火了，看来不拿出看家本领还真难以短时间内制服对方。

周正雄一闪身躲过对方的刀锋，抢进刀光剑影中。梁护院的钢刀马上反手划了回来，速度之快，令人咂舌。周正雄的短刀挡在钢刀上，顿时砍出一道火星子。梁护院的钢刀并没有就此打住，而是向上猛划过去，在周正雄的手臂上划出一道血槽。

周正鹰岂肯放过这等时机，这是用弟弟的鲜血换来的机会，一记“猛虎归山”打过去，一掌拍在对方的后背上，第二掌打在对方后腰上，“哇”一声——对方吐出一口鲜血，昏死过去。

周正鹰看了一眼躺在地上的梁护院，心想，原本你可以舒舒服服地躺在炕上休息，现在只能躺在冰凉梆硬的地上昏迷，这是你自作自受，怪不得咱们。

哥俩出门后直奔后院赵霸王四姨太的房间。

哥仨要分手了，周正雄依依不舍，眼里含着泪花，不知道大哥这一去何时能回还，上战场打仗哪里有准稿子。哽咽道：

“大哥，你要保重，我等你回来。记住爹娘的话，不管任何时候都不能做对不起祖宗，对不起良心的事，爹娘的脾气你是知道的。”

“老二，放心，咱们出身武林世家，德在前技在后，如果有一天大哥回不来，你要替大哥多孝敬爹娘。”

“子君妹妹就拜托你了老兄弟。”江城拉住周正雄手话别。

周正雄目送大哥和江城消失在夜幕中。

周正鹰江城直奔冀中火车站而去。

周正雄往江城家赶去。

第二天晚饭后，周正雄来到父母的房间里，拿出大哥的书信放在爹爹面前。周剑锋看了一眼桌子上的信笺，放下茶杯看着二儿子。

周正雄忙道：

“是大哥给爹娘留下的书信。”

“他怎么啦？”方文玉不解地问道：“有啥事情不能回来当面说呀？”

“大哥走了。”周正雄小声回答。

周剑锋这才感到事情非同一般，忙拿起那张信纸一目十行。大儿子那潦草的字迹收入眼帘。

“父母大人在上，不孝子正鹰请罪：

恕儿不辞而别，实乃去之心切，但又恐爹娘阻拦，故选此下策，还望爹娘谅解。儿思之良久，最近尤烈，读书救国诚然可贵，但对于满目疮痍、千疮百孔的国家来说实是太过漫长，时下每时每刻都有父老乡亲倒在鬼子屠刀之下。儿空有一身功夫和满腹经纶，长此以往，寝食难安。儿没跟二老商量便选择从军报国这条道路，还望爹娘宽恕儿子的失礼之罪。

日本人侵占东三省，进而威逼平津，华北危急，中华危急！儿谨记双亲的教诲：国家兴亡、匹夫有责！国土沦丧、我辈有责！面对山河破碎，儿已心碎，当儿马革裹尸时还望爹娘不必悲伤，能为国家尽忠也是爹娘的希望，还望爹娘谅解为盼。（爹娘放心，此次前往有江城岳明为伴，相互照应。）

爹娘保重！

不孝子正鹰敬上

周剑锋拿着的信笺久久没有放下来，陷入沉思中。周剑锋把个几百字的书信看得浑身冰凉，头皮发诧，看得心里不是滋味。说来这大儿子还是个有血性的汉子，这等抱负，这等志向，这等气概，简直不输自己当年。只是这不辞而别，尚欠光明，想为父我怎是那等不明事理、老眼昏花之人，竟连个家庭小事和民族大义都分不清？在他看来，参加什么党并不重要，关键是能为国家做事情，能为咱老百姓伸张正义，不能违背自己的良心和辱没祖宗。就是他这种观点，文革中弄丢了性命，这是后话。

周剑锋看罢，原本有些迷茫的眼睛亮了起来，仿佛一下豁然开朗，把对大儿子不辞而别的一腔怨气抛到九霄云外去了。

妻子见状一把拿过大儿子的书信认真读起来。眼眶渐渐潮湿了，捧着书信的手在颤抖。

“他们去了哪里？”周剑锋终于从沉思中醒来。

“去上海，说是去当兵抗日。”周正雄知道事情已经被爹爹接受了，提着的心放了下来。

方文玉不由得流下眼泪，儿行千里母担忧，这老大连见一面都没有就上了战场，实在是令人担忧。

“你为什么不阻拦大哥？说！”方文玉的语气吓了小儿子一跳。

周正雄连忙解释道：

“娘、娘，别、别生气，我劝过了，可大哥他不听呀，他非要一意孤行——”

啪一声，周正雄的脸蛋子上挨了一巴掌，顿时左脸红晕了。

“没用的东西，为啥不早来告诉，我打你个不长记性。”说着又举起手掌。

周正雄没敢动地方，哀求的目光盯着爹爹，您老倒是说句话呀，不然儿子脸蛋子就成了茄子啦。

周剑锋摆摆手道：

“梓菡，先别急。”

方文玉这一巴掌倒是没再打过去，可连珠炮般的言语冲丈夫去了：

“你知道吗秋辞，上海是什么地方？”

周剑锋一时没明白妻子的意思，一脸茫然。

“年初以来，日本人大举进攻上海地区，第十九路军奋起顽强抵抗，整个上海一带处于战火纷飞中，这就是著名的一·二八抗战。你不想想，老大他们去了这种的地方，能囫囵着回来吗?！”方文玉感叹丈夫孤陋寡闻，平日对时局太不关心，弄到自己家头上了，还是稀里糊涂，真要命了。

周正雄想起了什么忙说：

“对了，大哥他们去投奔乔岳明大哥去啦，听说他大哥是陆军上校团长，就在南京。”

周剑锋听罢妻子一番话，才感到问题有点严重，但也不用过于敏感，劝慰道：

“梓菡，俗话说儿大不由娘，孩子们长大了就由他们去吧。再说了，孩子们是去为国家效力。当然，这老大也是过分了些，不吱声就溜了，太不光明。不过换位思考，要是你我也会这样做，想一想，如果昨天他回来辞行，还能走得了吗？”

方文玉听罢火气消了些，叹口气。

周剑锋继续说道：

“武林人崇尚侠肝义胆，忠义在先，如果老大有一天真的马革裹尸还，那也是我们周家的荣耀，抗御外侵，战死沙场，也不枉是我周家的子孙。”

方文玉低下头去，虽不完全同意丈夫观点，但也不想反驳对方。心想，儿子是自己身上掉下的肉，父精母血怎能不牵肠挂肚。

周剑锋见妻子平静下来，继续慢慢说道：

“覆巢之下岂有完卵！在山河破碎之时，要想独善其身，恐难以为继，挺身而出才是华夏儿女的首选，我支持老大。”

“老二，你马上去一趟江家，把你大哥和江城出走的事情跟老郎中说清楚，以免老人家惦念。”

周正雄站着没动，是没听进去还是不想去只有他自己知道。

“聋啦！”方文玉对于小儿子没能留住大儿子还在耿耿于怀。

“这，娘，还有——”周正雄支支吾吾令老爹爹不耐烦了。

“还有啥事，快讲。”

周正雄壮壮胆子，这才将昨晚上的事情说了出来。

“什么？”方文玉大吃一惊：“你们杀人啦？”

周正雄点点头。

“你们四个人干的？”

“三个，乔岳明没去。”周正雄豁上了，反正已经做了，把脖子一梗，伸头一刀缩头也是一刀。爱咋的咋的吧。

周剑锋见小儿子的样子苦笑了，心说，不愧是我的儿子，敢作敢当，有担待。

“你们知道后果吗？杀人是要偿命的！”方文玉又气愤了，心想，这两个儿子太不让人省心了。

“那要看杀什么人了！”周剑锋在替儿子解围。

方文玉白了丈夫一眼。

“我们做得很干净，没留下痕迹。”

方文玉啪一掌拍在桌子上：

“你哥他们出走就是痕迹！”

“我哥和江城哥是先被学校开除的。”

方文玉听罢一下坐回到炕上，一时无语。

周正雄见此忙给爹娘细数赵霸王横行乡里的罪恶，学校开除大哥和江城也是他暗中使坏,是报复上次的事情。大哥他们本也可一走了之,但怕这姓赵的再生事端,这才除暴安良嘛。

老大老二竟然将赵霸王弄死了！周剑锋欣慰之余觉得这两个小子有些鲁莽。

方文玉则在原来的担心上又增加了一层忧虑。走就走吧,还弄出这么大动静,岂不留下了祸端,这孩子真不省心。

周正雄听从爹爹的吩咐走出家门,但却没有去江家,到学校找高老师去了。

周剑锋沉思良久才说道:

“梓菡,这件事还需善后一下。”

“怎么善后?”方文玉没听懂丈夫的意思。

“明日你去乔家一趟,把孩子们的事情弄明白,将来万一赵家把事情追究到老大他们身上,好让乔家出来帮衬一下。想那乔老爷子是有名的开明豪绅,大儿子又是国军团长,老大是他的部下,总会有个照应不是。”

方文玉一想,对呀,这一趟去得值,必须去:

“好,明早就去。”

“带上虎子,路上好有个照应。”

方文玉这才有了笑模样:

“咋的,还有人敢对我不利吗?借他个胆子。”方文玉一甩手,啪一声——一只铜钱将飞蛾钉在窗棂子上。

周剑锋点点头,心想,妻子的暗器功夫十分老到。

几个月后,周正雄跟随老师高树铭参加了革命,先是到各地发动群众,做地下工作,后来去天津塘沽一带组织游击队。

六

四年弹指一挥间，冀中平原又迎来一个苦难的春天。周剑锋和妻子方文玉在家中议论大儿子周正鹰。

年初，津北支队政委高树铭派周正雄回家乡组建手枪队，此时的周正雄非彼时的周正雄，经过几年战斗洗礼，已成长为坚强的革命战士，经高树铭介绍加入了党组织。

周正雄隔三差五回来看看父母，哪怕待上一小会儿，也感到踏实，有时更是前脚进家门打声招呼，后脚便蹿了。方文玉哭笑不得，周剑锋形容是，连放屁的功夫都值钱。

"梓菡，老大上个月捎信来，近期回家省亲，应该快到了吧？"

方文玉含糊其辞：

"说不准，老大军校毕业后还不知到哪里工作，若能留在南京再好不过。"

周剑锋不以为然：

"怎能由得他，军队有军队的规矩，来去自由那不成菜市场啦。"

方文玉叹气道：

"听说江西国军和红军打得正酣，雄儿带回来的报纸上经常说国军如何如何大捷，但愿鹰儿别陷到自己人残杀自己人的圈子里去。"

周剑锋紧蹙眉头陷入郁闷中。

"真是儿大不由爹娘，你说这哥俩见了面会是怎样的场面？从小哥俩感情很好，老大护着老二，老二袒护老大。现在不同了，变成对立状态，国共两家开战交火多年，一个劲地往死里掐，千万别把战场弄到家里来，真他娘的晦气！"方文玉长吁短叹。

周剑锋大眼一瞪，气呼呼地骂道：

"敢！反啦，国有国法家有家规，在外面怎么着咱看不见说了不算，在家里就得听老子的，哼。"

对此周剑锋有自信，儿子们胆子再大也不敢跟老子犯浑、较劲，否则一巴掌拍残了你们。

方文玉点点头又摇摇头，丈夫是死要面子的人，可心里不踏实，儿子们已长大成人，各有成熟想法和行为准则，不会轻易因为什么而改变。

就在夫妻二人议论不休时，突然从镇北传来一阵清脆的枪声：砰砰砰——砰砰——

方文玉第一个反应是想到小儿子，马上推门来到院里，枪声距离镇子不远。

周剑锋对妻子大声说道：

"是不是老二他们？这是跟谁干起来啦？"有些莫名其妙。

枪声持续十几分钟，天渐渐暗下来。

两人忐忑不安地站在院子里，担心，就是一个担心。

忽然一阵马蹄声由远而近，消失在院外。

咣当一声，大门推开了，三匹快马，三个军人，一个头上鲜血淋淋变成大花脸。还没等两人看清楚就见一个脚蹬马靴身穿黄制服的青年军官大声喊道：

"爹、娘，我回来啦。"

"是鹰儿?！"方文玉上前一把拉住大儿子仔细打量起来。

"娘，是我呀，您老身体可好？"

周剑锋这才看清站在面前的大儿子，比以前长得更高更壮实英俊了，一身漂亮的军装衬托出儿子的威武和气魄，十分高兴，终于有出息了。

方文玉这才缓过神来，马上对周剑锋说道：

"快，到屋里去拿药匣子来给这位兄弟包扎伤口。"转而对周正鹰说道：

"鹰儿，这是怎么啦？遇上了土匪？"

受伤的战士望着周正鹰原地没动。

"赵忠，跟我爹去包扎伤口。"

"是，连长。"赵忠这才跟随周剑锋而去。

连长？老大当连长了，周剑锋由衷地高兴。

周正鹰见爹爹走进北屋，这才把嘴凑到方文玉耳边：

"娘，我遇上共匪了，幸亏马快，这不，还伤了一个兄弟。"

共匪？方文玉听着不顺耳，不就是老二他们么。

"娘，有一人眼熟，老二他们是不是常在附近活动？"

周正鹰怀疑那个领头的就是弟弟周正雄，但此刻不便跟娘说明白，有点郁闷。

方文玉有点不舒服，板起面孔，流露出几分不快：

“鹰儿，进了家门，没什么国军共匪，只有你们亲兄弟，明白吗？”

周正鹰一咧嘴：

“娘，我是随便说说嘛。”转而对身边的卫兵命令道：“虎子，看好大门，任何人都不要放进来。”

“放肆！”方文玉呵斥道：“老周家没这规矩，多少年来不管是善良之辈还是歹恶之徒，进这个院子不必打招呼，难道你忘记了？”

周正鹰无奈地对虎子一挥手，转而给娘陪以笑脸：

“娘，看我这记性，这是咱家的老规矩嘛。”

两人走进北房中。

周正鹰的黄埔军校之旅，夏天正式结束了。几年前乔岳明带领周正鹰和江城来到南京，乔岳江团长将周正鹰和乔岳明送进黄埔军校第十期学习，江城家境不好，想到军队里挣几块银洋补贴家用，乔岳江见江城忠厚质朴，又是老乡，便留在身边当了卫士。

周正鹰军校毕业后，经乔岳江的好友、教官郑亚雄推荐，来到其黄埔老同学韩宇飞师任上尉连长。韩宇飞和郑亚雄是黄埔四期步兵科的同学，关系非常默契。身手不凡的周正鹰，很快得到上司的赏识，近期韩宇飞部接到命令奔赴江西剿匪。周正鹰一看真要上战场了，担心这一去成诀别，便请了十天假回家探亲，这不，人没进家门就经历了一场战前的“实弹演习”，对手竟是几年不见的弟弟周正雄。

回家轻车熟路，心情是衣锦还乡，周正鹰带领两个部下，兴致冲冲扬鞭快马疾驰而来。一别四载，回家心切，见爹娘心切，赶路固然更是心切。

周家镇北面是一条通往县城的小公路，两米宽窄，晴天尘土飞扬，雨天坎坷泥泞。小路两边的杨柳树绿荫遮住了路面。距离镇子两里多远有一占地几十亩的坟地，整个墓地被一大片绿油油的松树林覆盖，在这里掩埋着周家镇上的前辈先人，最大的坟墓要数当过县令的周宝才，墓高五米，占地半亩。

周正鹰坐在马鞍桥上极目遥望，大片的松树林尽收眼底，此时此刻他傲然俯视，周家镇的祖先们最大的官也不过是个七品县令，等我周正鹰百年后入住此地时，少说也是个少将，他得意地飘飘然了。

周正鹰一行三人策马奔驰到周家墓地腰围上时，突然从树林里射出几串枪弹来，战马听到枪声格外兴奋，尥蹶子仰颈嘶鸣，没经过战阵的周正鹰有些手忙脚乱，倒是两个部下是上过战场的老兵油子，对周正鹰大声喊道：

“连长，对方只有四个人，你先走，我掩护。”赵忠抽出驳壳枪奋力还击。

周正鹰脸一红，懊恼地一提马缰绳，真他妈扫兴，差点在部下面前失去长官尊严。抬眼向树林中望去，只见三四个人挥动手枪猛冲过来。跑在中间的那个咋这么眼熟？看装束是些土包子，周正鹰把心放回肚里。

让他眼熟的人就是县大队手枪队长周正雄。亲弟弟能不眼熟吗，虽时隔四载但从小光屁股一起长大，举手投足，一个眼神都熟悉的不能再熟悉。

周正雄带领三个队员忙活了一整天，转了三个村子，又到城南区长家商量工作，傍晚时分才往家中赶去，看看老爹娘并混上一顿饱饭。赶到周家墓地时发现三匹快马疾驰而来，眼尖的何清赶忙对周正雄说道：

“队长你看，几个黄狗子，看样子也是奔周家镇去的。”

周正雄没来得及细想，拔出驳壳枪命令道：

“干掉他们，缺啥来啥，弄几只快枪好马！”

四个人从松树林一侧冲出来，疾驰的快马并不好打，况且对方并不畏惧，边跑边还击。周正雄气恼了，脚下一用力把三个战士甩在身后，可距离越拉越远，当他把一梭子弹打光时，对方已奔出了射程，他无可奈何地摇摇头望马兴叹了。三匹快马奔周家镇而去。他对自己的枪法很自信，跑在后面那个肯定给打上了。

方强指着一溜烟的马影子：

“队长，他们是奔周家镇去的，镇里谁家出了个国民党军官？”

“是呀队长，你们镇藏龙卧虎哩！”何清讥讽道。

周正雄面无表情心里清楚，难怪坐在中间马上的人有些眼熟，是大哥回来了？麻烦来啦。大声说道：

“快走，跟我回家。”

四条腿是比两条腿快多了，周正鹰先期赶回家中，此刻正坐在父母身边亲切唠嗑。

“爹，您瘦了，精神还不错，身体没毛病吧？”周正鹰关切道。

周剑锋认真打量着一别数载的儿子，一股说不来的滋味涌上心头。

“鹰儿，爹还好，不用担心，你现在咋样？。”

周正鹰没有先回答爹爹的问话，转过头去将一包东西放在娘面前：

"娘,这是我平日攒下的一点积蓄,您老收好,虽派不上大用场,贴补点油盐啥的还中。"

方文玉接过儿子的钱,既欣慰又感到悲凉。

"鹰儿,看这架势是来去匆匆吧?"

周正鹰不忍扫爹娘的兴致,只好把话岔开去:

"娘,儿子刚军校毕业还没来得及展示能耐哩,咱这一身本事总得显摆显摆是不?要不就枉费你们对儿子的栽培和教育了。"

"鹰儿,是要去打仗吗?"周剑锋从儿子的话语中听出了什么。

周正鹰忙宽慰二老:

"爹,您老放宽心,当兵总是要打仗的,我们师最近要调往江西,那边共匪猖狂,蒋校长这次下决心要一举歼灭之。"

方文玉心里咯噔一下,又是共匪?那不就是小儿子他们吗,完了,这下亲兄弟真成了冤家!还没等为娘的说话,周正鹰便慷慨激昂大放厥词:

"娘,你儿子我要建功立业光宗耀祖,要让你们过上人前显贵鳌里夺尊的生活。"

"放屁!你要用打自己人挣来的功劳让我和你娘人前显贵吗?不被千夫所指、万人唾骂就不错了!"周剑锋终于忍耐不住性子,怒从胆边生。

"鹰儿,放着小日本不打,为啥偏要去打什么共匪,是不是你们校长昏头啦,让驴踢了,咋连个里外好歹都不分不清,难道连我这乡下老婆子都不如吗,外国人都骑到咱脖子上拉屎了,咋还窝里反了呢?真是奇了怪啦!"

周正鹰望着爹娘,知道一时半会儿也说不清楚,"攘外必先安内"是蒋校长的国策,哪里是普通百姓能理解了的。

"娘,有些事情跟你们说不明白,那是国家的事情,政府的事情,咱就不去管那么多了,儿现在是军人,军人以服从命令为天职,就是、就是咱家里说的那个听喝的,对,听喝的。"

周剑锋释然了:

"咳,端人家的饭碗,拿人家的俸禄,就得听人家使唤,这是没法子的事。"

方文玉不愿意听这话,呛了丈夫一句:

"当土匪也管吃饭分钱财!"

"娘,你这话有失公允啦,上山拉杆子的是土匪,海里劫船的叫海盗,咱这可是国家的正规军队,中国陆军。"周正鹰说的坦然,方文玉听着刺耳。

“噢，娘才疏学浅，政府军队是干什么的？是保护国家和百姓们的吧？东北几千万同胞被日本人欺辱，你们竟然熟视无睹无动于衷，养着你们这些正规军队何用？你这穿着制服，挂着手枪，拿着俸禄，不感到耻辱吗？是不是等日本人把你娘爹也杀了，你还在剿共匪？”

方文玉不是一般百姓，翰林家学识渊博的才女，曾准备出国留学。一番话刺疼了周正鹰，这不是普通百姓的话语，是共党言论，若在别处，肯定要被送进监狱。但他也明白，这何尝不是大实话，一定是弟弟的观点，一想到弟弟，立马警觉起来。

“爹，正雄最近在干什么？经常回来吗？”

“想见我那还不容易吗，大哥一向可好啊？”

周正雄一步迈进屋里，满脸堆笑，亲切地望着久违的大哥。一身普通百姓装束，腰里鼓鼓囊囊，明眼人一看就明白。

周正鹰蹭一下站起来，右手下意识地按在手枪套上。

周正雄急急忙忙赶到自家院前，推开门一看树上拴着的三匹快马，彻底明白了，真是大哥回来了。说心里话，这件事怎么处置他还真没想好，回县大队报告已不现实，几十里路返个来回黄花菜都凉了。要说没有顾虑那是假话，大哥是地道的国民党军官。在家中不好动手，大哥几年没回家了，和爹娘有很多话要说，况且他也知道爹娘的脾气，在家里最好不动刀兵，弄不好这个家连自己也别想回了。最好的办法是在路上行动，等大哥回去时一并将三人抓捕。想到此把心一横，只能碰到面吃面，碰到馅吃馅了，这才快步走进家门。

选择人生道路是每个人的自由，这本无可厚非，至于将来结果怎样，是上天堂还是下地狱，那都是后话，谁也没有前后眼。前知三百年后晓五百载这都是算卦摊子上的事情，糊弄傻子还行，像周正雄、周正鹰兄弟这等精明到家的人，做事情哪里会不计后果。

周正鹰见到周正雄却是笑不出来了，一想到刚才赵忠头上挨的那一枪，脊梁背凉飕飕的，再看对方腰里别着的家伙，不得不提高警惕，一咧嘴，皮笑肉不笑：

“老二，大哥好不好这不摆在这儿了吗。”

将军帽扶正，弹弹身上的尘土，那个神气劲自不必说，明摆着是寒碜周正雄一身补丁裤褂和破鞋袜。心想，跟着共产党你只能东躲西藏像叫花子一样，不说吃了上顿没下顿，反正没个安生时候。这可是你自找的。

“大哥，听说你刚才遭到伏击？这可是破天荒的事儿，像你这等夸官过府衣锦还乡的国军军官，咋被人惦记上了呢？是做了亏心事还是——”

周正鹰马上截住对方的话头：

“老二你这不废话吗，我这一去几年哪里有什么仇人。”

方文玉目光犀利地望着周正雄。

“大哥，看你这神气劲儿，混上一杠三颗豆豆啦，兄弟恭喜你呀，咱哥俩别总拌嘴，让爹娘省省心，你看如何？”

“好啊，几年不见长出息了。”周正鹰讥讽道。

“大哥，你这是回家给爹娘报喜来了吧，我一猜准是这个，大哥就是有志气，不混出个人样来怎好意思回家呢，你看这家伙，笔挺的新军装，还当上连长，真是马快枪新春风得意，但不知你要去哪里打鬼子啊？”

周正雄两眼紧盯着周正鹰。

周正鹰眯缝着眼睛在琢磨对策，心想，打鬼子？省省吧，等把你们收拾完之后再说吧。不过这话现在还不能说，一来为了让家里安静一会儿，再就是说不打鬼子在爹娘这里过不去，只好含糊其辞：

“还没接到上峰的命令，毕业了先回来看看爹娘，”

这话周正雄听起来别扭，方文玉听着更别扭，明明刚才老大说接到命令去江西剿匪，放屁的功夫就变卦了，老大变了，变得让人捉摸不透。本想揭穿他，又怕哥俩翻脸，只好默不作声。

周剑锋没妻子那么好心性，面孔一板：

“鹰儿，你不是说接到去江西剿匪的任务了吗？怎又说没接到命令，你到底哪一句话是真的？”

周正鹰一看露馅了，老父亲把底揭穿了，便支支吾吾道：

“这个，这个，是想去江西，但这不是还没去吗。”

“废话，去了你能坐在这里吗，啥时学会当着家人的面扯谎了？”

周剑锋质问大儿子。

周正鹰一看没辙了，只好环顾左右而言他：

“爹，我这是跟正雄开玩笑哩。”

周正雄一本正经没有玩笑的意思：

“大哥，这可是你的不对了，你们这正规的军队，放着日本人不打，却偏偏去剿什么匪，等他娘的日本人把中国全都占领后，再想打就难啦，真不知道你们蒋校长是咋想的，是脑袋进水了还是让驴踢啦？”

周正鹰一听老二侮辱自己的领袖，蹭一下站起来，又把手按在手枪套上。见对面老爹爹目光犀利地瞪着自己，只得一屁股又坐了回去。

“你懂什么？一群要饭花子掂着几杆破鸟铳能成啥气候，重大问题政府自有决断，还轮不上你我瞎操心。”

周正雄终于激怒了对方，嘿嘿一乐：

“是啊，就这几杆破枪，一群要饭花子在东北进行浴血抗日！你们装备好呀，几百万正规军队，让十几万小日本吓破了胆，一声号令把东北一百多万平方公里土地，三千万父老乡亲丢给了日本人，我都替你们校长脸红，丢人哪，还什么政府领袖，把人都丢到世界上去了。大哥，你是明白人呀，能告诉我这是为什么吗？”说到这里转过头来看着方文玉：“娘，您老知书达理，您一定也想知道为什么吧。”

周正雄这一军将得周正鹰愤怒恐慌不已，这老二真不是个东西。

“娘，这是国家的事情，咱们也弄不清楚，娘，您看这样成不，赶紧做饭，吃完饭我还要去县上办事情，明天再回来慢慢聊。”

“回来一次不容易，何必这么急？”

周剑锋没想到大儿子坐不住屁股，不满地瞪了老大一眼。

周正雄明白，大哥心虚了，怕走不了。

方文玉点点头，到外屋做饭去了。

七

方文玉在西房间做晚饭。周正鹰和周正雄并没好好陪爹唠嗑,两人不是拌嘴叮当就是沉默不语,让周剑锋很不舒服,干脆起身来到院子里和几个年轻人闲聊起来。

北房成了哥俩的天下。

“大哥莫怪小弟失礼数,这次你就别走了,当这劳什子连长也没多大意思,还是留下来打鬼子吧。”

“扯淡!老二你也老大不小了,咋还这么幼稚可笑。”

“大哥,兄弟的脾气你知道,咱哥俩好说好商量,否则动起手来对谁都不好,尤其在家中。”

“老二,不是哥小瞧你,凭你也想留住我,你还得到战场去历练几年才行。”

开始两人坐着说话,后来站起来争吵,再后来边吵边动手。几个回合便打到了院子里。此刻两人都在气头上,哪还把老爹娘放在眼里。周剑锋、方文玉气得脸色发白。几个年轻人站在一旁干着急插不上手。

周正鹰见爹娘板起面孔虎目圆瞪,忙停住手来到爹娘面前,扑通一下跪在二老面前磕了一个响头:

“爹,娘,二老保重身体,儿子公务在身不能久留,有时间再回来看望二老!”说罢对部下一挥手,接过马缰绳。

周正雄也一挥手,何清,方强等堵住了院门:

“大哥,你是来得去不得。”

周剑锋恼怒了,冲周正雄大声呵斥道:

“放肆,混帐东西!滚开!”三个战士忙闪到一旁。“没出门就想六亲不认,谁敢在老子面前撒野,莫怪老子不留情面。”

周正雄脑袋耷拉了,心想,留住大哥实非易事,只能路上见了。

周正鹰对周正雄一拱手:

“老二,好自为之。”

“大哥,我送送你。”

周正鹰跨上战马,带领虎子赵忠一溜烟消失在镇外旷野中。

周正雄马上跟了出去,怎奈两条腿赶不上马蹄疾,不一会三匹马从视野中消失了。周正雄也没想到大哥溜得这么快，转眼间没了踪影，原本想留住大哥,可是望着那一溜尘土飞扬,只能望尘兴叹。

周剑锋突感疲惫一屁股坐在椅子上,竟产生了欲哭无泪的感觉,怎么养活了这么两个玩意儿,真不让人省心。

方文玉见丈夫一脸晦暗,心里也不是滋味。难道这就是一家人分别几年后的团聚？见面就掐架,连一顿团圆饭都吃不上,伤心地留下泪水。

周剑锋硬撑着对妻子说道：

“随他们去吧,听天由命或许是最好的选择,咱管不了啦。”

方文玉抹了一把泪水,哽咽道：

“打虎亲兄弟上阵父子兵,亲兄弟都成了冤家,一走了之又何谈父子兵？”

周剑锋摇摇头,没想到啊,真的没想到。

周正鹰坐在马鞍桥上一阵飞驰,颠簸摇晃心情糟糕透了,风驰电掣般奔出去十几里，回头望望来路见无跟踪迹象，这才松了一口气。老二的性格提醒他,虽然暂时安全了,但绝不可掉以轻心,只要还在冀中地盘上,危险就永远解除不了,周正雄的小算盘他可是领教过了。

“连长,今晚去哪里留宿。”赵忠问。

“连长不说了吗,去县城。”虎子提醒赵忠。

周正鹰阴沉着脸：

“不去县城,继续赶路昼夜不停。”

赵忠一看连长的架势,没敢再言语,只好策马飞奔在前面。虎子心想,这几匹马要倒霉了,不累死也得饿死。

周正鹰带着满身疲惫和不悦的情绪回到师部。过了不久发生了举世闻名的西安事变。

东北军少帅张学良和西北军领袖杨虎城一拍即合,发动了双十二事变,停止内战、逼蒋抗日,使国民政府不得不接受停止剿共一致抗日的主张。

张学良终雪九一八之耻辱，做了一件令国人刮目相看又堪称惊天动地的大事，从而国共第二次合作诞生了。国共两党终于结束了历时十年的战争争端。从八一南昌起义到七七事变，中国国民党和中国共产党走过了十分艰难和曲折的道路,在这个过程中,各国侵略者蠢蠢欲动,虎视眈眈,都看好中国这块肥沃的土地,但是,面对泱泱大国多是按兵不动,尽管馋得流哈喇子。但窥视已久、垂涎三尺的日本军国主义者终于按耐不住久已隐藏的勃勃野心,实施了长期蓄谋的侵华政策。

由于西安事变,行进速度本不快的周正鹰所部半路上转道湖南境内。待部队转防两次,抵达长沙附近时已是1938年秋天。

这时,周剑锋才收到周正鹰一年前写的家书。

书信简单,略略数语可见写之匆忙。内容如下:

爹娘在上,宽恕儿子急急之别。

军务在身,不由儿在家中多留,望爹娘勿念之。儿有一事还望二老多多操心,当今国家正值多事之秋,奉劝小弟不可执迷不悟,沿着险途走下去,只有迷途知返才是上策。想那共党大势已去,正处于穷途末路之时,大部已被国军重兵围歼,剩余少数之流寇,已不足以成大事矣,全部歼灭之只是时间问题。趁我弟陷入未深,早日洗尽共党之匪气,争取成为国家之栋梁。还望爹娘费心劝导,尽量不使其成为国家罪人。

二老保重。

不孝子:正鹰手书

这封简短的书信,简单地给父母报来了平安,了却了爹娘的挂念之情,

方文玉看后多有不快,这哪是往家里报平安,简直就是一份劝降书嘛,你自己的事情都弄不明白还管别人,真是杞人忧天。

“等老二回来让他看看老大的信,很多事情你我也弄不清楚,他们兄弟俩公说公有理婆说婆有理,都是要饭的数来宝,一套一套的。”

“我觉得高老师说得在理,可为啥老大又说气数已尽呢?”周剑锋颇感不解。

当周正雄看完大哥书信时,淡淡地笑了,老大也甚是愚钝,不,是天真的可怜,愚蠢的可笑!用坚定的语气对周剑锋说道:

“爹,莫听大哥一派胡言,共产党是不会给打垮的,共产党已是燎原之火,红遍华夏大地,不是什么人能阻挡得了的。高老师说中国革命眼前是受到了挫折,共产党人也付出巨大的牺牲,但这都是暂时的,不经风雨,何以能见彩

虹！中国工农红军很快就将奔赴抗日前线，成为抗日的中坚力量。”

方文玉对小儿子一番话将信将疑，对大儿子的话也持怀疑态度，只是不希望两个儿子成为战场上的对手。但事与愿违，往往你最不愿意看到的事情，可它就偏偏发生了。

当周剑锋收到周正鹰第二封家书时，已是转过年的深秋。第二封家书可没第一封那么轻松。让二老把心提到嗓子眼的同时，大儿子用实际行动给家门增添了非常的光辉，由此，周剑锋夫妇又成了悲喜交加。

几张沾满污渍的信笺上布满密密麻麻的凌乱字迹，尤其是那牛皮信封上还沾染着斑斑血迹。这对周剑锋来说也许算不得什么，行走江湖数十载，阅尽沧桑，但对方文玉来说却不那么简单。送信人对二老的询问一问三不知，扭头走出周家大院，因为他也是受熟人之托转送这封战地家书的，对当事人的情况一无所知。令方文玉心惊肉跳不能自已。

方文玉双手捧着信封，饱含泪水小心翼翼，久久不肯拆开。周剑锋一把将书信拿过手上，真是妇人之仁，即便是战死沙场，那也是我周家的荣耀，祖上的荣光。将信封扯开抽出几张信笺来。

方文玉忙把头凑过来，字体潦如狂草，看起来甚是吃力，可见写信人当时的心境和所处的环境非同寻常。

“父母大人在上，请受儿子一拜！儿若不能返乡，就此绝笔。”

看完第一句话，方文玉眼泪如涌泉而下。

周剑锋暗暗骂道，混帐东西，家书怎能如此的写法，何事令你如此沉不住气、稳不住神，缺少武林后代风范。

方文玉抹一把泪水继续看下去。

“自长沙保卫战以来，战斗激烈异常。这样讲二老不明白，这么说吧，很多事情儿子也弄不清楚。就说那东北王张作霖的儿子张学良吧，还没同鬼子交手就把家乡的三千万父老拱手推给日本鬼子，落得个千古骂名。可两年前竟然一夜间胆大包天，在西安扣押了蒋委员长，发动双十二兵谏，又要抗日了，早知如此何必当初，难道在尿壶里睡觉了不成，一觉醒来又成了抗日英雄。

还有更让人捉摸不透的，国民党和共产党浴血奋战十载，连年战火生灵涂炭，成千上万人为此付出鲜血和生命，眼看共党气数已尽，行将灭亡，这不，两家又合作了，共同抗日，一致对外。这说翻脸就翻脸，说和好就和好，泼辣婆婆遇到了不讲理的媳妇，谁又能说得清楚呢？”

周剑锋抖了一下信笺,冷哼一声对方文玉说道:

“老大也有弄不明白的时候?不一直自以为是嘛,牛气哄哄嘛。”

“老大早晚得吃这个亏,心机太重。”

方文玉接过大儿子的战地家书继续读下去:

“还有我弟弟,不知这愣头青咋样了?娘你可要严格管束于他,他爱冲动不计后果的毛病早晚要吃大亏的。就凭他们那大刀长矛和几杆鸟铳子同装备精良的日本鬼子对抗,无疑是以卵击石。我的阵地已经被小鬼子山炮炸翻了几遍,可是我们依然在坚守阵地,小鬼子休想前进半步!真正同鬼子决战还得靠我们正规军。”

“咋会是这样?”方文玉失声道。

周剑锋也感到问题的严重性,马上又将书信接过去。

“卢沟桥事变以来,小日本加紧对华的冒险扩张,想一口把我华夏吞进肚子里去,笑话,撑死这些狗日的!全国各地战场上中国军人在拼死抵抗,顽强作战,淞沪战役,太原会战,徐州战场,台儿庄……都是血火交融,生死对决。爹,娘,扯远啦,说说眼前吧,炮击刚刚停止,兄弟们正在抢修工事,给伤员包扎伤口,把战死的弟兄抬下去……”

三天前周正鹰部接到旅长的命令,进入清凉河北岸亚林山一带构筑工事,准备迎击敌人的进攻。自长沙开战以来,整个湘北战场上战火纷飞、硝烟弥漫。关麟征将军指挥第15集团军在顽强地抗击日寇。此时周正鹰是赵冠霖营二连连长,赵冠霖也是黄埔生,周正鹰的学长。旅长将赵冠霖的加强营布置在亚林山一线。这个制高点已经成为中日双方的必争之地。作为此战役的第一道防线的前沿阵地,赵冠霖深知位置的重要性,赵冠霖在旅长面前立下军令状,一定坚守三天,人在阵地在。

周正鹰吃力地抬抬右胳膊,殷红的鲜血染红了肩膀,一阵阵钻心的疼痛使得手枪差点掉在地上。抬眼望去,满目苍凉,硝烟弥漫散发着刺鼻的气味,被炮弹掀翻了一层皮的山坡,破败不堪的工事,伤痕累累的兄弟们,镇定的目光在警惕地注视着前方。他知道,敌人新一轮进攻即将开始,短暂的宁静预示着一场更大暴风雨即将到来。

这已经是敌人的第六次进攻,一百几十人的连队只剩下眼前这四十来人,敌人越聚越多,自己人越打越少。鬼子由原来的一个大队变成了一个联队。增援自己的三营二连在上一轮战斗中被敌人阻挡在右边一公里外的二线高地上,从激烈的战况分析,恐怕是凶多吉少。

幸存的几十个兄弟不同程度都挂了花,就目前的状况,想全身而退是不可能的,不由得从心底里升起一股无名的悲壮,就这样将性命扔在这里?他心有不甘。想起了弟弟周正雄,默默念叨着:老二,爹娘就拜托你了,大哥虽算不上什么英雄豪杰,可也没给爹娘丢脸。转念又一想,这老二现在不知咋样了?老家早就被小日本占领,凭小鬼子这个德行,只要足迹踏过之处,岂能有完卵。二弟那几杆破鸟铳和大刀长矛,一群顶着满头高粱花子的老百姓,与装备精良训练有素的小鬼子硬干,后果简直不堪设想。想到此不免又一阵冰凉,兄弟俩如果都完蛋了,可怜的老父母又将如何面对白发人送黑发人。

把爹娘托付给老二实在是不怎么靠谱。周正鹰的担心不是没有道理,此时此刻周老二正如他所虑,正在经历一场前所未有的磨难和生死考验。

八

这天傍晚，地区队手枪队长周正雄带领手枪队部分战士跟随冀中二地委副书记吕华民一行人来到冀西县杨庄。地委要在杨庄召开北四县主要领导人会议,部署当前的对敌斗争策略和任务。

杨庄是百十户人家的小村庄,地域偏僻,远离城镇,交通不便,村南有一大片枝叶茂盛的树林，村北是一个芦苇茂密丛生的大水洼子，村东是一望无际的青纱帐。事先接到通知的四个县委领导人，都轻车简从秘密地在入夜时分陆续赶到杨庄。

靠近村庄北头有一人家,主人叫杨树岭,是杨庄地下党支部负责人,四十多岁,属于那种健壮结实的庄稼汉子,豪爽而不失心细,憨厚而又够机灵。此刻正带领民兵对村庄周围进行警戒。

周正雄和杨树岭站在大片树林前。

“老杨,你能保证我进村后没有一个人走出村子吗？”周正雄不无忧虑。

杨树岭重重一点头,口气坚决：

“绝对没有,我用脑袋担保。”

周正雄摇摇头,心想,你脑袋顶什么用,来的这些人都是咱们地区的当家人,万一有什么闪失,他不敢往下想。极其严肃地说：

“老杨,把你的人布置在村子周围的暗处,尤其是树林里和芦苇丛中,一旦有情况马上鸣枪报警,千万疏忽不得。手枪队布置在村子里,一旦发生状况,你要给我打出一条通道,我掩护领导们冲出去。”

杨树岭点点头：

“放心杨队长,撤进树林里再说。”

“不行！”周正雄马上否定。

杨树岭一愣：

“撤进芦苇丛怕不中吧？”

“那不等着让小鬼子包饺子吗！往东撤,冲进青纱帐。”

杨树岭明白了,马上转身去布置任务。

周正雄把两位小队长叫到身边,如此这般一番。然后返回杨树岭家,悄无声息地坐在门口凳子上。

杨树岭家院子占地半亩多,北面一溜四间明亮的北房,南邻是弟弟的院落,东临大院胡同。会议在北屋东间里召开,地委副书记吕华民在布置当前的对敌斗争任务。

“同志们,目前我区的形势非常严峻,敌人接二连三地疯狂扫荡,使我们党组织和各级武装力量均遭到不同程度的损失,地区主力部队已转移到外线作战,留下少数部队在坚持武装斗争,地委的意见是暂不同敌人进行大规模的战斗,保存实力,积蓄力量,为革命的持久战保留火种。”

吕华民严峻的目光在几位县委书记脸上扫过,他明白大家此刻的心情,明白同志们在想什么,继续说下去:

“敌人将越来越疯狂,下一步会有更大的动作,军区党委指示我们密切注意敌人的动向,及时掌握敌情,尽量减少损失,大家必须保持头脑清醒,提高警惕,睡觉都要睁一只眼。”

地委组织部长韩连成插话:

“请各县把现有的党组织建设情况做详细的统计,尽快报到地委,同时通知隐蔽在敌人内部的同志,继续深度潜伏下去,没有地委敌工部的指示不能擅自行动。”

自从上月地区敌工部长在突围中牺牲后,韩连成接替敌工部长的工作。

青城县委书记刘子林小声说道:

“我们县的党组织经过几次扫荡,仅存三分之一。可恨的是县大队副大队长张子清,叛变投敌竟当上伪军大队长,整天东窜西跳,已经抓住我们十几个同志,我正组织锄奸。”

周北县的许书记深有感触:

“老刘,那你得赶紧弄死他!上次鬼子扫荡,我们被敌人包围在田家镇,同敌人激战一天多,突围出来后我们牺牲了两百多人。当时我就纳闷了,我们是途径田家镇,并没准备在田家镇宿营,敌人怎么就像长了千里眼顺风耳,把我们的行动摸得这么准?你猜怎么着,原来是县委出了内鬼,跟了我三年的张毅变节了!”

“同志们,教训深刻啊!”吕华民心情沉重。

韩连成的言辞没有吕书记那样谦和宽容:

“老许同志，你把这样一个人放在身边就是一颗定时炸弹嘛！危险啊同志，如果有一天你的脑袋被他搞掉，你怎么向地委负责，怎么向党组织交代？”

许书记惭愧地低下头去，没想提醒刘子林一句话，引火烧身挨了领导的板子。

坐在炕沿上的河流县委书记张强从嘴里抽出旱烟袋，在鞋底上磕了磕烟灰后又插进烟荷包中使劲地挖弄里面的烟丝，情绪低落：

“斗争形势越来越严峻，鬼子和伪军，尤其是特务们像苍蝇一样无孔不入，弄得村镇鸡犬不宁，好多抗日堡垒村已进不去了，有的人尽管表面上还能坚持，可内心里是咋想的很难说啊，一些意志不坚定的人很容易在这个时候走向反面。我们一个区小队的队长带领几个人投奔了伪军大队，人心莫测！”

吕华民的脸色阴沉的吓人，几个县委领导默不作声。

“同志们，考验我们共产党人意志的时刻已来到，越是艰苦的环境，越是磨练我们的意志和心志。对于那些意志不坚定者，背叛革命者，一定不能心慈手软，必须坚决清除出革命队伍，以免给革命造成更大的损失。”

吕华民转过头去对坐在门口的周正雄道：

“周正雄同志，这个任务有你来完成，配合各县大队尽快把这些叛徒清理干净。”

周正雄马上站起身来坚定地回答：

“吕书记，我保证完成任务。”

“正雄，既要越快越好，还要保证自身的安全，我可不想用你的命去换一个叛徒的命，就是给十个叛徒我也不换。”韩连成在延伸吕书记话的含义。

“明白，韩部长，张毅和张子清我都熟识，我会尽快让这两个叛徒从地球上消失！”

周正雄恨得牙根疼。尤其是这个张子清，曾经和自己共同战斗过一段时光，当时张子清是县大队的连长，周正雄是手枪队长，那时的张子清作战还算勇敢，是个心思人，遇事能瞻前顾后。没成想竟然跑到县城里当上了伪军大队长，实在可恶。周正雄也清楚，这个任务的难度也是可以想象的。

久坐不语的地区队副队长高阳，从上次战斗负伤之后，肩膀上的伤时好时坏：

“这倒也不足为怪，树林子大了什么鸟没有，虽人各有志，有选择人生道路的权利。但是背叛国家和民族，卖国求荣当汉奸是他妈绝不允许的。”说到此

他转过头去对吕华民说道:“吕政委,我和小周去完成这个任务吧”(吕华民兼任地区队政委)

吕华民摇摇头:

“你抓紧养伤,赵司令打了两次招呼,让你去分区工作,虽然我舍不得让你走,但还是以大局为重吧。军分区部队损失很大,你的老搭档胡家林的12团掩护分区和地委突围时损失惨重,胡家林重伤后已转移到山区养伤,你要尽快接替他的工作,这次回去后你立刻到军分区报到。”

提到12团,高阳一下子黯然失色了。他和胡家林一起参加革命,感情深厚。胡家林带领12团掩护地委机关和大部队突围,同四千多鬼子伪军激战一个下午,胡家林头部受重伤,部队冲出来后只剩下两个连,副团长和两个营长都阵亡了。胡家林虽保住性命,但一直处于半昏迷状态,能否恢复正常还是个未知数。

吕华民望着大家阴霾的表情,明白大家都心情沉重。

“环境的日趋艰难和斗争的残酷性已不必多说,当前的重中之重是保护好我们的党组织和群众的安全,你们回去后根据各县的具体情况做出相应的措施和安排。”

大家点点头表示坚决执行地委的指示精神。

韩连成接过吕书记的话茬说道:

“我可以负责任地告诉大家,地委不会撤出去,跟大家一起战斗,我会不定时去你们那里走走,了解和帮助你们解决问题做好工作,希望大家打起精神,共同度过最困难的时刻。”

周正雄望着吕书记,似有话要说,按常理在这种场合他没有说话的机会,作为一个手枪队长,任务是负责保护地委领导的安全,然而,正是出于对大家安全的关心,他才请求发言。吕华民望着这个平时话语不多心思缜密,勇敢机智的年轻人,一点头。

得到吕书记的允许,周正雄站起身来一字一句道:

“我想说的是,眼下的危险不光来自于鬼子汉奸和已经投奔敌人的叛徒,更让人担心是还没有被我们发现的内鬼,希望各位领导提高警惕,注意发生在身边的事情,我会及时配合你们做好锄奸工作。”

韩连成赞同地点点头:

“正雄说的对,虽然我们不怕牺牲,但要减少不必要的牺牲。”

“我向各位领导通报一个情况,根据敌工部的指示,两个月前叛变投敌的张津县委副书记郑宣已被我处决了!”

周正雄的话是想向大家证明一件事情,我周正雄是有本事帮助你们做好锄奸工作的,自己虽然不像坊间传说中得那个周家拳传人周老二眼观六路耳听八方,甚至什么飞檐走壁百步穿杨,但是凭自己这身祖传的功夫和坚定的革命意志,出入虎穴铁血沙场尚不在话下。

会议在继续,危险在逼近。

鸡叫头遍,天将破晓。

弘野中佐带领的两个中队和张皋伪军大队一千多人将杨庄团团包围。弘野正雄站在杨家庄外一处高地上,拄着指挥刀望着前面的村庄,沾沾自喜地审视着自己的得意之作,仁丹胡不停地上下跳动,两只小眼睛滴溜溜地转悠,那忽阴忽阳冷飕飕的目光直逼伪军副大队长司良营。

此时此刻,司良营也在揣摩对方心思,面对阴险狡诈、歹毒善变的弘野正雄,他感到自己确实走在钢丝上,稍有闪失,这条小命今天就得搁这里。真是太他妈凶险了!原本非常自信的他此刻竟然也有些惶恐和畏惧了,不由得一阵阵祈祷上苍,陈高你混蛋千万别他妈“诈和”呀,情报如不准确的话,老子到了阴间也饶你不得。

就在他胡思乱想之时,耳轮中听到“哼哼”两声冷笑,吓得他浑身一哆嗦。

弘野正雄和张皋对视着,张皋当然明白主子的意图,这老鬼子的一贯作风早就领教过,今天如果白忙活一趟的话,他那从不落空的武士刀,恐怕要拿司良营的脖子祭刀了。

对于支那人,弘野正雄从来就没有信任过,何况还是没有骨头的支那人。弘野家族信奉的是有骨头和脊梁的武道士精神,对于战死在沙场的将士,不管是属于哪个阵营他都存有几分敬意。靠卖身投靠,出卖灵魂生存的人,充其量也就是一条断了脊梁的狗,利用一下可以,大用场排不上。对于这个司良营更是如此,上次的情报失误已让他在同仁面前丢尽颜面,今天若是再……哼,只能送你去地狱。

共产党的地委选择这样一个地方开会,确实让弘野正雄有些佩服,四周地理环境十分复杂,若不是有内线提供情报,将其悄悄围住,恐怕村里的共党早就跑光了,不管是钻进青纱帐,芦苇荡还是大树林子,就是神仙也奈何不得了。得意非凡的他用手抚摸着胡子拉碴的下巴,庆幸自己棋高一招,致其死地而后快是他的拿手好戏，在大扫荡中已经屡试爽快了。

周正雄有一种不好的预感，尤其是最近经历了一些匪夷所思的事件，给了他一种危机感。抬头望着窗外渐渐到来的黎明，更加躁动不安。仿佛不希望天亮了，在黑夜中散会大家安全离去是最好的选择。他把焦虑的目光投向韩部长。

原本预定会议在拂晓前结束，大家在即将黎明时分各自离去，周正雄希望快点散会，尽快离开杨家庄。

忽然，砰砰——砰砰——一阵清脆的枪声送走了黑夜迎来了黎明。

周正雄几步蹿到院子里，手上拎着两只驳壳枪，刚刚奔到院门口，同迎面闯进来的杨树岭撞了个满怀，对方还没站稳，话已出口：

“我们被敌人包围了！”

“快——上房。”

周正雄和杨树岭爬上房顶向四周观察，不由得一阵冰凉。大批的鬼子伪军已经越过青纱帐，芦苇荡和大树林子，收缩到村子跟前，把突围的各条通道堵死了。面对轻重机枪和小钢炮，只有短枪的手枪队和十几支长枪的民兵队，要想冲出重围，胜算太小了。

韩连成听到外面激烈的枪声爆炸声，望着表情凝重的周正雄：

“情况怎样？”

此时此刻，周正雄也没了主意，按道理这不是他的性格，可今天的情况太过特殊，可以说前所未有。掩护领导突围？恐怕还没冲出村子，就被敌人的机枪撂倒了。固守待援？固守可能会坚持时间长一些，但这待援，援从何来？附近根本没有我们的大股部队活动，即便是有个把区小队也是白给，于事无补。

“情况很严重吧？大家不要慌乱，兵来将挡水来土掩，小周把情况讲一下，咱们分析分析。”

久经枪林弹雨的吕华民镇定地对大家说。

与其坐以待毙，不如拼个鱼死网破，兴许还会有一线生机，这是周正雄面对危机形成的一贯作风。

“形势非常严峻，咱们被敌人包围了，大约有一千多。”周正雄阴沉着脸。

“敌人怎会来的这么快？是我们暴露了还是内部又出了问题？”韩连成的大脑在飞快地运转，这次行动非常缜密，是哪个环节有问题？

刘子林大声说道：

“肯定又出了内奸！”张子清的叛变投敌已经使他刻骨铭心。

高阳用驳壳枪苗子顶了一下耷拉下来的帽檐,若有所思：

“手枪队始终跟随我们在一起,没有人私自离队,而且我们的行动非常谨慎,半夜进村,然后就布置了警戒,不可能走漏消息。”

周北县的许书记马上敏感地说道：

“我带来的三个人,进村后才知道此行的目的,没有泄密的机会。”

其他县委书记也都相继说明了自己身边的事情。

“好啦,现在不是讨论这个的时候。”韩连成打断大家的话,对高阳和周正雄说:“现在怎么办?”

“突围！我掩护大家突围。”周正雄坚定地回答:“敌人是有备而来,等我们发觉后,敌人已经将包围圈缩小到芦苇荡和大树林里边,不客气地说,凭我们的武器弹药,两个时辰都难以坚持。”

轰轰——几发炮弹落在院子周围,房间内落满灰尘。

“咱们兵分两路,高队长带领一部向东突围,只要冲进青纱帐,鬼子就不灵了。我带一路向北突围,冲进大树林子。”

刘子林顾虑重重：

“我看不妥, 咱们这点人马又没重武器, 如分散行动, 很难说结果会怎样。”结果他没敢说出来,大家心里都清楚。

突然一个满脸鲜血的人闯进来,还没站稳便大声说道：

“周队长,顶不住啦,鬼子冲进村子,赵扬(小队长)牺牲了,赶快组织突围吧。”

“马上突围！”吕华民大声命令:“高阳掩护韩部长和老许、刘子林等人从村东突围。我和周正雄一路,张强,老沈,老赵,咱们向北突围。组织纪律我不多说,誓死不能当俘虏,马上销毁文件。”

天已放亮,东方渐渐泛起鱼肚白。无数人影在大街上窜动,枪声爆炸声此起彼伏,机枪子弹不停地从头顶上飞过,呼啸而过的炮弹发出刺耳的尖叫声,不时有房屋被炸塌,火光闪闪,浓烟滚滚,硝烟弥漫,日伪军已冲进村庄。

弘野正雄和张皋站在村前大街上,弘野正雄得意地挥动着滴血的指挥刀,对张皋说着什么。

张皋对司良营大声命令：

“太君命令你马上拿下前面的制高点,这可是你他妈立功赎罪的机会。”

张皋用手枪指着一栋高宅大院很是惬意,心想,姓司的你不卖命谁卖命?叛徒这碗饭是这么好端的吗,你个光杆司令,一来你就弄了大队副,老子有几百弟兄不才弄了顶大队长的帽子吗,想捡便宜没门。你当你是谁呀,想在哪里混就在哪里混,这鬼门关上的活计你就代劳代劳吧。

司良营对张皋恨得牙根疼,这老混蛋真他妈不是东西,总是拿老子当炮灰,等有一天你落在老子手底下,看我不挤出你青屎来。心虽这么想,可命令还得执行,只好硬着头皮挥动手枪,带领几十个伪军向前冲去。

九

周正雄带领手枪队掩护吕华民等十几人冲出院子,冲过两条胡同,再闯过前边的大街就能看见大树林了。周正雄等人刚一冒头就被一阵机枪子弹堵回来,周正雄一摆手,大家都趴在地上。猛烈的火力来自于大街对面大树一侧,子弹呼啸着从头顶上飞过,一个熟悉的人影映入周正雄眼帘:司良营!地区队参谋,周正雄的老熟人,两人一起共事两年多。

周正雄马上联想到地委干事陈高,他是司良营的表弟,已跟随韩部长向东突围,一种不祥预感让他打冷战——韩部长凶多吉少!一阵懊恼沮丧,怎么办?大敌当前,自己没有分身术,毫无疑问泄密是陈高所为。

“锁住,盯住司良营,干掉这个败类!”

“队长放心,就是豁上这百十斤,我也要把他送去见阎王。”刘锁住咬紧钢牙,两眼冒火星子,枪口瞄准了司良营的人头。

司良营此时也发现了对面的周正雄,不由得一阵心悸,这家伙可不是省油的灯,地区队出了名的鬼难缠,谁沾上他的边,离倒霉就不远了。有心放周正雄一马,也等于放自己一马,刚刚过上两天舒坦日子,把小命撂这里不值得,心里打起退堂鼓来,只要枪口抬高一寸,糊弄糊弄洋鬼子也就是了。可转念一想对面的吕华民,又有些舍不得了,这可是一条大鱼,如能把他弄到手,功劳可大发了,官升一级还是有可能,把张皋老混蛋挤走也说不定啊。千载难逢的机会,机不可失失不再来,刚才还犹豫不定,现在却镇定下来,对手下大声喊道:

“弟兄们,一个也不能给老子放跑,狠狠打。”

情况越来越严重,大批敌人往东西两侧靠拢。

“冲过去——”周正雄大声喊道。

周正雄带领十几个战士掩护吕华民向前冲过去,刚刚冲出十几米,冲在前边的几个战士倒在血泊中,周正雄的肩头猛然一震,他一把将吕华民按在地上,刘锁住和两个战士接连甩出几颗手榴弹,趁着爆炸掀起的尘雾大家又退回原地。

刘锁住没有退回，而是翻滚着向前扑过去。

“锁住快回来——！”周正雄大声呼喊。

子弹噗噗落在锁住身上，虽然翻滚前进没有停止，但速度明显减缓下来，这一幕令周正雄终生难忘，每每想起此刻，他的心都在滴血。

司良营见对面冲过一个人来，身中数弹仍然在奋力向前冲，不由得一阵欣喜，对部下大声呵斥：

“别、别他妈打啦，抓活的。”就这么一个伤兵怕他个球，一来可以抓活的到皇军面前邀功请赏，二来可从他嘴里获取一些情报，一箭双雕，何乐而不为。

枪声嘎然停止，司良营直起腰来命令几个部下：

“快拖过来——”

几个伪军马上围上来，砰砰——一串愤怒的子弹直奔司良营而去，瞬间把个司良营打了一个人仰马翻，枪声引来一阵激烈的狂射，刘锁住牺牲了。再看司良营，头部，肩部，胸部相继中弹，竟都没击中要害部位。来自于几处伤口的疼痛，让他一阵阵后怕，心里明白，不是对方枪法不好，手枪队里班长以上的人都是神枪手，不说百发百中，像现在这个距离绝不会失手，只有一个解释，刘锁住是用生命赌的这几枪。

在司良营万分庆幸的同时，周正雄把涌出的泪水咽下去。默默祈祷，兄弟不要走远，我一定替你报仇，拿司良营的脑壳祭拜你的亡灵。

十几个人刚才这拼命一冲，还剩下六人。周正雄抬抬左臂，一阵钻心的疼痛，鲜血染红了衣衫。回头望着大家，吕书记腿部中弹。

“小周，退回去再想办法。”

“吕书记，我一定把你送出去。”

周正雄背起吕华民，几个人退回村子里，占据一座坚固的院落。此刻他还有一个担心就是韩部长，这个陈高是一大心病。

就在周正雄等人退回村里同时，张皋和司良营带领一干众人，将北半村子分割包围。

东面的枪声稀疏下来，一种不好的预感令周正雄忐忑不安，尽管他知道韩部长他们冲出去的可能性微乎其微，高阳队长身带重伤，陈高从中作梗，困境可以想象。

现实就是如此残酷，手枪队小队长乔月背着韩部长，陈高和几名战士掩护,一路撤过来。

陈高心里充满了矛盾和郁闷。说心里话,他并不愿意离开部队,一切都是在表哥司良营的怂恿下、胁迫下造成的。不过对于表哥许出的诱人承诺,也不能说没有动过心。这个诱人的承诺让他把天大的秘密告诉了司良营,眼前的这一切都是他亲手造成的,他成了无可辩驳、名副其实的刽子手。

他害怕,他担心,他恐惧,他怕鬼子一刀把自己劈死,更怕周正雄的一枪毙命。在枪声爆炸声中,在各种不信任和怀疑的面孔中,他几乎崩溃了。

他庆幸刚才没有冲出去,又侥幸活了下来,他认为这一切都是老天爷的安排,尽管他不相信鬼神。

急切中,他打起小算盘:要么,帮助表哥将这伙人都消灭;要么,帮助周正雄把司良营除掉。如把司良营杀掉,那自己又成为一块白纸,还原本来之面目,也不失为一招好棋。

试想,抱这样一种心态的人,左右摇摆的人,心怀鬼胎的人,能有好下场吗?!

当他出现在周正雄面前时,难免不流露出几分心虚和胆怯。

"周队长,我们没能冲过去,高队长牺牲了,韩部长重伤。"乔月难过万分。

周正雄拍拍乔月的肩膀:

"兄弟别难过,我们不是还活着吗,只要还有一口气在,就有机会。"

周正雄话语强硬底气十足,可是他心里明白,一只脚踏上了鬼门关。

"伤的咋样陈干事?"周正雄用手枪苗子指着陈高的胳膊。

这一举动让陈高一阵寒战:

"没事没事,擦破点皮。"难道是周疯子看出了什么?"刚才真玄乎,如果不是高队长抵挡一阵子,恐怕咱们几个人就见不着面啦!"陈高的目光一直没离开周正雄的表情。拎着手枪的手哆嗦了一下。

"是福不是祸、是祸躲不过。"周正雄甩下一句话转身离开了。

陈高愣住,什么意思?这话听来有点别扭,他指的是什么?

周正雄把乔月拉到一边:

"陈高的表现怎样?"

"还行吧,咋的?你是说——"乔月神色异常。

"盯紧他,如果他——不用我教你吧。"周正雄的语气让乔月感到事态的严重性。

“队长,我知道该怎么做。”如果是他的话,我让他为死去的兄弟们陪葬,不,陪葬怎能用这等肮脏东西,我他妈零刀剐了这混蛋。乔月眼前晃动着无数倒在敌人枪口下的战友们。

“乔月,这可能是我交给你的最后一项任务,眼下的情况你清楚,如果你能冲出去,别忘了给俺爹娘捎个话。”周正雄说得轻松,乔月听得沉重。

“队长放心,如果兄弟做不到你也别怪罪咱,自打参加手枪队,这两斤半(脑袋)就别在裤腰带上了。”乔月心说,自己怎能放下队长不管,独自往外闯,几年来枪林弹雨摸爬滚打,已习以为常,何惧这一次。

“韩部长、韩部长?”一个战士叫道。

“韩部长、韩部长?”吕华民在呼唤。

周正雄急忙凑过去,只见韩部长慢慢睁开眼睛,艰难地对吕华民抬起右手想说什么,吕华民抓对方,突然韩部长手臂无力地垂下去。吕华民紧紧抓住韩部长的手,眼里充满泪花。又失去一位好战友,一位参加农民武装起义,走过了十多年革命斗争之路的老党员。

韩部长那艰难睁开的眼睛却没有再闭上,仿佛在向大家诉说着什么。吕华民轻轻地在韩部长的脸上一抹,他不能让老战友死不瞑目,革命道路就是这样,前赴后继,肝脑涂地,直至战斗到最后一刻。

吕华民扫视周围的战士们,艰难地站起身来,使劲咽下一口唾沫坚定地说:

“同志们,最后时刻来到了,为革命而牺牲这是共产党人最崇高的信念,最高尚的情怀,大家还有什么要说的没有?”

众人投过来坚定的目光。

“吕书记你下命令吧!”周正雄说道。

吕华民沉声道:

“重伤员,行动不方便的同志跟我留下来,其余同志抓紧时间分散到老乡家隐蔽起来,为革命保留火种。”

这个决定出乎大家意料,尤其是周正雄,这个命令他无法接受,扔下领导和战友于不顾,自己躲藏起来,这等行为太过丢人,不是大丈夫所为。况且眼下只剩下八个人,六人挂花,五十多人转眼间成了现在,韩部长,高队长,许书记,张书记相继牺牲。再者,隐蔽到老乡家中未必是上策,一旦被敌人发现将祸及百姓。

“吕书记,隐蔽恐来不及,让我们大家一起共同战斗到最后一刻吧。”

吕华民不再坚持自己的观点,几条胡同被敌人围成铁桶一般,大家带伤冲出去的可能性微乎其微,无奈地点点头。

周正雄布置最后的战斗任务:

“小亮,田娃,你们两人保护吕书记。”乔月把几颗手榴弹递过去。两个年轻战士伤在腿上和腰部,行动不便,只好留下保护吕书记。乔月,陈高,你俩到西厢房去,给我封住院门,不能放一个敌人进来。”

“队长这——”乔月疑惑不解,为什么把陈高弄来和自己搭档,万一帮了自己倒忙岂不毁了大事。

“记住我交给你的任务。”

“是,队长。”乔月明白了队长的意图。

“老杨你是神枪手,用长枪封锁对面的房顶,把上来的敌人干掉。赵二你人小灵活,给你一个特殊的任务,负责把落进院子里的手榴弹还给鬼子。”

身材矮小、年龄最小的赵二幽默不断,根本没把战斗和生死放在心上,年龄虽小可也是老战士了,爹娘早逝的他从十来岁就跟随周正雄在部队里混。

“好嘞,请好吧,这落进屋子里的咱可管不了啦。”

周正雄布置完毕望着吕华民。

“大家行动吧。”

吕华民坚定一挥拳头。

上午九点多,风云骤起,乌云翻滚,刚刚还晴好的天气被搅和得一塌糊涂。

张皋和司良营带领两百多人将村北边几条胡同的院落包围的严严实实。弘野正雄命令小钢炮对准了几处院落,要把村落夷为平地。

“张大队长,我来指挥这场战斗如何?咱可不是抢你的头彩,实话跟你说,我的内线还在里面,把他弄死咱可就失去了一只眼睛。”

张皋瞥了对方一眼,心想,我就是他妈要把你那什么鬼内奸弄死,看你还怎么显摆。心里如是想,嘴上却是另一种说法:

“好啊,那就看看你的指挥才能吧。”弄死个把人还管谁指挥,真是棒槌。

弘野正雄和张皋根本没把这司良营当一回事儿,依他的脾气,一顿炮弹把这几个共党轰出来。只不过还想弄几个活的看看而已。

司良营头上缠着纱布,右胳膊吊在胸前,左手拎着手枪,总感到有点别扭,左手没打过枪，更别谈什么准头，只能装装样子罢了。他望着前边的院落沉思了一下，鬼才愿意指挥什么破战斗，为了表弟陈高，只能权且忍耐一时。

司良营伸长脖子喊话：

“里边的共党听着，赶紧放下武器投降，给你们五分钟时间，五分钟后不出来就给你们吃炮弹——”

哒哒——哒哒——从村西传来阵阵枪声。

弘野正雄一怔，忙带领一队人马向村西奔去。

枪声让周正雄等人又看到一丝希望。

“吕书记，有人来接应咱们。”

吕华民眼前一亮：

“不知是哪部分？”这些年来绝路逢生的事情已不止一次，所以每当遭遇险情时他总能沉住气，给人一股泰山压顶不弯腰的气势。

西面的枪声影响了二人的情绪，五分钟，十分钟，一刻钟过去，司良营仍没下达进攻的命令。两个人竖起耳朵倾听着西面的动静，发现枪声始终在一个劲头上，这才放下心来，司良营挥动手枪，扯开破锣嗓子高喊道：

“最后期限到啦，再不出来，老子就——”

话音未落地从里面传出一阵熟悉的声音：

“表哥，别开枪，是我。”

陈高！司良营精神一振。

确实是陈高。

听到西边的枪声，隐蔽在西厢房内的乔月和陈高为之一惊。乔月的第一反应是援兵到了。陈高可没这么兴奋，一旦把这几个人救出去，对自己来说无疑是一场灾难，灵机一动心生一计，小声对乔月说道：

“救兵来了，咱总不能干等，应该做点什么，今天这帮敌人肯定是司良营这叛徒勾引来的，我把他引出来，你干掉他怎样？”

乔月不动声地望着对方，心说，想溜？那咱就依你，在奔地狱的路上你哥俩好做个伴。顺势说道：

“行，你要注意安全，看见对方一露头赶紧躲避到院墙下，今天我的准头不好。”乔月抬抬受伤的右手臂。

吓得陈高一哆嗦，这小子不会发现什么了吧？但愿自己能逃过这一劫，硬着头皮拖着沉重的双腿走到院子里。原来他也并非贪生怕死之辈，参加革命几年来大小也经历过不少战斗，算得上久经战阵几回生死了，只是被阴险可恶的司良营抓住软肋，威胁若不从的话就杀掉其全家，一来二去越陷越深，到了不能自拔的地步。

陈高一想到年迈的老父母，更感到自己生命的重要性，在生死之间他选择了逃生，这本是人之常情，无可厚非。他在尽量诠释自己行为的正确性，给自己的行为找一个更为合适的理由。难道这就能成为出卖灵魂出卖良心的借口吗？对他来说这一切也许并不重要。只要能走出这个大院子，一切都将成为以往，这个结果能否实现他也说不清楚，只好听天由命。

陈高出现在大门口，脚踏在被炸碎的木门碎片上时身子晃了一晃。

司良营躲在院墙外一侧，看到表弟心中一阵高兴，无疑是自己的政治攻势起了作用，如能兵不血刃，解决这伙土八路，那自己这脸可露大发啦！人一得意忘形就容易乐极生悲，别说，这句话真就应验在自认为老谋深算的司良营身上。他情不自禁地往前走了一步，意在迎接归来的表弟。就是这一步，让他陪同陈高下了地狱。

"表哥，我们同意谈判，条件是——"

"谈个球，不缴枪就吃炮弹，没得说！"

乔月岂能放过这等机会，手中的两把驳壳枪响了，一支瞄准司良营，一支对准陈高，哒哒、哒哒，可怜表兄弟二人，不能同生，却选择了同死，为背叛国家民族和亲人而付出血的代价，若灵魂有知的话，不知他们作何感想。

张皋命人将司良营拖到隐蔽处，上前一看，断气了，幸灾乐祸的同时，也不免有兔死狐悲之感，歇斯底里喊道：

"给我狠狠打，狠狠炸！"

枪声大作，轻重机枪封锁住院门，子弹打在门框窗户和墙壁上，木屑乱飞，尘土弥漫，端着刺刀的伪军几次冲进院子，都被乔月和周正雄的子弹堵回去，十几具尸体倒在院子门口，形成一道半米多高的人肉门槛。

手榴弹蚂蝗般落进院子里，赵二忙个不停，东一个、西一个，把手榴弹奉还给敌人，墙外的爆炸声不亚于墙内，炸的张皋一头雾水，里面是个什么人？匪夷所思。

敌人爬上南房顶，架起机枪，但却不敢露头，子弹毫无目标地打在房檐上下，不时有流弹飞进窗户，一通的胡打乱射。杨树岭焦急地等待时机，伪军见对面没有还击，终于放松了警惕，两个机枪射手抬头观察，想看个究竟，刹那间两颗冷酷的子弹把机枪射手的脑壳打爆了。杨树岭松了一口气，这个距离麻雀都逃不过自己的眼睛，何况你个西瓜蛋。

陈高毙命，屋子里的人看得清楚，吕华民心里一阵阵痛，由于自己的疏忽，导致这么多好战友为此付出生命，这个代价实在太大了。

赵二已经手忙脚乱了，他刚刚把一个手榴弹捞在手上，突然身后落下的一颗手榴弹爆炸了，随之手上的手榴弹也爆炸。一个年轻的生命就此终结，走的是这样英勇和悲壮，没有豪言壮语，只有一个信念，打鬼子保家乡。

手榴弹相继飞进南房，周正雄的容身之地受到致命的威胁，南房顶上敌人又架起两挺机枪，压制住杨树岭的视线，情况相当危急。当周正雄翻出窗户赶到北屋时，杨树岭头部中弹已昏迷过去。

突然两颗手榴弹飞进北屋，田娃一下扑在吕华民身上，小亮牺牲了，田娃背部炸伤，周正雄头部再次被弹片擦伤。只有乔月的双枪在愤怒的吼叫。敌人始终没能跨越院门一步。

刚刚平息了村西的战事，骄横狂妄的弘野正雄彻底失去了耐性，命令炮兵对村北几个院落发起攻击，顷刻间炮弹无情地落在院子内房顶上，一时间房倒屋塌，断壁残垣，浓烟滚滚，火光闪闪，老人孩子悲戚的嘶喊声，鸡犬牲畜哀鸣不断。

突然从西房中站起一个人，对冲进院子的鬼子伪军射出最后一梭子弹，然后轰然倒下。

面对呼啸而至的炮弹，土屋顶怎能承受如此巨大的爆炸力和冲击波，就在周正雄刚背起吕华民想跳出房子时，被轰然而落下的房梁尘土和瓦砾埋在下面。

一场激烈的战斗结束了，几道闪电撕裂天空，浓浓乌云向天边翻滚，绿豆大的雨点随风飘落，硝烟弥漫刺鼻扎眼。风雨中，鬼子伪军相继撤走，乡亲们忍受巨大的悲痛收拾残破的家园和掩埋失去的亲人。

十

新的一天即将来到,东方渐渐泛起鱼肚白,不一会儿一轮红日从东方冉冉升起,晨霞照射在光秃秃的山头上,被炮弹炸翻了几个来回的松土冒出阵阵雾气,原本清凉爽朗的气息里夹杂着刺鼻的硝烟味,两天前的青山植被一去不复返。美丽风景的亚林山变成了屠宰场和墓地。

赵冠霖的加强营在亚林山一线已经坚持两天,再坚持一天,晚上即可撤出战斗归队。但赵冠霖的心情仍然十分复杂沉重,在战壕里举起望远镜观察敌情。八百人的部队,仅两天时间,便黄瓜打驴去了一大半。东侧一连连长昨天战死,一个排长带领几十人坚持战斗,西侧三连虽然还有多半兵力,可伤员比健康的战士还多。

最惨的是二连,还有不到四十人,二连连长周正鹰组织打退日军六次进攻,身体两处枪伤,仍坚持战斗不下火线,如果照这样打下去,即便能坚持到傍晚,恐怕也没有撤退的必要了,因为阵地上不可能再有什么生息。

作为预备队的兄弟营二连,昨天上午投入战斗之后,连长赵麻子麻痹大意,让鬼子冲上二线阵地,同一个中队的鬼子展开肉搏战,刺刀见红血染战壕,可惜这个东北汉子,接连挑死三个鬼子,最后被几个鬼子挑开肚子,惨不忍睹,壮烈殉国。

让他焦虑是敌人飞机大炮配合默契,轮番轰炸,伤亡的主要原因就在于此,最要命是制空权掌握在对方手上。

"营长,敌人开始行动了!"周正鹰对赵冠霖说。

"告诉兄弟们隐蔽好,一定要坚持到天黑。"

"坚持到最后一个人没问题,能不能坚持到天黑不好说。"周正鹰带有几分情绪。

赵冠霖回过头来看着对方:

"这种情绪不好,兵无常形、水无常势,现在论胜负还为时尚早。"

周正鹰头上的鲜血殷红了厚厚的绷带,肩膀缠着纱布,衣服被炮弹片划烂,平日的军仪威严已不在,有的只是愤怒和懊恼。

“营长，这打的是他妈什么仗啊，窝囊！躲在工事里等着挨炸，我看还是赵麻子痛快，起码刀刀见红，值，够本！像张克（一连长），还没弄明白咋回事就被炮弹五马分尸了！”

赵冠霖一瞪大眼呵斥道：

“扯淡！都他妈像赵麻子一样，昨天阵地上就没活人了！我说周正鹰，你这脑壳是不是被炮弹震坏啦？现在是图痛快的时候吗？完不成任务你我要上军事法庭的。”

赵冠霖一番话并没有吓唬住周正鹰，他小声嘟囔：“军事法庭和阎王殿有什么区别吗？我看阎王殿比军事法庭强得多，我宁可上阎王殿。”

声音虽小，但他知道赵冠霖肯定能听得到。赵冠霖没再搭理他，转过头去继续观察敌情。忽然大声喊道：

“传我命令，赶快隐蔽！”

命令快速向左右传开去，士兵们迅速隐蔽在工事里。随之而来的是呼啸而至的刺耳尖叫声，敌人新一轮炮击开始了。炮弹像雨点般散落在山头上，刚刚修好的工事，片刻又破烂不堪，战士们被炮弹掀起的尘土掩盖起来，正好落进工事里的炮弹，将战士的尸体躯干炸的四处横飞，场景惨不忍睹、无以言表。

每次轰炸过后，总有一些战士为国捐躯。每每此刻，周正鹰心像被刀割一般。令他刻骨铭心的一幕是三排二班长高祥的身体被炸成两段，上身飞出工事，下身压在小战士铁头身上，两年前被高祥从大街上捡回来的叫花子铁头只有十五岁，视高祥为再生父母。老兵油子高祥听到炮弹的呼啸声不对劲，一下扑倒在铁头身上，就这样，一块弹片将高祥的身体分作两截，铁头的后背也被炸的血肉模糊。

铁头悲痛欲绝，抱着高祥的半截身子号啕大哭，几个人都无法将其分开，战士们不忍心看班长鲜血淋淋的五脏六腑，愤怒地瞪着山下冲上来的鬼子，只有一个心情，就是报仇。

鬼子又冲上来了，铁头放下高祥，把上衣扒下来盖在班长身上，对周正鹰大声哭喊道：

“连长，横竖都是他妈个死，总得拉上个垫背的啊！”一翻身冲出工事，迎着敌人冲过去，从上往下冲去，重力加速度，抱着步枪连滚带爬冲进敌群。铁头接连刺死两个鬼子，当三把刺刀扎进铁头身体时，他拉响三颗手榴弹，拉上六个鬼子垫背去见阎王爷了。

不能不承认，日本军人作战非常顽强，疯狂而至的子弹很难阻挡其武士道精神，前边的倒下去，后面的踏着尸体继续往前冲，就像接受了指令的机器人一般。

由于伤亡过大，敌我兵力相差悬殊，鬼子越打越多，国军越打越少。周正鹰的阵地被敌人突破，几十名战士同五六十鬼子拼起刺刀。周正鹰杀红了眼，肉搏战对一个精通武功的人来说不算什么。通讯兵王林见连长危急，端着刺刀冲过来，一个突刺深深扎进一个鬼子后背，可随后被追赶过来的两个鬼子刺穿胸膛。

周正鹰一闪身让过鬼子的刺刀，一把抓在枪管上，右手一掌切在对方脖子上，登时对方骨断筋折。三个鬼子呈三角形疯狂刺过来，不论是劲道还是速度都令人咋舌，周正鹰冷哼一声，尽管你们刀法迅猛刁钻，可大爷不吃这套，碰上我是你们的造化，早点送你们回老家是咱的仁慈。

眼看几把刀尖顶上了前心后背，面对呲牙咧嘴得意忘形的鬼子，周正鹰猛然下蹲，瞬间三把刺刀扎在一起，周正鹰的家传绝技铁腿扫堂，咔嚓咔嚓，几条腿被打折。这仗好打了，动刀不如动手快捷方便，周正鹰几下便拧断了三人的脖子。

二排长刘湖是山东大汉，身材魁梧，力大无比，面对几个鬼子毫无惧色，一把刺刀东挡西杀，几个鬼子一时竟也奈何他不得。几个回合下来敌人没占到便宜，就在这时，一个鬼子小队长加入了战斗，一把战刀使得刁钻凌厉，怪招迭出，一时令刘湖招架吃力了。

周正鹰放倒一个敌人后发现刘湖险情不断，几步抢将过来，迎住鬼子小队长。这等刀法周正鹰见所未见，一时间弄了个手忙脚乱，几招过后对方终于露出破绽，周正鹰明白了，这等实战性很强的刀法，是在战场上练出来的，找到破绽便不堪一击。

周正鹰用刺刀架住对方的战刀，双方用力向对方逼过去，好像谁的力气大谁就能赢一般。周正鹰顶住对方的劲道，然后猛然撤力，向右硬挪出半步，对方如断线的风筝向前扑过去，周正鹰迎着扑过来的鬼子，一刀扎进对方的胸膛，望着对方那惊诧、恐惧的目光，飞起一脚将骄横的鬼子小队长踢飞出去。

减轻刘湖的压力，却给周正鹰带来致命的危险，鬼子已经认出这个身手敏捷，腰插手枪的人是个官，七八个鬼子迅速围上来。

顷刻，阵地上的形势向一边倒去，一个战士对付两三个鬼子，而且还是擅长拼刺刀的鬼子，伤亡在不断增加，如果没有增援的话，再过一会这个阵地恐怕就不属于国军了。

对周正鹰来说，压力带来的是焦躁，危险带来的是疯狂，他别无选择，既无分身术，又不能撤退，只有硬着头皮干下去，鬼子小队长那把战刀在他手上抡得虎虎生风，刀刀见血，来者不拒，肉体钢枪什么都砍，不一会锋利的刀刃成了锯齿。

"连长小心——"

刘湖话音未落，一把刺刀已扎进周正鹰的后背，此时他正用刀逼住前面的三个敌人。并非疏忽，而是精力太过集中所致，枪声、断杀声、刀枪的碰撞声混为一体。鬼子的刺刀扎在周正鹰肩胛骨上，面对前面三把刺刀他无法回身，就在进退两难的情况下，忽听扑通一声，顶在后背上的压力消失了。

刘湖救了他一命。此刻疼痛已经失去意义，流血成为必然，生死就在一瞬间。

两个人面对十几个鬼子，愤怒代替了恐惧，鲜血代替了汗水，没有丝毫思考的机会，全凭条件反射和过硬的本领以及临战经验。刘湖的肩膀，头部，大腿几处挂花，周正鹰也好不到哪里，鲜血流下面颊，后背和左臂皮肉外翻，血肉模糊。

周正鹰明白，如不短时间内解决战斗，体力很快会垮下来，伤口得不到及时处理，流血也能把人流死。

"刘湖再顶住两分钟，只要两分钟！"

"好的，连长，出手吧！"刘湖话虽硬朗，但底气已不足。

话音刚落，周正鹰飞身而起，大鹏展翅恨天低，飞越几个鬼子的头顶，眨眼间落到敌人背后，手起刀落，锋利的利刃划过鬼子的脖颈，尽管鬼子的反应也不慢，但刀太快了，锯齿般的利刃切开了敌人的脖颈，撕下了筋肉，如果说还有什么动作的话，那就是不停窜起的血柱。

刘湖却没有连长那么轻松，虽然架住对面两把刺刀，可第三把刺刀却扎进了左下肋。尽管如此，刘湖手上并没有撤力，挡开一把刺刀后狠命扎进对方胸口。这一举动把第三个小鬼子惊呆了，虽然在拼命地将刺刀往上挑，怎奈穷尽气力仍无济于事，扎进刘湖肋骨的那把刺刀并没有让他挪动半步。

往前猛刺之后，回手一枪托子砸在鬼子头上，咔嚓一声响，是刺刀掰断还是肋骨折断已经不重要了，刘湖面对围上来的六七个鬼子把心一横大声喊道：

“小鬼子我操你姥姥——”猛然拉响了手榴弹,同归于尽是他的唯一选择。

“刘湖兄弟——”

周正鹰那变味的嘶叫声震响阵地上空,一把锋利战刀旋风般泼向敌人,一个血人人影上下左右翻动,刀刀见血。周正鹰越战心里越冰凉,尽管不时有敌人倒在他脚下,可是敌人越聚越多,那是因为自己人越来越少。他眼睛模糊了,是汗水还是血水已分不清,他眼前有无数野兽张牙舞爪、上蹿下跳、左右晃动,自己变成了猎人,更像屠夫,他就是要成为玩命的屠夫,把这些野兽开膛破肚!

战争就是这样的残酷无情,不是你死就是我活,要想自己活下来,就必须让对方死去,丝毫没有商量的余地,谁犹豫,谁迟疑,谁就慢半拍,那个死的人就是谁。一个颠扑不破的真理,就是时刻要制对方于死地。

一个英雄,往往是被人们认为做出了什么惊天动地的大事,或者是事迹给人们留下了深刻的印象,很少有人想到那些在战场上默默无闻而牺牲的战士们。其实不然,很多惨烈的战斗和悲壮的壮举都是由这些普通的战士们创造的,没有他们就没有战役的胜利。

不可否认,一个人的能力有时也非常关键,如摩天大厦的设计和投资者,可以说没有他们就没有举世闻名的创举,但那些众多一砖一瓦的建设者,不也同样重要吗?没有他们,伟大的壮举同样也不会产生。可是,往往容易被大众所记住的只有那设计者和投资者或者所有者,虽有失公允,却也实属无奈。

作家的笔端再过犀利却不是万能的,只能把最具代表性的东西呈现给读者,不是他们有意识地掩饰什么,更不是故意遗忘什么,只是想把那真实一面奉献给大家,这也是一种使命感吧。

就在周正鹰带领战士们和敌人预作同归于尽之时,战场局面突然发生了变化,赵冠霖营长组织三连在周正鹰生死存亡之际增援过来,对敌人形成两面夹击。成溃败之势的敌人连逃跑的机会都没有了。

正当大家打扫战场时,赵冠霖的望远镜里又出现异常现象,一阵嗡嗡刺耳响声出现在阵地上空,他大声喊道:

“赶快隐蔽,隐蔽——”

轰隆隆,轰隆隆,无数重磅炸弹落在山头上,尘土飞扬,地动山摇,爆炸声将山头淹没,整个阵地笼罩在一片尘埃之中。大家已记不清这是第几次轰炸了,尽管敌人十分疯狂,但阵地仍然在中国陆军手上。

待尘埃落定,赵冠霖的右大腿不见了,勤务兵大声哭喊着:营长、营长!脱下衣服将赵冠霖那往外蹿血的大腿根紧紧包裹住。周正鹰赶紧扑过来将赵冠霖抱住大声呼唤:

“营长——营长——您醒醒呀?”

勤务兵六子还是个十六七岁的半大孩子，从工事外边捡回营长那条血淋淋的半截腿。

赵冠霖猛然睁开眼睛瞪着勤务兵骂道:

“别他妈号丧,老子还没断气,瞧你个熊样,赶快把连长们找来,快!”

六子放下半截腿转身向山头跑去。

周正鹰心里明白,营长这是硬撑着一口气,血很快就会流干。他的心在滴血,残酷地看着营长慢慢走向死亡而束手无策,这都是过命的弟兄啊。他再也止不住憋了半天的眼泪。

这一切都被赵冠霖尽收眼底,他使劲咽下一口唾沫,用右手上的手枪支撑一下身子,对周正鹰说道:

“正鹰老弟,看来阎王爷在催我啦,老子没有时间说废话,你给我听好:阵地和弟兄们就交给你了，天黑之后一定要带领大家突围出去，把这交给旅长——”左手从衣袋里掏出一个笔记本递给周正鹰:“里面有一封家书，有机会替大哥回去看看老爹娘,就说我没给他们丢脸。”

“大哥你不能死啊——咱们——”

“傻话！咱们死的兄弟还少吗？”赵冠霖的目光里流露出无比的愤怒和无奈。

其他连长跟随六子跑过来。大家马上蹲下来围到营长周围。

赵冠霖是那种耿直的车轴汉子,平生最看不得战场上的泪水,认为血卧沙场是战士的荣耀。现在底气虽然不足,但仍不失威严,瞪大眼睛呵斥道:

“都给老子站好,这是老子今生最后一道命令。”赵冠霖把手枪举过头顶。

连长们马上立正等待营长的命令。

“从现在开始周正鹰代理营长,全权指挥战斗,谁敢违抗命令,就地正法。弟兄们，咱们面前的小鬼子都是南京大屠杀的刽子手，地下的冤魂在看着我们,作为有血性的中国军人,不能雪耻枉为炎黄子孙！”

“是！雪耻到底！”众连长齐声回答。

赵冠霖不停地喘息起来,周正鹰马上蹲下想抱住赵冠霖的身子。

赵冠霖严厉的眼神将其制止,鼓起最后的力气说道:

"弟兄们,记住我们是中国军人!大哥先走一步啦!"

还没等大家回过神来,一声清脆的枪声,赵冠霖开枪自尽殉国。

尽管周正鹰能理解营长的心情,但情感上却难以接受这种方式。他明白营长起码不用再受疼痛的折磨,再就是他要给将士们树立一个光辉的榜样,宁可战死沙场,也绝不苟活于世。

"为营长报仇啊!上刺刀——"

周正鹰大声喊道。四个连外加一个兄弟连队还有不到两百人,伤员占了一大半,他十分清楚眼前的处境,只能做最坏的打算,那就是,这个阵地将是大家的最后归宿。

时近黄昏,夕阳西下,阵地上呈现一片金黄景象,这也许是人生最后一个黄昏了,虽然已做了最坏打算,但还必须往最好处努力,即便不能全部突围出去,冲出几个算几个,仗打到这份上,完成任务就是胜利,周正鹰十分感慨。望远镜里出现了敌人阵地上的情况,他没有找到一处敌人的薄弱环节,怎么办?

连长们站在他身边,这些平时的同仁,现在正在等待他这个代理营长拿主意。

"可以不客气地告诉大家,我没有看出敌人半点破绽。"他把望远镜递给身旁的张连长,不一会张连长又转给刘连长,大家轮流观察周围的敌情,最后都摇头晃脑一筹莫展。

"太难了,几乎没有可能性。"张连长叹气。

"凭我们现在的兵力,不等冲到山下恐怕就已经失去战斗力。"刘连长也如此的泄气。

"就是死也他妈不能死在这里!"黄连长愤怒道。

"很显然小鬼子布下了大麻袋,就等着我们往里钻,咱一冲不正中敌人下怀吗?"张连长忧心忡忡。

周正鹰听着大家的意见,沉思半晌,终于做出最后决定,不是鱼死就是网破,与其在这里等死不如拼命一搏,或许还能绝处逢生,想到此他坚定地说道:

"狭路相逢勇者胜,就是刀山火海也要闯一闯,既然我们抱定必死决心,那还有什么放不下的,兄弟们已三沟去了两沟,剩下的弟兄们也都带伤,等明天天一亮,等待我们的是什么,我不用多说大家都会明白吧。"

周正鹰说到这里扫视大家一眼：

“我命令，九点突围。”

“是！”大家齐声回答。

“把能继续作战的战士集中起来，组成敢死队，我当队长，配备自动武器和手榴弹。张连长你负责善后，不能让一个活着的兄弟留在阵地上。黄连长马上把队伍集中起来，尽量让大家填饱肚子，养足精神，做好突围准备。敌人就是一个铁桶，我们也要捅他一个大窟窿。”

黄连长精神振奋，一挥拳头：

“营长，把这个先锋官交给我吧，小鬼子也是他妈人生狗娘养的，老子不信这个邪。”

周正鹰平时和黄连长最不投缘，不喜欢他张扬骄横的性格。平日里，黄连长眼里只有久经战阵并救过他性命的营长赵冠霖，对各位连长不屑一顾。也确实，在众位连长中他资格最老。

但是，自长沙战役以来，他对周正鹰的看法在逐渐改变，尤其是这次战斗，不得不让他刮目相看。这个周正鹰，谁若小视了他，那可要犯致命的错误，不论枪法还是武功，临阵状态还是现场指挥，那都是无可挑剔的。

让黄连长不舒服的是这个刘转轴子，心眼比他妈蜂窝都多几个，打了两天多，没见他流一滴血。

刘连长也瞧不起黄连长，就是一介武夫，四肢发达头脑简单，绰号没有错取的，黄疯子嘛，看看，他非要弄这个找死的活儿，真他妈活够了！如果自己没猜错的话，他肯定是冲在前边，身大力不亏嘛，那挺机枪是他的最好伙伴。

周正鹰何尝不知道这几个人的心思，平时大家都是连长，表面上嘻嘻哈哈，背地里争风吃醋勾心斗角。刘连长心思活泛，怪招频出，战斗打响以来，为保存实力被营长好一顿臭骂，现在就他的战斗员多，相比之下是兵强马壮。

黄连长拼得太惨，身边完整的人不多。

“营长，跑得动的还有这八十二人。”

“好！”周正鹰望着面前这几十名敢死队员，不由得一阵阵痛，不到三天时间，一个加强营变成了一个加强连，不，确切地说是一个伤兵连。

周正鹰左手拎着冲锋枪，右手紧握手枪，表情严肃冷峻。

黄连长把机枪拄在地上，双手紧握枪筒，两眼直冒火星。

张连长已经把几十个伤员组织起来，二十几个重伤兵令他十分头疼。

周正鹰仰望夜空，白天的阴霾乌云一扫而静，夜空繁星点点，银河如一条洁白的丝带装点的天空浩瀚深邃，这是一个什么样的夜晚？为什么留给自己这样一个明朗的夜空？自己需要的是阴云密布啊。有利条件几乎都丧失殆尽，在铁桶般包围圈里，带着这么多伤员突围，成功几率实在是小的可怜，也可能是全军覆没、万劫不复，他不敢再想下去，鼓足气力大声命令：

“兄弟们，我们只有冲出去，才是唯一的生路。”他用手枪一指左侧山下的方向。

“我带领弟兄们打头阵，黄连长断后负责接应张连长并巩固撕开的口子，不能让一个活着的兄弟落到鬼子手上。”

“营长，还是让我老黄开山劈路吧，我总得给死去的兄弟们一个交代啊。”有他连长在，怎好让营长冲在前边。

“黄连长，执行命令！”周正鹰不容置疑。

“周营长你是主帅，队伍的主心骨——”

刘连长有几分讨好的样子令周正鹰厌恶，出于两天前大家都是平级军官，现在自己也只不过是一个代理，故给对方留下面子，一挥手打断对方的话语。

“黄连长，如果我阵亡了，你就是这支部队的指挥官，不管带回去几个人，一定向旅长详细报告战斗的过程和这里的情况。”

黄连长望着周正鹰那坚定果敢的表情一阵动情，心想，这个黄埔的周正鹰确实非同一般，平时大家都是连长，显示不出他有什么特别之处，是自己看走了眼，和那个狗屁刘转轴子一比，天上地下，靠他妈几百个大洋弄来个连长干有啥意思，这下可好，把自己送上了阎王殿，在家继续经营绸缎庄的话，兴许正搂抱着二妹子亲热——活该刘转轴子，这次没转悠好吧，把自己套进去了。

“是，营长。”黄连长一挺胸脯，铿锵有力、掷地有声。过后黄连长把张连长叫到一边低声说道：“老张，形势不妙啊，咱先不说能不能冲出去，让周正鹰这个‘新兵蛋子’带头打冲锋，对你我这样的老兵油子来说，实在心有不忍啊，敢死队敢死队，赶着找死成双对啊！冲在前边的先死必死的道理你不会不懂吧？”

张连长沉重地点点头:

“扯淡，老子又不是第一次遇险，敢死队的活计也干了几回，有话快说，有屁快放。”

黄连长见效果不错，继续说道：

“老张，你看这样成不，我给你二十个敢死队员，协助你的伤员大队往外冲？”

“老黄，你这是违抗命令，知道吗？要上军事法庭的，操，你当小孩过家家啊！糊涂蛋。”

黄连长使劲吐了一口痰：

“少他妈扯什么军事法庭，阎王殿就在眼前，咱们还是先过这鬼门关吧，我得替周正鹰杀开一条血路，不能让这春风得意的黄埔高材生一命呜呼了呀！那咱可就真对不起九泉之下的赵营长了。”

张连长把心一横：

“好吧老黄，能不能活着出去鬼才知道，如果万一冲出去，到时你可别爬房(退缩)，若把罪名都弄到老子头上，可别怪咱翻脸不认人。”

“你他妈想的远，如能真有那一天，老子给你磕头都成。”

两个人一拍即合，算是救了周正鹰一命，这是后话。

日本军队正在吃晚饭换班时分，突然被一阵猛烈的枪声爆炸声惊醒。包围圈西北侧出现了惊人的一幕。中日大批军队混战在一起，枪弹道道弧光划破寂静的夜空，交织在一起，形成了一道天网，爆炸声此起彼伏火光冲天，在照明弹映照下，冒着枪林弹雨，一股中国军队正在猛烈向前攻击，冲在前边的人不断有人倒下，跟随在后面的人继续向前冲去，担架上抬着伤员，相互搀扶着的伤兵，更有人后背上背着伤员奔跑。

这是一支什么样的军队?看得周正鹰一阵冰凉，一阵激动，一阵心痛，一阵感慨。暴露在大批日本军队面前的这支中国陆军小部队，按道理是没有生还机会的，日本军队也根本没把对手放在眼里，飞机大炮轮番轰炸三天，山头上土地也翻了几遍，岂能有什么战斗力的军队，只不过一些侥幸幸存的伤兵而已。

尽管如此，日本军队并没有心慈手软而停止杀戮，占有欲和侵略狂想让他们志在必得。

周正鹰组织敢死队猛烈进攻，想杀开一条血路，但要想把后续伤兵部队接应出去确实比登天还难。周正鹰一马当先冲在前面，当接近敌人封锁线时，身边只剩下十几个人，很快被对面敌人机枪压制在一个高坡上，眼看胜利在望，但却始终无法逾越这道不高的坡地，兵力悬殊，武器差异，再加上天公不作美，都赶到了一起。望着猛烈的交叉火力，周正鹰长叹一声，难道是天意吗?!

“弟兄们跟我冲啊——！”开弓没有了回头箭，横竖都是死，冲过去也许还是条生路。周正鹰带领手下往前冲去。跑出去不到三十米又被敌人火力压住，周正鹰趴在地上，感到肚子一阵火辣辣的热乎，低头一看凉了半截，鲜血正咕嘟咕嘟往外冒，趴在身旁的三排长赶紧凑过头来，虽吃惊但也不感到意外，此刻没流血的人几乎不存在了。

“营长，咋样？”

“没事，后面跟上来没有？”

“没有，看来要麻烦了。”三排长不无忧虑。

突然从侧面冒出一彪人马，瞬间把前面的封锁区打开了一个缺口。黄连长来到周正鹰身边。

“你怎么来了？！”周正鹰一见黄疯子来了气。

“都啥时候啦周大连长，只要大家能冲出去，要杀要剐随你便，伤的怎样？”

此刻周正鹰才感到气力不济，喘了两口粗气，竟然提不起内力来，一种从没有过的凄凉袭上心头。心里咋想的大家不知道，但嘴上却还是一如既往，豪气如云：

“老黄，这下可真靠你啦，赶快组织大家冲过去，老子掩护你们——”

黄连长知道不好，周正鹰的伤势肯定不轻，否则他不会如此，情况十分危急：

“扯淡！不行也得行，就是背老子也把你背出去，大伙听着，老子就当一回家啦。”黄连长对三排长命令道：“背上营长跟在老子身后，你们几个保护三排长和营长，其余人跟我上，只要还有一口气，就不能停下。”哗啦一下，是拉枪栓声音，黄连长平端起机枪，猫起腰来第一个冲上去，几个投弹手将手榴弹甩向豁口处，随着不断的爆炸声，硝烟弥漫尘土飞扬，周正鹰发现冲在前边的黄连长两次打了趔趄，但却没有影响往前冲的速度。

更严重的问题还在后面，张连长带领的伤兵大队人马吃力地跟了上来，突围的速度不但缓慢，冲击的火力也相对较弱，大部分人倒在封锁线上。刘连长带领一个排的兵力很快就赶上了周正鹰等人。

经过激烈的战斗，周正鹰和黄连长刘连长等人终于冲出敌人的包围圈，而张连长等人却永远地留在了这片土地上。半小时后，大家越过清凉河，转移到相对安全的地带。周正鹰命令大家停顿下来：

“张连长他们跟上来没有？”

“没冲出来，只有我们这几十个人突出来——”刘连长越说声音越低。

周正鹰怒气冲天，强忍着疼痛用手枪指着刘连长的脑袋气愤地骂道：

“老子他妈毙了你这王八蛋，你只顾自己逃命，不顾弟兄们的死活！”

“黄连长——黄连长——”几声呼唤震惊了周正鹰。

三排长忙把周正鹰搀扶过去，只见黄连长已经昏迷不醒。

“老黄、老黄，你醒醒呀，要挺住啊！”

好一会黄连长才睁开那无神的眼睛，望望周正鹰，又看看刘连长，心想，这个刘转轴子果然冲出来了，可惜张兄弟，带领一百多伤残弟兄死于非命。周正鹰你这条小命要不是老子拼命保护，恐早成包围圈里的鬼魂了。嘴角露出几丝微笑：

“老周，你刚升任营长兄弟我就要走啦，这不是咱不给你老弟面子，实乃身不由己啊，我找赵营长去了，老子这条命是他老哥给的，能同他做个伴也免了大哥他冷清。”说到此把脸转过去对刘连长说道：“老刘，你他妈腿够快呀，俗话说，人之将死其言也善，可老子不行，江山易改本性难移，临死了还要脏你几句，你面对张连长他们一百多位弟兄，这下半辈子能活得舒坦吗？”

突然眼睛紧闭，大喘几口气，又睁开眼睛：

“老周，保重吧——”

“黄连长你要挺住啊！”

周正鹰紧紧抓住黄连长的手，感觉对方的体温在逐渐消失。周正鹰体力严重不支，一下歪倒在地上。

“背上营长，带上黄连长赶紧转移，回旅部。”刘连长阴沉着脸色命令道。

一行不到四十人的队伍，消失在茫茫夜色之中。

十一

光复了！经过八年艰苦卓绝的战斗，炎黄子孙终于走出屈辱和被侵略的阴影，战争所留下来的是断壁残垣、百孔千疮、破败的家园。迎来百废待兴的局面。暂时的平静给人带来了新的希望和笑脸。

1945 年 11 月中旬，周北县政府门前站立着一个身穿笔挺黄泥军装，脚蹬马靴的中国陆军上校军官，身后跟随一个荷枪实弹的警卫班，他正在观赏县衙门墙壁上挂的那块大牌子。

陆军团长周正鹰望着赶出来迎接自己的县长严宇豪，微微一笑。

此人并不陌生，他是一位德高望重的本地名士，倒不是因为他家资财势有多大，皆因他是清末秀才，写得一手好书法，后在省城教书，落得个弟子三千的好名声，说来也确实，他的弟子遍布关内外和国共两军队中。

至于什么县长，严宇豪本不感兴趣，年近花甲，本应解甲归田颐养天年，但却经不起省城里做官的学生们的极力推荐，什么实至名归、德高望重、为百姓造福、唯你莫属等等花里胡哨的名词把个死要面子的老先生整得云里雾里，就这样，晚年又坐上了县太爷的宝座，尽管不是初衷。

“正鹰冒昧前来拜访，还请严县长见谅。”周正鹰上学时听过严老先生的课，学生对老师记忆犹新。

“周团长光临本县有失远迎，抱歉抱歉。”严县长对眼前这个英俊的陆军团长却一点印象也没有。

周正鹰被让进厅堂就座，一杯香喷喷热乎乎的茉莉花茶放在他面前。

“严县长不必客气，本人也是你旗下的子民嘛。”

“周团长少年英雄，国家之栋梁，在抗战中屡立战功，铁血疆场，实是我县民众之荣光，百姓之幸甚。”

严宇豪虽然对眼前这个陆军上校知之甚少，但对他的家世略知一二，其父周剑峰一身武功出神入化，威震平津，两个儿子自然是将门虎子，一个当了陆军团长，一个是中共县大队队长，可谓都是少年英雄之辈。这等家世和名头，作为一县之父母官，怎可不了解。

“国家兴亡、匹夫有责，正鹰只不过做了应该做的事情，不值得父母官如此褒奖。”

严宇豪望着周正鹰一脸的威严正气，流露出的得意之色，心想，今天这是荣归故里、衣锦还乡啊，本县可怠慢不得，一是要大力宣传一下，这可是本县的子民，是全县百姓的荣耀；再就是国家和民族的骄傲，抗日英雄回乡省亲，如不显示出父母官的热情和关怀，岂不枉作这“七品知县”了！想到此，手捋稀疏的山羊胡子，一板一眼道：

“周团长是抗日英雄，英雄回归是本县最大的荣耀，本县备下薄酒一杯，请周团长吃一顿便饭再回家如何？”

周正鹰从踏上家乡这片土地，就有一种亲切的感觉，不光是土亲，气儿亲，人更亲，望着眼前这位长者，虽十分惦念老父母，但却也不愿扫老人家的兴致，说实在的，在这归心似箭的时刻，就连这顿饭的功夫也不舍得耽搁。

“好吧，既然严县长盛情，那就恭敬不如从命，不过简单一些。”说心里话，他倒不是不想吃顿好饭，而是想节省时间。

中午时分，县政府大客厅内摆了一桌丰盛的午餐。迎接抗日英雄总得显示出一定的诚意，父母官尽其所能，天上飞的地上跑的海里游的，能弄到的东西全上饭桌了。

为增加欢迎英雄荣归故里的气氛，严县长请来本地一些知名政要和乡绅坐陪，这看似好事的行为却没有起到好的效果，适得其反让严老先生郁闷了很长一段时间。

等严县长陪同周团长走进客厅时，围坐在桌子周围的本地乡绅政要赶忙起身相迎，大家七嘴八舌恭维不停：

“周团长英雄年少，战功赫赫，前途无量啊。”

“抗日英雄归来，欢迎、欢迎啊！”

“严县长，咱们应该举行一个大会，给周团长带花表功呀。”

“是啊、是啊——”

周正鹰在一片称赞声中频频点头缓缓落座。

对于在坐众人，他有些人熟知，大半的陌生，毕竟少小离家投笔从戎，十几年戎马生涯，已经习惯了那种来去匆匆的军旅生活，刚一接触这种场合还真有点不习惯，尤其是在家乡父老面前。不管是阿谀奉承还是真心称颂，他对此都不感兴趣，过场还是要走的。

他再次站起身来，谦卑地向大家一弯腰，然后一拱手，表示谢意。就在他眉开眼笑地扫视着众位乡邻时，却把目光停留在一个熟悉的面孔上，这不是当年的土匪，当过伪军大队长的赵一恒吗，此刻怎穿上了警察制服？满脸的微笑立马变成了僵硬的木乃伊。

老学究严宇豪并不善于官场上的油腔滑调和察言观色，见大家相继落座便逐一将大家介绍给周团长。用手一指坐在周正鹰对面的警察局长赵一恒：

“这位是本县的警察局长赵一恒——”

此刻周正鹰可没有什么好心情了，想到眼前同桌坐着个汉奸卖国贼，原本愉悦的心情一下落到冰点，这还了得，日本鬼子都被赶回老家去了，咋还剩下一个漏网之鱼？大喝一声：

“来人，把这个狗汉奸给老子拿下！”

话音未落，应声冲进来几个卫兵，赵一恒见状忙拔出手枪，怎奈周正鹰手下都是训练有素的士兵，跟在一个武功高强的团长身边，没几下子是混不下去的。三下五除二将赵一恒按倒在地。高参谋用手枪顶住赵一恒的脑壳，在等待命令。

一旁慌了个老学究严宇豪，瞪着惊慌失措的双眼语不成句：

“这、这是话为何来？周团长，这个、这个——”

周正鹰一脸的阴沉，不满地说道：

“严县长，你把一个土匪汉奸弄到县府里来是何用意？竟还当上警察局长，真他妈荒唐！土匪汉奸是干啥的？杀人越货抢劫祸害老百姓的，这种人能保百姓们平安吗？！你这无疑是与虎谋皮嘛。”

“这，这个，周团长你有所不知，这个赵——借一步说话如何？”

周正鹰在气头上，哪里还顾得上什么礼节，大声说道：

“大家都是本县的乡绅父老，有什么不能说的，但说无妨。”

严宇豪一见周正鹰那执拗劲头，摇摇头，心想，是福不是祸、是祸躲不过，当着众人把话说明白也好，大不了摘下这顶乌纱帽，倒也落得个清闲自在。此刻他又恢复了学究的派头：

“赵一恒是上头指名道姓安排下来的警察局长，本县没有权力过问，我想大家也都清楚，赵一恒姨妈的表大爷的小舅子是天津警备区一个旅长，至于他怎么当上这个局长的，我想就不用多说了吧。”

周正鹰一听火冒三丈，这等盘根错节、牵强附会，简直令人可笑之极。

啪——将手枪拍桌子,酒杯碗筷纷纷落在地上,大喝一声:

“扯淡!难道你就容忍他来祸害咱县百姓不成!”

“这个,恕老朽无能为力,俗话说官大一级压死人,老朽只能辞去这‘七品知县’,回家饱读诗书去了。”

严宇豪心头升起一丝凉意,看来自己并不适合在官场混迹,其实这不是自己找来的活儿,那帮弟子非要给自己安上一个乌纱翅子,说什么老骥伏枥志在千里、不用扬鞭自奋蹄等等高帽子一戴,自己就上晃了。这下可好,麻烦来了。

周正鹰望着严老先生一脸的委屈和无奈,心软下来,按说这也不是严县长的过错,没必要和老人家过不去,可恨的是那什么狗屁旅长,你他妈在天津享清福,把一个土匪汉奸害人精安插到老子家门口,你倒心安理得了,可老子的家乡怎么安宁?还有这个赵一恒,你胆子倒不小啊,鬼子都已被打跑了,你他妈还敢招摇过市,不找个地缝钻进去竟往老子枪口上撞,今天算你倒霉,只好将喜宴办成丧事了。对严县长安慰道:

“严县长不必自责和灰心,你还是咱们的父母官嘛,大家说是不是?”

众人大眼瞪小眼,没人再敢言语。周正鹰继续说道:

“大家不必惊慌,处理一个土匪汉奸不是啥大不了的事情。”

赵一恒见麻烦大了,没想到自己过去做的那些缺德事,感情这周正鹰都知晓,这可如何是好?自己那八竿子拨拉不着的亲戚远在天津,根本指望不上。现在只能是拉大旗作虎皮,管不管用靠天意了,马上歇斯底里叫道:

“周团长,我表姑夫也是国军的旅长,你们可是同朝为官呀,请您老放在下一马——”

“放你一马?这要看看大家的意思怎样?老子说了不算哪。”

周正鹰眼珠子不停地转悠,心想,倒要看看这些政要豪绅们是个什么想法,其实,你们怎么想和老子没啥关系,只是想看看你们是些什么德行的人。

“这厮的德行大家不会不知道吧?我就不多说了,现在我也民主一把,同意杀汉奸的举手,不同意的不勉强。”

周正鹰说罢一挺胸脯,用筷子夹起一块肥肉送到嘴里,使劲地咀嚼起来,竟吃得津津有味。

空气凝结了,大家的喘息声都能听到,众人低头沉默不语,各自打着小算盘。

城中最大的土财主韩百万直晃脑袋，心说，这可是个不好决定的事，眼前这个周正鹰显然是个心狠手辣的角色，听说长沙会战时一百多人硬是同两个中队的鬼子干了一天多，等他孤身一人从死人堆里爬出来时，已经身中三刀两枪遍体鳞伤了。想想这样的人他最恨的是什么？汉奸哪！可这赵一恒也不是省油的灯，有个什么亲戚旅长做靠山，手握生杀大权，谁沾上他也没好果子吃，这事真太他妈难了。

财宝绸缎庄的张老板是个转轴子，心眼非常活泛，那颗硕大的秃脑壳里都是馊主意，是个既得利益者，不吃眼前亏，经过深思熟虑后慢慢将右手举起。心想，姓赵的，不是咱同你过不去，实是你平日里骄横跋扈、狂妄至极不是个东西，吃咱的，喝咱的，拿咱的，还不给个好脸色，没你比有你强多啦，枪毙了你对咱只有好处没坏处。

保安队长崔向彪原本是大户人家看家护院的，也一度曾和绿林草莽有过接触，但对汉奸一词很敏感，既然周团长指证赵一恒的罪行，那这事就板上钉钉了，自己平时对这赵一恒也没什么好感，也就把手举起来，同时还加上一句更要命的话：

“汉奸是出卖祖宗的勾当，扔到南大洼子狼狗都不吃。”

这句话够狠够劲儿，周正鹰对其点头表示赞赏：

“请大家发表见解。”

有几个感到谁也惹不起的人只好耷拉着脑袋，装作没事人一般。

周正鹰冷冷一哼，本想再征询严宇豪，毕竟人家是县长，在人家地盘上杀人家的警察局长也得让人家谈点看法，但转念一想，不必了，杀个把狗汉奸何必这么啰唆，形式也走过了，该是自己拍板了：

“赵一恒像你这种出卖祖宗、没有骨头的东西，只配给鬼子去陪葬。高参谋拉出去正法！”

“姓周的你别猖狂，老子好歹也是政府任命的警察局长，想杀我，你没这个权力，我要去告你——”赵一恒拼命挣扎叫喊。

“好啊，你去告吧，到阎王爷那里去告老子好啦！让阎王爷给你这狗汉奸算算你干得那些欺师灭祖、祸害百姓的勾当！死到临头还他妈嚣张，人在做天在看，抬头三尺有神灵，今天就是你的报应，把狗汉奸拉出去毙了！”

周正鹰气愤填膺，语惊四座，掷地有声，有人惊恐地望着他，看来今天真要开杀戒了。有人低下头去，唯恐把血溅在自己身上。还有人侥幸地庆幸，幸亏没替赵一恒说话,否则后果不堪设想。更有人拍手称快,总算有人替咱出气了。

高参谋等人像拖死猪一般,将鬼哭狼嚎的赵一恒拉到院子外空场地上,随着一声清脆的枪声,坐上警察局长没多久的赵一恒就此终结了生命。

"严县长,还得麻烦您老写个告示,咱明人不做暗事。"

周正鹰说得轻松自然,根本没把这当回事。可严宇豪却心里沉甸甸的不是滋味,不能不说周团长做的干净利索,去除了心头之患,但是,你一拍屁股走人了,把擦屁股的事情留给了老夫,想那上面能直接怪罪你这抗日英雄吗,麻烦不还得自己顶着。

周正鹰看出对方的顾虑之处,淡然一笑:

"严县长不必多虑,告示上我来签字盖章你看如何?"

严宇豪一听倒也释然了,想这周正鹰是个有担当的人,想得很周到,如此甚好,即使那个什么狗屁旅长来找自己的麻烦也好有个交代了。

"好吧周团长,本县这就去办。"马上招呼人写告示,昭告市民。"周团长,倒不是老朽担忧自己什么, 而是怕给你家老爷子添麻烦, 你远离家乡外出征战,想那旅长也不是什么善遇之辈,否则怎能如此的龌龊。"

周正鹰哈哈一笑:

"严县长不必多虑,即便我不在家,本人还有一个胞弟周正雄,想必你也略知一二,他也是中国陆军第八路军管辖下的大队长,我不敢说是人中龙凤,那也非等闲之辈。"

周正鹰心想,我周家也非泛泛之门户,不是那么好欺负的,量他区区一个草包旅长也莫想奈何周家。周家兄弟都是从抗日战场上出生入死、九死一生的硬汉子,没怕过什么。

严宇豪听罢一愣,哎呀,自己怎么将这个茬忘记了,是啊,周剑锋有两个儿子。

"哎呀,你看老朽这记性,真是老而无用了,是的、是的,周大队长我们也有过接触,也是抗日英雄,老朽真替你们周家高兴啊。"

大家忙恭维、敷衍:

"是啊、是啊——

"英雄、英雄——

"好样的、好样的——"

不管大家怎么烘托气氛，想恢复到刚进来时是不可能了，一份好心情早就被赵一恒和那一声枪响破坏了，严宇豪只好草草收场，将周正鹰送出衙门。

周正鹰坐在美式吉普车中，颠簸摇晃并没有打断他牵挂爹娘的思绪，是啊，老二现在哪里，干什么呢？三年前接到母亲的信时，只是说老二被送回家中时，已经处于昏迷之中，七天七夜没醒来，只好让县大队又送回后方医院去治疗。这小子是属猫的，有九条命，应该不会有问题，但愿吧。见面就掐，分开就牵挂，真是一对冤家，这话娘絮叨了十几年。周正鹰在东扯西拉、胡思乱想中迈进了家门。

十二

周正雄得知大哥回家的消息时正在县委开会。

一个县两个政府机关、两套人马，各干各的。国共两家都在极力发展和扩大自己的影响和力量，笼络民心，收买民意，想把政权坐稳当。所以一时间大家倒也没有太大的摩擦和纷争。抗战刚刚胜利，大家在处于庆祝胜利和国土光复的情况下，实际上国共两党高层已经在部署各自的发展方向和必争的利益了。

参加会议的都是县委领导人，方书记在会上宣布，周正雄正式调军分区部队工作，任二十三团参谋长，散会后即刻去军分区报到。梁县长虽然有不同意见，但大局是重要的，组织利益至高无上，只好忍痛割爱。

到正规部队去这是周正雄梦寐以求的愿望，做梦都想，今天终于如愿以偿，怎能不喜形于色。虽然还是有点遗憾，如果早点到正规部队，还能跟小鬼子干几场大仗。散会后拉着县长书记表谢意。

“书记县长，谢谢你们啦，那我可去军分区报到了。”

“去吧去吧，做梦都想离开，和咱们就这么没感情呀？”

“看你们说哪里去啦，我只不过想——”

“想干大仗对不？”

“嘿嘿，这倒是真的，可惜现在——”

“没什么可惜的，平静的日子不会太久。”方书记立刻严肃起来。

“国共合作已经徒有虚名，皖南事变已经证明国民党的狼子野心，我预感到山雨欲来。”梁县长显然没把话说透。

周正雄若有所思。

“正雄，你哥哥回来了。”

“我也是刚刚接到家里捎来的信。”周正雄惊诧地望着梁县长，怎么他比自己消息还灵通。

“不用奇怪，我是从地下渠道得到的消息，上午在县城你大哥把警察局长赵一恒给枪毙了。”

这倒出乎周正雄意料,汉奸赵一恒早就在自己的锄奸之列,但考虑到时机尚未成熟,才让其苟活了几天。没想到大哥一到,竟一枪将其送上西天,这倒省了自己的力气。这其中到底是因何故?尚不清楚。

"周正鹰被赞誉为抗日英雄,却也不是沽名钓誉,长沙之战立功嘉奖并且破格提拔,这也说明你大哥的抗日之决心,他一回来就杀了一个大汉奸,我们应该正确看待这个问题。"方书记严肃地说。

周正雄明白方书记的意思,现在是非常时期,领导希望自己和大哥搞好关系,积极做好统战工作,主次要分清。

"当然,必要的警惕性还是要的,你要注意。"梁县长叮嘱道。

周正雄点点头:

"请领导放心,我会处理好的。"

周正雄怀揣心事,拉过一匹快马向周家镇奔去。

当周正雄推开院门,牵马走进去时,一位陆军上尉军官正和几位士兵在观看院子里习武场地和刀枪架子上兵刃,突然听到院门口有动静,马上机警地回过身来,紧握冲锋枪,虎视眈眈。

高参谋一看走进来的人头戴八路军军帽,身着灰布军装,长相和团长一般无二,立刻明白过来,上前紧走几步,两脚跟一并,啪一个标准的军礼:

"报告长官,属下是陆军87团上尉参谋高敬原,请长官指示。"

周正鹰望着眼前这位威武的年轻军官,一身崭新的制服,精神洒脱,这国民党就是他妈有钱,这装备甚是耀眼。冲其摆摆手道:

"好好,在自己家里不必拘礼,大家都是兄弟嘛。"

高参谋几次听团长讲起过他这位武功高强且秉性刚直的弟弟,是八路军大队长,自然不敢怠慢,几位士兵见高参谋对这位八路军如此敬重畏惧,也走上前来打敬礼报告自己的身份。

周正雄笑呵呵地对大家说:

"大家随便、随便,都是自家兄弟。"

一位士兵接过马缰绳,将马匹拴在树桩上。

这时周正鹰陪同方文玉走出房间,方文玉见小儿子回来了,心情自然爽快,对其一招手:

"老二呀,快过来见过你大哥。"

周正雄迎着大哥走过来,两人都在打量对方。

几年过去了，老大没什么变化，尤其是那两只眸子，还是那么烁烁有神，再配上这身漂亮的军装，还有腰上挂的勃朗宁手枪，真是个威武潇洒。长沙保卫战，三处刀伤两处枪伤竟没把他放倒，不单单是黄埔精神吧，应该还有我们老周家的功夫垫底，想着想着，把右手伸到周正鹰面前。

周正鹰紧握弟弟的手，老二黑了，瘦了，更结实了，不免心底里有几分自豪和库对方感到汗颜，这身老粗布灰军装再配上腰间那根破皮带，尤其那把老掉牙磨得铮亮的驳壳枪，土八路就是土啊，真个名副其实。但有一点他不得不承认，老二打鬼子可从不含糊，五一大扫荡中昏迷六七天，硬是捡回一条命。

“大哥，这是衣锦还乡啊，看这肩膀上换成两杠三星啦！”

周正鹰怎能听不出对方话里的意思，本想回敬老二几句，但又不愿让爹娘烦恼，只好先忍气吞声：

“老二你站着说话不腰疼，这可是你哥我用三刀两枪五个洞、九死一生换来的。听娘说你的手枪队五一大扫荡时被小鬼子一锅端啦！从死人堆里把你弄出来后趴了半个月的炕头，我早就说过你，没那金刚钻就别揽瓷器活！整天牛哄哄的，没留下啥后遗症吧？”

这表面上看似关心，实质上是一顿揶揄，让周正雄吃了一个窝脖子。哪把壶不开大哥专提哪把壶，周正雄使劲拍拍脑门子，无所谓的样子：

“我说大哥，竟然让小鬼子搞了你五下子，你的功夫干啥去啦?没准都荒废了吧。”

方文玉还真就转过脸去紧盯着老大，满脸疑问。

就这小子花花肠子多，随时不忘给咱上眼药，无奈，现在得先给老娘消除疑问，先搁下他一会。

“娘你别听老二瞎忽悠，你儿子我能抗住这几下子，都是你和爹传授功夫的功劳，若没有过硬的功夫，这百十斤早就交代了。”

方文玉可不是几句好话就能糊弄过去的人，眼见为实才成，她一把抓住周正鹰手腕，一股无形的内力向对方逼过去。周正鹰见老娘动真格的，马上聚起丹田内力，片刻，用力一震，挣脱了娘的手掌。方文玉这才露出满意的微笑，老大功夫还在。

“好啦，你哥俩几年未见，进去好好吃顿饭。”

周正雄忙说：

“好好，喝酒去，咱哥俩一醉方休啊。”

周正鹰想，也是啊，几年不见，还真有点那个呢，尤其是走了几趟鬼门关后，忙附和：

“好久没有享受这种待遇啦，还是家里好，在爹娘身边就是舒坦啊。”

“快进去吧，哥俩好好亲热亲热，我和你娘在外屋吃。”周剑锋这次破了例。

周正雄做了一个鬼脸，高兴道：

“里边吃大碗的呀！”一掀门帘走进去。

周正鹰摇摇头对爹娘说道：

“真愁死人了，这老二啥时候才能长大哩？”

方文玉感觉很好，在自己面前都是孩子嘛，对其摆摆手：

“快吃去吧，你的其他弟兄们我安排在东屋吃饭。”

“娘，让您老费心啦。”

周正鹰进屋一看，好家伙，老二正往嘴里塞鸡腿哩，这吃相，这馋样，和小时候没两样。

“老二，这几年没吃过几顿像样的安生饭菜吧？也真难为你们啦。”

言语中包含着另一层含义，周正雄怎能听不出来，把鸡腿从嘴里抽出来，一比划，呜呜囔囔地自豪道：

“大哥，你说的没错，共产党人就是有这种不怕苦不怕死的革命精神。”

“你就打肿脸充胖子吧，胳膊折在袖子里，自己知道啥滋味。”

“你不服气是吧？”周正雄骄傲地说道：“红军转战千山万水，历尽千辛万苦，胜利完成二万五千里长征会师于陕北，正所谓星星之火、可以燎原。你们机关算尽，也是枉费心机，徒劳啊！”

周正鹰一瞥对方那得意劲，讥讽道：

“那也叫胜利呀？几十万人马被国军打得东窜西逃，似流寇，如丧家犬，那还叫会师呀？几十万人马被剿灭的只剩不过两三万残兵败将，何谈胜利？是孤芳自赏吧？”周正鹰也是急不择言，哪里还顾得上词义准确与否。

周正雄抢言道：“事实胜于雄辩，正义在我们一方，毛泽东才是中国人民的领袖，让百姓们过上好日子，这就是共产党人的最大追求。”

周正鹰立马反驳：

“毛泽东只不过是喜欢舞文弄墨、耍笔杆子一介书生而已，糊弄几个老百姓和学生们尚可，岂能安邦定国治天下？哪朝哪代不是马上皇帝铁马金戈、建功立业,最后坐天下！别忘了,统一中国的是我们蒋校长。”

周正雄冷冷一笑,真个大言不惭：

“蒋介石也不过是一介武夫,军阀政治骗子,屠杀革命者的刽子手,靠镇压革命武装起家，你不服气吗，中国现在也不光明，老百姓还处在水深火热之中,谈什么安邦定国治理天下,蒋介石又有何德何能?！”

“什么是镇压革命武装?那叫平定叛乱,共产党就喜欢挑起争端,今天东一起,明天西一股,后天又北一伙的,不是武装暴乱是什么？你们瞎折腾这个事实不是凭空捏造出来的,什么广州起义,南昌起义,上海起义,还有什么秋收暴动,湘江暴动等等,就是不停地暴动搞得国家乱七八糟,动荡不安,民不聊生,难道这是在为老百姓请命吗？国家不如此乱腾日本鬼子焉能乘虚而入？”

周正鹰的理直气壮把个周正雄气歪了鼻子，对方竟然把外敌入侵的罪名算到共产党头上,立马喝道：

“荒唐,蒋介石不是有能力治理天下吗,几百万军队为何守不住国土边疆?有压迫就有反抗,共产党代表了大多数人民的利益,将来历史会有正确评价,但愿那千古罪人不是你们的蒋校长！”周正雄的意思再明显不过了。

这小子竟敢污蔑领袖,是可忍孰不可忍,周正鹰一欠身子,一个“风摆柳”手掌到了对方的腮帮子上,嘴里也没闲着:“让你小子一派胡言！”

这一掌打得太过突然,对方一点准备都没有,周正雄的嘴角立刻流出了鲜血。周正鹰竟然先动手,君子风度立马消失的无影无踪。

周正雄哪里能忍受这等屈辱,叫道：

“强词夺理还打人。”

左手反摆一掌,挡开对方的手掌,右手猛然还击一记直拳,砸在对方的嘴上,这下不轻,周正鹰噗一下将血水吐在饭桌上,噹啷一声,一颗牙齿滚落在菜盘子里。随之而来的是三下五除二,两人拳脚相加、你来我往惊动了外面的爹娘。

周剑锋原本不想插手儿子们的争论,这些东西自己根本弄不明白,没想到两人话不投机,竟然拳脚相加,大的没个大样小的没个小形,这还得了,反啦！大声呵斥道：

“混帐东西,是吃饱了撑的吧！”

“放肆,家里搁不下你们啦！”

方文玉进得门来虎脸呵斥儿子们。仔细一看不由得一阵心疼,这两孩子怎地如此狠心，专门往对方脸面上招呼，太不像话了：

“亲兄弟有啥话不能好好说，是不是让为娘把你们的功夫都废掉啊？”说罢举起手掌，一股的冷气直逼两人的面门。

哥俩一激灵，立马坐回原处，各自弄干净脸面，恢复原状。

“娘，我俩闹着玩哩，惊动您老啦。”周正鹰反应不可为不快，马上赔笑脸。

“闹着玩，是闹着玩的。”周正雄也附和。

两人心里明白是咋回事，方文玉更明白是怎么回事。

“哥俩几年不见，坐下来好好聊聊嘛。”

望着娘的背影，周正雄不免有些委屈：

“君子动口不动手，还什么狗屁中国陆军上校哩，一点风度都没有，和土匪没什么两样。”

周正鹰没有半点后悔的意思，咧嘴一笑：

“老二啊，你这八路军大队长也不含糊，你当我这牙齿是这么好掉的吗？一挺重机枪都叼得起，这下好了，让你小子给弄丢啦。”

十三

几碟热菜有肉有蛋，一壶陈年老酒，虽不算丰盛，但在战时状态下已算不错了。一番风雨过去，再加上老娘刚才的提醒和震慑，两人不得不收敛一些。尽量别让老人家给个万一什么的，老母亲虽然不是金口玉言但说到做到是她老人家一贯的风格。两人对视一下，见好就收，别再惹是生非了，此时只好形成统一战线，握手言和。

喝闷头酒不是两人的性格，总得有个话头什么的，既然不能动手，只好在嘴皮上见长短。

“大哥，咱换一个话题如何？”周正雄将一杯酒灌进口中，使劲嘬牙花子，酒精杀得伤口阵阵刺疼。

“你能有啥好话题，无非就是那个什么、什么的。”

周正鹰使劲咀嚼着一块鸡肉，缺少了一颗牙齿，很不得劲，直冲对方翻白眼。

周正雄长叹一口气，将酒杯放在饭桌上，一抹嘴巴子开了口：

“大哥，兄弟说句心里话，你这是走了一条不归路啊，想想二十年来你们蒋校长没干过一件人事、正事，不是我冤枉他，原本就是一个上海滩上的鸡鸣狗盗的小混混。”

“得得，别贩卖你那狗皮膏药，我听得耳朵起茧子了！”周正鹰好不容易将鸡肉咽下去，这才端起酒杯倒进嘴里，一阵刺疼让他不得不吧嗒吧嗒嘴。

“中国革命的缔造者是孙中山先生，这你不否认吧？他老人家闹革命的时候，你们的领袖还穿开裆裤子哩。”

周正鹰的话十分不中听，如此小视和侮辱自己的领袖实在是不应该，周正雄把喝了一半的酒杯放下来反唇相讥：

“你们校长也好不到哪里去，还不是趴在地上挨私塾先生的戒尺教训。我说老大，你能不能嘴下留德？黄埔军校的课程不会都是这些乌七八糟的玩意吧！”

周正鹰一副胜利者的姿态，观点很鲜明：

“讲中国革命、三民主义，你差得远呢，先总理中山先生亲自缔造了中国国民党，是中国革命的先驱，至于什么其他的党派，不过是附属品罢了，中国只有一个执政党，这就是国民党，虽然现在允许多党派共存，共同创造和发展我们的国家，但这一切都是在一个政府一个党的领导之下进行的，别无他策，明白吗？”

周正雄见对方把自己看作白丁一个，很不服气：

“你这个言论是蒋校长的正面还是反面？国共合作一致对外是八年前制定下的政策，破大褂子——合着你反正都是‘理’？既然你们推崇孙中山先生的三民主义，并以此为宗旨，那么中山先生制定的联俄联共辅助工农三大政策为何被你们推翻和背弃？”

“你懂什么，政策是在不断发展完善和变化的，如果一条胡同走到黑，那这个社会就别发展、别进步了。”

“一方面多党共存，一方面排除异己，一方面一致对外，一方面摩擦不断，这就是你们的政策。”

“你们是只看到矛盾而看不到诚意，这就是矛盾的突出点。”

“什么诚意？我们积极响应孙中山先生倡导的北伐革命，可是你们却背叛了中山先生的精神，四一二政变就是见证，难道这就是你们的诚意？”

“怎能把责任都推到我们身上，是你们分裂中央，分裂革命阵营，搞什么南昌叛乱、秋收暴动等使得国家内讧迭起，动荡不宁，外敌才虎视眈眈、乘虚而入，这一切都你们造成的，难道不应该受到制裁和惩罚吗！”

周正鹰不但罗列了一些莫须有的罪名，还把日本侵略中国的罪名安在共产党身上，这等论调周正雄岂能接受，简直是滑天下之大稽，条件反射般窜了起来，反动派！死硬分子！

“强词夺理、胡说八道，国家掌握在你们手里，我们有这么大能耐吗，俗话说，欲加之罪何患无辞，要想做一件事情，一个理由就够了。”

两人舌剑唇枪、互不相让，像公鸡斗架一样脖子伸长，鸡毛乍起，都在寻找反击时机，你来我往闹腾起来。气坏了外面的老夫妻。

周剑锋大声呵斥道：

“混帐东西，别老翻腾那些陈芝麻烂谷子的玩意儿，别老呛呛这些你们也弄不明白的事情。”

方文玉长长叹气，多有无奈，原本是想让哥俩好好叙叙旧，缓和一下关系，这下可好,愣是捏不拢,各执一词,真是一对冤家。

你别说,老爹爹的话真起了作用。里屋立马平静下来,尽管脑子没闲着,两人只顾往嘴里塞东西,这也许是对付爹娘的最好办法,话不投机,一拉就崩,只好照顾照顾肚子了。

好一会过去,二老在外面听不到里面的动静,又不放心了,这闷头吃大碗也不成呀,憋足了气到时还得干架,方文玉心思一转:

"老大老二,你们都刚从战场下来,浑身是伤,就不能聊聊战场上的事?你们能稳稳当当坐在家里喝酒吃饭,还有很多好兄弟永远留在了那里,再也见不着爹娘啦!"

这句话还真管用,所谓知子莫如父母这句话确实有道理。方文玉抓住了儿子们的软肋。

听到娘的这番话,两个人的脸色立刻由阴沉变为悲凉了。这个话题实在太过沉重,方文玉将一把锥子刺入两个儿子的心窝。

酒过三巡菜过五味,两人略带酒意。

周正鹰抹一把嘴巴子,一脸阴霾。

周正雄脸色死灰一般蒙上一层阴影。

两个人对视良久,都将对对方的不满收敛了许多。

周正鹰想,国共合作,既然是合作就应摈弃前嫌、相互理解和包容。

周正雄想,既然是两党合作,作为军人,还是哥俩,手足情当前,分歧过节当后。

"大哥,并非兄弟对你不敬,更非咱俩有什么过节,只是这一路走过来,你们做过很多对不起共产党和老百姓的事情,尽管已成以往,但往事不可能立马烟消云散。"

"老二,孰是孰非历史自有公论,皆不是你我这等小人物能管得了的,作为军人,天职就是服从,这你没有异议吧?"周正鹰口气缓和了许多。一种息事宁人的态度。

可周正雄还是想旧事重提。

"蒋校长对共产党的戒心由来已久,杀戮也从没有停止过,你承认也好不承认也罢,事实摆在这里。"

"不尽然吧,蒋校长一国之领袖,不是你说的这种小人,能统领这样一个大国家,不是什么人都能做到的,如果说有些什么不足之处,倒也在所难免。"

“四一二你不陌生吧？萧楚女，恽代英，邓演达将军你更不陌生吧？他们可都是你的老师，结果如何呢，还不是倒在你们的枪口之下，你能说你对他们没有几分敬意和崇拜？！”周正雄义正言辞。

周正鹰欲言又止，说心里话，这几位黄埔教官和领导，不但是他心目中的偶像，也是大多数黄埔学生们的精神领袖，虽政见不同，但其人格魅力不能不被推崇。片刻，他心平气和地说道：

“从个人角度讲，邓演达将军、萧楚女等老师是不可多得的人才，虽然我没能亲自聆听他们的教诲，遗憾的同时，想这也是历史的必然，一个政府，一个政党，怎能容忍背叛和反叛存在呢？想来，这些人才作为政治斗争的牺牲品，未免有些悲凉。”

周正雄终于看到了大哥的另一面，深藏不露的一面。对方不想评论历史的对错和是非。

周正鹰打开了话匣子，对弟弟的观点进行反驳：

“老二，看问题要全面，不可偏颇，还要顾及历史原因和当时的环境，单纯是要犯错误的。”

周正雄不解地望着大哥，在揣测对方的心思。

“不能把东三省的丢失都算在蒋校长头上，这是不公允的，你是想以此来证明我们消极抗日或者不抗日，事实证明你的想法大错特错。虽然我不清楚当时政府的真实用意何在，但要说政府不抗日，这点不绝能接受，死在抗日战场的数百万抗日军人也不答应。”

说到这里停顿下来，望着对面的弟弟，似乎给对方留下了讨论的空间。

“但是，作为一国之领袖，百姓之父母，几千万同胞一夜之间沦落为欺辱，焉能脱得了干系？你觉得这个理由充分吗？”周正雄把对方的主题一分为二，说前不说后。

周正鹰已看出对方的用意，把重点放在后面上了。

“纵观整个抗日战场，二十多次大战役，几乎都是我们打的，我几百万将士血染疆场。”

周正鹰说到这里略作停顿，又给对方留下阐述的空间，见对方仍沉默不语便继续说道：

“喋血长城，一二八淞沪抗战，台儿庄大捷，长沙保卫战，徐州会战，血战武汉……哪一战不血腥风雨？不重创日军？哪一战不阵亡我成千上万的好兄弟？你说这是消极抗日吗？这是不为国为民吗？这是不保国疆土吗？”

周正雄不能不承认大哥说的都是事实：

“大哥你说得都没错，但敌后抗日我们也付出了沉重代价，几百万八路军、新四军和抗日武装为国捐躯。”

周正鹰没有理会对方，继续说下去：

“我不否认，你们虽然能力有限，但也在玩命抵抗，令我佩服的是八路军的彭德怀将军，百团大战也是一场宏大惨烈的战役，不亚于任何一场我们所打的战役，可惜彭德怀将军我没见过。你们打过几场漂亮的战斗，譬如平型关战役，干净利索，但就其规模却无法和重大战役相比拟，虽然被你们宣传的天花乱坠。”他本不想再说下去，可又觉得言犹未尽：“林彪将军也是我黄埔四期的学长。”

这话里的意思再明显不过了，平型关之战是蒋校长的学生打的。林彪将军虽然骁勇善战，但又不便多说什么，人家现在毕竟是八路军将领，不免忌讳几分。

周正雄终于看清对方的心思，这家伙心里还是矛盾的，有必要再将他一军。

“不可否认，黄埔是中国的西点，为中国抗日战争培养出大批的精英将领，但这里面也有我们共产党的功劳，叶剑英将军、聂荣臻将军、周恩来将军都是黄埔军校的教官和领导人，还有陈赓将军、左权将军等著名抗日将领。”

周正鹰点点头，这也是不争的事实，走出黄埔军校的人，大都成为军政界精英，现在虽然已分成两个阵营，但追溯到当年，大家却还是一个战壕里的战友，这是现实的存在，不可否认的一点。不过他也知道，是因为两个阵营有一个共同的目标，是抗日让大家走在一起，现在抗日战争已结束，大家已经再没有共同的敌人，走向何方就难说了。这个话题很深奥，不是自己这等小人物能弄清楚的，起码现在不明白，没必要继续下去，他转换一下题目：

“这场战争给我们的国家和民族带来多么大的创伤啊，几百万将士为此付出生命，有多少好兄弟血洒疆场，能马革裹尸还的又有几何？”

周正雄长长叹口气，无疑这是一个非常沉重的话题，斟满一杯酒，一仰脖喝下去。

“抗战的胜利正是这些英勇的将军们带领无数战士，用热血和尸体铸就的，希望我们以及后人们永远不要忘记这些抗日的英灵。”

“是啊！”周正鹰满脸通红，将勃朗宁手枪用力拍在桌子上，将弹夹里的子弹一粒一粒退到酒碗中，然后将碗中酒灌下肚去。仿佛在回味刚刚消失的弥漫硝烟。

“张自忠将军、佟麟阁将军、赵登禹将军他们为国家和民族流尽最后一滴血。”

周正雄接着说道：

“左权将军、彭雪枫将军、赵尚志、靖宇将军他们将千古留名载入史册。”

“还有很多无名英雄，他们就是普通老百姓家的子弟儿孙，他们只有一个想法，把小鬼子赶出中国去！两年前的常德战役，余程万将军带领57师八千多兄弟们，坚守常德城，浴血奋战到最后一刻，让鬼子在城外留下了一万多尸体，我八千将士血卧沙场，生还者不过几十人，许国璋等三位将军也相继殉国，战况之惨烈前所未有。”

周正鹰脸色由红晕变暗灰，眼睛里冒出愤怒的火星子。

周正雄理解大哥此刻的心情，能留下姓名的大多是职位高的人，成千上万的普通战士都将成为无名英雄，这是很无奈的事情。此刻他想起了牺牲在皖南事变中的老首长。

“死在抗日战场上是革命战士的荣耀，可死在‘内战’的战场上，不免让人多有愤慨，项英将军、袁国平、周子昆将军都是抗日将领，却因为蒋校长的排除异己而导致悲剧的发生，这不能不令人悲哀和愤然。”

周正鹰听罢沉默不语，这是他最不愿意提及的话题，至于什么原因导致皖南事变的发生他不明白，或许这里面有很多政治成分，但是这个结果是自己不想看到的，但他又不便在弟弟这个八路军面前多说什么，只能三缄其口。

作为黄埔军人，他非常清楚凡是走出这所铁血军校的学生，无不都关心着这所学校里走出来的军人。他也不例外，北伐名将叶挺将军作为新四军军长，麾下有很多当年的铁军弟兄和黄埔学生，周子昆将军就是当年铁军独立团的骨干，袁国平将军也是黄埔四期的学长，赵尚志将军也出自黄埔，但他确实不明白，为什么这些黄埔精英都走进了共产党的阵营？不明白归不明白，但他却不敢轻视这些学长们，尽管政见和信仰不同。他知道，作为军人，这些人绝对都是响当当的钢铁汉子，铁血精英，自己崇拜的英雄。有时尽管是心底里，而不能表露出来。

周正雄此刻却不想罢口，也许他明白大哥不出声的缘由，但自己必须让对方明白一个道理，为了中华民族的利益，为了祖国山河，共产党人的坚定决心和刚强意志是不可战胜的。

“不可否认，过去他们都曾是蒋校长的学生，黄埔的精英，叶挺，恽代英，萧楚女，叶剑英，聂荣臻，林彪，左权，你能说他们的存在不是黄埔的荣耀吗？你能说他们不为抗日战争立下过赫赫战功吗？尤其是袁国平周子昆等诸将军，黄埔因他们而生辉，可他们却因校长而惨遭毒手，公允乎？是君子所为？”

周正雄在极力寻找合适的措辞，他不想再激怒大哥，把爹娘苦心准备的这顿饭菜搞砸。

周正鹰见老二又提皖南事变，目光中流露几分不不满和无奈，看来这黄埔军校和中国革命确实有着千丝万缕的纠葛，国共高级将领之中黄埔系的人才大有人在，很多都是国家之栋梁，这也是周正鹰不愿意评说皖南事变的原因之一，毕竟袁国平周子昆将军是黄埔的学长，况且现在是国共合作时期。以往双方的摩擦时常发生，只是这新四军有些特殊，还牵扯到北伐名将叶挺将军，说来这叶挺非等闲之辈，铁军的名头更是威震华夏。

“老二，有些事情我也弄不明白，政策是政府制定的，你我都是军人，军人的天职是服从，别无选择。”

这个解释看起来似乎无有破绽，但周正雄还想将大哥一军：

“记得你们黄埔军校政治部主任周恩来将军在皖南事变后，愤然写下‘千古奇冤，江南一叶；同室操戈，相煎何急?！’的千古绝句，你不会不晓得吧？”

“当然，周将军是我尊敬的师长，不只我，很多黄埔学生对周先生都很敬重，这也包括很多北伐时期走过来的高级将领，我想，尊重一个人，敬佩一个人，应该是不分国家和党派的，一个人的人格魅力不应该具有浓烈的政治色彩，你说呢？”

周正雄对于大哥这种两权相害取其轻的做法很不感冒，闭口不谈正题，顾左右而言他，过后也能明白大哥的苦衷，一个对自己的信仰根深蒂固的人，你想让他对自己的领袖做出相左的评价，实在是太过天真了。这样的人怎么能改变？根本无法改变。

“大哥，如果有一天你的上峰命令你来抓捕爹娘，你怎么办？”周正雄逼宫。

“这不可能！”周正鹰立刻反驳。

“这个世界上还有什么不可能的事情吗？”

“那我就在爹娘面前自裁谢罪！”周正鹰一脸凝重。

“自杀就能保住爹娘的性命吗？”周正雄轻蔑对方。

“换作你，你怎么办？”周正鹰把问题还给了对方。

“我？首先要替爹娘申诉，洗清不白之冤，否则的话就带领爹娘远走他乡，也绝不让二老受人间之苦。”周正雄这番话连他自己都没有底气，尽管语气坚定。(结果在二十多年之后，他食言了，这是后话)

此时，周正鹰无语了，也许老二是对的，儿子就应该用生命保护父母，因为父母给了儿子生命。

“老二，还是那句老话，爹娘就拜托你了，照顾好二老，大哥敬你一杯。”

这酒不能不喝，因为是大哥的嘱托，周正雄端起酒杯往上一举：

“大哥，谢啦，只要我还有一口气在，爹娘这里你就不用担心，不过这话说回来，今后怎样只有天晓得，常言道：瓦罐不离井沿破，将军难免阵前亡，走一时说一时吧。”

这倒是真的，周正鹰望着成熟了许多的弟弟，从进门到现在，这才醉眼惺忪地仔细打量着对方，越看越模糊，和镜子里的自己没什么两样。

“老二，你我都是从死人堆里扒拉出来的人，啥阵势没见过，不管今后国共走向何方，咱们都是亲兄弟，这点永远也不会改变，各为其主原本也没什么错，道不同不相为谋也没错，但是这个家，爹娘，是你我共有的，在二老面前，你和我都是儿子有错吗？说别的是扯淡，只要进了这个家，就不要再把什么主义呀党派啦带进来，闹心不！让爹娘过点清静的日子吧。”

周正鹰是醉话还是故意暂且不说，可这话周正雄听起来还算入耳，都是爹娘的儿子这怎能有错？

“大哥啊，人各有志，不能强求，人生的道路是自己选择的，脚上燎泡是自己走出来的，是上天堂还是下地狱现在谁说了都不算，还是让历史和后人去评价吧，兄弟我赞成你的话，亲兄弟就是亲兄弟，说句心里话，我他妈从心眼里反感你们国民党，你自己说说你们干的那些事，有几件是人事？不不，大哥你千万别多心呀，我可不是骂你——”

“你小子喝醉了，混蛋玩意儿，这点酒就完蛋了，满嘴里跑火车，胡说八道，让爹娘听见不抽你嘴巴子才怪哩。”

周正鹰将一大杯酒喝下去，放下酒杯抓起筷子伸向菜盘子里的鸡蛋，戳了几下子也没夹上来，啪——一下把筷子丢到桌子上，一歪身子躺在炕上，嘴里还不停地嘟囔：

“刘湖兄弟我这就给咱爹娘磕头去——兄弟啊大哥我一定去。”

周正雄也好不到哪里，趴在桌子上不停地嘟囔：

“大哥你死几个兄弟算个球啊，我他妈血战杨家庄，一百兄弟就剩下我一个半死不活的人。”

两人醉成烂泥，倒头睡去。

方文玉将杯盘狼藉收拾干净，坐到丈夫对面喜忧参半：

“秋辞，这如何是好啊？”

周剑锋摇摇头一脸的沧桑风霜，无可奈何。

“随他们去吧，儿大不由爹娘，现在他们都发展成这个样子，你我又能如何？只要他们在这个家里不吵得鸡犬不宁，拳脚刀枪，也就认啦。”

方文玉紧蹙眉头，实在是解不开心里的疙瘩，要说儿子们不努力倒也不是，能混到现在这个份上三里五村、十里八店也难找一家，但为啥非得一个共党一个国军？

“甭愁眉苦脸啦，孩子还是很争气的，别管是八路军还是国军，都是抗日的队伍，儿子们都不是孬种，祖宗颜面上也有光彩的。”周剑锋劝慰道。

这个道理方文玉明白，抗日归来虽都伤痕累累，但却成了抗日英雄，人前背后给父母争脸了。其实她担忧的是儿子们的将来，这国共两党素来不和，说不上啥时翻脸，到那时两个儿子岂不又成了冤家对头，八年前两个儿子在村北枪战的情景，至今想来还心有余悸。

十四

周正鹰怎么也想不到在家省亲的这段日子里竟然还有一段艳遇，虽然是昙花一现，却令他不忘终生。省亲是看望爹娘兄弟，没有半点公事可言。顺手宰个把汉奸赵一恒也在情理之中。

这天早上周正雄一觉醒来草草吃了几口早饭，和家人打声招呼便扬长而去。

周正鹰对老二那套不感兴趣，共党就是老一套玩意，什么鼓动宣传，游行集会演讲，笼络人心的手段罢了，累人。闲来无事在练功场子上走几趟拳脚，活动活动身子骨，也给弟兄们显摆显摆自己的功夫。周剑锋夫妻看了很高兴，指挥千军万马也得身体力行是不，没几下子怎能服众呢？故此，老两口坐在北屋门口观望。

周正鹰用眼角瞥了一下爹娘，一趟周家拳法练得兴起，突然一阵敲门声传来，他停下来对高参谋摆摆手。

高敬原忙上前打开院门，一位女八路军站在门口。

两人对视，在相互揣测对方的身份。

"请问周大队长在家吗？"江城的妹妹、军分区干事江子君一脸冰霜，怎么周队长家里有国军军官？眼角余光往里面一扫。

高敬原立刻回答：

"周长官刚走。"马上闪开身给对方让开道路。

江子君走进院子，把里面的情况尽收眼底。只见一位国军军官站在练武场上，正注视着自己。两人目光一碰撞，擦出激烈的火花。很多人的情感和初恋，或者是幸福的一生，或者是遗憾终生，都来之于那刹那间一瞥，更有人因瞬间的回眸而失去了自我。这两个人属于哪一种暂且不说，一见钟情也罢，昙花一现也好，反正都给对方留下深刻的印象。

映现在江子君眼底的这位国军军官和周正雄简直就是双胞胎，威武甚至胜过周正雄，他穿的那套军官制服实在是抢眼漂亮。浓眉大眼国字脸，眉宇间透露出一股刚毅果敢的气质，一种压倒对方的气势，令江子君增添了几分崇拜。

周正鹰想不到在这穷乡僻壤里还能见到如此标致的女子，高挑身材，帽檐下一对明亮的大眼睛闪烁着疑惑不定的目光，皮带上挂着一把手枪，可惜的是那套虽合体但粗制的灰布军装，若换成国军制服就更加显得英姿飒爽了。她手上拎着一把马鞭，快步走到北屋门口：

“大爷大娘你们好啊。”

方文玉眼前一亮：

“是子君呀，好久不见又俊俏啦。”

江子君调皮地晃晃脑袋答非所问：

“大爷你这是给谁观敌瞭阵呀？

周剑锋满脸都是笑纹，指着练武场上的周正鹰，一摆手。周正鹰赶紧走几步来到爹娘面前。

“正鹰，见过子君姑娘。”转脸对江子君说道：“他是你正鹰大哥。”

江子君早就明白了，马上问候：

“周大哥你好。”

“江姑娘好。”周正鹰没想到当年那个爱哭鼻子的小丫头竟出落成这么漂亮的大姑娘了。

“老大，子君姑娘是军分区干事，你没印象啦？小时候江城经常带她到咱家玩。”周剑锋提醒儿子。

周正鹰故作惊讶：

“是子君妹妹呀，真的认不出来了，女大十八变啊，江城还好吧？”周正鹰同江城上海一别就失去了联系。

江子君脸色暗淡下来：

“哥哥牺牲了，两年前在一次执行任务中，带领他的营同鬼子一个大队打了一上午，最后生还的只有十几个人。”

“江干事节哀，我和你哥哥是同窗好友，当年我们一起愤然离家共赴抗日战场，是兄弟们用鲜血和生命换取了这伟大的胜利，我想九泉之下的弟兄们也可以瞑目了。”周正鹰声情并茂，铿锵有力，一番心里话让江子君听着很舒服。

“周团长——”

“江干事——”

“都是一家人，啥团长干事的，你们还是像小时候一样称呼吧。”方文玉感到生分。

江子君感到心里一阵热乎乎的，两家的村子隔着一片青纱帐，两里地光景。她原本就把周正雄看成哥哥一般，在外人眼里，这是真正的乡亲和近邻。若是换做别人也许会提高警惕，八路军和国军毕竟有很深隔阂，但自己哥哥也是国军军官，这种意识在她心目中已经淡化了许多。

“那我还叫你周大哥吧。”江子君一朵笑脸很是天真。

“小时候你喊的还少啊，记得在池塘边那次还是我把你扛回家里的哩。”周正鹰此刻也美滋滋的，原本家里就男女比例失调，阴阳不均，妈妈对自己又非常严格，猛然间有一张年轻漂亮女孩子开心的笑脸，倒也给周家增添了不少欢快的气氛。

“记得呀，那赵家四虎被你打得屁滚尿流！”

周剑锋这才想起江子君的来意，忙问道：

“子君呀，你这是——”

“大爷，周大队长几时走的，说去哪里了吗？”

“走了一个多时辰，来去匆匆谁知道去哪啦。”方文玉嗔怪道。

江子君忙道：

“大爷大娘，这还真耽搁不得，我得赶紧去找他。”转过头来对周正鹰道：“周大哥，有时间到俺家去串门呀，俺爹娘经常念叨你哩，不会说你不认识路吧？”

周正鹰开心地哈哈一笑：

“就是闭着眼也摸得去，告诉大叔大婶，我抽空去看二老，刚回来瞎忙活哩。”

“大爷大娘，我得赶紧走啦。”江子君转身往外走去。

“鹰儿，快去送送你子君妹妹。”方文玉忙说。

其实不用老娘提醒，周正鹰脚下抹了油，已经伴随江子君走出院门。高参谋尾随到门口便知趣停下来。

“周大哥留步。”话音未落江子君翻身上马，双手一拉缰绳，前马蹄立刻扬起，做了一个漂亮彪悍的动作。

“路上当心。”周正鹰不知为什么说了这样一句话，原本是想说再见的，话到嘴边竟变了样。

江子君扬鞭策马而去，随着一溜灰尘扬起，消失在原野之中。

周正鹰望着远去的背影,一阵怅然若失,这是从没有过的感觉,他扪心自问,这是怎么啦?不就一个普通的女孩子嘛,至于让你如此留恋失态。这种念头一闪即逝,她可不是什么普通的女孩子,江城的妹妹,八路军干部。忽然一惊,这个,她怎么会是八路军呢?她怎么不是国军呢?胡思乱想之际转过身来,忽然发现高敬原站在自己身后,非常不爽,狠狠盯了对方一眼。

吓得高敬原一缩脖子,看团长那表情可不咋的,想立刻后退离去,团长开口了:

"你在干啥?嗯?"

高敬原本想赶紧逃离,没想到团长盯得紧,只得小心翼翼实话实说:

"团长,这女八路——"

"糊涂!"周正鹰呵斥对方:"她是国民革命军第八路军上尉干事。"

高敬原满头雾水,上尉干事是干什么的?

"他哥哥江城是87军的少校营长,抗日英雄,两年前阵亡,你他娘的打死过几个鬼子?瞧你个熊样。"

周正鹰也不知道为什么要替江子君说话,反正感到这高敬原碍眼,不长眼力劲儿,这么多军人在家人面前晃来晃去实在扎眼,便马上给高敬原下命令:

"高参谋,下午你带领警卫班到县城去转转,顺便找个旅店住下来,走的时候再来接我。"周正鹰一竿子将卫兵们支到了几十里外的县城。

高敬原瞪着迷茫的眼睛小声说道:

"团长这不妥吧,你的安全——"

"笑话,这里是老子的老家,谁敢老虎嘴上拔毛,倒是你们的安全要注意,别他妈给老子招惹是非就成。"

"团长你看要不我留下来照顾您,让警卫班去县城?"高敬原退而求其次。

周正鹰一咧大嘴讥讽道:

"去去,老子这儿不是地主老财,你们他妈想吃大户啊?十几口人吃喝拉撒要多少粮草?你们能照顾老子?老子回家来是照顾二老爹娘的,倒让老娘天天忙碌不停地照顾你们,倒行孝啊?扯淡!赶紧走人,找个地方好生呆着。有你们在,老子觉得碍眼,总感觉背后有几只眼睛盯着自己,很不舒服。"

"是,团长,马上走。"高敬原不情愿地带领大家往县城而去。

周正鹰将院门咣当一声关上,一脸的笑意,一身的轻松。

方文玉不解地问儿子:

“鹰儿，你让兄弟们去哪里呀这是？”

“去县城，娘你就甭操心啦，闹闹哄哄乱腾的烦心，这下好了，你老静静心吧。”

“看你这孩子咋能这样，都是自家兄弟，来到家了，咋能再住到外面。”方文玉心有不忍。

“娘啊，儿子怕把你老累着呀。”周正鹰搀扶着老娘边走边唠叨。

“娘，子君妹妹经常来咱家吗？她爹娘是否还健康？”

方文玉停下来看着大儿子，心里长了草，孩子是真的长大啦，三十岁的人了，若在别人家早就娶妻生子过日子了，这可好，东征西杀没个着落，是为娘的一大心病，用手轻轻抚摸着大儿子的脸庞：

“老大，问这些干啥，告诉娘，是不是看上人家啦？”老太太眼里放射出喜悦的光芒。

周正鹰倒不好意思了，忙掩饰：

“娘看您老说的，这哪儿跟哪儿呀，她可是江城的妹妹，儿子随便问问嘛。”

俗话说儿子是娘的连心肉，一举一动怎能瞒得过老娘的感觉和眼睛，心说，小样儿，你一撅尾巴老娘就知道你拉啥巴巴。这是好事啊，咋还这么扭扭捏捏的没出息。

“不跟娘说心里话是吧，算啦娘不问了，吞吞吐吐的还当团长哩。”

周正鹰心说，团长和这是两码事，直说吧，省的让娘惦记：

“娘，我看子君妹妹不错，儿子喜欢，但不知道人家是啥意思。”

“人家啥意思娘哪里知道，不过这个，这个，还得看人家姑娘的意思，按老传统咱得三媒六聘、明媒正娶，不过这八字还没有一撇哩，娘给你出个主意吧，你不是想去看看江城的父母吗，明儿个带上点东西，去拜访一下老同学的父母是人之常情嘛，况且你们又都是一个部队上的人，这个借口是再好不过，要想知道人家姑娘的心思，你得给人家好感，在一起多唠唠嗑，不接触哪里来的缘分呢。”

周正鹰这下高兴了，姜还是老的辣，打鬼子咱不含糊，可干这种事自己却实在是丈二金刚摸不着头脑。俗话说隔行如隔山，周正鹰干这种事还真不在行。

方文玉见儿子那兴奋劲儿，心里甭提多高兴了，要是能把江子君这等贤惠懂礼数的姑娘娶进家门，这可是儿子的福分，老大眼光不错，还得多唠叨几句：

“儿子，你要想办法让一厢情愿变成两情相悦，就必须表现出你的诚意来，这个，这还得为娘教你，这心要操到啥时候呀，你这孩子，在别人家里，像娘这个岁数早就抱上孙子啦。你哥俩可好，不说啦，你们也是干大事的人，团长队长都当上了，也算给咱祖上争光添彩了，可就是娘有块心病啊。”

走进屋子里还在唠叨，周剑锋听着不顺耳：

“跟孩子唠叨这些干啥，国破家何在，就是在他们这辈上断了香火，祖宗先人也不能说我周剑锋半个不字。我的儿子们是一门报国的忠良。”

方文玉虽没有答话，但心里却不舒服，话虽这样说，道理也过得去，可是哪个老人不想儿孙满堂，老少皆全？

十五

江子君对周正鹰冒然造访一点思想准备都没有，没想到那天在周家说的一句客气话竟然被对方当真，兑现了，说来倒也没什么，周正鹰小时候经常来找哥哥玩耍，轻车熟路十几分钟的脚程。更何况现在周正鹰的坐骑是一匹快马良驹。

对于江家，需交代几句。江家祖上原本也是大户人家，祖辈在城里经商，虽算不上家财万贯，但也不乏富足。只是到了江城父辈上便家道中落，破落而归。原因起源于一场经济纠纷，吃了一场官司之后，从此便大伤元气一蹶不振，江城的爷爷，老掌柜的一病不起撒手人寰，耿直倔强的老奶奶更是咽不下这口气，没过多久也跟随而去。

江城父亲一夜之间黑发变白丝，无奈生意是做不下去了，只好收拾细软，打点行装赶回老家，用剩余的银两置办了几亩薄田，一家几口人，苦心耕种，日出而作日落而息，混个温饱还略有剩余，与世无争倒也落得个清闲自在。自己还多少懂点岐黄之道，给附近的乡亲们瞧瞧小病，口碑不错。宏图大志是没有了，只好将希望寄托在孩子们身上，希望一双儿女上进长出息，将来好有个出头之日，能如何如何。

两位老人累弯了腰，累驼了背，总算盼来了收成，儿子江城在国军里当上军官，时有银两捎回家中，女儿江子君也参加了八路军。孩子们争气，两位老人人前背后也想挺直腰板，但却永远失去了这个机会，那累弯的腰板却再也无法回归原样了。顺心的日子没过上几天，从部队上传来儿子江城的噩耗，老俩口一下又掉进了冰窟窿。老头子变得终日少言寡语，老婆子因经受不住如此沉重打击，念子心切，想起来便哭泣一场，精神时好时坏，双目几近失明。还是书接前言吧。

江子君热情地把周正鹰让进院子里：

“是周大哥呀，欢迎，欢迎。”

“这颗大枣树上的枣子可甜啦，小时候我和江城可没少招惹它。”周正鹰望着熟悉的环境，一阵感慨，故人已去，时过境迁，物是人非，多少有些悲凉感。

就在这时江子君母亲从屋子里走出来，嘴里不停地念叨着什么。

“娘，正鹰大哥来啦。”

“大婶，小侄看你来了，您老还好吧？”周正鹰忙上前几步，注目下竟产生了陌生感，这是自己熟悉的那个江大婶吗，满头银丝，蜡黄干瘦的脸上布满皱纹，一双无神的大眼睛疑惑不定，双手哆哆嗦嗦向前胡乱摸索着什么，嘴里不停地叫喊着：

“是城儿吗？城儿回来啦——我的儿啊——”一阵撕肝裂肺的哭叫声令人肝胆欲碎。老人家一把将周正鹰抱在怀中，两只手掌不停地在对方身上胡乱抚摸。

“娘，娘，他是周正鹰大哥，不是城哥啊——”江子君上前欲将娘和周正鹰分开，嘴里不停地解释：“周大哥，对不起，我娘精神失常了，把你当成我哥了，你别介意呀。”

老太太眼底里模模糊糊映现出儿子那威武的模样，崭新的军装，挂着手枪，威武健壮，这不是幻想，儿子江城就在眼前，老人怎能不欣喜若狂，喜极而泣。

此时此刻周正鹰如刀扎一般，他怎能不理解老人家的心情，挡开江子君的双手，任凭老人家搂抱抚摸，眼泪情不自禁地流下面颊，嘴里不停地附和着：

“大婶，我真是正鹰呀，江城兄弟走了，以后我就是您的儿子，你老别难过，我替城弟给您老养老送终。”周正鹰眼底出现了江城，刘湖，铁蛋——等等众多好兄弟在面前晃动，满脸鲜血，挥舞着手枪，端着刺刀，拼命嘶喊，使劲高歌。周正鹰实在无法面对老人家的凄楚悲切，只能陪着老人家一起伤感落泪。

这一幕江子君感动了，感染了，周正鹰大哥还是十几年前的周大哥，还是那个呵护自己的周大哥。作为一个八路军老战士，对国民党军队没什么好感。尽管哥哥是国军军官，但在她看来，哥哥是国军中的另类，是少数有正义感和追求的热血青年。看来周正鹰没有变，和哥哥一样也是正义热血青年。想到此，对眼前的这位陆军上校团长仅存的一点戒心消失了。

老太太尽情地抚摸着周正鹰的面颊，思儿心切，盼子成疾，无奈之下，周正鹰也只好扮演着江城的角色，不想让老人家失望，心想，小日本鬼子你们毁灭了我们多少家园，拆散了我们多少家庭，有多少无辜的失去儿子的老母亲终日生活在思念和痛苦之中。

就在这时，江城的父亲从外面回来，一见院子里的情景，认出了被妻子搂抱在怀里的周正鹰,马上上前将妻子拉开。这个疯老婆子,又犯病了,真麻烦,让客人尴尬地站在院子里,有失礼节。

“你别闹啦,真要命了,只要有当兵的来家就认为是城儿回来了,贤侄你别介意呀,你大婶神经出了毛病,别跟她一般见识,君儿呀,快让你正鹰大哥进屋说话,别傻愣着啦。”

“大叔,没关系,我和江城是好兄弟,也就是你们的孩子。”

江城父亲好说歹劝费尽口舌总算把老伴连拉带拽地弄进屋里。江子君这才尴尬地对周正鹰说道:

“周大哥,真不好意思,你看这——”

周正鹰忙摆摆手,不能再待下去了,否则对老人家的刺激更大,本已复原的伤疤,若再揭开来,比原来更疼痛。望着江子君道:

“都是我不好,不该刺激大婶的情绪。”

“不不,周大哥,怎能怪你,你也是一番好意。”江子君赶忙解释。

周正鹰略加思索,二老的状况也看到了,不便再久呆下去,只是没想到江大婶的身体状况如此的糟糕。替江子君发愁, 插在裤袋的左手触摸到几块银元,忙掏出来递过去:

“子君妹妹,我此次回来匆忙,没做准备,这是一点心意,请你给家里添置些衣物和粮食吧。”

“周大哥,万万不可、不可!”江子君一口回绝,多年不见,要人家的东西算哪门子事情。

这在周正鹰的意料之内,凭他对江城的了解,对方是不会轻易接受自己接济的。但是,他很自信,这钱一定能送下。严肃地说道:

“子君妹妹,从小我就没把你们兄妹当外人,哪次来你们家大婶都给我做好吃的饭食,现在你不要把这看成金钱,这是一位抗日幸存者的心意,我是替江城兄弟孝敬二老的,他虽然走了,但我们还活着,不能让大叔大婶感到孤独和失望,请不要再推辞,那样我会感到不快和愧疚。”

江子君真的无语了,见周大哥如此真诚,自己还能说什么呢,只好点点头。

“我代爹娘谢谢你啦周大哥。”她接过银元,一种温暖顺着手掌传遍全身。

“见外了子君妹妹,我想回去,不过你若方便的话,能否陪我一起去江城兄弟的坟墓看一看?”

方便不方便放一边,这个要求江子君是无法拒绝的,哥哥和周正鹰本就是发小和好同学,去一趟自然是正事。

“好吧,周大哥。”

“我不和大叔大婶辞别了,以免再让大婶伤心。”

“咱们走吧,我娘这病真是让人操心,哎!”江子君心情沉重,陪同周正鹰走出院子。

两人各怀心事。从周正鹰的言谈举止,江子君恍惚感觉到他此次前来,并非只是看望二字这么简单,看他心事重重的样子,肯定有什么事情,或许是被老娘一折腾不好再开口罢了。他会有什么事情呢?江子君望着脚步沉重默默向前走的周正鹰,在揣测对方的心思。

她也没有想到,大哥的同学,这一晃十几年,归来时竟是一名抗日英雄,响当当的国军上校团长。抗日英雄虽当之无愧,可对方是不是死心塌地的国民党分子?

周正鹰此刻想什么?八路军干事,这是一个什么官职?江子君在军分区做什么样的工作?一无所知。自己这一见而钟情便前来表达心意,是不是有点唐突?周正鹰此刻的信心已和来时相比大打折扣。说心里话,一见钟情来之于对方眼神里那种坚毅和坦然,当然也和对方的气质美貌不无关系。至于她是好兄弟江城的妹妹也是加分的因素。

感情这东西很奇怪,往往不是你怎样去把握它,而是慢慢被它所左右。这就是很多人经常会陷入情感怪圈中的缘由。再强势的人物,再有本事和定力的人,在她面前往往显得苍白无力。这或许就是为什么很多历史上成名的人物和君王为知己红颜丢掉江山社稷、美好人生的关键之所在。道理简单的不能再简单,没有半点深奥的意思,也许人人都能理解和接受。或许站在旁边的你看得比谁都清楚,可当你身临其境时,就身不由己了,说一塌糊涂也不为过。这就是旁观者清当局者迷的道理。

此刻,周正鹰的心里很纠结,原本他不是那种唯诺之人,但现在却非常的小心翼翼,面对自己心仪之人,他只能谨而慎之。有一种人,靠武力和权势还有金钱是无法得到的,对方就是这种人,但愿自己判断不会失误。

通过短暂接触,江子君隐隐约约感到一丝不安,一种说不出的感觉,对对方的好感这是无疑的,但还有一种令她心跳的东西,是什么呢?

江城的坟墓在江家祖坟的左边,坟墓中并没有江城的尸骨,只有几件衣物和小时的用品。江城的尸体也和千万个弟兄们一样,在战役地点就地掩埋了。

这是一片偌大的江家先人墓地,几十座坟头按照辈分分布的清晰有序。坟地笼罩在一片杨树松树之下,在雾蒙蒙的天气下,显得阴冷瘆人。

两人来到江城坟墓前。周正鹰今天的行程中本没有前来祭奠的事项,毫无准备的他,既没有纸钱又无祭品,真应了"看看"这两字。不过作为一名军人,自有他独特的祭奠方式,周正鹰双手捧起几把土壤添在江城的坟头上深沉地说道:

"江城兄弟,大哥来看看你,安息吧,也许天堂没有杀戮,能给人一块安生的地方,有一天咱们会在那里相会,到时我再请你喝酒。"周正鹰说罢掏出手枪,扬手向天鸣放,砰砰——砰砰几声清脆枪声震醒了沉睡的墓地,扑棱棱一群麻雀应声飞起,几只老乌鸦窜出了树林,处于恐惧中的野猫瞪着圆圆的大眼睛,警惕地巡视着四周。周正鹰给江城敬军礼。

拜祭完江城,周正鹰完全改变了初衷,他想离开了。江子君见状忙把马缰绳递到对方手上。两人目光碰撞在一起,仿佛对方的眼神里释放出一种很奇特的信息,一种让彼此欲罢不能的信息,一种想面对对方再说点什么的信息。两人迈出去几步后又停下来。

周正鹰转过身来对江城墓说道:

"江城兄弟,你放心吧,我会替你照顾好父母和子君妹妹的。"他在向对方传递一种信息,他希望对方能够理解。

"子君妹妹,让我照顾你一辈子好吗?"此刻他不敢注视对方,他不希望从对方眼神中看到失望的表情,可又不能完全左右自己的目光,眼角在窥视对方时发现对方目光中突现一阵明亮和希望,不由得心头一震。但是,那欣喜的目光一闪即逝,随之而来的是一片茫然。犹如干柴烈火被浇上一盆冷水,对方还没表态,他自己先失望了。

是自己太过唐突还是不够冷静?是不是此时此刻的环境和情绪不对,他在反思。

江子君怎能听不明白周正鹰的意思,只是感到来得太过突然。可此刻如果再沉默下去,显然不礼貌,应该怎么回应对方一件困难的事。说不喜欢显然不是心里话,实话实说也不妥。目前国共两党非常敏感,一个八路军干部和一个国民党军官谈情说爱恐不现实。无情的现实摆在两个邻村普通青年面前。原本平常简单的事情变得特殊复杂起来。

"周大哥,感谢你的诚意,说心里话,我非常敬重您,但是,可能性太小了,几乎不可能。”

江子君的话语中流露出几分无奈和悲凉。

周正鹰又看到了一丝希望,他没有对方想得复杂,经过这场战争他明白了许多东西，这个世界给每个人的机会少得可怜，若把握不住便会稍纵即逝后悔终生。八年来和自己一起浴血奋战的兄弟们，成千上百地在自己身边倒下去。他不能再放过任何机会。

“子君妹妹，抛开其他，我想听你一句话，你希望不希望我照顾你一辈子？”想来这话说得还是比较含蓄的,比那些什么喜欢不喜欢、爱不爱的话更好被对方拒绝罢了,即使如此也不会太过尴尬。

江子君陷入沉默。如果单纯来回答这个问题很简单,但却不能这么快地回答对方,那样显得倒不够慎重。她在等待时间,延长时间,给对方一个自己慎重考虑的印象。

确实如此,周正鹰也是这种感觉,见对方没有马上回答,自己的希望在不断上升,对方越是考虑的细心,说明对方越是在乎自己。难道周正鹰就没有顾虑吗?不可能,作为一名国民党陆军上校,孙中山的忠实信徒,领袖的追随者,他不知道和一个八路军干部交往的后果?知道,都知道。只是他此刻只想单纯地谈个人感情,什么信仰,党争另当别论。自己也非圣人,也有七情六欲,为什么不能过普通人的生活,为什么不能和自己钟情的人在一起。

沉默良久之后,江子君眼睛里放射出让对方难以捉摸的目光:

“周大哥,说真心话,我希望和你在一起,不仅仅因为你是我哥哥的好朋友，是你的真诚和勇敢感染了我，关于你的故事，我从正雄大哥那里知道一些,你能活着回来,咱们见面,这就是缘分,我很珍惜。”

周正鹰听罢心头一震,原来她对自己早就注意了,真是缘分呀,我又岂能错过。

“子君妹妹,有你这句话足够了!”周正鹰一激动,竟上前抓住江子君的双手。江子君虽有所顾虑,但此时此刻,感情代替了一切,进而是两个人紧紧拥抱在一起。突然吗?在他们看来并不突然,因为孩提时代两人就已经有过这种经历了。

拥抱是短暂的,毕竟这是在墓地。

“子君妹妹,还记得小时候咱们三人挖野菜那件事吗?”周正鹰有感而发。

江子君满脸通红,不自然地回答:

“怎不记得呢，炸雷闪电追着屁股跑，我哥哥的脚扭伤了，一瘸一拐地跟在后面，你背着我摔了几个跟头，跑回家时，浑身泥水那个狼狈相就甭提了。”

“是啊，小时候多好啊，大家无忧无虑地在一起玩耍。”周正鹰很怀念大家在一起的儿时光阴，现在江城走了，不免有几分悲凉。

江子君想得却不是这些：

“周大哥，不瞒你说，我对咱俩的交往是没有信心的，太复杂了，你说环境能允许我们在一起吗？！”

周正鹰很干脆坚定：

“子君妹妹不必有过多顾虑，只要你我心中有对方，这就行了。我明白你的心思，抗战已结束，和平来的如此朦胧和渺茫，你我属于两个阵营，不能不承认这是我们之间的障碍。但是，如果我们不当兵的话还有这些烦恼吗？就因为这些你我就不能有正常人的生活吗？为了民族解放我们九死一生，流血流汗，难道还要流泪吗？”

江子君望着对方，这些就是自己所担心的。

“我自信，从没做过对不起祖宗的事情，昧良心的事情，危害国家和人民的事情，我秉承父辈清清白白做人，坦坦荡荡做事，八年来我做到了。现在我就想有自己真诚的爱和情，难道这有错嘛？”

“你没错，你的追求更没错，我也没错，如果咱俩在一起，可能就错了。”江子君深感对方陷入一个难以化解的纠结中，其实自己也有很大的苦衷。

周正鹰不能同意对方的观点。

“你是说我们身份吗？子君妹妹我可以告诉你，之所以当年我投笔从戎那是为了国家民族的利益，面对山河破碎我何以能安然？现在不同了，国土已光复，我以我血完成了时代赋予我的使命。如果是因为你我的身份不同，我们宁可脱下这身军装，过普通百姓的生活，我们原本就是满脑袋高粱花子的庄稼人嘛。”

“周大哥，万万不可，不能因为我而毁了你的前程，历经千辛万苦我们才走到今天这种程度，为了国家和民族，我们还有许多事情要做。再者，让我们彼此抛弃为之奋斗多年的信仰，这也是不现实的。看来我无法说服你了。”

江子君为对方的执着而感到无奈。但却能体会到对方那颗赤诚之心，爱一个人不容易，但寻一个爱你的人更不容易，自己怎能拒人于千里之外。

“周大哥，我们的相知可能是缘分，但也可能是错误，既然缘分来临，那就让我们错下去吧，人生本就五彩缤纷，早晚都要殊途同归。”江子君这个决定或许有些太过草率，以至于使她为之付出了毕生的代价。

周正鹰见对方终于点头，一颗悬着的心也落了地。两人聊得兴起，不知何时竟席地而坐，任坐骑一边啃草去了。战争创伤尚未抚平，话题总离不开硝烟味道。

“你说我这是自私吗？刚刚离开战火硝烟就想自己的事情，难免不被人有所想法。”

江子君摇摇头：

“不能这么说吧，你是家里的长子，离家多年，这种想法实属常理，换作我也会这样。”

“我的很多兄弟们已经没有这个机会，刘湖、铁蛋、赵虎、张良等等我很痛心，抽时间我要去看望他们的爹娘，我要让弟兄们瞑目。”

周正鹰这个话题转换的有点过快，但江子君还是跟上了对方思路。心想，周正鹰确实是有情有义的汉子，就凭这点，自己没看错人，不管什么党什么派，首先他是个人，是个有血有肉的人，有追求有正义感的人。

“周大哥，你做得对，我支持你，为抗日而牺牲的战士们都是好样的，有需要我的地方你尽管说话，我将义无反顾。”

江子君的表态又给周正鹰传递了一个信息，正是这一个个信息，使得两人越走越近，把两人带进了一个无法自拔的境地。

“子君妹妹，等着我，我会回来的，铁打的营盘流水的兵，总有解甲归田那一天。”

江子君笑道：

“等到啥时候呀？两鬓斑白还是天荒地老？”

“看你说的多不吉利，多则三年少则两载，我爹娘也老了，对，还有你爹娘，咱们一定要照顾好他们。”周正鹰根本没有想到问题的严重性，只是沿着自己的思路往前跑下去。

江子君被对方感动了，如果真像周正鹰说的那样，自己将来会幸福的。事情的发展能像他所预料的那样吗？她又给了对方一个如果：

“周大哥，如果将来有一天国共再翻脸开战，你会怎样面对我江子君？把我这个共产党抓起来枪毙还是坐牢？我说的是如果。”

周正鹰没料到对方提的问题竟如此尖锐。

“这是什么话，那我们只好回家种地了，守着爹娘未必不是一件好事，到时咱俩种上几亩地，也够一家人的生活需用了。谁愿意打就让他们打去吧，自己人打自己人有什么意思，老子的命是从抗日战场上的死人堆里捡回来的，不想再把他完蛋在窝里斗上，实在是没什么意义！”周正鹰的心情一下子糟糕到了极点。一句脏话把江子君逗乐了：

“听说国军里体罚很重是吧？”

周正鹰一愣：

“不尽然，都是自己的兄弟，枪一响拼命往前冲，当然骂几句是常有的事，让你见笑了。”

“周大哥，恕小妹直言，咱俩的事情可能会很麻烦，最好先不要扩大范围，双方的亲人们知道就行了，以后看事态发展吧，我会把你放在这里的。”江子君拍拍胸口。

周正鹰点点头表示同意：

“你说得对，我走后会有书信带回家中，有时间你到我家中来取便是。我娘可是性情中人，她知道该怎么做。”周正鹰万万没有想到，就是这些寄托自己无限眷恋和思念的情书，后来成为江子君人生道路上最大祸根，差一点要了她的性命。这是后话。

“周大哥，我可没办法给你写信啊。”江子君觉得有点不公平。

“没关系，只要你好好的，我就放心了。”

周正鹰一番真诚和爱慕，打动了江子君的芳心，使她那份沉睡已久的少女情怀终于向对方敞开了。

两人尽情地畅谈，竟然忘了时间和地点。待日落西山，夜幕降临时才一起往家中走去。

十六

“娘,这不是乱点鸳鸯谱吗! 他俩怎能走在一起。”周正雄知道麻烦来了,一时竟也不知如何是好。

方文玉见小儿子抢白自己,气不打一处来:

“他俩怎不能在一起? 你大哥和江城是从小光屁股长大的,又是一个部队上的,江家是老实巴交的庄稼人,知根知底,这连庄地土的,照顾起来近便,有啥不可?”

周正雄知道娘的牛脾气又上来了,有心不管这档子事,可这又非同小可,关系到大哥和江子君的前途未来, 怎能袖手旁观, 不知娘是装糊涂还是故意为之。

“我的亲娘呀,你咋这么固执,一个是国民党团长,一个是八路军干部,这能捏合到一块吗?”

“捏不捏得到一起与你有啥关系?那是人家两人的事情,你操哪门子心,看你猴急的,是不是也想寻门亲事呀? 那你就赶紧张罗去吧,坐在家里,天上掉不下仙女来。”

方文玉一顿抢白,把个伶牙俐齿的小儿子噎了个翻白眼。

周剑锋心想,你个找抽的东西,自己屁股还擦不干净哩,还有闲心管别人:

“我说老二,你不祝福你哥哥,反而多嘴多舌,是不是肉皮子痒痒呀?”

“爹看你说的,我不是不高兴,只是这事干系重大,我必须和爹娘说清楚,别到时说我没有提醒你们。”

“有啥了不起的,说来我听听。”周剑锋倒想听听老二是什么意思。

周正雄压住心里的火气,这个江子君肯定是疯啦,胆子也忒大了,简直是胆大包天,你一个八路军连级干部,在军分区重要部门工作,怎么连这点觉悟都没有? 选择一个国民党团长做男人,这也太离谱了吧? 简直闻所未闻,今天算是见识了。自己若不阻止这等荒唐事的发生, 还不知道将来会闹出什么乱子来。

大哥也真是的,咋就看上了江子君呢? 有本事你在外面找一个不就得啦!

这下可好，将来国共一翻脸，自己夹在中间里外不是人，不管咋说这事就是不靠谱，今天如果不在爹娘面前说出个所以然来，以后的麻烦事就大了。想到此，硬着头皮说道：

“抗战虽已胜利，可今后国共怎么走还是个谜，皖南事变你们都知道吧？老蒋把我新四军一万多人包围在皖南，突围出来的没几个人，军长被俘，副军长战死，真个就是一大惨案、冤案。这就是蒋校长的丑恶嘴脸，我哥哥是他的得意门生。”周正雄说得急，爹娘听得缓。就在他喘口气的档口，老娘问道：

“这和我娶儿媳妇有啥关系？瞎联系。”

“我还没说完呢，江子君是谁？八路军军分区干部，革命老兵，这样的两个人能走到一起吗？一个是坚定的共产党员，一个国民党死硬分子。”

方文玉一摆手：

“行啦，别把你那什么党派又搬回家来作挡箭牌，在这个家里只有和睦的亲情，没有这党那派。”

周剑锋似乎听出点门道，忙示意妻子别打岔，让老二说下去。

周正雄有点心急火燎，自己说得够明白了，可二老就是听不明白，真是要命了。

“这个、这个——”

“什么这个那个的，还有没有句正话？”老爹爹有些不耐烦。

“爹娘，你们咋就不明白呢，国民党是啥东西，共产党是啥玩意，你们难道真不明白？这两种人能捏合到一块吗！合起来时还能凑合，真打起来时是你死我活，你们不想把咱家变成那个战场吧？”

原来如此，周剑锋彻底明白了小儿子的顾虑所在。说的不无道理啊，是得好好考虑考虑。忙对妻子说道：

“我看老二说得有些道理，咱还得斟酌斟酌。”

“有狗屁道理！简直是危言耸听，一派胡言，听他的话地里三年不长庄稼。”

周正鹰一步迈进来，把弟弟一番话听得是清清楚楚。一顿抢白把周正雄堵了回去。

这可是大家都没想到的事，原本是不想当着周正鹰的面议论，可还是没能做到。几天来周正鹰和江子君经常会面，虽然谨慎小心，但也是有机会就聊一会，总感到时间不够用的。可没想到这一进门就被泼了一头冷水，扫兴的很，他怎能不生气，哪里还有好话听。

方文玉一看糟了，今天这事难善了，哥俩本来就不滑块（不对头），平日里不是磕就是碰，老二在爹娘面前给老大上眼药，老大怎肯善罢甘休，果然不出所料，两人像斗鸡一样，都装满了火药。

“国民党怎么啦？别老把那点屁事挂嘴头上，哪个规定国民党就不能找共产党老婆？我看你是吃醋了吧，嫉妒了吧，脑袋让驴踢了吧？”

这一顿火炮把周正雄轰炸得怒火冲冠，哪里还顾得上爹娘在场不在场，脸红脖子粗地应战：

“真是笑掉大牙啦，我找媳妇也不找你们啊，你当你们里面还有啥好东西吗。”

“你们也没啥好东西。”

“没好东西你干嘛找江子君呀？你脑袋是不是进水啦。”

砰砰、啪啪，话不投机拳脚相加，全然没把爹娘放在眼里。这还了得，太没规矩了，周剑锋一掌把大儿子推倒在地上，方子玉虽也生气，但毕竟宠着小儿子，将小儿子的拳头一拨，对方坐在炕沿上。

“混帐，谁教给你们的如此没规矩？”心想，看来这门亲事还真成问题，哥儿俩都闹成这样子，再加上一个江子君，那这个家还不倒海翻江，真就要麻烦大了。

方文玉给老二使个眼色，两人走出房间，把空间留给了爷儿俩。

周正雄从得知哥哥和江子君的事情后，就没平静过。出大门急匆匆来到邻庄江子君家门口。举手就要敲门，可手掌却没落下去，怎么和对方说呢？凭一时之气是解决不了问题的。两个人既然交往了这段时间，肯定早就沟通很多了。自己就算能说会道也未必奈何得了，底气显然没有刚才足了。一屁股坐在门墩上思想对策。

不管从哪方面讲，这件事都说不过去，国共两党能出自一家人，这无可置疑，因为一个人的出身无法选择，人生道路可以选择。就像自己和大哥，江城和江子君。但若将两个信仰不同的人捏合成一家人就有本质上的不同了，起码这两个人的阶级立场不坚定，信仰出现了前所未有的危机，这样的人能成为国家栋梁吗？周正雄上纲上线，把两人的婚姻大事提到了阶级立场的高度。

周正雄正坐在江子君家门口犹豫不决，苦于无计之时，这边周剑锋正和大儿子挺枪过招。

“你说你都这么大人了，咋考虑问题还是这么幼稚，把问题看得如此简单是要出麻烦的，懂不懂？”周剑锋质问儿子。

周正鹰没想到这么点事给家里带来这么多的麻烦。

“爹，您老就甭操心了，很平常的事干嘛搞得这么复杂。”

“混帐话，我不操心谁操心？我是你老子！”周剑锋一听火气就往上窜。

“爹，我这不是想给您老添个孙子嘛，您和娘不是老念叨我，我这也是为周家好啊。”周正鹰的理由既充分又全面。

周剑锋压压火气，觉得儿子说的不无道理，语气自然也就缓和了许多。

“你的心思是好的，可也别有病乱投医，要对症下药才行。过去讲究个门当户对，现在也要掂量掂量双方的情况不是。”

周正鹰一听乐了，老爹爹形容的还真够贴切：

“爹爹看您说的，您儿子我没病，更不是什么乱投医，只是和江子君的缘分到了，就这么简单。”

周剑锋一听，这小子还是一门心思不转弯，钻牛角尖，火气又上来了：

“你想没想过这事儿的严重性，万一有一天两边再掐起来，你他妈站在哪一边？是打老婆还是脱军装？老子可告诉你，咱家不兴这一套，你要认了头，就他妈给老子回家过消停日子。”

周正鹰感到这问题有点难为自己了，老爹爹这是成心和自己过不去：

“爹，依您之见我是不能在家里娶媳妇啦？那好，我就带江子君离开家成不？俺们去城里边过日子，这谁也惹不着吧，嘿，我就不信了，活人能让尿憋死。”

周剑锋万万没想到老大会来这一套，你们不是怕沾上吗，咱走人就是。这是他娘的什么招数，不要爹娘啦？最后还落个是爹娘家招不得人，这混蛋玩意儿，倒也想得出来。刚想发火，可转念一想，他这是吹牛吧：

“老大，长能耐啦，你能把江子君带走？你一个国民党官能把共产党干部带走？糊弄鬼去吧，枣木眼镜子，老子还真看不透你！既然你们想出去，那我和你娘也不拦着，滚蛋，别他妈在这惹老子生气。”

周剑锋抬脚踢过去，坐在炕沿上的周正鹰借坡下驴，忙窜到外面去了。心想，这顿骂挨得实在不爽。一想到老二就牙痒痒，都是这混蛋小子挑唆的，他一回来就没好事，简直是一个丧门星，自己的事都忙不过来，还专门找我的麻烦，看回来后我怎么收拾你。

周正鹰、周正雄哥俩折腾够了，可两位老人却杠上了劲儿。

方子玉眼见着丈夫和老二都反对这门子亲事，心里实在是不痛快，咱老百姓讲究的就是老老实实过日子，本本分分做人，娶妻生子、传宗接代，哪里来的这么多道道？小鬼子都已打跑，也应该过几天安稳日子了。人家江子君姑娘多好的一个人啊，漂亮贤惠、知书达理，哪一点配不上老大？你看你爷儿俩这个挑剔，这个毛病，简直就是故意找茬，这可不成，我方文玉可不是好欺负的，立马就还以颜色：

“秋辞，你是不是管的太宽了，管到我份内来啦，孩子娶妻生子理所应当，这都是老娘们的活计，啥时候轮到你老爷们头上了。”就剩没扔出一句狗拿耗子了。

这话周剑锋听着不顺耳，啥叫不该管，儿子也是我的，合着我这当爹的当家不主事呀，什么道理：

“梓菡，这就是你的不是了，儿子是咱俩的，我咋就不能有想法？”对方何时学得如此的霸道。

方子玉没想到丈夫竟如此固执，不，简直就是刚愎自用，原本还想苦口婆心，但却失去了耐性，话语软中带硬。

“孩子们都已长大成人，自然有他们的想法，为何把我们的观点强加于人？你这不是耽搁我抱孙子吗？是不是不想传宗接代啦？我看你真是老糊涂了。”

这句话把个一代武林名宿惹恼了，自己何时受过这等窝囊气，啪一拍桌子站了起来，两眼紧盯着对方，看样子非较真章不可。

方子玉何等人，怎能屈服于对方，不但没有半点服软的意思，而且上前一步，迎着对方的目光。

两人注视片刻，周剑锋终于一屁股坐回到凳子上，方子玉这才往后一退，顺势坐在炕沿上。两人斗鸡的架势瞬间就消失了。在两人一生当中，这样的局面非常罕见，确切地讲，这是第一次。两人平时并不缺乏沟通，人生虽说磕磕绊绊，饱经风霜，但却始终能相濡以沫，搀扶着一起往前走。今天发生这种情况，可以说有它的独特性和偶然性。

是周剑锋让步吗，非也，他不是那种无原则的人：

“既然你不希望我管孩子们的婚事，那我总可以表达一下意见吧，实话告诉你，我不能同意这门婚事，你掂量着办吧。”

周剑锋这几句话的份量方文玉清楚，她叹了一口气：

“并非我不让你管，只是这关系到孩子的终身大事，我的意思想必你能明白，按理说，咱一辈子不管两辈子事，下一代幸福与否，你我也干涉不了多少，是不是这个理？难道你还想长生不老不成。”方文玉略作停顿，说的口干舌燥，端起茶碗，一见里面是干的，周剑锋忙给对方斟满茶水，配合的相当默契。从这点上能看出，老俩口几十年来是相敬如宾的。

“我是在担心啊，梓菡，这十几年来你不也是终日提心吊胆、牵肠挂肚吗，若再娶进门一个江子君来，将来是一个什么局面，实难预料啊，你说我的忧虑是多余的吗？”

方文玉笑了，半晌来第一次露出笑脸，真是庸人自扰、杞人忧天。

“儿孙自有儿孙福，鹰儿和子君两人的感觉这样好，难道你让我去棒打鸳鸯不成，这我可做不来，即使真有那么一天，也是福不是祸是祸躲不过，听天由命好了。”

周剑锋没想到妻子在老大的事上竟这样一管不顾，自己还能说什么。

摇摇头，心想，罢了，罢了，随他们去吧，既然梓菡如此固执，自己再坚持没什么意义。两个人沉默不语，不欢而散。

周正鹰出得家门，心不在焉地胡乱散步，心情烦躁颇不爽快。看来这件事情还真有些麻烦，自己和子君都没对各自的身份如此敏感，反而家里人倒不能理解，老二这个愣头青“揭竿而起”，爹爹率先横刀阻拦，这如何是好？难道这门亲事非要被他们搅黄不成。现在他是一句不中听的话也听不进去，他做事情就是这样执着，开弓没有回头箭。

忽然心头一震，老二去了哪里？他能去哪里，刚才还在气头上，这小子不是省油的灯，周正鹰拍拍额头，坏啦，坏了，他准是去了江子君那里，找江子君讲大道理去了。不行，现在他是什么参谋长了，这也算不小的一级干部，子君你可千万别被这小子忽悠住啊。想到此，急匆匆直接奔江家而去。

不出周正鹰所料，周正雄此刻正在给江子君上政治课。两人虽然同隶属军分区，但周正雄在作战部队，江子君在后勤机关，并非领导和被领导关系。周正雄从小就把江子君当妹妹看待。

“子君,这玩笑你可开大了,听我一句劝,不要再任性啦。”周正雄非常严肃。

“难道你没看出来我是认真的。”江子君严肃地回答。

“说了半天你咋不进盐津呢,合着我这唾沫星子白费啦,你真是个榆木脑袋,有你后悔那一天。”周正雄百思不得其解,这两人怎么能搞得这么铁。

江子君白了对方一眼,语气坚决:

“你看俺是做事后悔的人吗?这么多年了你应该了解俺啊。”

“为啥做事不计后果呢?万一出什么状况,你爹娘咋办?难道你真舍得下他们?”疯啦,简直是疯了,太自私了,为了自己连爹娘都一管不顾了,况且能不能幸福还是未知数。

“你是在吓唬我吗?咱可不是吓大的,枪林弹雨俺没皱过眉头。五一大扫荡时,是谁把你从死人堆里扒拉出来的?张庄被围后是谁带人给你解围?你不会说俺的身手是小儿科吧?周正雄你太健忘了,把俺当成了弱者,胆小鬼。”

周正雄脸红了,一直红到脖根,从心里讲,他从不敢小瞧江子君,并不单纯是因为她救过自己的命,而她名副其实是一个巾帼,是从女子游击队长的职位上调到军分区的。

“子君,我是为你好,你不要把这看成是破坏你的幸福,一方是我大哥,一方是从小一起长大的妹妹,从哪方面我都不能那样做。但是,我觉得你们真不合适,他是国民党啊,这是不争的事实。”周正雄口气降低了八度。

“合适不合适俺比你清楚,国民党怎么啦,我哥哥也是国军,他还是抗日英雄,你说是不是?”

周正雄摇摇头,心想,你要是明白的话,还用我跟你费这么半天口舌么,固执至极。

“子君,你想过没有,组织上能同意你们在一起吗?”

其实江子君还没想那么多,八字刚有一撇,根本就没有向组织上汇报的意思。周正鹰的抗日功劳比哥哥大得多,这是有目共睹的,现在是国共合作时期。

“正雄,这些事情以后再说吧,我心里很乱,为什么你们把正鹰大哥看成洪水猛兽?那我哥哥是什么?你敢说你比正鹰大哥杀鬼子杀得多吗?他是两枪三刀五个洞,你呢?就因为他勇敢,坚强,是真正的男子汉,我喜欢,怎么啦,难道八路军里就没有缩头乌龟?你的意思是让俺宁可嫁一个缩头乌龟也不能找正鹰大哥这样的真汉子,是也不是?”

江子君这一炮够猛的,把个能言善辩的周正雄打哑巴了,此刻他没了急中生智,而是急不择言,两眼一瞪:

“今天你咋这么不进盐津呢,好说歹说都不听,你是不是想把自己给毁了啊。”

还没等江子君说话,周正鹰一声将房门踢开,对周正雄呵斥道:

“想毁了我们的是你!我看你是米饭吃多了,吃饱了撑的没事干,跑到这里来消化食,那好,我就帮助你消化消化。”话没落地拳头已经跟了上来。

周正雄哪吃这一套,挥掌相迎。江子君忙站到两人中间:

“二位大哥,千万别伤了和气,听我一句话好吗?”

周正鹰这才后退一步,周正雄气呼呼喘粗气。

“你们的好心我领啦,我知道自己应该怎么做,我看你们还是先回去吧,让我一个人静一静。”

“静啥,别听他胡说八道,听蝲蝲蛄叫还不种庄稼了。”周正鹰一脑门子官司。

“你是该冷静冷静,不然,开场容易,收场可就难了。”周正雄话里有话。

江子君下了逐客令,兄弟二人只好离开了江家,边往回走,还没忘记打嘴仗。

“你小子竟敢坏我的好事,看我不收拾你才怪。”

“你就做梦吧,等梦醒时分,空欢喜一场。”

周正鹰和周正雄刚迈进院门,高敬原迎上来,周正雄不知又发生了什么事情,忙凑上前来看究竟,只见高敬原把一封电报递到团长手上。周正鹰白了周正雄一眼,那意思是军事秘密。可周正雄却没有离开的意思。周正鹰只好把电报举到眼前,其实也没有什么,就四个字:见电速回。

周正雄幸灾乐祸了,看你还咋牛哄,完了吧,江子君还是原来的江子君,你只能望“君”兴叹啦。

“大哥,军令如山倒,还是赶紧去跟爹娘辞行吧,这次可别再偷跑了。”周正雄嘴角挂起一丝坏笑。

“倒霉!集合人马,院外等我。”周正鹰并没有进北屋,而是拉过一匹快马飞驰而去。

周正雄傻了眼，这是去跟江子君辞行呀，忙进屋跟爹娘汇报去了。

高敬原赶紧把警卫班集合起来，等待团长的归来。

不到一个时辰，周正鹰策马而回，至于他怎么和江子君辞别的，只有他们两人知道。

周剑锋、方文玉早已等候在院子中。

“爹，娘，儿军务在身，不能耽搁，二老保重，儿子去了。”周正鹰心情十分复杂，此一去不知何时能再回转，职责在肩，身不由己。

“去吧，不要耽搁了正事。”方子玉叮嘱道。

“鹰儿，抽空往家捎信来。”周剑锋紧皱眉头。

周正鹰忙应道：

“爹娘，儿子记下了。”转过头来对周正雄正色道：“老二，别净整些没用的，常回来看看爹娘，还是那句话，爹娘就交给你了，怠慢了我可不饶你。”

周正雄没词了，你一走了之，把家扔给了我，这公平吗，心里虽这么想，可嘴上却只能这样说：

“大哥放心去吧，如果是去‘剿匪’的话，可别当俘虏，到时可别怨兄弟帮不了你。”

周正鹰冷哼一声：

“还是管好你自己吧，我的事不用你操心。”翻身上马拱手拜别，挥动马鞭，带领众弟兄策马而去。

周剑锋、方文玉望着大儿子远去的背影，一阵尘土泛起，渐渐消失在原野中。二人长长叹口气，事情总算过去了，老大这一去归期不定，两人相隔千山万水，书信又不方便，那江子君也就断了念想，心里总算踏实了许多。岂不知事情并没完结，两个人在短短十几天里，从相慕到相知再相爱，事情的发展竟然一日千里，但周正鹰这一去，两个人却变成香江万里、雄关漫道，只有牵挂的份，没有见面的缘，直到半个多世纪之后，两人重逢时都已过古稀，相对无言，只有老泪纵横了。

就是这短短十几天，匆匆数次见面，给两个人后来的命运埋下了磨难的祸根。说来这是好事，怎会如此的沧桑呢？其实有所不知，那高敬原可不是一般人，虽小小的上尉参谋，却有来历和背景（军统），只是周正鹰当时没有看出来罢了。他并没有完全执行团长的命令，而是换上便装，隔三差五地到周家镇周围转悠，美其名曰是保卫团长的安全，当然，这是他给自己准备的被团长发现时最充分的理由。关键一点还是注意团长有什么动向,和什么人来往。

当他发现周正鹰屡次三番跟那个女八路来往时,竟吓出了一身冷汗,这还了得,这个发现让他简直是苦不堪言。何难之有?如何向上级汇报?说心里话,团长对自己不薄,像兄弟一般。再者,给周正鹰打小报告是麻绳子系豆腐的勾当。当然,隐瞒下来不是不行,可万一被警卫班里的人捅上去,自己就吃不了兜着了。高敬原犹豫不定,进退两难,好戏还在后边。

江子君从此失去了平静,不单单是她的思念之苦,还有不知消息怎么传到军分区里。无疑她第一个怀疑的对象就是周正雄,从此两人的关系降到了冰点。(历届政治运动都没有放过她,周正雄就是想帮她都无能为力。这是后话。)

十七

国共关系又从一端走向另一端。安稳日子没过多久的百姓们,又置身于水深火热之中。其实大多数老百姓是不明白战争起源的,平民百姓挣扎在食不果腹的生命线上,似乎也无能力去关心国家和政府的事情,但有一点是非常反感的,那就是战争和杀戮。因为这是自己人打自己人,参加战争的都是百姓们的子孙,昨天还是一个村子里的好友和弟兄,转眼间在战场上兵戎相见,杀你没商量。

想想,这样的战争老百姓能欢迎吗?几百万生命的消失就使几百万个家庭支离破碎,儿孙们走了,留下的只有老弱病残,遍地残垣,遍地哀嚎。百姓们的想法很难上升到主义和政治高度,他们只想过安稳的日子。但现实是残酷的,战火是无情的,该打的还得打,不管哪朝哪代,只有胜利者才能统治国家和黎民百姓,这是天经地义亘古不变的道理,稍微懂一点历史常识的人都会明白。

周正鹰、周正雄弟兄二人,就是这场战争中的两颗棋子,代表两个不同阵营,各为其主地拼命厮杀,见证了这场战争的一切,包括一方胜利和一方衰亡。幸运的是,他们都是这场战争的幸存者,而很多人却永远倒在自己的国土上,为了各自的神圣使命,他们死而无憾,对错留待后人评说。

战争的结果令百姓们欣慰,共产党站在了胜利一边,而国民党只能做鸟兽散,逃到孤岛上去再图发展。这个结果也是战争一开始就被预料到的,邪不压正是真理,失去民心的一方终究要退出历史舞台,遗憾的是国民党醒悟太晚,数次失去同共产党合作的良机,用老百姓的话说叫咎由自取吧。

1947 年夏天,雾蒙蒙,雨淋淋,闷雷闪电撕破了深空,阵阵枪声爆炸声此起彼伏。国军一个师被共军一个团阻挡在乌蒙河北岸。国军师长赵程宇少将得意地摸着下巴,嘴角露出一丝微笑,看得出他志在必得。如果自己这一计划成功的话,可消灭共军一个主力团,这个功劳非同小可,即使不能加官晋级,肩膀上再添颗星还是可能的。他很自信,共军不管是兵力还是装备,都无法和自己相比。天时地利人和自己都已占尽,长沙城外小鬼子都无法奈何我。

将共军团团包围的同时,他给军长发去电报,拍胸脯表决心,当然胸脯是拍给部下们看的，以示不达目的决不罢休。大话放出去了，嫡系的牌子不是白给的，望着清一色的黄埔校友，他严肃地下命令：

“高景龙，你团从正面进攻，给你两个小时，拿下正面高地。”

“周正鹰，你团从侧面进攻，同时守住河边渡桥，必要时给我把桥炸毁，必要时，听明白没有？”

周正鹰马上回答：

“明白，师座。”

“既然明白你说我是啥意思？”赵程宇问。

周正鹰心想，师长小瞧我周正鹰了，连这点常识都不懂，这团长岂不白当了。

“关键时我们自己也要用。”

赵程宇点点头，对三团团长韩林说道：

“你团守住北面阵地，不能让一个共军跑掉，否则我送你上军事法庭。”

韩林回答的很勉强：

“是，师座。”一点底气也没有，他明白，自己虽不是主攻部队，但北面是丛林山坡地带，共军要想突围，自己的防线就成了首选。

赵程宇何尝看不出韩林的心思，没给你进攻任务就是便宜你，韩林团在上次战役中损失惨重，虽经补充休整，但战斗力还没上去，只能做防御部队使用。

“希望诸位精诚团结，不要给黄埔系丢脸。”

赵程宇这句话其实没起什么作用。周正鹰和韩林并肩走出指挥部。韩林摇摇头，情绪低落：

“正鹰兄，你说这仗打得是不是有点急功近利？师座想立功这无可厚非，黄埔五期按说也该升升了。可连对方是谁的部队、战斗力如何都没弄明白就下家伙——太过自信。”

“黄埔精神嘛，就应该自信。”周正鹰附和道。

韩林不以为然：

“正鹰兄没忘记营子山一战吧？师座差点被陈赓师兄请去‘喝茶’！”

周正鹰脖颈一凉：

“咱们是一个师，陈赓师兄指挥的是两个团！”

“知道就好，兵不在多的道理想必你清楚，好自为之吧。”韩林一瞥周正鹰，扔给他一句不冷不热的话。

周正鹰愣住，望着对方，你什么意思？

翰林没再说话，用手指指对面的阵地，又指指自己的脑袋，转身而去。

周正鹰恍然大悟。

战斗很快打响了，国军几个团的战斗力非常强悍，不到两个小时就把共军压缩在对面几个小山坡上。可是接下来的进攻就受阻了，尽管进攻的力度不断加大，但却没能再前进半步。

高景龙叫苦连天，接二连三地发起强攻，三个多小时也没能拿下一个高地，若按师长的命令，他被枪毙两回了。怎奈使出吃奶的气力，对面共军的阵地纹丝不动。部队伤亡惨重，一个营的兵力扔在了阵地前。对方是谁的部队？竟如此顽强，他举着望远镜的手都酸了，怎奈老天爷不作美，灰蒙蒙小雨不断。

韩林躲在帐篷里面坐山观虎斗，不停地思索着，共军是何意图？打了半天竟没有半点要突围的意思，难道真想和国军同归于尽不成？他不敢有半点懈怠，时刻注意着前面战场上的局势变化。

周正鹰的侧面进攻也不顺利，虽然压力没有正面大，但几次进攻均告失利，尽管国军的炮火够得上猛烈，可就是冲不上去，连长阵亡两个，营长重伤一人。

周正鹰烦躁地在指挥部里来回踱步，瞥一眼站在一边的参谋高敬原喝道：

"去，把李群祥叫来。"

高敬原吓得一机灵，忙转身跑出去。

李群祥是三营营长，周正鹰的同乡，从长沙会战就跟随自己，作战勇敢，小有谋略，曾两次保护周正鹰脱离险境。同乡兄弟自然比一般人近乎许多。李群祥的部下多是冀中子弟，他很看重家乡观念和私人感情，把周正鹰当成老大哥。推心置腹地替他卖命的同时，也保住自己的官职不断上升，对这个少校营长来说他知足了，大字不识几个，自然无法和黄埔系比。

李群祥跟在高敬原后面急匆匆跑进临时团部。

"团长，这仗打得太窝囊，对方火力很猛，三连只剩下十几个人了。"

"对面是谁的部队？"

"不清楚。"李群祥低声回答。

“你脑子转转弯成不？抓个俘虏啊！”周正鹰提醒他。

李群祥没有马上回答，心想，团长你也太官僚啦，能攻上去还用着抓俘虏吗？见着的共军都是不喘气的。

周正鹰何尝不知道战场上的情况，一扭头看到了高敬原。高敬原也在注视周正鹰，突然发现对方目光放射出一阵光芒，不由得皱紧眉头，心想，坏了。

“高参谋，这个任务就交给你了，完不成任务提头来见我。”

“团长，我这、你看——我……”高敬原唯唯诺诺。

“怎么啦？你平时不是挺能嘚嘚的吗，今天说这个是共产党，明天说那个是嫌疑犯，还要抓人家刘连长，说他是共党奸细，快他妈去抓呀，他英勇阵亡了！他这个共党可没你这军统水蛋尿裤，他妈的，老子这里不养闲人，执行命令！”

周正鹰两眼一瞪大声喝道：

“李营长，带领高参谋去前沿阵地抓俘虏。”周正鹰对李群祥一挤眼，传递了一个只有他们两人才明白的信息。

“是，团长。”李群祥明白周正鹰的意思，这就对了，善恶到头终有报。拉住高敬原跑出团部。

周正鹰冷冷一哼，他妈小人，老子不管你中统军统，是将士就有选择阵亡的义务，为什么牺牲的总是我的士兵。这高敬原实在可恶，上次的那件事情让他刻骨铭心，耿耿于怀。

从家里回来没多久，军长就把自己叫去臭骂了一顿，高军长是自己的黄埔老师，情同父子，自己这一路走来与高军长有直接的关系。回家前军长曾叮嘱他好好干，自己所在师的梁副师长要高升了。

俗话说，好事成双，没想到回家之后又来了艳遇，遇上知音江子君，情意绵绵让他夜不能眠又牵肠挂肚。万万没想到让高敬原这小子背后捅了一刀。原来他也不相信，平时少言寡语，稳重精干的高敬原竟然给自己上了眼药，到军部政训处告密，那个狗屁的军统处长在高军长面前不依不饶，想把周正鹰抓起来问罪。

警卫班长小六子是跟随自己出生入死多年的勤务兵，不可能出卖自己，其他卫兵不知道内情，只有这高敬原是个危险人物。果不其然，事后一打听，就是他干的，原本想弄死这混蛋，可军长放下话来，这时候千万别再捅娄子。

周正鹰的团长职位总算保住了，但提升的事泡汤了，少将副师长的宝座被高敬原搅黄了。面对军长的恨铁不成钢，周正鹰把账算在高敬原头上。

“正鹰,你到底怎么想的?这么多黄花大姑娘你不找,为什么偏偏看上一个共党?若不是我拦着,你这脑袋是不是还长在脖子上,都说不定。”

周正鹰苦笑了,憋屈的很,有苦说不出来:

“老师,她哥哥江城是国军少校营长,抗战中阵亡了,是和我从小光屁股一起长大的,我只想照顾她,他已经失去了唯一的哥哥,这难道有错吗?!”

高军长对弟子解释不能满意,但也没再教训他什么。

“正鹰呀,你政治上太幼稚,这是单纯的感情问题吗?如果她不是共党,一切都不成问题,我来给你主婚。可是对方的身份已经证明你们不会有结果,尤其是现在。”

“老师,当时可是国共合作时期。”周正鹰还在替自己辩解。

高军长一挥手:

“此事就算过去了,不要再提。机会以后还会有,也不能全怪你,好好安抚江城一家,别再跟他妹妹纠扯不清了。”

周正鹰从此便愤愤不平,把一切归罪于小人高敬原,今天机会终于来了。不是小瞧你高敬原,这他妈是一条不归路,抓俘虏是幌子,送你去地狱才是真。这就叫报应,坏事干多了总得有个说法,不然这世界还有好人活的吗。既然你有恃无恐,屡屡坏老子的好事,那就不能怪老子不给你找个归宿了。

李群祥带领高参谋来到前沿阵地。

俗话说,缺德事干多了,走夜路都担惊受怕。高敬原拎着手枪,脖子一个劲地往下缩,不肯往前多走半步。子弹嗖嗖地从头顶上划过去,他知道那都是勾魂的玩意儿,一不小心自己这个二斤半(脑袋)吃饭就不香了。此刻他对周正鹰恨得咬牙切齿,他这是故意把自己往鬼门关上撵,如果自己执意不上来,这个骠子真敢把自己给毙了。既然已上来,就得小心应对,保住这条小命,将来再跟周正鹰算账。

可是他不知道,有李群祥在,咸鱼翻不了身。

前面高地上枪声在逐渐减弱,那是共军一个连的伸出阵地,阵地前已倒下大片的国军士兵尸体,足足有百十人之多,连长也阵亡在这里。李群祥明白,对方的伤亡也很大,已经顾不上这个小高地,兵力在逐渐收缩,毕竟是一个团对一个师,不成比例。

李群祥望着前面小高地,如果再拿不下来的话,恐怕团长也不好交代了。

师长的望远镜时刻在关注着这片阵地。凭经验，阵地上不会超过两个班的兵力。回头对张连长命令道：

“冲上去，抓两个活的。”

张连长十分为难：

“营长，你这不是扳倒柳树要枣吃吗，能让咱抓活的还是共军吗。”

“老张，你他妈别怪话连篇成不？火烧屁股了，快冲上山去。”

李群祥一回头，高敬原不见了：

“高参谋、高参谋？”

只见高敬原从工事角落里钻出来。

“高参谋，你跟随张连长去抓俘虏，这可是团长的命令，抓不到俘虏你这朝天蛋（脑壳）就算交代了！”

高敬原很不情愿地跟在张连长身后，跟随大家往上冲去。张连长虽然执行李营长的命令，可此刻他却没有这么好心情，抓活的是次要的，保命才是根本，冲在前边的士兵不断有人栽倒下去，百十个人冲到上面时，剩不到四五十人。突然七八个解放军战士冲出战壕，端着刺刀冲进人群，凶猛异常、刺刀见红，几个国军围住一个共军。李群祥见状忙大喊：

“抓活的，抓活的——”

这时，一个解放军战士用刺刀逼住高敬原，高敬原手上的刺刀不停地颤抖，恐惧的双眼里冒出阵阵怯懦神色，一边后退一边大喊：

“张连长——张连长救我啊——你他妈见死不救你就是共党。”

张连长端着刺刀凑上前来哈哈笑：

“高大参谋，你的威风哪里去啦，瞧你这熊样，老子就是共党你能咋样！”张连长竟然看起热闹来，索性把步枪拄在地上坐山观虎斗。

高敬原七窍生烟、八下里出气，死死盯着对面共军的刺刀，眼睛不敢眨一下，生怕对方一下子戳进自己的胸膛。

李群祥喊道：

“高参谋，你要立功啦，快上呀。”

李群祥在高敬原屁股上猛踹一脚，高敬原听话地往前扑上去，只见对方那个小个子解放军战士一个外摆，挡开高敬原的刺刀，噗一声，刺刀狠狠扎进了高敬原的胸膛，小个子解放军战士用力将刺刀一拧，一脚踹在高敬原肚子上，高敬原倒栽葱了。

小个子解放军战士那血红的眼睛瞪着张连长和李群祥大声说道：

“来吧狗日的，小爷不在乎多拉上两个垫背的。”

张连长猛然往前跨出几步，步枪架住对方的刺刀冷笑道：

“小王八蛋你活够了吧，老子来领教你几招。”

李群祥听出了门道，忙问道：

“老张，别伤了他，哎，你是哪里人？听口音像张青的？”

解放军小战士小倒也痛快：

“老子行不更名坐不改姓，张青柳树镇的，咋的？听你口音也耳熟，也是张青的吧？”

李群祥忙按下张连长的步枪，用手枪指着对方：

“我也是柳树镇的，别他妈打啦，放下刺刀说话，你回头看看阵地上，只有你一个喘气的了。”

解放军小战士一晃脑袋，根本没在乎：

“弟兄们都走了，老子一个人活着是耻辱。”刺刀仍然对着李群祥。

李群祥摆摆手：

“好，有种！不过别逞能了，你老娘还在家里等着你孝敬，留着这条小命尽孝吧，咱们可是真正的老乡。”

“让老子当俘虏，做梦去吧！”解放军小战士端着刺刀直奔张连长而来。

这才叫出其不意，张连长一点准备也没有，光等着带俘虏回去交差。可毕竟是久经战阵的老兵油子，眼见刺刀到了胸膛前，往后一仰身子，手上的刺刀顶住了对方的肩膀，这是一个鱼死网破同归于尽的打法，但凡有一点办法，他也不会出此下策。

一把刺刀扎进张连长的左肋，另一把刺刀扎进解放军小战士的肩膀。李群祥赶忙上前把两人分开，命令士兵架住解放军小战士往山下走去。

“操，真笨蛋，小河沟子翻船了吧。”李群祥赶紧给张连长包扎伤口。

张连长一咧嘴，若无其事的样子：

“他妈这小子够贼的，敢跟老子玩阴的，若不是团长有命令，我早就——咳，说心里话，真下不去手啊，都是他妈一个地方出来的，以后回去咋见家乡的老少爷们儿。”张连长脸色晦暗。

李群祥沉默不语，快步走下阵地。

李群祥来到战壕里，见两个士兵还紧紧按住解放军小战士，马上说道：

“快给他包扎伤口,血他妈流干了还有啥用。”走进临时团部。

周正鹰已经看到了阵地上发生的一切。

“团长,抓住一个喘气的。”

“审了吗?对面是谁的部队?”周正鹰急于知道和谁在交手过招,他在担心一件可怕的事情。

“是冀中老二十三团。”

“什么?”周正鹰吃惊地盯住李群祥。

“老二十三团。”李群祥重复一遍。

周正鹰这才明白自己的对手是家乡的子弟兵,一颗心往下沉去,千万别是老二的部队,真他妈晦气,自己这当哥哥的连弟弟在那个部队都不知道,实在是疏忽的荒唐,老二要是交代在这里,怎么回去见老爹娘?得想个办法啊。他轻声问道:

“人呢,毙啦?”

“没有,留下他吧团长,咱们也缺兵员。”

周正鹰明白李群祥的心思,但没有直接回答李群祥的话:

“高敬原呢?”

“对不起团长,我没保护好他,阵亡了。”李群祥好似惋惜的样子。

周正鹰终于松了一口气,对李群祥一勾手,李群祥凑上前来:

“放他回去。”

李群祥表情异样:

“团长,不打啦?”

“别他妈打了,你把老家的兄弟们都打光了,还怎么回咱那一亩三分地儿,以后见着父老乡亲们咋说?说我们把你们的儿子都杀光啦,祖坟那块地儿还能让咱们进吗?就是晚上埋进去,早上也得让乡亲们抠出来撒骨扬场喂野狗。”

团长说的在理,可师长那里怎么交代:

“团长,师座的耳目可不是吃干饭的。”

“不必担心,我自有办法,你马上放他回去,让他们晚间突围,地点是小狼沟子,明白我的意思吗?”

李群祥豁然开朗,小狼沟子是周正鹰团和韩林团的结合部:

“团长,你真高!”

“以后的事不用我教你了吧？”周正鹰往上扬扬手。

“明白、明白，团长，我一定打得热闹，放心就是。”

“记住，这小子千万别落在别人手上，送他到前沿。”周正鹰叮嘱道。

“我亲自送他上去。”李群祥知道事关重大，哪敢有半点疏忽。

李群祥走出团部之后，把小共军独自带到一边，小声如此这般。开始对方不相信，只当是国军放的烟幕弹，可是当李群祥说出两个当地的中共领导人后，并说出老二十三团的事情，小共军不得不信了。等到入夜时分，悄悄返回阵地上去。一个大胆的突围计划就此形成。

赵程宇少将阴沉着脸蛋子，瞪着站在面前的几位团长，一阵的反胃。自己精心组织策划的一场兵力相差悬殊的围歼战，竟然就这样流产了，他很是不甘。从打扫战场情况看，共军损失一千多人，自己却搭上一个团的兵力，太不划算。这个结果是自己无论如何也没有想到和不愿意看到的。

他扫视着几位部下，一脸阴霾，战斗失利，总要有人负责任，共军选择夜间突围，实属常理，关键是被突破的口子在韩林团和周正鹰团结合部，战前就已经重点布置过，结合部是防御重点，敌人是不可能轻易突破的，但事实令人汗颜，共军就是从这里突围的，看你们能有什么样的解释。

“韩团长，战斗打了一天多，你一枪没放一人没死，却让共军从你的阵地前跑掉了，你怎么解释？”

韩林被师长质问的哑口无言，汗珠子流下脸颊，不辩解等着挨弄不是他的性格，没理也得找点借口：

“师座，这，这个，没，没想到——”

“你想到什么啦？”赵程宇盯着这个军长妻子的表弟，一脸轻蔑之色，摆摆手令其坐下。

转过脸去问周正鹰：

“周团长，你们两团的结合部是重点防御部位，是共军突围的首选，你提前应该有所准备，为什么让共军这么轻易跑掉，你给我一个过得去的理由？”

周正鹰早就预料师座会有这一招，故此，提前打好了腹稿，他可不想像韩林那样指着军长的裤腿脚子过日子，拉大旗作虎皮让同仁们蔑视。周正鹰立正回答：

“师座，战前我准备的非常充分，只是一天打下来，战斗局势在不断发生变化，和韩团长的结合部本由我一营防守，但是打到下午，主攻二营伤亡过大，两个连失去了战斗力，三连只剩下十几个人，我只好从一营抽调两个连前去增援，此役下来，我部损失八百多人，相比别人，兵力无伤，弹药无损，我部尽全力了，请师座明察。”

周正鹰这番话有的放矢，逻辑严谨，一副受害者的样子，确实给自己解围铺垫的不错。

赵程宇一摆手，周正鹰重新坐回到凳子上。

最倒霉的要数高景龙，最卖力气的也是高景龙，两个营失去了战斗力，攻得猛烈，打得热闹，伤亡也最惨重，满肚子委屈要吐，可老是插不上嘴，主要是师座不给他说话的机会。其实也对，本来这共军突围与他没什么干系。这又不是立功表彰会，不过战斗打得如此惨烈和失败，只能在梦里想军功章了。

散会之后，大家失去了往日里的和谐，谁也不搭理谁，垂头丧气。各自心里想什么只有自己清楚，但周正鹰的心情却无法平静了。

李群祥在组织打扫战场，本来这等事情他很少去关心，以往打完一仗，他早就倒在一边休息去了。可今天却不能，他在横七竖八的尸体之间来回穿梭，碰到熟悉的面孔总要蹲下来给对方抹一把脸蛋子，让对方瞑目，尤其是穿粗布灰军装的战士，这场战斗打得太惨烈，很多尸体支离破碎残缺不全，这边一条大腿，那边一只膀子，被炸开的胸膛，流出腹腔的紫色肠子，令人惨不忍睹。

周正鹰出现在他面前，李群祥忙站起身来，一脸阴沉，心中有说不出的苦衷：

“大哥，这是我姥姥村里张良的老二，叫栓子，小时候，我还抱过他哩。”李群祥指着躺在地上的尸体说。

转手往左边一指：

“那边还有几个，也是咱们附近村子里的人，老二十三团多数是咱们老乡。”

周正鹰望着大片尸体低声道：

“告诉弟兄们，别光顾咱们自己，也捎带着把家乡的弟兄们找个地方埋了吧。”

对团长的出现，李群祥不感意外，从他那熟悉的手势和阴沉的表情上明白，此刻不能声张，尽量不要给团长惹麻烦。

周正鹰刚走出去两步，又转过头来：

“还有，把你认识的人都记下来，将来见到他们的家人好有个交代，毕竟都是乡邻，亲不亲故乡人。”

李群祥点头称是。望着周正鹰沉重的心情，把憋了半天的话发泄出来：

“团长，我这人直肠子驴，有啥说啥，咋没人给上头反映反映，那些高参们都是猪脑袋，吃白饭的，别他妈再打啦，有什么好杀的啊，都是家乡的弟兄们，啥事不能商量着办啊？他们是好面子了，可死伤的都是咱们这些穷苦的兄弟，战来斗去，有一天要是和好了，死了的弟兄们却再也不能回来！倒霉的为啥总是咱老百姓？弟兄们的爹娘谁来管？地谁来种？战争过去后，这日子还得过不是，说起来谁掌管国家与咱老百姓有啥关系，别他娘的老拿咱弟兄们的小命开玩笑啦！”

李群祥这一番话，并没让周正鹰感到吃惊，若是在高敬原看来这绝对是共党言论，抓起来枪毙不冤。可李群祥不是共党，他秉性刚直爱憎分明，一路跟随自己走过来，倒在他枪口下和刺刀下的鬼子不知道有多少。

若在平时，周正鹰会狠狠教训他一番。但今天没有，他看到倒在自己枪口下的同乡们，不能说一点想法也没有。大家同出自那一亩三分地，共同生长在那片黄土地上，呼吸着同一块空气，说不定往前多推几辈还都沾亲带故，这种心情实在是无法形容。他对李群祥做一个压火的手势：

“兄弟，此言到此为止，我还要去看看重伤的弟兄们。”说罢转身离去。

李群祥感到团长今天有点不对，说不出来，想来自己也他妈不对劲了，怎么竟然多愁善感起来。望着脚下一片片尸体直反胃，希望这鬼战争能快一点结束，回家守着爹娘种那一亩三分地去。

周正鹰边走边想，打了一天多并突围的部队里有没有老二？对方损失的一千多人里面有没有老二？这是他最关心和担忧的事情，故此他不能不来，说白了是情不自禁地走过来的。不错，周正鹰是军人，而且是钢铁战士，但他首先是有血有肉有情有欲的人，信仰固然重要，但亲情现实存在。大义灭亲古来有之，可是这等厮杀有些变味的感觉，和打鬼子杀汉奸不是一个滋味，苦闷的周正鹰步履蹒跚向下走去。

十八

周正雄确实在老二十三团,而且还是副团长,不过没有参加乌蒙河北岸战斗,是在军区学习而错过了这场和哥哥较量的机会。

周正雄来到二营三连驻地,几个战士正在院子外吵吵。

“孬种,你就是孬种!”一个年龄大的战士在训斥一个小个子战士。

“俺不是孬种,俺打死了十几个敌人呢。”小个子战士抢白道。

年龄大的战士上前一步,指着对方的鼻子骂道:

“你不是孬种咋当俘虏?你说?”

只有十五六岁的小个子战士委屈地掉眼泪了:

“俺、俺,俺负伤了,才被他们抓住的。”

“你的手榴弹哪去了?章华,田兴林他们都和敌人同归于尽啦,可你他妈还活着,咱们班咋出了你这么个孬种,真丢人。”原来年龄大的战士是班长。

“班长别和他啰唆,找连长去,让他滚蛋。”另一个战士在旁边帮腔。

小战士急眼了,边哭边大声辩解:

“班长别撵我走好吗,班长——俺可是老八路啦。”

班长愤怒地一挥手:

“咱们班从来没出过俘虏,这下可好,脸面都让你丢尽了!”

小战士愤怒了,大声喊道:

“团长还说了呢,是俺救了咱们团,要不是俺带回来的——”说到此他突然捂住嘴巴,慌不择言了,把团长一再叮嘱的话语忘到脑后边去了。惊恐地瞪大眼睛望着面前的几个人,不敢再言语。

班长吃惊地望着小个子战士:

“什么?你再说一遍,说呀。”

小战士一下成了哑巴,摇摇头再也不开口,来了个徐庶进曹营。

这下急坏了班长和几个战士,怪不得这小子回来后一点羞耻感也没有呢,敢情原来是还有猫腻,连自己这班长也给蒙了,班长气急之下上前一把抓住小个子的脖领子,用力往上一提:

“到底咋回事？不说俺扔你猪圈里去。”

班长膀大腰圆、力大如牛，小个子战士两脚离地了，但仍然三缄其口。

“放下，铁牛你干啥。”连长陪同周正雄走过来。

班长见了连长和副团长马上松开手退到一边，几个战士也自动往后退几步。

“连长，俺不是孬种，班长非要说俺是孬种。”小战士眼泪哗哗地落下来。

连长指着班长的鼻子大声训斥：

“胡闹，以后谁也不准说小老八路是孬种，他十三岁参加革命，比你们哪个资格都老，你们才杀过几个鬼子？若再敢欺负他，看我怎么收拾你们。”

几个战士蔫了，连长不在场，班长是大官，连长来了，班长自然就显不着，况且还有副团长在，只好耷拉着脑袋听喝了。

小老八路跟随连长来到连部。

“你说抓你的那人叫李群祥？”周正雄问。

“是的团长，他说他是柳树镇的。”小老八路回答。

“你再把他跟你说的话重复一遍。”周正雄说。

“是，团长，他说，回去告诉你们长官，是最大的那位长官，晚上在小狼沟子突围，那里是两个团的结合部。”

“就这些？”

“开始俺不相信。”小老八路想了想。

“那你咋说的？”连长问。

小老八路一挺胸脯，仿佛又长高了两寸，昂头回答：

“别糊弄老子了，我们前脚走你后脚开枪，要杀要剐随便，老子见多啦。”

周正雄乐了，这哪里是没种的主儿。

小老八路见团长笑了，继续说道：

“他一见俺没在乎，急了，一拍俺的脑袋狠狠地说道：行啊，有种！不过我说的全是真的，我也是柳树镇人，咱们是老乡哩，报个名号吧，记住我叫李群祥，对了，团长，他还知道咱们老二十三团的很多事情。”

周正雄马上说道：

“好啦，小老八路，这件事情到此为止，不要再和别人提起，能做到吗？”周正雄叮嘱对方。

“是，团长，服从命令。”小老八路低声回答。

“刚才的事不怪你,从现在起你到团部警卫班去,咋样?”周正雄问。

小老八路兴奋地大声回答:

“是,团长,坚决服从命令。”

连长一巴掌拍在对方的头上:

“看把你高兴的。”回头对周正雄说道:“副团长,这孩子我算白看了,刚能派点用场你就把他要走了。”

周正雄知道连长舍不得,开玩笑道:

“我这不是给你减轻负担嘛,这孩子我接着替你看。”

连长苦笑了,心说,是孩子的时候你不看,长大了还用看啥。

周正雄详细问明情况后,记住了一个让他有点耳熟的名字:李群祥。却一时想不起在哪里见过。对方为什么会对我军给予帮助?这个李群祥是什么身份令人费解。

23团被国军包围实属一次偶然,国军没有想到,解放军同样也没有想到,战争就是这样残酷,不但存在必然,还有偶然跟随,甚至于会产生一定的想当然。国共两军在乌蒙河北岸遭遇,就存在一定的偶然性,既检验了两支军队的战斗力和稳定性,同时也给周正鹰和李群祥等人的心理上造成一些阴影。

周剑锋把手上的几张信纸抖得啪啪响,嘴里不停地念叨:“这是咋说的,这是咋说的,刚把日本鬼子赶出去,好日子没过几天又打了起来,多平静几天就不行吗?国家咋这么多灾多难啊。

“这有啥好奇怪的,哪朝哪代不争权夺势、战火纷争,或者战后统一,要么两败俱伤。”方文玉倒能想得开,接过丈夫手上的家书看起来。随着一目十行,脸色不停地变化,由红变白,而又由白变黄。

周剑锋不以为然,什么逻辑:

“不尽然吧,康乾盛世不太平吗?秦皇汉武——”

丈夫的话方文玉一句没听进去,她的心思都在这封大儿子的家书上:

“爹娘,不必为儿担忧,从选择这条道路起,儿子这一百多斤便交给了国家,作为军人只能服从领袖和国家的利益。这场战争来的并不突然,国共两党之争由来已久,非一时一事所造成,积怨颇深。何时结束实难预料,其结果无非两种,一是一方屈服与另一方,再者两败俱伤。而主政国家的只能有一个人或者一个组织政党。”

方文玉眼睛有点模糊，忙擦拭一下，继续读下去：

“儿生为国家死为国家，但也时常惦念爹娘的身体状况，还有正雄弟，不知他情况怎样？前段时间在乌蒙河一线同家乡一支队伍干起来，互有伤亡，心中牵挂，唯恐伤及同胞手足，难见爹娘，如有万一，还望爹娘理解儿子的无奈之情。”

方文玉牙齿咬得咯嘣直响，不知什么做的孽，两儿子竟成了冤家对头。

“近期还要同共军进行较大规模的作战，上峰正在调兵遣将，数十万大军从各地集结而来，一场前所未有的战前气氛压抑着人的情绪和精神。江山依旧，日月依旧，故人依旧，乡情依旧，在自己的土地上，同自己人进行厮杀，倒下去的是同胞乡邻，好友亲朋，无数冤魂在上天堂下地狱。山雨欲来，大战前夕给爹娘书信一封，二老收到这封家书时，儿已逐鹿中原。爹娘，见到正雄，还请二老多开导几句，劝其早日脱离苦海速归正途，共党已成穷途末路之势，数百万国军压境，其厄运时日无多矣。否则，等其土崩瓦解之日，成戴罪之人就难以开脱罪责了。请将儿子的苦口良言转之。”

方文玉看到此已有几分凄楚之感，两个儿子各执己见，都有着一套完整的自认为是真理的东西，都想说服或者征服对方。

周剑锋见妻子停顿下来，便开口：

“你我久居村野，闭塞家中，自然不能晓得外面世道的变化和群雄的纷争，这不足为怪。但有一条道理需明白，古训有之：得民心者得天下。当下，共产党得民心，因为他们主张为老百姓着想，目前看似人微势轻，没有国民党闹得红火，但他们讲究的是星星之火可以燎原，发动全民奋起而反之，不可小视。”

周剑锋将小儿子捎回来的书信展开：

“战局已经在发生实质性变化，我军从战略防御转向战略进攻，一个崭新的中国已经在我们为之奋斗多少年之后，终于进入倒计时。少则三年多则五载，国人将脱离苦海走向光明，到那时耕者有其田，民者有其权，无需再为衣食愁忧。”

“看看，这才是民众所需要的国家嘛。”

方文玉凑过来，其实小儿子的家书已经看过好几遍了。

“国民党早晚要退出历史舞台，这是定而不可疑的，几十年来国民政府贪污腐败，失民心丧民意，导致哀嚎遍野、民不聊生，国人无不愤慨至极，这样的政府还能继续下去吗？为一己私利而丧失国家原则者更是比比皆是。正义在我们一边,相信胜利也会在我们一边,共产党才是中国的希望和未来。很多国民党军人已经厌倦了内战,他们也希望一个和平的国度,一个完整的家园。爹娘,如能见到哥哥,希望二老多多进言,让他放下屠刀,至于能不能立地成佛是另一回事。起码要正确对待国家和自己,不可继续执迷不悟,以免搭上性命还不知值得不值得。”

周剑锋把两封家书放在一起,心情难以平静,将来不管谁坐了天下,看来这两个小子是水火不容了。方文玉明白,一个人一旦认定了某种东西,就会死心塌地去为之拼命,这并不奇怪,秋瑾、邹容等人都是年纪轻轻就忧国忧民,最后慷慨就义。对两个儿子所选择的道路,一开始她并没太在意,走出乡村闯世界是年轻人的志向,如果一辈子憋死在土坷垃地里,也只能是做一辈子耕夫,这不是自己想要的。

方文玉希望儿子们能干大事,成就一番事业,也不枉自己一片苦心。眼见看到了希望,可没想到两人却走到相反的道路上去,令她十分揪心。至于国家走向何方,那不是自己这等小老百姓能怎样的,只是关注而已,她所关心的是在为国家做事情的两个儿子。

“看看这两玩意儿最后咋说的?”

周剑锋把信纸摊在桌子上。

“爹娘,等儿子固定下来之后,一定把二老接到大城市里享受晚年之幸福,并娶上一门媳妇在二老面前伺候尽孝道,一日三拜早晚请安。”

方文玉乐了,嘴上仍不依不饶:

“还大城市,多大的城市啊?当老娘是土包子呀,北平大不大,乱哄哄吵吵闹闹的,老娘还真不喜得住哩。”

周剑锋知道妻子在说风凉话,得便宜卖乖,拿过老二的信念道:

“爹娘,等全国解放后,咱们一家人种上几亩地,到那时儿孙满堂,一起乐融融地过日子,一群儿孙们在二老膝下跑来荡去,早晚一杯茶,三餐有米面,让爹娘享尽天伦之乐乃是我最大的心愿。”

方文玉心里热乎乎的,可还是有点不情愿,将来共产党坐了天下,老二就是开国功臣,老大岂不成了罪人,不妥、不妥,怎么就没一个称心如意的结果呢?

“秋辞,这等蹊跷事都让咱家赶上了,子君姑娘和老大的事情不知咋样了?”

周剑锋从信纸上收回目光，一脸茫然：

“还能咋样，不了了之呗，两个战场上的人能有啥缘分，当时心血来潮，热乎几天，时过境迁，自然也就回归自然了，原来咋样还咋样吧。”

方文玉一想也是，两个儿子都老大不小，也该娶妻生子传宗接代了，但眼下的情况让老两口一阵心凉，抗战完了打内战，战争什么时候能结束？令人纠结。

战争，一切源于战争，原本同甘共苦的亲兄弟因战争而分道扬镳，本来的手足之情因战争而相互背弃。在抵御外侵之敌的烽火硝烟中，迎着敌人的炮火，他们可以同仇敌忾，冲锋陷阵，出生入死。但在抗战胜利之后，面对和平即将到来之时，他们却又各持己见，同室操戈，反目成仇

本来已看到了和平曙光，没想到瞬间又变成泡影，刚刚停息的战火硝烟又起，阳光明媚的春天又被阴霾遮盖，艰苦八年抗战胜利的喜悦还没有落幕，内战烽火已燃尽华夏河山遍野。

追求和平是每一个中国人的希望和愿望，因为饱受战争疾苦和创伤的人们希望能有一个安定平静的家园，在美好的愿望之下，有志于治理国家的有志之士，总喜欢在战场上一决雌雄，所以，再长的时间，再漫长的路程，老百姓们都得走，都得等，别无选择。为了大多数人的利益，为了民族的未来，少数人们在拼搏奋斗和流血牺牲，最后载入史册。

作为千万家庭的一个缩影，周剑锋方文玉一家不是特别的，但也不是普通的，是平凡中的伟大，伟大中的平凡。他们关注战争，更关注和平，他们为战争付出了很大的贡献，儿子们都上战场；他们关注和平，是儿子们为和平而战斗，这就是普通的一个家庭为民族解放而做出的贡献和牺牲。

十九

时光进入1949年初春。周正鹰师奉命调防战略要地苏州城，踌躇满志的他可谓生不逢时，面对大厦将倾，而他又屡战屡败，虽贵为嫡系，但却像一只失宠的病猫。

作战室中只有少将师长周正鹰和参谋长李群祥。墙壁上挂着作战地图，桌子摆满了电话机，两杯茶水早已冷凉。两人要么沉默不语，要么舌剑唇枪，可见情绪低落至极。

“退守长江，固守江南，腐败的政府体系，窘迫的经济状况，又何德何能保住这半壁江山？战火连连，生灵涂炭，百姓怨声载道，民心尽失，谁能拯救破败的社稷？”李群祥目光中充满了忧郁和失望。

周正鹰长长叹口气：

“东北战场，淮海乃至平津，我数百万精锐部队溃败的一塌糊涂，自称城池固若金汤的陈长捷，只坚守了不到一天半，便做鸟兽散尽。这个长江防线是个什么玩意？不言自明。”

周正鹰和李群祥一样，对时局非常清楚，既没有信心又没有斗志。

“长江防线？什么半年甚至三年，那都是自欺欺人之谈。共军在千里沿线陈兵百万，虎视眈眈，一旦打响第一枪，难免不是又一个一触即溃的局面。”李群祥心想，有这种想法的高级将领恐怕不在少数，只是不能言明罢了。

两人枪林弹雨、出生入死十几年，是推心置腹过命兄弟，这些话只能在这间屋子里唠唠而已。

周正鹰无奈地望着李群祥：

“看透看不透又能怎样，你我追随校长十几载，用他们(共党)的话说是双手沾满人民的鲜血，只能拼命地往前赶，至于将来怎样，还是听天由命吧。”

李群祥有点不服气：

“大哥，此话差矣，他们(共党)难道就不沾满我们将士们的鲜血吗？战争的结果不管胜者败者，都要付出沉重的代价，这就是生命，鲜活的生命，怎可避免，除非大家和平共处，能吗？显然不能。”李群祥欲言又止。

“但说无妨,不必拘泥。”周正鹰知道对方只说了一半。

李群祥望着对方坦言道:

“想来,傅作义将军倒是做了件好事,使得百万北平民众得以平安,不但保住一座华夏古城,也保住了几十万国军弟兄的性命,还保住了自己的地位,虽然蒋校长恨得牙根疼,但将来如能和平建国的话,其将被千古称颂。”

周正鹰也有同感,人哪,要么流芳百世,要么遗臭万年,做前者实非易事,做后者也是难上加难,像秦桧那等人物也是凤毛麟角。

就在这时警卫连长报告,大门口有人找师长,自称是师长的亲戚。

周正鹰厌烦地一摆手,扯淡,前几天来过一个什么冀中老家的冒牌亲戚,无非是弄几口饭吃。李群祥在这点上到不避讳什么,既然是老乡,接济一二也无妨,都是那一亩三分地上混出来的人,只不过自己混的好些罢了,起身走出作战室。

少顷,李群祥表情沉重地返回作战室,将一张纸条递到周正鹰手上,周正鹰目光在那张两指宽纸条上一闪而过, 然后把目光落在参谋长李群祥脸上。纸条总共不过十二个字:老大晚上九点楼外楼见老二。

“你怎么看?”

其实周正鹰心里一点都不矛盾, 问李群祥只不过是想看看对方的反应罢了。能在这时候见到老二,已不单单是国共两军的事情,他急于想知道老父母亲的情况。

李群祥自然明白这十二个字的含义, 但他不明白这个解放军团长周正雄是怎么钻进重兵防守严密苏州城的?从半年前本师驻防苏州城后, 对城防工事进行了重新部署和变更,自然是比从前更加严密坚固。当然,城防司令部那边也有自己的一套做法,虽然两家不甚和谐。

“师座,上门是客,怎有不见之理,何况又是二弟。”

周正鹰从李群祥那捉摸不定的眼神中看到了一种难以理解的东西, 是什么东西呢?说来这李群祥是周正鹰心腹之人, 从十几年前的长沙会战死里逃生之后,李群祥就再没离开过周正鹰,从排长、连长、营长到团长,乃至今天的师参谋长,都是周正鹰一手提拔的,当然,李群祥也非无能之辈,墨水虽不多但确实够用,一肚子实战经验和花花肠子不得不让同僚们刮目相看和提防。

“单刀赴会,其他由你来做。”周正鹰说。

“是，大哥，如发生意外以枪声为号。”李群祥总喜欢把不好的事情考虑在前头。

周正鹰淡然一笑：

“不至于吧，我会手下留情的。”

李群祥没有答话，心想，我是担心那老二对你手下不留情，好在有自己这小诸葛，一切都在运筹帷幄之中。

晚上八点多，一个身穿黑色风衣头戴礼帽的人，高高衣领遮挡住脸庞，帽檐压得很低，两手插在衣袋里，从师部悠闲自在地溜达出来。

初春的夜晚，乍暖还寒，小北风刮得酒店门前的灯笼摇来晃去，身影在地上摇摆不定前仰后合似鬼影一般。原本繁华富饶，上有天堂下有苏杭的姑苏城，笼罩在战争的阴影之下。

在苏州，楼外楼并非有名的酒店，但它却是中共地下党的一个交通站。

在二楼临街的一个单间里，背对房门面朝窗子坐着一个黑衣人，四方大脸，眉宇间透露出一股霸气，但又不失沉稳和干练。解放军团长周正雄已经坐一会了，他在等一个人，等一个久违了的人，尽管他非常期待，但却不知道结果会怎样？对于自己要见的人，虽然熟悉得不能再熟悉，可对方那特有的个性和倔强，让他不能确定今天的结局如何。

楼下埋伏了八个解放军侦查员，一等一的高手，酒店掌柜几个手下也非泛泛之辈。荷枪实弹随时准备战斗。两个人看住了通往楼上的楼梯口，两个人把守住酒店的大门。把大街对面的几个黑衣人尽收眼底。

不言自明，周正鹰根本不用替自己的安全操心，这是在自己地盘上，再者李群祥是何等人物，早把这破酒楼包围的严严实实，不说连个苍蝇都飞不出去，要想闹事绝对枉然。

门被推开了，酒店掌柜老杨走进来，对周正雄做了一个只有两人才明白的手势，然后转身下楼而去。周正雄知道，该来的人终于来了，他仍然没有动地方，仿佛什么事都没发生一般。

门又被推开了，但进来的不是老杨。

周正鹰随手把门关上，径直走到靠窗子的八仙桌旁边，对面前的黑衣人冷冷一笑，摘下帽子放在面前，开口了：

“老二，一向可好？”

周正雄这才转过身来，犀利的目光中夹杂着一种复杂的成分，几年不见大哥苍老了许多,这个年龄不应该呀。

“大哥,春光依旧。”

周正鹰白对方的意思。

“爹娘还好吗?”

“都好,只是惦记着你这不肖子孙跟着你的蒋校长还要作孽多久?”周正雄言语犀利尖刻。

周正鹰摇摇头,老二还是那熊脾气,仗都打到这个份上还一脑门子官司。

“我说老二,你这臭嘴能不能珍惜这点光阴?要说我留下你不费吹灰之力。”手随话到,一支冰冷的手枪顶在对方脑门上。

“未必然吧。”周正雄哪能示弱。

周正鹰已经感觉到肚子上被一个硬物顶住。周正雄的手枪也没闲着,相比对方出枪速度半点都不逊色。两人面带笑容,却是笑里藏刀。空气凝结了,连两人的喘气声都能听得到。片刻,两人同时抽回手枪,放在自己面前,重新坐回凳子上。

“大哥,你把我这团长当白丁啦,既然能进来,何惧出不去?若带走你那也是手到擒来的事情,不必介意,还是把事情说明白好,免得伤了咱哥俩的和气,你说是不?!”周正雄软硬兼施,不卑不亢。

周正鹰倒有几分欣慰,果然是我兄弟,一把好手,可惜走错路、跟错了人,如果在国军里,前途不一定在自己之下。可是又不得不佩服这些共党,带领一群要饭花子硬是发展到今天这种地步,把个原本强大的政府,数百万军队打的七零八落,甚至于连半壁江山都可能不保。

“老二,如果你是来斗嘴的我看就不必了,赶紧回去照顾爹娘,免得二老担忧。也替我给老人家报个平安。”

正事还未说怎能言走字:

“大哥,想必我的来意你已明白,愿不愿听是你的事情,但我必须把该说的话讲出来,这你不反对吧?”

周正鹰知道老二的熊脾气,有磨牙的功夫,还不如让他把屁放干净:

“说吧说吧,不说还不憋出病来吗。”周正鹰颇感无奈。

这就是了,咱来是干啥的,如连个意思都转达不清楚,那不是白跑一趟。实际上他就是白跑了一趟,要说还有点收获的话,就是见了哥哥最后一面。

“我这个共产党站在你面前能有什么话说,就一句话,奉劝你起义投诚,回到人民这边，也许老周家的祖坟地里还会有你的一席之地，否则可就难说了。”

周正鹰一听火了，横眉怒目、冷话相对：

“老二你威胁我？”

“你看兄弟我是那种人吗？”周正雄心想，你怎么不了解弟弟了，威胁你有用吗。

“老二，从我离开家那时起，咱俩就各不相干、各奔前程，怎么现在你不认账了？”

周正雄话锋一转语气缓和下来：

“我说大哥，你咋好歹不知呢，我这是在拯救你啊，救你，明白吗？早过来比晚来好，兴许还能让你带兵打仗。看看你那些黄埔同学们，有多少人在东北和平津战场上成了阶下囚？兄弟我是不忍心看着你也步他们的后尘。”

这话周正鹰怎能听得进去，说了半天还是老一套，让自己背叛党国，都听得耳朵起糨子了。

“在周正鹰的人生字典里没有投降两个字。”

“不是投降是起义。”周正雄更正。

周正鹰一翻白眼：

“有什么区别吗？”

“区别大了去啦，一个是自愿的，一个是被俘的，性质反调盆，一个在牢房里面壁思过，一个可以堂堂正正做人，你选择哪个？”周正雄白眼珠一翻，回敬对方。

“你怎么知道我会当俘虏？笑话，太小看我周正鹰了吧。”

周正雄真急了眼，油盐不进的家伙，用手一指对方鼻子：

“区区一个少将师长，不过万八千人，有什么了不起的，还真拿自己当回事儿，整编74师张灵甫比你牛不牛？照样兵败山东，死于乱枪之下。”

周正鹰当然知道张灵甫，都是黄埔出身的嫡系将领，自己怎能与其相提并论，人家是中将军长的底子。眼看对方气势强硬，就是强词夺理也不能败其下风：

“万八千人怎么啦，兵在精而不在多，北伐的叶挺独立团也不过两千人马，在叶挺将军带领下战无不胜攻无不克，丁泗桥、贺胜桥，打得是一路凯歌。”

事情往往就是这样，急于求成容易慌不择言，这番话本来没有错，但出自周正鹰口中，就有破绽了，叶挺铁军独立团是国民革命军没错，但叶挺是共产党员，此时此刻，一个国民党将领来赞扬共产党将领，焉能不被对方抓住把柄。

周正雄听罢一咧嘴乐了，大哥你太有才了，叶挺将军是你能比的吗：

“大哥你是在错误的时间做了一个错误的比喻，且不说1927年不能和1949年比，你的作战能力能和叶挺将军的大智慧相提并论吗？叶挺独立团的军官都是共产党人，不能否认那些黄埔精英都是好样的，人中龙凤，和你手下这些官无意志、兵无斗志的部队在一个起跑线上吗？不过，想来也没有错，你能如此尊重叶挺将军让我欣慰，因为这是一支共产党的部队，直接参加南昌起义。”

周正鹰一下子掉进老二设计的圈套中，一时有些丧气，只好沉默不语。

“再告诉你一个消息，当然，也不是什么秘密，因为他是你的学长。”周正雄说到这里停顿一下，见对方没有反应便继续说下去：

“60军军长曾泽生将军在长春起义了，他是你的老团长吧，他选择投向光明你作何感想？蒋家王朝大厦将倾，你一根独木岂能支撑？何况你这根木头实在是算不上什么栋梁，区区头发丝罢了。”

周正鹰继续无语，他不想评价老团长的功过是非，也没有资格评说一二。只能说相处地位不同，环境不同，承担的责任有所不同，没有可比性。

周正雄看到了希望，大哥动心了，很有必要把火的旺一些，以起到火上浇油的效果，接下来的事情就好办多了。

“大哥，兄弟我也是为你着想，我不能眼看着亲兄弟成为蒋家王朝的陪葬品，你想一想，为什么有那么多国民党将领举义旗弃暗投明？他们也是黄埔精英，也曾是国军的嫡系和栋梁，抗日战场上他们也曾浴血奋战九死一生。话说回来，爹娘的感受你总不能一点都不顾吧？什么尽忠不能尽孝，忠孝不能两全，若有一天你上了断头台，让白发人送黑发人，爹娘可怎么能受得了。”

周正鹰坐不住了，老二得寸进尺，谁是历史的罪人，凭什么自己上断头台，这不是在诅咒我吗，老二弄出这些乱七八糟的玩意来作践我，太可恶了。

“老二，胡说八道什么，谁说我不想尽孝道？尽管我没有你在家里的时间多，可我的心到家了，爹娘是知道的。这件事情非同小可，容我好好想一想。”周正鹰是真动了心还是障眼法只有他自己知道。

周正雄的目的终于达到了，今天要的就是这个结果，像老大这种人，你想让他立马表态跟你走是不可能的，只要他能动心，这事就好办多了，俗话说，好事多磨。周正雄忙道：

"大哥，我给你三天时间，还是这个点这里见。"

周正鹰并没有答应什么，一脸的琢磨不透，话语令人费解：

"老二，我只能保证你三天安全。"

周正雄揣测大哥的心思，这是什么意思？忽然冷不丁地问道：

"李群祥这个人你认识吗？"

"他是我的参谋长，你认识他？"周正鹰明知故问。

周正雄感到对方太过敏感：

"大哥，看来我要谢谢你，乌蒙河北岸一战你网开一面，助我趁夜突围。"周正雄这句话是真诚的。

周正鹰不以为然：

"我总不能眼看着家乡的子弟都成为孤魂野鬼吧，若换成你，你会这样做吗？"

周正雄没想到大哥把问题又扔给了自己，说心里话，站在革命立场上，让自己去做同样的事情不可能。从这点上看，大哥还不是死心塌地的反革命分子。

"大哥，我给你记着这件事，你这是为人民和革命做的好事。"

"不必。"周正鹰打断对方的话："人在做天在看。"

周正鹰站起身来：

"老二，好自为之。"把手枪插进枪套。

"别忘记咱俩的约定。"周正雄提醒对方。

周正鹰点点头转身下楼而去。

周正雄目送大哥的背影消失在楼道尽头。转身来到窗前撩开窗帘向外观察，周正鹰和几个黑衣人上了一辆轿车向北驰去。他点点头，心想，这就对了，李群祥就在附近。刚想收回目光，忽然发现有几个黑衣人地出现在对面，是军统还是其他特务组织？周正雄预感到多层的麻烦正在临近。

他转过身来，酒店掌柜老杨站在身后低声说道：

"周团长，这里被监视了，但暂时不会有危险，李参谋长留下一些人在对面的店铺中，随时保护这里的安全。"

"我们只有三天时间，去安排吧。"周正雄点点头，又是这个李群祥。

杨掌柜一点头，明白对方的意思，随时准备撤退。

二十

第二天上午,苏州城内陆军师部。周正鹰站在挂图前沉思,出现在眼底的是一条绵延千里的长江立体防线,战舰往返游弋,飞机盘旋在两岸沿线上空,江岸上隐蔽炮群直指对岸,几十万军队严阵以待。这就是“马其诺防线”?忽然狂风骤起,碧浪汹涌,十数万只帆船出现在江面上,几百架飞机蚂蝗般扔下炸弹,万门大炮怒吼,交织的电光划破天空,场面雄伟壮观。

“师座。”李群祥打断对方的思绪。

周正鹰转过身来,坐回到椅子上。他明白对方的来意,摆摆手令其坐下。

“昨天和令弟谈得如何?”

这才是他关心的问题,本想昨晚回到师部后探听一下会谈的结果,怎奈周正鹰情绪不佳,尚不知今天能否沟通一二。关于未来,李群祥比周正鹰更切合实际一些,自己非黄埔系,多年来沙场征战,厌倦了这种血腥风雨的生涯。对于国军内部官场相互倾轧更是不屑一顾。已心灰意冷产生解甲归田的想法,只是需要一个成熟的时机。

想来,自己和周正鹰无法比,一是没有对方显赫的黄埔出身(这很重要),再就是顾虑还能否回归过去,家乡已解放,变成共党的天下,对于一个国民党高级军官来说,想做一介平民都很难。谁不想回家,有这种想法的人大有人在。他明白周正雄的来意,策反是共党惯用的手段,对方从来就没有放弃过统一战线的理论,他希望周正鹰能接受周正雄的观点,但希望很渺茫,他太了解周正鹰了,不能单纯用固执二字来形容。

周正鹰明白李群祥想听什么。

“楼外楼的情况怎样?”

“已掌控在周虎的直属队下,请放心。”李群祥回答。

“军统没闲着吧?”周正鹰对这个回答不甚满意。

“高良星(军统)在我们的监视中,不会出问题。”

周正鹰听罢将头靠在椅子上,手指墙壁上的作战地图:

“你对这条“马其诺防线”怎么看?”

李群祥明知故问：

“大哥想听真话还是假话？”

“真话怎么讲，假话又如何？”周正鹰也是明知故问。

李群祥明白对方的意思，指着地图上那条长长的图标道：

“我李群祥虽非身经百战，但铁血沙场也十几载，做作战计划，和国防部那些大老爷们相比自愧莫如，但若论对战局的敏感度和硝烟嗅觉，他们恐就差得远了。”

李群祥将目光收回落在周正鹰的面孔上，一脸诚恳：

“大哥，说句掏心窝子的话，中国的大局已掌控在共党手上，就整体看，似乎还有半壁江山可行，什么划江而治，什么和谈拖延，什么谋求新出路等等，这一切能挽救败局吗？显而易见，不可能，至于这条防线吗，不言自明，只是一条线而已，没有实际意义。”李群祥心说，哪座城池不是被党国高级将领们誉为什么固若金汤之类，结果还不是城破兵败吗！

李群祥观点鲜明，周正鹰也有同感。周正鹰望着李群祥淡定的表情，知道是时候了：

“老二劝我们投诚。”

周正鹰停顿下来，故意避开对方的目光，盯住那张大挂图。

“大哥意下如何？”

周正鹰没有回头，反问道：

“我想听听你的想法。”

这在李群祥意料之中：

“大哥，我这份前程（官职）是你给的，这条命是你从战场上拣回来的，自然是跟定你，你到哪里，我就跟到哪里，绝无二话。若问我的意见吗，我认为正雄的话不无道理，政府腐败不堪，大势已去，几百万军队鼓捣成现在这个样子，家底折腾光了，再继续追随下去，还有意义吗？”

周正鹰听罢眼睛里放射出捉摸不定的光芒。

“是啊，前途凶险啊。”

突然机要参谋报告，进来将一份加急电报递给周正鹰。

周正鹰挥挥手令其退下。李群祥从周正鹰表情上看出了问题，还没等他说话，周正鹰已将电报推向李群祥。李群祥一看愣住：部队立刻调往上海集结。

“师座，为什么？”

周正鹰毋容置疑地命令道：

“马上通知所有部队，立刻启程赶往上海，天黑前撤离完毕。”

事情来得如此突然，若在平时本也算不得什么，可是刚刚和周正雄联系上：

“大哥，令弟咋办？”

“以后再说吧，若有缘分的话，去吧。”

周正鹰口气坚决，李群祥不好再说什么，转身出去布置任务。

傍晚时分，周正雄通过内部关系，得到周正鹰师调离的消息，预感这事麻烦了，怎样才能和再大哥联系上呢？直接去师部显然不合适，可错过了这个机会，如何完成上级交给的任务，正在他绞尽脑汁时，杨掌柜上来报告，李参谋长求见。

周正雄没加思索：

“快请。”

李群祥快步走进房间，收入眼底的竟是一个非常眼熟的形象，简直太像了，双胞胎嘛。

“我叫李群祥。”李群祥自报家门。

“本人周正雄。”周正雄点点头。

“情况紧急，长话短说，我们师调防，晚上八点前全部撤离苏州城，你哥哥已先于我离开此地，正在赶往上海途中。”

“大哥走啦？”周正雄不解地望着对方。

“你大哥不知道我来见你，希望你保守这个秘密。”李群祥有些无奈。

周正雄明白了，听到乡音，又是帮助过自己的人，忙感谢道：

“我代表解放军感谢李参谋长的帮助，人民会记住你的功劳。”

李群祥摆摆手，表示没什么：

“周团长，区区小事不足挂齿，大家都是乡亲近邻，自相残杀本就对不起那块土地上的先人祖宗，不必放在心上，只是我们这一去不知什么情况？”他欲言又止。

“我哥哥到底什么态度？你是怎么想的？”这是周正雄最关切的问题。

时间紧促李群祥只能直言不讳：

“师座还在犹豫，你应该明白，让他做出一个全新的选择不是简单的事，要给他时间,可是眼下情况有变,我们最终目的地在哪里还不清楚。说心里话,征战沙场多年,落下满身伤痛,我早想解甲归田了,回家种一亩三分地,伺候爹娘度过晚年。可眼下情况非常复杂,我不能擅自离开你大哥,毕竟我们是生死过命的兄弟,他救过我的命,我不能做背信弃义的小人,还请你见谅。"

周正雄望着对方那多有无奈的表情,颇多感慨,这是一条正直的硬汉子,其实大哥也是硬汉子,只是心思沉重了些,必须想办法促成他们起义,使其早日回归到革命队伍里。

"李参谋长,我能理解你的心情,还望你多多在我大哥面前诠释革命道理,沿着蒋介石这条道跑到黑只能是死路一条, 这是一条不归路, 你们的老团长曾泽生将军已经起义了,我想大哥他不会无动于衷,认清大局,不要葬送自己的前程,在八年的抗日战场上,你们都是抗日英雄,历史会记住你们的。"

李群祥惭愧地点点头又摇摇头,心情十分复杂。走到门口对下面一招手,上来一个士兵将一包东西递给他,李群祥将包袱放在桌子上:

"赶快换上,我带你离开这里,我们走后军统肯定要对这里下手,请你安排所有人员赶紧撤离。"李群祥说。

周正雄听罢马上对楼下招手,杨掌柜快步走上来:

"老杨,马上安排全部撤离。"

"后门有一辆汽车,不要问为什么,他们会带你们安全出城。"李群祥对老杨说。

杨掌柜望着周正雄,周正雄一点头:

"按李参谋长的安排去做,要快。"

杨掌柜转身下楼去了。

"李参谋长,我不能跟你走,还有些事情没办完。"周正雄道。

"不行,我必须把你送到安全地带,这里太危险了,军统碍于我们的面子才没提前动手, 现在恐怕已经把这里包围了, 从哪方面讲我都有保护你的权利和理由,不要再说了,抓紧换衣服。"

周正雄见状只好将一身少校军服穿上,大小倒合适,心想,只是他娘的官阶小了点,自己这个团长起码也是个上校吧。李群祥明白对方的意思,心说,没办法,自己才是上校,你就将就点吧。

周正雄跟随李群祥顺利离开苏州城往西走下去, 不知绕了一个多大的弯子,来到一个小城镇上,李群祥命令部队短暂休息,两人走进一个绸缎庄。只见李群祥对老板耳语一番。老板马上眉开眼笑地将俩人让到后面客厅中就坐。

李群祥指着胖子老板对周正雄说道：

“周兄,这位是本地有名的商贾祝子淇。”

“久仰、久仰。”周正雄客气道。

“我兄弟周少校,在此地打扰几天,还望关照一二。”

“好说、好说,都是自家弟兄不必客气,平时李参谋长没少关照我祝某人,心里有数,有数。”

祝子淇和李群祥心里明白怎么回事,只有周正雄蒙在鼓里。不过他相信这个李群祥不会加害自己,做短暂停留之后,还要赶往上海寻找机会和大哥见面。

不一会两人来到祝子淇给周正雄安排的客房中，李群祥给周正雄留下一只手枪和一把钞票及军官证件后,便匆匆离去。

周正雄对周围环境观察一番,断定安全后便和衣进入梦乡,一觉醒来已是第二天清晨,他在等待一个消息,确切地说是在等李群祥的消息,两人约定,部队到达目的地之后,李群祥会派人前来联系,以三天为限。但是周正雄足足等了七天,也没等来半点的消息。到这时他才感到问题的严重性,等他碾转到达上海近郊,通过关系了解到,周正鹰师已失去踪迹。

难道说李群祥忘记了给周正雄传递信息?还是没找到合适机会?周正雄百思不得其解。

二十一

百万大军渡江战役之后，周正雄的部队直逼南京，南京上海解放后，又马不停蹄南下作战，经过艰难地追逐和奔袭，一路到达广西境内，转而又准备进攻海南岛。这时周正雄对大哥彻底绝望了，一路下来询问过很多被俘国民党将领和有家乡口音的人，皆无音讯。

他渐渐明白，国民党气数已尽，战死沙场者无计其数，或许大哥已经做了枪下之鬼。尽管如此，他还是抱着一线希望，希望那个万一。他更希望大哥能在海峡对面岛子上，他要把大哥留在大陆上，不让他浪迹天涯，不管他走多远，只要能回到爹娘身边就成。

1950年4月中旬开始登陆作战，经过激烈的渡海战役，海南岛全部解放。几天来周正雄望着一拨又一拨战俘，不知询问了多少人，失望和绝望并存。回到团部拿起水壶，半壶凉水灌下肚去，一股冷气窜上脑门，一股火焰被彻底浇灭了。突然三营长周良跑进来报告了一个惊人的消息，说有人知道周正鹰的下落。

周正雄噌一下站起来，两眼冒火星子，若对方谎报军情，定轻饶不了周良。周良哪敢怠慢，带领团长往外跑去。两人来到临时战俘营，周良指着坐在凳子上的一位中年人问道：

“你把周正鹰的情况向我们团长汇报一遍，若有半个错字后果自负。”

周正雄将周良拨拉到一边，和气地问道：

“你的身份？”

“中国陆军少将师参谋长高峰。”

周良一听急了，什么态度，刚想训斥，被周正雄拦住，心想人家说的没错，只不过是战败的参谋长。

“周正鹰在哪里？”

“去了台湾，在上海吴淞口上的军舰。”

“确定吗？”周正雄希望自己听错了或者是对方记错了。

“我亲自送的他，能有错吗。”对方很反感，既然不相信还问自己干啥。

周正雄无奈地摇摇头,完了,完了,最后又核实了一句:

“你们的关系是?”

“黄埔同期,他比我命好。”高峰在感叹自己命运不济,人家现在是人上人,自己却成了阶下囚。

周正雄严肃地说道:

“我看你比他命好,起码你还在自己的一亩三分地上,他却流浪漂泊到孤岛上去了,你还有机会见到你的爹娘,他却失去了这个机会,你说你们谁的命好?”

高峰无可奈何地点点头:

“你说的也是,请问你为什么这样关注周正鹰师长?”

“告诉你也无妨,他是我哥哥。”周正雄镇定地回答。

高峰惊诧地望着对方,一种莫名地心情,无语了。真想和当时上军舰的周正鹰掉换一下,仰起头,天意啊天意,这就是万般皆有命,半点不由人。

周正雄跑到海边,面对台湾方向大声呼喊:“大哥,好自为之吧。”

没过多久,周正雄的部队回师北上,从海南岛开到东北,经过短暂整训,1950年底入朝作战。再回到国内已是两年后的事情。

上海吴淞口码头。周正鹰最后一个登上军舰,心情非常复杂,其实他一直处于彷徨和踌躇之中,不能说周正雄的一番话没起作用,从见了老二后,他就处在动摇和恍惚之下。如果第二天没有接到国防部的命令,如果在上海集结时老二能再度出现,如果——太多的如果令他意想不到和无法预测。现实中却没有如果可寻。

李群祥在船舷旁等待周正鹰,尽管他有一百个不情愿,但他还是不能一个人留下来,虽然他有过无数次机会,可最终还是选择留在周正鹰身边。他觉得,两人一起走过了十几年的血火和生死,结下很深的友谊和乡情。虽舍不得离开家乡,可两人在一起多少也是个照应,就像在战场上一样。

如果说周正鹰是为了信仰,而李群祥更多的是为了手足之情,这也是后来几十年之间两个人生死不离不弃的基础和缘由。

来到台湾不久,金门岛战役发生了。周正鹰部没有参战。周正鹰从同僚那里了解到金门岛上所发生的一切,一颗心又提到嗓子眼。第一个担忧就是自己那个愣头青弟弟是否也过来了?凭他的个性不是没有可能。说心里话,他有一百个不希望,大陆军队几百万,不可能就让老二赶上。尽管他不愿意相信,可是控制不住脑子非要往那个方面想,真要命了。

古宁头一战共军损失惨重,一万来人命丧海滩,起码是一个师的建制,想这老二也应该是师级干部了。周正鹰本想亲自去一趟金门,但被李群祥拦下,对方说得也有道理,如果已战死,去也没什么意义,只能给自己今后增加麻烦。如果还活着,那个金门也不是关押战俘的地方,再者,像令弟这种共党高级军官,也不会关押在普通战俘营,总能打听出一二来。

半月之后,李群祥陪同周正鹰来到台中战俘训练营,两人希望能从这几百战俘口中得到一个确切的消息,这个部队是不是周正雄的部队,他参战没有?

经过仔细询问,没有一人知道周正雄这个名字,两人失望了,不,应该说是放心了!这正是周正鹰所希望的。

1952底年,周正雄从抗美援朝战场上返回国内休整。从1945年底出关进兵东北至今,七年没见到爹娘了。周正雄风尘仆仆赶回周家镇。

周正雄回来后发现大门紧锁,胡同里脏乱不堪,树叶子遍地,尘土老厚,久没人住过一般。忙敲开邻居的院门,周大娘满含泪水,抚摸着周娃子阵阵酸楚,嘴巴凑到周正雄耳旁小声嘀咕:

“雄娃子,快去救你爹娘啊,晚了恐怕就见不到啦,快去,找老善头。”

周正雄一愣,拔出手枪,转身往周劳善家跑去,边跑边骂,你这老混蛋,老子不在家你竟敢欺负俺爹娘,1943年要不是老子带县大队把你们几个从鬼子枪口下弄出来,你能有今天,他妈恩将仇报啊?

周正雄气呼呼跑到周劳善家门前,一脚踹开院门,咚一声惊动了北屋开会的人,夏区长和周劳善等人忙来到院子里。周正雄拎着手枪,满脸怒气,火冒三丈,身后跟着几个当兵的。老善头一看麻烦来啦,忙闪到夏区长身后。

周正雄一进镇子,感到一切都变了,变得陌生了。村干部们不再像过去那样热情和亲切了,就是那不得不笑,勉强在笑,皮笑肉不笑的表情里,也隐藏着见不得人的东西。他在国外征战,哪里知道家乡的情况。

解放后政府开展了镇反运动,随之而来的还有三反五反运动。根据中央指示,全国各地大张旗鼓地镇压反革命分子,肃清国民党反动派遗留在大陆的残渣余孽,该抓的抓,该关的关,该杀的就杀。具体到周家镇周剑锋这里,问题就更麻烦了。县里的王领导几次三番来到镇里了解情况,感到非常扎手。其实也不能怪他，这周剑锋确实不好摆弄，小儿子周正雄虽是解放军军官，但大儿子周正鹰却是国民党将军，本着宁左毋右的原则，将老两口和地富坏分子同等待遇。

周正雄上前指点着周劳善脑门大声质问：

“老东西，好啊，老子救了你的命，你他妈把我爹娘关了班房，恩将仇报啊！今天你不给老子个说法，别怪我不认乡亲情分！说，我爹娘犯了什么罪？”周正雄身后的几个警卫战士哗啦围上来。

“快说，把俺爹娘关在哪里？俺这把手枪打鬼子杀汉奸，还打过美国佬，经常走火！”侦察排长周虎子的手枪在周劳善眼前直晃悠。

周劳善傻了眼，怎么这周家又多出一个儿子来？

周虎子是孤儿，当年鬼子血洗赵庄时是周正雄解救下的一个孤儿，周虎子的名字也是周正雄起的。原来叫铁蛋儿，后来一直跟着周正雄，现在是侦察排长，此次非要跟随周正雄回来看望爹娘，一听二老被抓起来，血气方刚的后生怎能咽下这口气：

“我们在前方流血拼命，让你们过安稳日子，你们倒好，就这样对待我们爹娘吗？还他妈有没有良心啊。”

夏区长也傻了眼，没想到会弄成这样子，看来这个问题不是自己这个区长能解决得了的，马上派人赶往县里去找王领导：

“这个，这个，这个周副师长，您看、您看这样好不好，你爹娘很安全、安全，咱们一起去县里跟我们领导面谈，这件事情是我们县里的王领导主管，我这个区长也是照章办事啊。”

“对对，王领导的指示。”周劳善想摆脱干系，忙附和，一是确实不好面对周正雄，再就是良心上也有点过不去。

周正雄冷冷一笑：

“走到哪里老子也不怕。”

几个人坐上周正雄的军用吉普车往县城驶去。

王领导自知理亏，哪里还敢面对一个副师长，忙把县委书记请到台前，如此这般汇报一番。把书记气歪了鼻子，指着王领导的脑壳训斥：

“整人你他娘的都整疯了，他儿子在抗美援朝前线打仗，副师长啊！你竟敢把他爹娘关到黑屋子里吃牢饭，我看你是做到头了。”他知道光生气解决不了问题，撵走了好大喜功的王领导，赶紧给地委书记方强打电话汇报。

方强何许人也？就是三十年代和周正雄在家门口伏击周正鹰的手枪队员之一。听完汇报这才知道问题的严重性，忙备车赶往县城，先一步来到县委办公室，命人赶紧去接周剑锋夫妇。

当周正雄一行人赶到县委时，方强和县委书记已等候在门口。周正雄没想到在这里见到老战友方强，两人一见面紧紧拥抱在一起，眼睛里饱含泪珠。方强忙道歉：

“老战友，我对不起你呀，没照顾好伯父伯母，我已派车去接二老，你打我一顿让我心里好受些。”

方强内疚的心情无以言表，周正雄离开家乡时，曾嘱托方强帮助照顾好二老，没想到竟然发生了这等事情，怎能不愧疚。

周正雄明白是大哥连累了父母，也不好多说什么：

“方强，没什么，你当了这么大干部，怎能事事躬亲，只要我爹娘好好的就行了。”虽然没有怪罪之意，但还是带有不满情绪。

夏区长、县委书记、周劳善等人都出乎意料，周正雄和方书记还是老战友，几个人都不由自主地低下头去或转向一边。

“都怪我，不过放心，今后也不会发生类似的事情，伯父伯母来啦。”

方强等人出门迎接周剑锋方文玉夫妇。周正雄见到爹娘的喜悦心情自不必说，却略带一点悲剧的色彩，双方没有发自内心的那种久别重逢的感觉，完全被一种政治气氛笼罩，爹娘目光中带着几分忧虑悲戚，而周正雄的神色里充斥着无奈和愧疚。

多年后，方强又一次食言了，尽管他竭尽全力，但自身难保的他只有愧疚和无奈。这是后话。

二十二

台湾编练基地中将副司令周正鹰和少将师长李群祥站在高高的岩石上，向大海深处遥望，波涛汹涌，碧浪翻滚，他们的眼里看到的不是海鸥，不是帆船，更不是游弋的军舰，而是远海深处移动的奇形怪状的片片云彩，云彩那边是故乡，是亲人，是故交。一个不可逾越的海峡，父母在那边，自己在这边，天各一方相见何时？这是一种多么痛苦的思念和牵挂，不能说出来，只能深深埋在心底，永不能见天日，情何以堪啊。

从“八二三”的炮声震惊孤岛后，寡居台湾的周正鹰和李群祥，那颗冰冷的心里又增加了几分沉重。远处的炮声又传进周正鹰耳畔，他目光晦暗，心情糟糕到极点：

“共军炮火之猛烈前所未有，金门岛上几位将军和无数士兵命丧黄泉，是国防部没有想到吗？一群废物，白痴。”

李群祥冷笑一声：

“何以迷信这帮人的智商，光复以后，他们做的哪个决定是正确的？咱们溃败到这里可以说完全是他们的功劳，千古之罪人。”

“这道海峡是天然屏障，共军若没有强大的舰队和空中支援，想打过来几乎没有可能。古宁头一战共军吃尽苦头，何况现在今非昔比，美军第七舰队和我们的军舰已严密封锁海峡。”周正鹰在宽慰自己沉重的心情。

李群祥则看不到半点优势，感到一切都在黑暗中。

“共军打不过来，国军就能打得过去吗？什么反攻大陆，光复失地，你信吗？反正我不信！八百万军队都没能守住几十年的基业，被所谓的一群土包子赶到这弹丸小岛上来，若还有自信心的话，何至于此！反攻大陆是痴人说梦，天方夜谭。”

周正鹰也认为对方说得有道理：

“老头子把宝压在美国人身上，可怜！把美国人当傻子啦，就是再他妈傻，人家也不会为了别人家的事，而烧了自己的窝子，断了自己的财路。换做你，你会吗？别看美国佬的舰队狐假虎威地经常出没台湾海峡，那只不过是做做样子罢了,要是他们有心倾囊援助,咱们能落到今天这步田地吗。”

李群祥表情古怪复杂:

“可怜之人就他妈有可恨之处,说啥都晚了,要是当年我硬坚持的话,你我现在恐怕和爹娘在一起吃团圆饭呢。现在可好,连这把老骨头扔在啥地方都不知道,何以对得起祖宗先人?魂归何处啊!”

周正鹰无言以对,世界上没有卖后悔药的,再者,他感到自己并没做错什么,执行命令是军人的天职,何况自己是一个将军。只不过现在他不像过去那样看待这场战争了,他经常反思,想起那为大宋尽忠的岳鹏举,自言自语道:

“三十功名尘与土,八千里路云和月——”

“恐怕难有收拾‘旧山河’的机会了!”李群祥打断周正鹰的思绪。

周正鹰感到李群祥的情绪太过低落了,处在目前这种状态下不是好事:

“群祥,不必过分忧虑,顺其自然吧,人的命运有时并不掌握在自己手中,尤其是你我这样的人,久经沙场,饱经风霜,该看开的要看开些,该放下的就得放下。”

李群祥颇感无奈,心想,不如此还能怎样,离开家乡这么多年了,说不思念不牵挂那是扯淡,他相信,从大陆过来的数十万将士都和自己一样的心情,都有七情六欲,都是爹娘养的,除非你他妈是石头缝里蹦出来的。

“大哥,我就是憋闷的慌,说出来痛快些,走,喝酒去。”

两人往回走去,边走边聊。

“群祥,你那个大学老师谈的咋样啦?差不多就行了,你岁数也不小了,若能成个家,也了却我一份心事。”

“大哥,你也别光为我着想,自己也考虑考虑嘛,俗话说,既来之则安之,别老再惦记着那个什么江子君,干耗着受罪,当下这可是个没年月的买卖。”

听到江子君三字,周正鹰像被针扎一般,两个人的约定只能深深埋在心底,能不能实现要看上帝了,机会小的实在是渺茫。在离开大陆的前夜,他将一封书信交给上海的一位朋友,希望他转交到江子君手上。一晃多年过去,其结果怎样他当然不清楚。江子君是他的初恋,虽然那短暂的时光在人生长河中如流星一般令人惋惜,但是他却永远也放不下那段日子里所发生的一切,他是重感情的人,这或许也是他悲哀之处,要用一生为那倾城的回眸而买单了。让他想不到的是,就是他这封情书,让江子君一辈子没得安宁。

也许是心有灵犀，也许是第六感应，更也许是两个人处在冥冥之中。此时此刻江子君在大海那边，坐在田野中仰望天空飞翔的大雁，列队整齐人字形飞翔的群雁，在头雁的带领之下，翱翔天空。她希望其中的一只大雁能给自己捎封书信，把自己的心情带过去，再将对方的心情带回来。她失望了，对她来说，鸿雁传书只是一种奢望而已。

周正鹰不会想到，就是自己这封信，给江子君带来了几乎是终生的噩梦。

两人之间到底发生了什么？在别人看来是非常严重的问题，因此，江子君的政治生命也就此结束。不久之后，从军分区调到县里工作，党籍和职务都没了，一个曾经参加过抗日战争的老战士，一下变成一般人员，好在老领导念其一起抗战的旧情，保留她的工作，在县委收发室工作。

开始江子君无法面对这个现实，自己和周正鹰并没有发生什么事情，一共十几天时间，而且也不是天天见面。殊不知，旁观者清当局者迷，就是这十几天，能干的事情多了去啦，打你个国民党特务一点都不为过。当年，很多人都对历史问题感兴趣，尤其是阶级斗争为纲时期，联想都很丰富，能把你祖宗八代的历史翻出来串在一起，往往都会让当事人大吃一惊。

“历史问题”的严重性可想而知。莫说小小一个县级干部，就是开国将帅都难以幸免。江子君就倒霉在这个“历史问题”上，虽然才过去几年，但正赶上政治运动，倒霉也就不足为怪了。

还得从周正鹰那封书信说起。周正鹰本意是想给江子君留下一点念想，把自己的心里话说了出来，江子君看过信后随手放进抽屉里，该上班上班，该吃饭吃饭。当突然有一天公安局的人光顾了她的宿舍，领头的竟是曾经和自己一起战斗的副局长。对方没有了往日里那般热情和客气。

江子君被带到一边，任其翻箱倒柜，很快从抽屉里翻出那封书信。副局长如获至宝，得意地在江子君面前一晃，撂下一句狠话：最近不得外出。第二天领导找她谈话，当然，谈话内容很简单，就目前情况，只能老老实实在单位呆着。江子君不能不为自己辩解：

“书记同志，我想知道我犯了什么法？为什么给我这样的待遇？”当然态度不会太好。

书记倒还客气，毕竟是在一起打过鬼子的老战友，安慰道：

“子君同志，我想你应该清楚，问题还是老问题，只不过又有了新发现。”

“那封信？”江子君不敢相信自己的耳朵，吃惊地看着对方。

很奇怪吗？书记镇定地望着对方，一封来之于国民党将军的信件，先不说其内容如何，但就其来源，就已经很严重了，何况你们的关系非同一般，你就是有十张嘴也难以说得清楚，这叫什么？百口莫辩。

“子君同志，你只有一条路，向组织上交代清楚，你到底给周正鹰写过多少信，传递过什么情报，这是关键，否则，后果难以想象啊。”

“难道连你也不相信我？我们可是一起出生入死啊。”

“人是会随着时间的变化而改变的，我相信你的过去，但不证明我能相信你的现在，更不能说明将来！”书记的话听起来很恐怖。

将来，这可是更要命的问题，难道说我江子君才三十多岁，将来就完啦。

“我和周正鹰什么也没做！”

这句话江子君不知同多少人，说了几百次，可是谁都不肯相信。话又说回来，即使有什么事情的话，也是俩人之间的事情，和国家民族有什么关系？况且当时的背景是国共合作时期，恐怕和对方交往的不光是我江子君吧，哥哥还是抗日英雄呢。但是，这些话和谁说都没用，特殊历史时期特殊环境之下，一切都是特殊的，只能这样解释。

“书记同志，我和周正鹰的事情就这么简单，信不信由你吧。”

书记回答的简单明了：

“那你回去等待处理吧。”望着对方的背影，那个非常熟悉的背影，曾经一起战斗过的背影，又跟上一句：“子君，不要有太大压力，日子还得过不是。”是提醒还是宽慰只有他自己知道。

从那之后，江子君的人生步入低谷，当然，还不是最低谷，最不幸的时候是在那场史无前例的无产阶级文化大革命中。江子君一度被认定为“特嫌”分子，他哥哥江城的问题也曾经被重提到现实中，抗日英雄的身份已不再现，尽管他死在抗日战场上，并且还很英勇悲壮。但是，国民党军官的身份和阴影，共产党的政策是不能允许的，试想，这样一个家庭，如此的历史背景，江子君的处境是何等艰难，可想而知了。

尽管如此，江子君从没后悔和周正鹰的短暂交往，也不曾为自己那十多年革命战斗历程抱怨过什么，走过必留痕迹，自己努力了，这就够啦。从此，人们不会忘记她，运动不会忘记她，阶级斗争不会忘记她，只有痛苦在伴随着她，年复一年日复一日，她在等待什么，用一生等待一个机会。因此她不去渴望什么，因为她失去的太多了，得到的太少了，只能把回忆当成一种幸福，这就是现实中的江子君。她真的能等来什么吗?周正鹰能实现自己的诺言吗?他不知道,她也不知道,但是两人却都在等待,也许是一生的等待,会不会有结果?只有上帝知道。

多年之后,高雄市一家小酒馆里,靠近窗子一侧的小桌子旁坐着两个中年军人。一个中将军衔,一个佩戴少将将星。两人年纪相仿,从两人阴沉的表情上看得出,心境都不是很好。

周正鹰被保密局人员暗中调查,对方揪住老掉牙的那点玩意不放,这使他非常反感。这个地方是他和李群祥经常光顾的场所,说到有什么特别的喜欢,那是从这里可以听到乡音。

开酒馆的一家人是唐山人,原本在厦门教书,老板黄泰在民国38年初,带领女儿来高雄探望一位好友,偶感风寒便滞留在台湾,本打算身体康复后返回厦门,没想到台海风云骤起,国民党封锁了台湾海峡,只能在好友关照下,临时做起酒馆生意养家糊口,倒也衣食无忧。只是没想到这一干就是几十年,妻儿只能隔海相望,牵挂无度了。

黄泰的女儿本来是厦门一所医校的学生,来到台湾之后中断学业,在父亲朋友的介绍下,到一所医院工作,现在是一名出色的内科大夫。

大家都是河北人,浓重的乡音一下拉近了大家的距离,周正鹰和李群祥每每来到这里,自然也就不再客气,久而久之,几天不来还觉得心里像个事一样。其实大家的心情是一样的,都在牵挂着海峡那边,所以言谈话语中难免不流露出思乡之情。大家从不在大庭广众之下谈论这些,这都是夜深人静时或者基本上没有顾客时能说的话。不管时间长短,哪怕一两句话也成,只要大家心有灵犀就是了。

"周将军,今天来得早啊。"黄泰走到两人桌前,看得出,今天这两人有心事。

"黄先生,今天客人不多呀?"周正鹰知道黄泰的第一身份是教授,做生意是无奈之举。

"如果二位将军不嫌弃,可否到后堂一坐,我陪两位喝几盅。"

面对黄先生的盛情,两位自然没有推辞的理由,跟随黄先生来到后堂。黄先生让厨房端上几样下酒菜,打开一瓶白酒,三人坐下来自斟自饮,没有半点客套,这就是老乡的聚会,三人重温在冀中、在唐山的那份乡情浓韵,尽情抒怀,好不快活。能在台湾做到这个份上的人,少得可怜。

三人说道兴致处,不仅眉飞色舞,说到伤心时,也难免哀伤悲凉。

“周将军今日为何不爽?说来听听如何?”黄泰为好友排解忧愁。

周正鹰有难言之隐。

李群祥则道破天机:

“还不是保密局那帮狗腿子,盯住大哥不放,都他妈混到这份上了,还神经兮兮的,一群神经病,难道我们对党国还不够忠诚吗?”

周正鹰颇感无奈,端起酒杯一饮而尽。

黄泰明白了,便帮助分析道:

“其实周将军不必烦恼自扰,这件事不是已经众人皆知了吗,那你还忧虑什么?让他们去查好了,所谓清者自清、浊者自浊,你为国民党已经是肝脑涂地、鞠躬尽瘁了,他们还能把你怎样?周老弟,恕我直言,等你退役之后,咱俩重新开一家酒楼,当然规模要大一些,悠闲自在地安度晚年,你看如何?”

对于黄泰的邀请,周正鹰虽不感兴趣但又不好直接拒绝,只得敷衍道:

“好啊,那你得有思想准备,我可不是生意人哟。”

黄泰见对方心情好转起来,自然高兴,高兴嘛,这个凉水还要继续泼:

“说出来你别不愿听,将军又能怎样,你看那刘老将军,中将军衔,惨了不是,每天领着孩子卖早点,辉煌已成历史,落魄无人过问,曾经挺枪跃马,那也是一个雄才啊。”

黄泰停顿下来,自己倒有几分苍凉了,堂堂一教授,也做了起小买卖,原以为自己不是那块料,可为生计所迫,不行也得行,这就叫逼上梁山。

周正鹰何等人物,怎能看不出对方的心境,真就应了那句话,人在屋檐下不得不低头,时过境迁物是人非,若在抗战时期,谁敢这样对待老子。

“黄先生,还是来日方长吧,心中的结何时能打开,这要看上帝了。”

李群祥这句话说得没头没脑,周正鹰能理解其中含义所在。马上转移话题:

“群祥,据我所知,你的参谋长很活跃,这对你没什么好处,要警惕啊。”

李群祥不以为然,自己早就看出这小子不是好东西,老想把自己挤兑出去,就凭他还嫩点:

“大哥我知道,他和国防部那位权势人物有所往来,过些天就有好戏看了,等着吧。”

凭周正鹰对李群祥的了解,他会采取强硬手段,不免又多了几分担心:

“群祥,遇事慎重而行,不可以一时之勇而解胸中之气,有需要我做的你尽管说。”

“对嘛,三个臭皮匠顶一个诸葛亮。”黄泰说。

李群祥摇摇头,他不想把周正鹰拉进来担风险,周大哥的事够烦恼了。

“大哥,军统那帮人不会善罢甘休,你还是早作打算的好,这件事已鼓捣多年了,原本就是一个冤案,现在旧事重提,他们肯定在搞什么阴谋,我看不如这样,把二处那个姓赵的做了算啦,省得骚扰你整天心不静。”

“不可!群祥不可莽撞行事,我这个副司令也是闲差,留着他们给我开心解闷吧。”不能草率了事,赵处长的姐夫在政府任要职,捅了马蜂窝可不成。

黄泰微微一笑:

“对对,能不动干戈最好,有一句话叫做任凭风浪起,稳坐钓鱼船,若海里面连小鱼小虾米都没有,岂不半点兴致都没有啦。”

就在三人推心置腹喝到兴致时,黄泰的女儿推门走进来。黄紫玉,三十二岁,优秀的内科医生,和父亲黄泰相依为命。几年来对父亲的好友周正鹰将军,尊崇有加,且爱慕在心。

“周大哥,李大哥你们好。”

“紫玉小姐下班啦。”周正鹰答非所问。

李群祥满脸堆笑:

“紫玉小姐,过来坐吧。”

黄紫玉坐在父亲身边。

“周大哥,上次你说的那个赵处长今天来我们医院住院了,是阑尾炎,明天做手术。”

“哦,是你主刀?”周正鹰有心无意地问。

黄紫玉略作迟疑:

“主任是安排我做,但我回绝了,我还有别的病号。”

“看你这孩子,只要躺在病床上,连上帝都会宽恕。”黄泰不满意女儿的行为。

“我要是你,就给他做手术,下不来手术床的事经常发生嘛。”李群祥有些惋惜。

周正鹰认为李群祥的话走板了:

"不可多事。"然后对黄紫玉说道:"你做得对,少和这种人接触,就是不怕惹上麻烦,起码也少沾晦气。我来这里恐已给你父女带来了麻烦,很抱歉。"周正鹰正正领带,一脸正气盎然。

黄泰不愿意听这话:

"这是什么话,我就你们两个老乡,叙叙乡情,唠唠家常也犯法吗?他们若敢动这个地方,我就去政府告他们,王法何在,天理何在?"

黄紫玉忙宽慰父亲:

"爸爸看你又来气了,不是说好不再动肝火的嘛。"

周正鹰刚想张嘴却被李群祥打断:

"好啦,一个小处长何必庸人自扰,我会让他从此直不起腰来的。"李群祥端起酒杯一口喝干。

周正鹰知道李群祥又要起二杆子脾气,在他记忆里,对方已经安稳了一段时间,知道多说也无益,只好提醒道:

"打鹰若让鹰啄了眼珠子,可是得不偿失的事。"

"让鹰啄了眼珠子还算什么猎人!"李群祥一点都不含糊。

周正鹰摇摇头,做这种事李群祥在行,跟随自己多年,从打去年两人才分开。当然也不是自愿的,国防部某位大人物做的手脚,无非是想分化和剥夺两个人的权利罢了。这又算得了什么, 萌生退意的周正鹰早已厌倦了这种勾心斗角尔虞我诈,只是李群祥还心有不甘。

黄泰一时没听明白两人的言语,但黄紫玉却知道两人说的是啥意思,与其让李大哥去冒风险,不如自己来得方便:

"要不明天我去做手术吧。"

"不可,既然你已回绝,就不要再节外生枝。"周正鹰提醒对方。

李群祥知道周正鹰用意,他是在关心黄紫玉的安危,看得出,这两人已经开始相互倾慕和关怀了。他欣慰地笑了:

"看看我周大哥,是保护紫玉妹妹哩。大家放心吧,多大点事呀,不提啦,谁也不许再提啦,来来,喝酒、喝酒。"

黄紫玉脸红了,一脸的红晕更显得成熟漂亮。

周正鹰看了李群祥一眼,目光里流露几分责备,怎可当着黄泰老先生面开这种玩笑,太过放肆。李群祥明白周正鹰的意思,忙举起酒杯:

"好啦,掀过刚才那篇去,我告诉大家一个新闻,不过只能意会不能言传啊。"

“又卖关子啦。”黄紫玉乐了。

突然李群祥一脸严肃,像换了一个人似的:

“昨天晚上海军抓住一条渔船,两个渔民已通过我的防区送到台北去了。”

“你的防区?”周正鹰有些惊诧。

“两个普通渔民,一看就明白,凶多吉少了。”李群祥一脸无奈相。

“在这帮人眼睛里,只要是那边的人,都是共党嫌疑犯,简直是混蛋逻辑。”周正鹰愤慨道。

黄泰摆摆手:

“喝酒,喝酒,莫谈国事,一来糟蹋了好心情,再者严防隔墙有耳。”

李群祥和周正鹰对视一下。黄紫玉给大家斟满酒,转移话题:

“李大哥,抽空带嫂子过来坐坐嘛,好久没见她了。”

这是李群祥不愿提及的话题,倒不是自己老婆拿不出门,而是不想引起周正鹰的心事:

“人家可忙得不亦乐乎,看看吧。”

“嫂子是大教授,自然要忙碌一些啦。”黄紫玉揶揄道。

李群祥一阵的凄楚,原本这不是自己想要的结果,老娘已在家乡给自己相好了媳妇,对方是孤儿,父母在抗战中过世,从那时起这姑娘就守在自己爹娘身边,像亲儿女一样伺候爹娘,自己常年在外面征战,顾不得回去成亲。从漂流到这孤岛上之后,一切都断了音信,多年来剩下的只有牵挂和思念。

和这位大学老师相遇完全是偶然,可就是这个偶然,成就了一段美好姻缘。凭李群祥这种性格,原本是不可能的,但往往越是不可能的事,就越能成为现实,很无奈。

黄泰开口了:

“等到清明节吧,我们在一起聚聚,你们看如何?”

这怎是聚会的日子呢,难道这黄老教授糊涂了不成?其实不然,这正是几个人定下共识,在大家看来平时的节日并不重要,只有这清明节,更能让大家开怀畅饮,表达心情,因为这里包含的意思太过深刻,遥祭祖先,不忘乡情,怀念亲人,期盼未来,未来是什么?大家自然心知肚明,虽然还遥遥无期。

在这里,黄老教授是长辈,他说了算,大家无不点头称是。

二十三

公元二十世纪下半叶的大陆是多事之秋，炮打司令部一声炮响，开创了无产阶级文化大革命新纪元。这场政治运动来的凶猛异常，史无前例，打倒批臭和教育改造并举，抓关管押杀同行，令心里本没病的人提心吊胆，寝食难安；令心里有病的人更心神不宁，如坐针毡。

疾风暴雨很快席卷到周家镇，周家镇距离京津几百里路，而且还坐落在津浦路沿线，天子脚下，“近水楼台先得月了”。

夏区长已今非昔比，乘打倒一切的东风刚刚坐上县领导的椅子，是该显山露水的时候了，原本新官上任三把火，还没来得及烧，正好赶上这一拨。赶紧把核心班子组建起来，认真学习最新指示，仔细研读领袖语录，破四旧、立四新，打到一切牛鬼蛇神，在“地富反坏右”背上踏上一只脚，关键是“活学活用”这句话，扫帚不到，灰尘照例不会自己跑掉。领会深刻之后便要实施一个立竿见影的计划，要给全县树立一个黑色典型。

夏领导一到，周家镇沸腾了。一千多红卫兵战士、民兵战斗队员，浩浩荡荡将小小的周家镇包围得水泄不通。

夏领导站在吉普车上不停地挥动手臂，春风得意马蹄疾，很久没有看到这种阵势了，记得大支前时和部队南下时曾有过这种场面，那时的自己只不过一个普通战士，今天则不同，自己是这场战斗的总指挥，真正的主宰者。他一想起多年前在这周家镇所受的“屈辱”就愤愤不平，耿耿于怀，你看那牛气哄哄的周正雄，还有那个已经靠边站的方强，何曾把我夏某人放在眼里。哼，今天，老子，不，这等粗话怎能出自自己之口，今天我看你们谁还敢乱说乱动。

周剑锋和方文玉被五花大绑拉出院门。此时的周剑锋夫妇已过古稀之年，虽然有一身功夫，但终日思念牵挂两个儿子，心情不佳，茶饭不香，身体每况愈下，咋一看上去仿佛耄耋之年。

夏领导特意把周劳善也请到现场，现在的周劳善被扣上了一顶贫协主任的帽子，大小也算是领导人，说白了是个当家不主事的差事。你想呀，那些冲劲十足的年轻人怎能让一个拖拖拉拉的老朽说一不二。

周劳善眼见红卫兵战士把周剑锋夫妇推搡到土台上，一个劲地往下按两人的脑袋。周剑锋倒还好些，认罪态度尚可，低下头去。可那方文玉却不肯服软，刚被按下去的脑袋，一松手又挺了起来，往复几个来回后，大个子民兵失去了耐性，上前一脚踹在方文玉后腿上，方文玉往前一扑，砰一声趴在地上，被困住双手的方文玉，嘴巴和鼻子磕出鲜血。

周剑锋见状心疼的差点背过气去。那个民兵还没有解气，上前使劲抓住对方后背上的绳子，用力提起来，这等羞辱让方文玉如何忍受，她猛然一个鹞子翻身，飞起一脚踹在对方胸口上，形势马上发生了质的变化，一百五六十斤重的身体，呼一下飞下台去，噗一声狠狠摔在地下，再看那后生，爬了几次才坐在地上直喘粗气。

方文玉骂道：

“小辈，在家里也这样对待你奶奶吗？尊老爱幼是做人起码的道德，可惜你枉作了一回冀中人。”那意思再明显不过，传统质朴，憨厚真诚的冀中人怎么会有你这样的子孙，令人汗颜。

原本还想上前教训老太太的几个民兵，听到这几句话后，竟然默不作声地站回到队伍里去。

周劳善实在看不下眼，拄着拐棍颤巍巍走到民兵队伍前，站稳身子后，右手举起拐棍指着那年轻后生的鼻子尖说道：

“娃子，打一个老太太算什么能耐？你知道你在做什么吗，恩将仇报啊，你爷爷奶奶和爹娘当年要不是她儿子出手及时，早就被鬼子刺刀挑死了！我老汉都替你脸红，回家问问你爹娘去吧。”

那年轻后生听罢往后一缩，钻到后排去了。

这等场面夏领导怎能看得下去，忙让人把周劳善搀扶回主席台。他知道，和这种老家伙说不明白，什么政治斗争代表一切，阶级斗争主导一切的道理是对牛弹琴，他脑子里只装着过去那些陈芝麻烂谷子的腐朽玩意儿。

夏领导讲话了，他认为凭自己的水平和聪明，讲出来的话即便不精彩也绝伦：

“对地富反坏右必须进行无产阶级专政，尤其像周剑锋、方文玉这样的人，性质比里通外国还要严重，他的儿子周正鹰是国民党副司令——”

“我儿子周正雄是解放军副司令！”方文玉大声辩驳。

“哈哈，方老太你是健忘呢，还是老年痴呆症？周正雄早就靠边站了！”

夏领导不会犯这么低级的错误，如果连这点都弄不清楚，那不还等着让周正雄弹脑门子吗。就在这时，一个红卫兵战士带头喊起口号：

“打倒周剑锋！打到方文玉！打倒国民党反动派！打到地富反坏右！”

周剑锋一阵阵触痛，我一个小小老百姓，有什么好打倒的？难道就因为生养了两个儿子？在国家危难之际，我把儿子送上战场，他们为国家民族置生死于不顾，难道这也错了吗，不由得老泪纵横。

方文玉没有老头子这么悲戚，一昂头对坐在台上的夏领导说道：

“我老太太有这样的儿子知足了，他们在国家危难的时候，挺身而出，杀敌报国，哪个儿子身上没有留下枪伤刀伤！他们没有辱没祖宗，没有给我们丢脸，我死了也能闭上眼睛啦。”

方文玉这番话说得可不是时候，你站在被告席上，只有低头认罪的份儿，哪还能慷慨陈词呢。这下惹恼了本就气愤填膺的夏领导，啪地一下，桌子上的讲演稿散落在地上。

“伟大领袖教导我们，阶级敌人，你不打他就不倒，我们该怎么办？”

这种台上台下互动的场面在歌舞晚会上常见，明星和粉丝的互动，就是这种感觉，明星往下一举话筒，粉丝们就会对着麦克风拼命地喊叫。此刻也是如此，夏领导话音刚落地，台下面的领喊口号的人马上举起拳头，简直是人山人海遥相呼应：

“打倒一切牛鬼蛇神，再踏上一万只脚！”

忽然蹿上来几个荷枪实弹的红卫兵，七手八脚将周剑锋和方文玉按倒在地上，自然少不了拳打脚踢一番。周劳善坐不住了，忙用拐棍支住身子喊道：

“轻点呀，下手轻点，都一把老骨头啦——”他赶紧走到周剑锋、方文玉面前，扔掉了拐棍，一下趴在两人身上，还好，拳脚落在他身上的不多，大家毕竟要给老贫协一点面子，他可是根正苗红的老贫农。

夏领导一挥手，众位战士们退下去。

“把这两个老东西管制劳动，只许好好接受人民的改造，不准乱说乱动。”

几个民兵将鼻青脸肿的周剑锋、方文玉押下台，送回家丢在院子中。从此，村子里的民兵战斗队给周剑锋夫妇上了岗哨，行动遭到限制不说，原本和睦的老邻旧居也断绝来往，在那个年月说错一句话就可以送你上断头台，谁还敢和国民党反动派的老子往来。

周剑锋夫妇被限制自由后，周劳善心里就不是滋味了，在周家镇周剑锋、方文玉夫妇的口碑很好，虽然大儿子参加了国民党，但周正鹰在家乡并没什么民愤，后来去了台湾，从45年走后就再也没有回来过。

现在一下子把周剑锋老两口管制起来，从他这里就难以接受。自己大小是个干部，总想为这老两口做点什么，想来思去也想不出个豆来。周劳善还有一个羞于出口的事，感到几十年来一直愧对周剑锋夫妇，这就是当年曾经出卖了师父，虽然被逐出师门，但却一直背负着沉重的背叛师门的包袱。就在十分懊恼之时，儿子周明回来了。周明是村里民兵副连长，用周劳善的话说是炮筒子一个，不会拐弯。一看到儿子，便来了主意。

"小子，过来。"

周明打心眼里怵头老爷子，平日里就看自己不顺眼，喝五吆六不说，一急眼便抄家伙，故，周明见了老爹爹就缩脖子，老怕不知啥时候挨上两下子。见老爹爹招呼自己哪敢怠慢，忙凑上去：

"爹，啥事？"

周劳善满脸堆笑：

"周家今晚谁的岗？"

"周蛤蟆，咋啦？爹。"周明莫名其妙，老爹咋关心起这个来了，莫非太阳要从西边升起。

"不不，你的岗，你去、你去。"周劳善脸上的笑容消失了。

周明忙道：

"爹，你儿子手下百十号人哩，哪能轮上咱去站岗啊，不去、不去。"

周劳善的表情刷一下变得面目狰狞了，那只爆满青筋布满老茧的大手在周明眼前晃来晃去：

"小子，甭他妈跟老子玩心眼，老子让你去，你就得去。"

周明十分委屈，哪有连长站岗的，连长是管查岗的，光是民兵们轮岗也到年底了，忙解释：

"爹呀，你听我说，你儿子大小也是个干部，咱去站岗不丢份子吗，也给您老丢脸不是。"周明没想到就是这句话戳了周劳善的肺管子，两眼一瞪，怒火中烧：

"咋的，你个破副连长站岗就丢份子啦？当年你正雄叔叔是县大队长，他还带领我们冲锋陷阵呢，我看你娘的不知自己姓啥了，找抽呀！"周劳善并没有拳脚伺候，而是转身抄起那杆老步枪，这家伙跟了自己二十多年了，很顺手，哗啦一声枪栓响，周明知道，子弹上了堂。老爹爹这个速度，就是自己也干瞪眼。赶忙连连摆手低头认罪：

“爹、爹、爹爹，您老消消气，消消气，今晚就是我的岗，我去还不行吗？我去我去。”

周劳善惦惦步枪，瞪了儿子一眼，你他妈早这样不就省的老子费事了吗，真是赶着不走打着倒退的玩意儿。

“吃完饭赶紧去，不准任何人靠近周家。”

“爹，那是自然，要不还站岗干啥。”

周劳善一指墙角边的口袋：

“把这个背上，老子也省点劲儿。”

周明不知其用意：

“爹，这是啥东西呀？”

周劳善又瞪起眼珠子呵斥道：

“费什么话，不该知道的别问，军事秘密。”

周明见老爹爹又抄起了步枪，赶紧躲一边消停去了，心想，今天老爷子又犯浑了，还是躲远点好，好多年没见老爹这样子了，解放后镇反那阵子就这个劲头。

要说周明一点想法也没有不现实，毕竟他是革命战斗队的连长，警惕性还是蛮高的，虽然不敢翻看老爹爹那只口袋里装的是啥，但也猜个八九不离十，给反革命家属送东西这可是犯忌的，弄不好要被上纲上线，还是提醒老爹一声，免得到时还得去探监，想到此又凑上前来：

“我说爹呀，这给反革命家属送东西可是犯法呀，你是老党员老革命了，这个觉悟应该是有的，我看就别惹一身骚了，犯不上啊。”

周劳善本来就一肚子火气没处撒，正好有人送上门来，哪能放过这等机会，一伸手掌，啪一声掴在周明的腮帮子上，打得周明脸一转，啪又一声，左边又挨了一下子。周劳善嘴里也没闲着：

“小兔崽子，竟敢教训老子，老子就送啦，你能咋的？去叫你的战斗队，把老子抓起来吧，我看看哪个兔崽子敢动老子一根汗毛！”边说边把步枪抄在手上。

周明毛了，忙用双手托起枪管一个劲地告饶：

“爹、爹，好爹爹，我错啦，我错了还不行吗？”

周劳善不依不饶，飞起一脚踹在周明屁股上，大声骂道：

“小畜生，背上东西跟老子走。”

周明哪敢怠慢，看来今晚老爷子不弄出点动静来不死心啊，提心吊胆地背着口袋走在前边，边走边回头，怕老爷子的步枪走火。

不一会爷儿俩来到周剑锋院门前，周明回头望着老爹，周劳善示意敲门。周明赶紧按动铁门环，声音传到北屋里面，方文玉慢慢腾腾走出来，这两年来的时光告诉她，不管谁来都没有好事，不是审讯就是开批斗会，上前打开门，只见老善爷俩站在门口。

“师娘，我来看看你们。”转头对周明说：“送屋里去。”

周明不情愿地把口袋送到北屋，放下口袋望着老爹，没话他怎敢离去。

“当个看门狗会吧？”

周明明白老爹意思，转身走出院子站岗去了。

周剑锋知道这老善头又要起牛脾气，忙让座：

“锤子，你咋来啦，不该呀。”周剑锋还叫对方的小名。

“师父看你说的，咋不该呀，徒弟来看看师父师母还犯罪吗？别听他们瞎扯淡，是好是歹乡亲们心里有数，顺便给师父师娘带点吃的，徒弟有愧啊，没保护好师父师娘，将来不知道还咋见正雄大侄子。”周劳善把步枪依在炕沿上，满脸愧疚之色。

方文玉见状忙说道：

“锤子快别这么说，你能进我家的门，我们就感激不尽了，只是怕连累你啊。”

周剑锋感到很沉重，被打成反属这是何等严重的事情，当下是怀疑一切打倒一切，可别把这已经被自己逐出师门的“弟子”也拉下水。

“锤子，你早就不是我徒弟了，赶紧走吧，走吧。”周剑锋摆摆手。

“师父，怕啥，没事，我看谁敢把老子咋样？我他妈快入土的人了，能活到这份上感谢共产党毛主席。顺便说一声，师父师娘有啥子事情，告诉我那孽子，隔三差五就让他来站岗。没想到啊，都活到这把年纪了，还受这个窝囊罪，师父师母再忍忍吧，兴许这阵风刮过去就缓缓了。”周劳善只能往好处想，拣好听的说。

从周劳善进门之后方文玉的心就提到嗓子眼，这老贫协竟敢登门造访，简直疯了，不要命啦，这年月别人躲都躲不及，他还敢来串门，得抓紧将他撵走，自己遭罪也就得了，没必要将别人牵扯进来，想到此忙说道：

“锤子，你还是赶紧走吧，今后不要来了，反正我们也这个这样子了，没必要再搭上一个饶上一个的，你在这里我们更提心吊胆不是。”

开始周劳善还不以为然，可听到后边这半句话觉得也在理儿，一旦被那帮热得发紫、红得发烫的小玩意们发现也不是什么好事，望着方文玉鼻青脸肿的模样，心里一阵难过，忙站起身来对方文玉说道：

“师娘，我还要说两句，您老来到咱周家镇几十年了，全村没人敢说您老半个不字，您性格刚直心地善良，可咋也没想到会摊上这档子事，这是天有不测风云，锤子大小也是个干部，在这里我替娃子们给您赔礼道歉，不管是谁家的娃子做了对不起您老的事情，我都记在心里，早晚有一天我要教训这帮小混蛋。”边说边下跪。

方文玉忙用双手托住对方：

“使不得、使不得，锤子看你说的啥话呀，我这般年纪咋跟娃子们一般见识，没事、没事的。”

方文玉在这方面要比周劳善明白的多，这场政治运动是由上至下而来的，是从北边刮下来的风，娃娃们是在做自己应该做的事情，这不是孩子们意志能决定的，她何尝不明白，政治风暴力量的威力无可匹敌，从五四运动到一二九学运，从镇反、三反五反再到大跃进，这都是自己亲身经历的，何况现在自己一家又被列入牛鬼蛇神系列，管制改造、扫地出门是必然的结果，心里不平衡没有任何意义，只能徒增烦恼。

“师娘让您老受苦啦，我老啦，能做的事情不多了，只要徒弟还有一口气在，就多陪你们往前走一段路，俗话说，一日为师终身为父，别见外，千万别见外啊。”

周劳善哽咽着走出房门，方文玉送到院门口。突然周劳善停住脚步，原来是将那把从不离身的步枪忘在北房屋。

方文玉忙将拎在手里的步枪递过去。周劳善接过步枪：

“师娘您看我这记性，这就是老啦。”

望着腰不弯、背不驼，但比自己都苍老的锤子，方文玉心里一阵难过，接下来还不知道要给他带来什么样的麻烦，不免让人忧虑。

“锤子，别在师娘面前说老字，看你这身板，不输给年轻的后生。”方文玉安慰。

周劳善走出大门，见周明坐在门墩上面打盹，飞起一脚将其踢下去，坐在地上揉眼睛的周明吓得一激灵，赶忙站起身来，惊恐地望着郎当脸蛋子的老爹爹。

“老子再说一遍，除了我，谁他妈也不准打搅周家，要是让老子知道你敢玩心眼，老子的枪可爱走火！”周劳善把手中的步枪一晃。

周明一缩脖子：

“爹瞧你说的，俺可是你亲儿子呀。”

“儿子咋啦？要是当汉奸走狗的话，老子照样大义灭亲，揍你个狗日的。”周劳善一拍枪托子，毫不含糊。

周明明白老爹爹话里意思，自己虽没见过爹爹打鬼子，可也听到过不少故事，他手里这只破步枪，几十年了有没有准头和能不能打响是另一回事，听到他那些故事也够你心惊胆战的，所以自己还是小心一些好，至于爹爹能否把自己打死，也许不会，毕竟血浓于水，可砸断自己的胳膊腿不是没有可能，忙回答：

“爹爹，儿子可是你的种，能含糊么。”

周劳善瞪了儿子一眼，知道就好，这才转身往家中走去。

尽管周劳善费尽心机，但是周剑锋、方文玉也没少受折腾，没过多久，老两口便身心疲惫，疾病缠身，尤其方文玉，由于时局动荡不安，久不见俩儿子消息，思儿心切，忧郁成疾，整日以泪洗面、郁郁寡欢。在时进秋日时，终于病倒在炕上。

身体状况每况愈下，愁坏了周剑锋，这如何是好？有心去县城给妻子看看病，但却没有这个能力，人民医院怎能给牛鬼蛇神治疗。就连村子里的土郎中都懒得上门，怕沾上晦气，惹上毛病。

这一日，躺了几个月的方文玉，突然坐起身来，拿过镜子梳拢头发，并让老伴端来热水，将脸面洗干净，然后又气喘吁吁地躺下来，拉住周剑锋的手，眼泪汪汪：

“秋辞，本打算和你白头到老，看来是不可能啦，想来咱俩这几十年虽然过得不富裕，但也凑合，当年你救了我一命，我给你留下两个儿子，咱俩也扯平啦，可是这两个儿子不让人省心啊。”

刚强如铁的硬汉子周剑锋见贤妻时日无多，心里的难过劲儿就甭提了，轻轻抚摸妻子骨瘦如柴的手背，阵阵酸楚悲戚涌上心头，哽咽道：

“梓菡,你不能扔下我走啊,咱俩不是说好一同走到人生尽头吗?”

望着丈夫悲戚的表情,方文玉像刀割一般:

“秋辞,人生自古谁无死,不必难过,我先走一步,到那边给你收拾好咱新家,温好被窝,等你到来。”

周剑锋再也忍不住,眼泪像断了线的珠子流下面颊。

方文玉似乎累了,也是不愿意看到丈夫悲伤的表情,闭上眼睛。嘴里不停地念叨:儿子,儿子,儿子——啊

周剑锋马上凑到妻子耳边小声说:

“梓菡,梓菡——”

“秋辞,你还记得五十多年前在莫家庄北山脚下的事情吗?”

“记得、记得,怎么啦?”

“我看到了漠北双煞两个四肢不全的儿子,站在大风中摇摆不定的模样,那冷漠无助失去任何色彩的眼神和表情。”

“漠北双煞丧尽天良滥杀无辜,杀害了你全家,他的儿子们是替父亲还债。”

“父债子还啊,你说我们是不是在替儿子们还债呀?子债父母还!”方文玉眼角留下了几滴泪珠。

周剑锋无语了,他不知道此时此刻应该怎样回答妻子,两者有可比性吗?没有。可是残酷的现实又让他解释不通,为什么会这样?为什么?上苍啊。

方文玉缓缓说道:

“为什么啊,你说?是光绪皇帝错啦?不该把那个什么砚台赏赐给爹爹?还是爹爹错了,不该接过光绪帝的赏赐,他敢不接吗?是当初我们不该让这两个孩子走出家门?还是——”方文玉有太多的不明白。

不只是她不明白,周剑锋同样也是一个不明白,不过有一点他还是清楚的,就是这些事情即使你能想明白也白搭,对眼下无济于事、毫无意义。

突然方文玉瞪大眼睛:

“秋辞,我有一件事放不下啊?”

“梓菡,你说,快说。”

“我想见见子君姑娘。”她知道此刻见儿子是不可能的。

周剑锋犹豫不决,心想,这可难了,目前咱这个处境,听说江子君也好不到哪去,怎么办?看到妻子眼神里的渴望和期盼,把心一横,死马当活马医吧:

“好吧，我这就去找锤子，你要挺住啊。”周剑锋忧心忡忡地走出院子。

周明见周剑锋找自己爹爹，不敢怠慢，赶紧跑回家中报告。周劳善拎着步枪来到周家。

见方文玉躺在炕上，面色苍白，虚弱无比，出的气多，进的气少，急的直跺脚。听周剑锋把情况说完之后，周劳善立刻回到院门口对周明命令道：

“赶紧去把江子君找来，快去。”

周明愣住，爹爹真是老糊涂了，江子君是什么人，随便能找来吗。

“爹，不好办，她是重点管制的犯人，不好办。”周明直晃脑袋。

周劳善又动了肝火，张嘴骂道：

“不好办不是不能办，老子就是要她赶紧过来，用啥法子你自己想去。”接下来就是哗啦一下枪栓声。

周明又是一缩脖子，真要命啦，怎么摊上这么一个横竖不讲理的老爹，没办法，只好转身向邻村跑去，边跑边思索对策，怎么才能把江子君弄来呢？人跑到了，办法也有了。

他来到村部，如此这般就把江子君押到周家镇来，这还得说是得益于他这民兵连长的身份。

江子君很长时间没见到方文玉了，一见病入膏肓的方大娘，眼泪哗啦一下流出来，扑到方文玉身上痛哭不已。方文玉拉住江子君的手不停地哆嗦，吃力地抬起另一只手给对方往脑后拢一下散落在额头上白发，一阵酸楚，这才多大点年纪啊，头发就白一半了。方文玉示意丈夫出去，单独跟江子君说几句话。周剑锋和周劳善来到外间屋。

“师父，我看师娘时间不多了，早点准备吧。”周劳善心情沉重。

“有啥准备的，连口棺材都没有啊。”周剑锋如针扎一般。

“如果师父信得过徒弟，一切有徒弟来操办怎样？”周劳善一脸诚恳。

周剑锋此刻不知道说什么好，儿子不在身边，妻子家又没人，真有叫天天不应叫地地不灵的感觉。

周劳善叹口气：

“师父，你老要撑住啊，师娘的后事我来办吧，我的棺材搁哪儿也没用，先给师娘用吧，不过师父别嫌弃啊，咱现置办也来不及。”

都啥时候了，周剑锋还有心介意什么，人家一份好心领情都来不及。只是让周劳善没想到的是，他给自己准备的这口棺材竟派上了大用场，给两个人办了丧事。他倒不是心疼自己的棺材,而是心疼失去了两位好人。

外边两人小声地商量事情,里面两位女人在痛苦中挣扎。

方文玉消瘦失去血色的面孔,仍然掩饰不住已慢慢逝去的风韵,几丝泪痕几丝悲凉。

"子君,大娘留在世上的时间不多啦,想跟你唠叨几句体己话,咱娘俩没缘分啊,又赶上这年景,大娘只好把心里话留给你,也算是个交代吧。"

望着随时可能断气的方大娘,江子君强忍住悲痛,给对方擦拭着眼泪,轻轻说道:

"娘,有啥话你说吧,女儿听着。"江子君故意把大字省略掉。

方文玉眼泪又涌出眼眶,这孩子真懂事啊,可惜自己没这个福分了。

"孩子,娘心里很高兴能再见你一面,有个心事要托付给你,就是,我走后剩下你大爷他孤身一人,看他样子也不会撑多久,正鹰正雄是没指望了,可咱不能让你大爷抛尸荒野不是。"江子君忙将脸颊贴在方文玉脸上,共同享受着悲痛的时刻。

片刻,江子君回答:

"娘,你老放心吧,只要女儿还有一口气,爹的后事女儿来操办,两位大哥不在家,我就顶了,披麻戴孝、擎幡摔瓦一样不少,不能让人家说咱家里没人。"

好闺女,真是好闺女啊,做到做不到先不说,只要有这份心就踏实了,方文玉喘息着说:

"孩子,我和你爹是见不到他们了,将来如果你能见到他们,把情况告诉他们吧,这是命啊!"

刚开始江子君还不理解方大娘为什么使用了"他们"两字,自己的儿子嘛,可是过后才想明白,大娘的心情是十分复杂的,这两个字里包含着两位老人的辛酸和泪水,包含着对儿子们的牵挂和责备,更包含着无奈和遗憾。

方文玉喘息片刻后,声音虚弱的越来越低:

"孩子,还有几句话娘不能带进棺材里,我父亲是晚清翰林方之儒,这你可能知道了,但还有你不知道的要记下,剑锋的爹爹是太平天国梁王手下的将领周定河,他大伯周定海也是洪秀全的部下。想不到吧,一个朝廷叛逆的儿子竟然救了一个朝廷命官的女儿,且历经三个朝代,他们的后代一个在台湾一个在大陆,老死不相往来——啊!"

方文玉闭上眼睛,眼角挤出几滴泪珠。

江子君惊愕了,原来周正雄哥俩是这等身世,若不是方文玉即将离世,这些秘密自己还不会晓得。

方文玉望着唯一有希望见到儿子并能诉说衷肠的人,走了!离开了这个让她感慨和留恋的世界,一个与世无争的老人,两个争斗不已的儿子,终究没能在临终前见面。一对亲自生养并抚育长大的“雄鹰”翱翔在何方?方文玉瞪大双眼,无神无助地望着房梁,带走了无限牵挂,留下了几多遗憾。

江子君的承诺终究没能兑现,破四旧、立四新的年代,哪里还敢披麻戴孝、擎幡摔瓦,不过她还是亲手给周剑锋和方文玉夫妻穿衣带帽整理仪容,磕头叩拜祭奠爹娘,替周正鹰周正雄哥俩尽了孝道。

周剑锋虽然提前有思想准备,但一见相濡以沫的另一半撒手人寰,孤鹤西去,一颗提着的心放下来,不,应该是沉下去,深深地沉下去。整个人立刻变了,性格也没了,两眼痴呆,暗淡无光,在妻子身边整整守了两天两夜,沉默不语。没人知道他心里在想什么,周劳善、江子君一直守在外屋不敢离去,按照当地风俗第三天下午必须入土,让死人安宁。

第三天上午,周劳善和江子君商量,想把方文玉入殓,就是装进棺材里面,其实这项工作在人死第二天就该进行,但考虑到周剑锋的感受,只好等到最后来办。十点多钟,周劳善推开房门,见周剑锋还坐在方文玉身旁,只好退出房间,不忍打搅。

到了中午,周劳善想不能再等了,这样下去对死人活人都没好处,再次推开房门,一看坐着的周剑锋不见了,吃惊的同时,发现周剑锋躺在方文玉身旁。周劳善头皮发炸,站不稳了,身子晃了两晃,江子君忙过来扶住老爷子,上前仔细查看,周剑锋早已气息全无,归西而去。

江子君再也把持不住悲痛的心情,大放悲声,直呼爹娘。周明在院子里听到哭号声,还认为江子君对方文玉的过世舍不得呢,心想,这可不是什么好事,你都泥菩萨过河了,还在这里悲嚎,这不是添乱吗,想进去把江子君弄走,没想到刚迈进门槛就挨了重重一下子。

见到周剑锋夫妇相继去世,尤其是师父在自己眼皮子底下自尽,情何以堪啊,周劳善疯了,失去了理智,气的直跺脚,嘴里哇哇啦啦直叫,左一脚将桌子踹翻,右一脚将周明踢了个跟头,吓得周明缩到桌子后面不敢露头。只听得哗啦、哗啦枪栓响,子弹虽然上了堂,但就是打不响。周明庆幸不已,幸亏是几十年老掉牙的破步枪,否则还不知闹出什么乱子来。

原本是傍晚时分下葬,但在这种情况下,周明不敢再耽搁了,命令几个民兵架住老爹爹,两个女民兵架住江子君,踉踉跄跄地奔了坟地,一切从简一切从快,不到半小时就将棺材下坑并堆起了坟头。将周劳善和江子君扔在坟地里,周明带领人们扬长而去。

周劳善和江子君坐在坟头前,一直到月上西天,两人没再说一句话,周劳善怎么也弄不明白,师父心里到底在想什么?为什么以这种方式结束自己的生命?

江子君一直默默流泪,为方文玉的死而感到悲哀,两个儿子,而且都是将军,都是前途无量、事业成功的大人物,可爹娘到死也没能见到他们,不悲凉吗?方文玉得到了真情,周剑锋没让其孤独而去,用生命实现了不能同生但共死的承诺,在西去的路上结伴而行,值得敬重和羡慕。

联想到自己,此生还有见周正鹰的机会吗?你爹娘可是我送走的啊,见一面算得上奢侈吗?

夜深了,晚风习习,偌大的坟地里只有两个生灵,其余的都在地下沉睡。

周劳善和江子君站起身来向东走去,周劳善亲自把江子君送回家中,始终没再说一句话。待周劳善走出江子君院门时,发现周明站在身后,周劳善哼一声,独自往周家镇走去。周明没敢言语,只是默默地跟在后面。没过多久,周劳善抱着那只破步枪无疾而终。周明想把步枪从爹爹怀中抽出来,但费劲九牛二虎的气力,也没能做到,只好跟随爹爹进棺材做了陪葬。

二十四

李群祥耐不住黄莺磨叽，终于和她合并一处，这是高雄市一个大学教授公寓。黄莺祖籍广州，出身书香门第，父亲是台湾大学知名教授，母亲是一所中学老师。用李群祥的话说，黄莺有一种天生丽质和儒雅风度，不用说话，一见面就能给人一种才高八斗、学富五车的印象。但是真正吸引李群祥的并不是这些，而是她那咄咄逼人的气势和尖酸刻薄的言语。他曾想，这样的人怎么能为人师表，饱学育人？

到后来才知道，对方这种表情和态度是被自己逼出来的。他从骨子里不习惯说话像鸟语，呜哩哇啦一句也听不懂的南方人。但往往事与愿违，他偏偏就看上了这南方人，还来了个有情人终成眷属，这就是缘分，不服不成，不但如此，从那以后，黄莺成了他生命中的港湾，主宰了他大半个人生，在他最困难时期，是黄莺陪伴其左右，伴随他走到人生尽头。

这天傍晚，李群祥家里迎来一位尊贵的客人。周正鹰已调到台中任职，保密局经过长期跟踪调查，没有发现周正鹰通共的实质性东西，只好建议将其束之高阁，周正鹰虽然还在军队，但却只能做高参之类的闲差了。

有一段时间未见面，两人感到分外亲切，坐在客厅中顾不得住嘴，你来我往，热切交谈，就连来斟茶倒水的黄莺，也插不进一言半句。

“周大哥，哎周大哥，餐厅就坐吧，酒菜好啦。”

周正鹰这才感到有些失礼数，忙抱歉道：

“对不起呀弟妹，我们哥俩久未见面，有很多话要说，怠慢你了，我这一来又害得你忙活了半天，不好意思。”

黄莺是何等聪明之人，忙客气道：

“周大哥你见外啦，你是群祥的救命恩人，乡情友情加亲情，十分难得！我十分敬重你们俩。若怠慢了你们，是我的罪过，心内会愧疚不安的。”

李群祥满意地笑了：

“有学问的人就是会说话哟。”

周正鹰心说，王婆卖瓜自卖自夸吧，看他得意的，找不到北了。心里这样想,嘴上可不能这样说,人家是郎才女貌,真正的千里有缘来相会。

黄莺看了李群祥一眼,转身走进餐厅。

周正鹰和李群祥并肩走进餐厅。一桌丰盛的酒肴,色香味俱全,一瓶红酒,三只高脚杯,浅黄色的桌布,碗碟筷子古香古色,雅致大方,看得出主人的情趣和细致精心。

周正鹰原本沉重的心情,此刻变得舒畅起来,有一种回家的感觉。

"弟妹,看看这,给你添麻烦啦。"

"周大哥千万别这么说,能让你哥俩吃好喝好,我就心满意足了。"

黄莺明白这两人的心境,都是耿直的直肠子人,在官场上混得郁闷焦心,尤其是周正鹰,虽然谨小慎微,但仍不入流,怀才不遇使其郁郁寡欢。李群祥没少在自己面前唠叨他大哥。

周正鹰怎能不明白对方的意思,拍拍李群祥的肩膀:

"兄弟,你算是找到知心的另一半了!大哥祝贺你。"说罢端起酒杯举到俩人面前。

"不敢不敢,周大哥万万不可,哪里有让你先敬酒的道理,群祥咱俩先敬大哥。"

李群祥忙举起酒杯附和道:

"对对,不能失了礼数,大哥,祝你,这个,祝你——"

李群祥支支吾吾竟想不起合适的词语来。这确实让他有点为难,本来墨水就不多,再看周正鹰目前的处境,说祝你高升吧,显然是虚情假意,大哥是昨日黄花,只能走下坡路了,祝心情愉快吧,谁摊上这事能他妈的愉快呀!

黄莺马上接过丈夫的话把:

"祝大哥身体康健!"总算给李群祥下了台阶。

"谢谢!"三个人举杯同饮。几杯酒过后,黄莺借故还有两个菜要做,离开餐厅。李群祥这才将周正鹰请过来的本意言明。

李群祥脸色一沉,有些愤慨,将两张彩纸放到周正鹰面前:

"大哥,今天请你来是有件事告知,这是从海上飘过来的大陆传单。"

周正鹰一目十行看完后盯着李群祥。他知道,这种东西虽然是中共的政治宣传手段,但往往能折射出一些令人深思的信息。

"大陆又起了政治风暴?"

李群祥点点头:

“根据香港情报站提供的信息,大陆这次政治运动非同以往,层次之高、动静之大前所未有,涉及到中共高层,他们画了一个很大的圈子,称其为地富反坏右。”

周正鹰大吃一惊,这可是闻所未闻,大陆上闹这么大动静总会事出有因的:

“起因是什么?”

李群祥指着传单说道:

“此次运动不比往常,以往那些运动折腾一段时间就收场了,这次来势凶险,叫文化大革命。”

周正鹰没听明白:

“文化能革啥命?”

“把有文化的人统称臭老九,这还不严重?大中学都停课闹革命了。”

到这时周正鹰才感到问题的严重性,学生若闹起来可不是好玩的,当年的五四运动和一二九学运影响了全国,大陆到底出现了什么危机?

李群祥继续说下去:

“下面你可坐稳了听。”

周正鹰笑了,什么阵势咱没见过,风声鹤唳、草木皆兵了吧。

“刘少奇知道吧?彭德怀你肯定不陌生。”

“当然,刘是中共二号人物,国家元首,彭是国防部长,军方首脑。”

“那都是老黄历了,刘被打成叛徒内奸工贼,失去了踪迹,彭成为反党集团首脑,国防部长已由你的学长林彪将军担任。”

周正鹰张大了嘴巴,久久没能合上,惊恐地望着对方,举起的筷子持续了几分钟才放下来。

“继续说。”

“我分析这个什么文化大革命只是个掩人耳目的幌子,整倒一批人才是目的,根据情报所示,一大批高级将领和德高望重的高层人物均相继离开现职,其中包括地位显赫的彭德怀、贺龙、黄克诚等人。大哥,你对苏联斯大林的大清洗不陌生吧?”

周正鹰到这时才听出点味道来,点点头:

“彭德怀、贺龙起初都是国军将领。”

李群祥见对方终于入了门,这才把问题延伸下去:

“大哥,你的家里遇到麻烦了。”

周正鹰吃惊地盯住李群祥:

“什么麻烦？你怎么知道的？”

李群祥见是该摊牌的时候了:

“大哥,情报的来源并不重要,关键是你父母已受到你的牵连,被批斗关押,具体情况不详。正雄也被革职查办。”

周正鹰一下趴在桌子上,郁闷的心情无以言表。

“大哥想开点吧,像彭德怀贺龙这等开国元帅都难以幸免,何况区区一个军区副职,正雄是国军中将的弟弟,就凭这一点关他个十年八载也不冤枉。”

“告诉我消息的来源？”周正鹰想核实情报的准确性。

“大哥,我难道你还不相信？我只能告诉你,是保密局的人,他们调查你你是知道的,可见这些人下了多大的本钱,通过这些证明你没有变节,否则你早就被处理掉了。”

周正鹰陷入极度痛苦的沉闷中。眼睛里一阵茫然,出现了爹娘和弟弟的影子。他在沉痛地反思自己,自己所走的这条道路真是一条光明之路吗？从大陆情况看,自己已经给家庭和爹娘带来灾难性的打击,爹娘因此遭受牵连,弟弟被革职关押,虽然还不知道江子君情况如何,但也绝对好不到哪里。再联想到自己的境遇,戎马生涯几十载,忠心耿耿,官至中将,正直壮年之际便被上峰质疑不断,职务一变再变,落到如此被抛弃的地步。难道这就是自己想要的人生？当初年少英雄,离家出走,奔向黄埔,就是为了现在这个结局吗？

爹娘啊,二弟,是我周正鹰选择错误吗？我对不起你们！周正鹰再也忍耐不住悲愤的心情,失去了往日的威严和风度,拿起酒瓶咕咚咕咚灌下多半瓶,酒沿着嘴角流下来,他几乎要崩溃了,眼泪哗哗往下淌去,但却不出声,憋闷的心情和愤怒的情绪压抑的他心理变了形。

黄莺忙走过来,但却被李群祥手势阻止,赶紧退了回去。

好一会儿,周正鹰才稳住情绪,抬起头来,晦暗的眼里流露出几分愤慨。

“大哥,其实你比我强啊,到现在我也不知道爹娘和弟妹是咋个情况？一个国民党少将的家人,不是地富反坏右就是牛鬼蛇神啊。”

李群祥跟随周正鹰几十年,这是第一次流露不满情绪:

“大哥你是知道的,我是有机会留在大陆的,有机会啊,如果当年我跟正雄走了,何至于有现在？不过也难说,贺龙将军当年还是国民革命军长哩。可我就是被关押在大陆的监狱里，老爹娘也能前去探个监啊。”那意思再明显不过了，能见面。

周正鹰愧疚地说道：

“是我连累了你，大哥对不起你。”一仰脖子把剩下的那半瓶酒也灌下肚去。

黄莺这次没再听李群祥的话，走过来在李群祥脑门上拍了拍。李群祥明白对方的意思，言多必失：

“大哥，兄弟不是那个意思，不是那个意思。”黄莺一看越抹越黑了。

“你不来台湾能认识我吗？”黄莺忙转移话题。

没想到这句话戳了李群祥的肺管子，冷不丁扔出一句伤人的话语：

“老子不来台湾，早儿女满堂啦。”

这句话黄莺听来可不入耳，但她毕竟是富有涵养的人，知道对方在心情不佳的情况下，喝上几两烈酒，说出来的话语怎能中听。

“群祥，多啦，喝多啦。”周正鹰忙堵住李群祥的臭嘴。

黄莺不自然的表情上流露出几分宽容和习以为常：

“大哥你看，他一喝点酒就是这个样子，大哥今天你来了，他高兴多吃了几杯，满嘴胡话，大哥你别介意啊。”黄莺知道再待下去无益，还是让老哥俩说说心里话。

周正鹰指着李群祥的鼻子训斥：

“以后少喝点酒，这不是什么好东西，都成家了，就不能像光棍一根一样，是要负责人的。”

对于周正鹰的话，李群祥一向是能听进去的，忙用手指敲敲脑门，多有无奈的表情：

“大哥，说心里话，我很想家啊，想爹娘，也不知他们因为我这个不孝的儿子——按说都这把年纪了，有些事情应该放得下来，可是，我他妈就是撂不下，撂不下啊。”

周正鹰怎能不知道对方借酒浇愁，但不管什么事都有个度，物极必反的道理应该明白，李群祥身居要职，稍有不慎将万劫不复，难道眼前的教训还不够深刻吗。

“群祥，我能理解你的心情，大哥何尝不是如此，听说校长也经常站在大海边向对面遥望，难道只是为了激励自己那颗光复大陆的决心和信念吗？我看未必,应该还包含另一层意思,深刻的意思,他也在想念家乡,想念家乡的亲人,不是吗,那里是他祖祖辈辈繁衍生息地方,那里埋着他历代的先人,他想祭祖都难以实现。"

周正鹰一番话说得李群祥更加思念爹娘了,只是比刚才理智了一些,盯着杯中酒,深沉地问道:

"大哥,你说我们还有落叶归根的希望吗?我想听真话。"

真话?周正鹰哪里知道,只不过比对方多一颗将星,年长两岁罢了。但又不想让跟随自己几十年的兄弟破灭心中那颗久久深埋着的念想:

"等待,只有耐心地等待,大凡国家兴衰,更朝换代,既要兵戎相见又要化干戈为玉帛,都有一个不成文的现象,这就是分久必合而合久必分。"

李群祥似乎明白了,说明机会还是有的,但他终没能等到那天,这是后话。

"我建议你没事时读点书,譬如历史书籍,一是帮助你排解困扰、消遣时光,再就是对于你的发展有好处。"

不知何时黄莺站在一旁,忙插嘴道:

"大哥,我都把书本放在他面前啦,他就是不肯翻一下,看点唐诗宋词,修身养性嘛。"

"这很好嘛,群祥,一定要读读书,大哥说一句玩笑话,你老李能有这样的贤妻为伴,是上辈子修来的福分,偷着乐去吧。"

一句话把大家逗乐了,沉闷的气氛才渐渐消失。但各怀心事的三个人,仍然抹不掉思乡惦念的阴影。

周正雄不知道远在几千里之外的父母已经过世,但却从审查他的专案组人员口中得知大哥周正鹰的一些情况,张组长严肃的表情和冷漠的言语又出现在眼前:

"周正雄,你要老实交代问题,不然这个关口恐怕是难过!1949年初你和周正鹰在苏州见面的真实目的是什么?之后你为什么又去了上海?"

周正雄厌烦地望着对方嘴上那几根小胡子,不耐烦地回答:

"我都说过几遍了嘛,而且材料里写得很清楚,还要我说多少次你们才能相信?"

"别跟我玩死无对证的游戏,根据我们调查,你说的两个证明人已经在上海战役和抗美援朝战争中牺牲了。"

周正雄一伸双手，表示非常无奈：

“我说的你们又不信，证明人又牺牲了，要我怎么办？你们看着办吧。”

“周正雄，看来你是不想老实交代了？周正鹰作为国民党少将师长在逃离大陆前约你这个团长见面，这正常吗？这里面肯定有什么不可告人的目的。周正鹰现在是国民党中将副司令，身居要职，你又是军区负责人，你们之间的关系能不微妙吗？还有一个李群祥，你在苏州也见过吧，和周正鹰一起跑到台湾，是少将副司令，而且也是你的老乡，据我们分析，你在苏州最后见面的应该就是这个人，这里有一份李群祥勤务兵的供词。”张组长拿起一张纸往上一扬。

“周正雄，原来我认为像你这样的干部，觉悟应该是很高的。”那意思里包含着几分蔑视。

周正雄冷哼一声，我觉悟高不高与你何干，老子的这点问题早就装进档案里，清楚的不能再清楚了，当年去策反周正鹰，是组织上决定的，只可惜老领导牺牲在战场上，现在就是跳进黄河也洗不清了。但事实就是事实，胜于雄辩嘛。但是，周正雄却忽略了一个问题，这就是在政治运动的高压之下，在特殊的历史时期，在混乱不堪的环境下，一切皆有可能发生。

“周正雄，顽抗就意味着灭亡，我们党的政策你不会不明白吧？”

周正雄终于忍无可忍，一个娃娃也敢在自己明前谈政策，简直笑话：

“你们党？大言不惭，老子加入共产党的时候，你在哪里？是趴在娘怀里吃奶吧？跟老子谈坦白从宽抗拒从严你不觉得可笑吗！”

张组长的脸刷一下红了，一直红到脖子根，眼睛里冒出凶巴巴的寒光：

“周正雄，参加革命早就能说明你对党忠诚吗？刘少奇比你早不早，叛徒内奸工贼！彭德怀比你早不早？反党集团头子。黄继光，刘胡兰比你晚吧，真正的伟大英雄人物。你就是一个不折不扣的机会主义分子。”

周正雄愤慨至极，简直是一派胡言，他蹭一下站起来，两只手抓住上衣用力一扯，哗啦——几颗扣子落在地下。

“你他妈睁开眼看看，有这样的机会主义吗？”三刀六洞一身伤疤出现在张组长面前。

“真正的共产党人是挂在嘴头上的吗？是埋藏在这里的。”周正雄的手掌啪啪拍在胸口上。

“你别嚣张，事情会弄明白的。”张组长站起身来灰溜溜走了出去。他这才明白自己低估了周正雄,为自己的准备不足而懊悔。

周正雄自从两年前失去自由后,便住进这所学校,到底是什么学校也不清楚,反正大家管这里叫学校。这所学校地处大山深处,群山环抱,高墙壁垒,古树参天,说环境优雅,空气新鲜,倒是一处修身养性的好地方。但是到这里来的人却没有一个能静下心来的,大多都是处在郁闷和烦躁之中。

生活的全部就是写交代材料和被审查。只是他感觉到,把大好的年华都浪费在这大山之中,未免有些太过奢侈了,虽然说多年的忙碌和奔波很少有闲暇时光。外面是个什么世界他已不知道,远在台湾的大哥是怎样的情况他更不清楚,面对自己的境遇,他对于1949年没能留住周正鹰已经不再那么后悔了,想想自己处境,当年若真把周正鹰和李群祥留在大陆,难说是福还是祸!

文化革命冲击的就是一切旧的的东西,一切曾经被污染过的东西。连自己这样从十几岁就参加革命的高级干部,都难以幸免,何况一个国民党高级将领。尤其是听说南昌起义领导人,两把菜刀闹革命的贺龙元帅也遭受到冲击和迫害,自己倒也释然了些,对老帅来说,自己就是那小小的虾米。能想明白很多事情,但也有些事情始终想不明白,这就是当时的周正雄。

平日里忙于事务,不得空闲,现在倒有时间把过去艰苦岁月里自己所经历的事情梳理清楚。他想得最多的还是爹娘,多年未见面了,不知现在情况如何,自己失去了自由,可想而知,受到大哥牵连的爹娘能安然无恙吗?想到此他又后悔没能抽出时间回家看望二老。数次质问:周正雄难道忙得连几天时间都没有?周正鹰上军舰前想没想到这一去的后果?爹娘怎么办?

思来想去,也不能全怪大哥,三十年代那个夜晚,大哥离家前是把爹娘托付给自己的,自己不是也答应了吗。现实残酷的是,两个为国家为民族而献身革命的将军儿子,多年来竟没有一人能知道父母的情况如何?情何以堪!

这天晚上,从军区调来学校工作的小刘突然来到周正雄的房间,进门时左右看看,非常谨慎。小刘是营级干部,原在政治部当干事,虽然和周正雄不很熟悉,但他是周正雄老部下张寒光的下属,从老首长哪里知道了不少张部长和周司令的一些往事。由此非常敬重这位老首长,这次调动后去看望张部长,得到老领导的叮嘱,在不违反原则的情况下,一定要关照周司令。小刘知道张部长和周司令曾经是出生入死的老战友。参加专案组之后,他得到一些关于周正雄家庭的情况,这不,想办法告诉老首长。

周正雄没想到在这里能遇到熟人,虽然不是很熟悉,但仍一阵欣喜。整天面对那几个冷面孔令人反胃。

小刘见到周正雄马上敬了一个标准的军礼，然后坐在周正雄对面低声说道：

“周司令，张部长让我来看你，他很惦记你。”

周正雄点点头，还是老战友啊，能惦记自己的人恐怕少之甚少，除了爹娘就是那几位专案组的人。

“老张还好吧？”

“部里来了一位年轻的副部长，张部长清闲多了。”

小刘言外之意，周正雄怎能听不明白，看来老张也靠边站了。

“首长，我才调到这里工作，过去是你的老部下，不敢说能帮上什么，但首长如果有什么问题需要解决，最好还是告诉我，为了张部长的知遇之恩，就把这身军装扒了也无所谓。”

周正雄没想到眼前这位三十多岁的年轻人竟然如此知恩图报，是性情中人。

“小刘呀你还年轻，要好好工作，不要辜负张部长对你的期望。我没事，没事。”

小刘把心表明了，话传到了，心里也就踏实了许多，他知道，像这样一位将军，浑身上下都是钢铁，满脑子的坚强，不可能给部下增添麻烦。

“首长，我来告诉你，你父母已经在一年前过世了，他们都被列入地富反坏右系列中，是两个叫周劳善和江子君的人给处理的后事。”

噩耗从天而降，一个炸雷把周正雄轰蒙了。周正雄就是再坚强也无法忍受失去亲人的痛苦，眼泪情不自禁地留下来。他真想大哭一场，还想大喊几声，但是没有，理智告诉他，自己必须忍受一切不能忍受的痛苦。

少顷，他看了看小刘。

小刘道：

“首长，我就知道这些，将来有情况我会尽快告诉你的。”

“好好，谢谢你，这里不可久留，去吧。”周正雄怕给小刘带来麻烦。

“周司令保重。”小刘给周正雄敬礼后走出房间。

周正雄挥挥手，目送小刘。极度的悲痛使他心力憔悴，他躺在床上满眼都是爹娘的影子，有站着的，有躺着的，还有被捆绑在批斗台上的……眼睛模糊了，泪水充满眼眶。他在极力地呐喊，在呼唤，爹娘啊儿子对不起你们，没能保护好你们。其实他心里明白,一个连自己都没有安全感的人,何谈保护爹娘。

之后不久,他病倒了,一直躺了一个多月,小刘经常来看望他,但却没再给他透露半点相关信息,他也没再问什么,一直心照不宣到九一三事件。

九一三事件并没改变周正雄的命运,因为伟大的副统帅的一位所谓的帮凶,曾经是周正雄的司令员,看起来虽然牵强附会,但在那个年月里,只要你粘连上一点腥味,就很难洗刷干净,政治的敏感性就在这里。

二十五

七十年代末期，国家的春天来临，周正雄也受到阳光的沐浴，随着历史问题的澄清，官复原职了。恢复工作后的第一件事就是回乡祭奠父母的在天之灵，同时到邻村去看望老战友江子君。此时的江子君一头银丝和满脸皱纹以及虚弱的身体，记录着其所经历的沧桑岁月。

江子君望着突然出现在自己面前的周正雄，立刻沉默了，满肚子苦水，但却不愿意吐给眼前这个一起出生入死的过的人。说不上有什么抵触情绪，但却有一种发自内心的陌生感。

周正雄是来表示感谢的，因为帮助处理爹娘后事的人只剩下她一个人，周劳善早几年就去世了。

“子君姐，我来感谢你，也是来替我大哥给你负荆请罪的，我们对不起你，让你受了这么多罪。”

江子君冷漠地望着周正雄，沉声回答：

“我承担不起这么大礼数，你请回吧。”

周正雄有些莫名其妙，想不起什么地方得罪了对方，二十多年未见面，总该有些话要说。江子君因和周正鹰的一段恋情导致了她一生失意和命运坎坷，不能把责任都归罪于周正鹰。

“子君姐，我知道你心里不好受，至今仍孤身一人，命运是对你是不公允的，今后有什么困难我会全力帮助你，你以后不再孤独，我就是你的亲人。”

周正雄一番真诚并没有打动江子君，悠悠岁月，饱经沧桑，已经使她麻木了。

“我不难受，也不遗憾，因为我做了自己应该做的事情，对得起死去的人，也对得起活着的人。回吧。”

听到对方没头没脑类似于禅语的话，周正雄知道对方的心结仍然没有打开，只好继续说道：

“兄弟无法表达内心对大姐的感激之情，爹娘去世时只有你守候在二老身旁，我娘咽气前听到的最后一声娘，是您的声音，我对不起她老人家，也对不起远在台湾的大哥,实在愧疚难当。”周正雄肺腑之言,声情并茂,勾起江子君内心深处的阵阵刺痛。

她长长叹了一口气,指着傍边的凳子说道:

“坐吧,这么大的司令,站着有失身份呀。”

看得出江子君的戒备防线在渐渐崩溃,表情也阴转晴了,缓缓说道:

“正雄兄弟,这么称呼你不会因为我这个反革命婆子而影响你司令的身份吧?”

“子君姐,你咋见外啦,你就是我亲姐姐,娘给我托梦了。”周正雄是唯物主义者,可是他不得不唯心一回。

江子君再也绷不住那严肃的面孔,嘴角露出一丝微笑,咋还像小时候一样调皮呀。

“正雄,姐原本想把这段往事埋葬在心底,带进棺材,可一见到你,这种想法动摇了,我江子君没这个权利啊。”

周正雄就是想知道爹娘最后时刻的事情,但却不能主动要求对方说什么,因为那是一段沉痛的伤疤,同样自己也没有权利要求对方揭开伤疤。

江子君见对方没说话,便继续说下去:

“你知道我这大半生最幸福的日子是什么吗?”

周正雄摇摇头,心想,就是知道也不能言明。他认为对方说的一定是和大哥共处那段时光。

“是我们在一起战斗的艰苦岁月,抗日战争和解放战争,那种纯洁的战友情怀是令人难以忘怀的!”

周正雄汗颜了,和自己的猜测牛马不相及,感慨的同时也怀旧起来。

“在杨家庄,我们小队十几个人正在进行抗日宣传,突然被鬼子一个中队和伪军大队包围,我带领大家躲进地主杨百万家进行拼死抵抗,大家都认为完了,十几个人怎能扛得住六七百敌人的进攻,大家做好了和敌人同归于尽的准备,每人发了一颗手榴弹。眼看着大门被鬼子炸开了,突然一阵激烈的枪声和爆炸声传进来,前街上的爆炸声和枪声像爆竹般此起彼伏。原来是你带领手枪队和县大队来解围了。所以呀,我这颗脑袋今天还能长在脖子上,是你的功劳哩。”

周正雄兴致来临,马上接上话茬:

“那次真的好悬,我一接到报告就急了,这还了得,敌人竟敢惦记上我们的娘子军，真是胆大包天，立刻组织部队跑步前进，幸亏咱们大队就活动在李庄附近，不到二十分钟就将敌人反包围了，若在晚上几分钟的话——”

“那坐在你对面的就不可能是江子君了！”

“我爹娘也就死不瞑目了！所以我要感谢你，照顾你的晚年，希望子君姐不要说不，给兄弟一个机会，我这是替爹娘完成儿子的心愿。”

“是替周正鹰还债吗？”江子君的脸色晦暗了。

“是替大哥赎罪，是替爹娘报恩。”周正雄深感周家愧对江子君。

“正雄，不必了，有你这句话姐就知足了，往事依旧，如过眼烟云，还是让我在块土地上自生自灭吧，这里离爹娘近便。”

听到最后这句话，周正雄的眼睛潮湿了，一个孤独一生的女人，老女人，老战士，曾一度被冠以特务、反革命，还有许多不雅和要命的名号。就是这样一个人，在爹娘死后，代替自己和大哥处理爹娘的后事，这是什么样的恩情啊，并且因自己一家而遭受牵连和迫害，到现在却什么都不让自己做，自己怎么心安。

“子君姐，我想接你到城市去住段时间，给你去看看病，将养好身体后再回来，你看怎样？”

江子君摇头，断然拒绝：

“谢谢，不必添麻烦啦，你看我这不是很好嘛，再说了，对于我这样的无用之人，少了几个社会上倒也干净些不是。”说着把一块白粗布递给周正雄。

周正雄接过来一看，上面写着几个黑色大字：特务，汉奸，反革命江子君。

周正雄折叠好揣进衣袋里：

“子君姐，从现在开始你必须听我的，跟我进城。”

望着周正雄那严肃的面孔，江子君笑了：

“我可不是你的战士呀周司令，在我这里发号施令不好使。”

话虽这样说，但她心里倒有几分惬意，在这个世界上，自己的亲人也只有这几个老战友了，何况周江两家的不解缘分，都这把年纪了，再追诉过去的恩怨是非实在是多余。

“你不但是我的战士，还是老战友，更是亲人，想想，除了我你还有什么呢，当五保户恐怕不成吧，种地也不现实，身边没有一个亲人，我怎能放心的下，不成，必须跟我走。”

周正雄不容置疑的态度，还真让江子君犯了难，只好说道：

“兄弟,总得给我点时间,容我想想好吧。”

“好吧,我给你一天时间,明天我来接你。”周正雄得寸进尺让江子君多有无奈。

“那好,总得收拾收拾呀,看我这破破烂烂的,怎能给你大司令丢脸呀。”

周正雄的目的达到了,心里踏实了许多,其他的事情都好说嘛。

“子君姐,一切都会有的,都会好起来的。”

江子君有些激动,刚站起身来,忽然摇晃了几下,周正雄忙上前搀扶住,心说,看来自己来的正是时候,否则,能不能再见到江子君都成问题。

“我的好姐姐,别再执拗了,马上收拾一下,现在就跟我走,你这样的身体状况,让我怎能放心的下,县上准备好的旅馆,下午我就带你去医院检查身体。”

“不可、万万不可,我一个反革命婆子会给你带来晦气和麻烦的。”

周正雄真急了,大声说道:

“我的亲姐姐,你听我一回好不好?都这般年纪了,怎么还这样固执,我就在这等你收拾东西,你不去我也不走了。”

周正雄的这个土办法还真管用,江子君没辙了,怎地一个大司令竟耍起小孩子的脾气啦,无奈之下,只好收拾一下日常用的东西,跟随周正雄上了汽车。从此之后,江子君就再也没离开过周家。

还有一个人在日夜惦记着江子君,这就是已经退出军界,赋闲在台中的周正鹰中将。退出现役的周正鹰并没有真正赋闲,而是在创作一部回忆录。

他没有像李群祥那样娶妻生子过安逸的晚年生活,而是独居一处,过着孤家寡人的日子。至于为什么,除他之外,只有李群祥明白。倒不是他没有遇到意中人,酒店老板黄泰的千金,著名内科医生黄紫玉就是他的红颜知己,两人相处的非常和谐和默契。这么多年过去了,让黄泰和李群祥等人不能理解的是,这两个人始终不肯成家搬到一起去住。

两家住的并不远,隔着一条马路,同住在一片区域中。黄泰住在酒店里,是便于打理生意,故此,家中经常只有黄紫玉一人。黄紫玉比周正鹰小十多岁,是什么原因让她把自己的青春留住这么多年?原因很简单,一是她不想找当地人为伴侣,希望有生之年能回到故乡。再就是没碰上中意的白马王子。当时的环境下这样的情况不少,尤其是从大陆过来的人。

平时周正鹰经常光顾黄泰的酒馆,一来二去和黄家父女成为朋友,主要是都来之于同一个地方,这是能达成亲密共识的重要一点。黄家父女本就是修养很深的人,和生意场上商人有着本质上区别,忠厚诚信代替了奸诈油滑。自然和周正鹰这种秉性刚直的军人很投缘,没有那种秀才遇到兵有理说不清的感觉。

黄泰能理解周正鹰归乡的心思,见他个人过得清苦寡欢,便时常叮嘱儿女去看望周正鹰,并不时地相约来酒馆,聊天品茶,喝酒叙旧,倒也开心快活。把其当做儿子一般来看待。周正鹰很感激黄家父女,远在异土他乡,经常能有这样一个去处,何乐而不为。时间久了,自然把自己不当外人了。

人是感情动物,相处时间久了,沟通和交流使两人的感情越来越深,所谓日久生情就是这个道理吧。但是,不知什么原因,两个人始终却保持一段距离,当然,不是思想上的,而是身体上的。黄紫玉始终把周正鹰当成大哥,并且平日也这样称呼对方。这正合周正鹰的心思,两人不谋而合,竟一下如此相处了几十年来,实乃罕见。

就在周正鹰决定退出现役前几个月,当然这不是他心意,说白了是国防部某人的排挤之作。周正鹰那位黄埔老师赵良臣将军,眼看着自己的得意门生被排挤出军界,虽心有不甘,但却也无能为力,临终之时,当着周正鹰的面,把儿子赵汉章托付给他。其实,周正鹰怎能看不出老师的心意,老师是担心自己的出路和生存状态,让其子照顾自己罢了。此时的赵汉章已是功成名就之辈,是台中一家大公司的董事长,家资雄厚,身价数亿,知名企业家。

不管是谁照顾谁,望着行将咽气的恩师,周正鹰没有拒绝的理由,只好含泪送别恩师,当着恩师的面,接受了赵汉章的第一声“爸爸”,恩师含笑离开了这个让他奔波忙碌一辈子的世界,身后无憾了。

来之于同一个地方,又是爸爸的得意门生,赵汉章自然不能怠慢,原本是想请义父到公司来担任一些名誉职务,经常走动走动,也好排解他寂寞和孤独之感。但义父却婉言谢绝,称既无此心,也无此力,剩下来的时光是在家里做一些自己过去想做而没有做的事情。

赵汉章无奈,只好经常前来看望周正鹰,只要不外出,一周总要来个三四回,有时自己不能前来,便让妻子韩雪前来看望,并做一些家务。韩雪是一家慈善机构的负责人,一个将军的独生女,赵汉章父亲的故交。

这一日,赵汉章携妻又来到义父周正鹰家中,正逢黄紫玉也在。一家四口坐在餐桌前，共同享受着短暂的团聚之快乐。赵汉章无意中透露出一个让周正鹰感兴趣的话题。

“爸爸，我要出去一段时间，不能及时来看望您老，还是让韩雪来照料您吧，回来我一定给您老带几本你心喜爱的书回来。”赵汉章知道义父的兴趣是收藏大陆上的名人古书。

周正鹰忙道：

“去吧，去吧，汉章不要老惦记我，还有韩雪，有你黄阿姨，忙你自己的事情去，大家都有事情要做嘛，我一个孤老头子只能在家里做无用功啦。”周正鹰说到这里又接上一句：“汉章去哪里公干？”

“爸爸，去香港。”

“噢，时间很长吗？”周正鹰有一搭无一搭地将一块鸡肉送进口中。

赵汉章放下筷子：

“可能会多耽搁一段时日，同香港的朋友商谈到大陆去考察的事宜。”

突然周正鹰停住了咀嚼的牙齿，望着对方，目光中流露出一阵惊喜。

“怎么，要去大陆投资？”

赵汉章忙解释道：

“爸爸，只是个意向，意向而已，项目的最后确定，关键还要看大陆的投资环境如何？”

“也就是说这次你还要去大陆？”周正鹰盯住赵汉章。

“还没有时间表，不过可能要去的，香港的陈之忠董事长建议我一起去看看市场情况。”

听到这里周正鹰沉默了片刻：

“汉章，你要去，争取去！顺便替爸爸办一件事情。”

赵汉章不明其意，看着义父，等待下文。

一旁的韩雪忙道：

“汉章，那就一定要去大陆，不管陈董怎样，你都要去。”转而又对周正鹰说道：“爸爸，你放心，有什么事情尽管交代给汉章，让他替您老去办就是啦。”

她非常能理解周正鹰的思乡心情，随着年龄的增长，怀旧感越来越强烈，何况爸爸现在赋闲家中，整日面对空房，只能靠回忆过生活了，一个人的回忆中闪现最多的就是家乡和故人。自己何尝不是同感。

赵汉章看了妻子一眼，不满对方的直率，还没听爸爸讲明白什么事情就替自己应承下来,太过鲁莽。但既然妻子已经表态,自己则不能没有态度的。

“爸爸,您老请讲。”

周正鹰在不停思考问题,黄紫玉却将赵汉章夫妻的细微表情尽收眼底,回大陆探亲也是自己朝思暮想的问题,但从目前海峡两岸的政治态度上看,短时间内不会有太大的改善。邓小平改革开放政策已经让沉睡多年的中国经济开始腾飞,香港回归大陆已经进入倒计时,如能顺利回归的话,澳门将是下一个目标。中共这项重大改革,肯定会影响到台湾高层,大家毕竟都是同祖同宗,如果不出意外的话,海峡两岸将会在各项政策方面解禁给双方民众带来交流的机会。想到此便说道:

“赵董事长,我看这倒是一个机会,你先替大家回大陆看看,给大家带回一些信息,这些年大家对大陆的情况一无所知,都成聋子瞎子啦。”

赵汉章点点头。韩雪又说话了:

“黄阿姨,你又见外了,别叫他什么董事长,我们都是晚辈,这倒让我们脸上挂不住啦。”

赵汉章忙附和道:

“就是、就是,黄阿姨,还是称呼名字的好。”

周正鹰这才将目光落在黄紫玉脸上,心说,她还是拿这两个孩子当外人,没办法,两个人的这层窗户纸不捅破就无法真正成为一家人。但是,起码目前不行,大陆上的情况到底怎样呢:

“汉章。如果回到大陆,请你去我老家一趟,看看我父母,并向二老讲明情况,把这个带上。”周正鹰回身从书房中拿出自己十几张各个时期的照片递给赵汉章。“还有,顺便找到这两个人,我弟弟周正雄和江子君,关于这个江子君,你和我弟弟一说他就明白。”

赵汉章接过那些发黄了的老照片和几张近照,感到压力来了,自己也是首次去大陆,两眼一抹黑,公事繁忙不说,还要抽出大把时间来寻找这几个人,难免不产生为难情绪,陷入沉默中。

韩雪快人快语,见丈夫对爸爸的要求没马上表态,心生不快,生意上的事情固然重要,但爸爸的事情不可耽搁:

“汉章,此去大陆就是生意做不成,也要将爸爸的事情办好,爸爸不是说正雄伯伯是军区司令吗,难道找一个将军还这么难?只要找到正雄伯伯,一切都迎刃而解了。大陆上的人口虽然是十来亿,但相信军区司令没有几个。若不行的话，我跟你去一趟未尝不可。”

韩雪一番话虽提醒了赵汉章，但也有损他的面子。

“你就别添乱了，在家好好照顾爸爸，你跟去我怎能放心爸爸，我是在考虑正雄伯伯的事情。”虽然赵汉章这种借口不能令韩雪心服，但是，这次如能联系上爸爸的家人，老人家一颗牵挂的心也就落地了，自己和汉章也能轻松一些。

赵汉章夫妇走后，黄紫玉收拾完餐厅来到客厅，沏上两杯香喷喷的热茶，坐到周正鹰对面，望着出神的周正鹰，在揣测对方的心思。

“周大哥，是不是归心似箭了？”

周正鹰从沉思中拉回来，淡淡一笑：

“何谈归心？这把老骨头能不能回去都是个未知数呢。”

“香港的问题已经排上中共高层的议事日程，这就是好兆头嘛，看来邓小平的大手笔要开创大陆历史之先河，我想，对台高层不能不是一个大震动。”黄紫玉道。

周正鹰也希望是如此，但两岸的问题积怨颇深，冰冻三尺非一日之寒：

“据说，邓小平和蒋经国是苏联中山大学的同班同学，现在又都在主持两岸之大计，不知这两位老同学能不能做出摒弃前嫌的创举？”

“历史遗留问题，解决起来相当麻烦，千丝万缕不说，要涉及到原来的很多事情，如前高层领导的思想意识，遗留下来的历史偏见，需慢慢地磨合与沟通。”黄紫玉非常关注两岸发展情况。

“拭目以待吧，有我们这种想法的人肯定不在少数，但愿两岸高层能顾及到民众们的心情和想法，加快实现回归的历程，给我们一个落叶归根的机会，我们毕竟出生在那片土地上。”

周正鹰在感慨的同时也很无奈，他期盼赵汉章能给自己带回一些令人振奋的消息。但是，很多事情的结果事与愿违，越想听到好消息，可能给你的是不好的消息，这就是现实的残酷性，和人的愿望总有一段无法拉近的距离。

黄紫玉也非常感慨，眼见两人已进入老年状态里，尤其是周正鹰，如果继续处在这种忧郁和沉闷中，压抑对其身体的伤害是致命的，她希望其能尽快地回到大陆，那样兴许会帮助他走出思念的处境，还其一个健康的身体和心态。她期待这一天的到来。

赵汉章的大陆之行没有让周正鹰失望,可以说是顺利地完成任务。

很多事情想起来复杂,做起来却简单,赵汉章和香港著名企业家陈兆铭董事长一行来到华北两省参观企业考研经济环境。一行几位在当地政府领导的陪同之下,经过参观和座谈,初步印象很好,几位对当地宽松的投资环境非常满意。

由于初次接触,必须谨慎而行,投资不是简单的事情,双方没有合作的经历,涉水必须能自保,没有必要把握不能把大把资金搁在这里,初次吃螃蟹的人是既要享受美味还要承担被毒死的风险。

考察一个段落之后回到省城,省里的领导人在百忙之中过来会见表示欢迎,领导人中有一位副秘书长叫周书强,和赵汉章年龄相仿。在欢迎宴会上,赵汉章顺便提及自己此行还有一个目的,就是替父亲寻亲。

吸引外资是内陆省份的工作之重,尤其是国际上知名投资商。帮助对方寻亲当然也是份内之事。坐在周正雄身旁的接待处长忙问道:

"赵董事长,不知你要寻找的亲人籍贯何处,叫什么名字?"

赵汉章不加思索地脱口而出:

"我父亲的弟弟,周正雄叔叔,父亲叮嘱再三,一定要找到周将军,否则我回去无法交代,还望周秘书长能帮助一下,我替父亲谢谢你们。"

周书强听罢怔住,那位处长看看周书强问道:

"是冀中周正雄将军吗?"

"正是,正是,你熟悉?这太好啦,太好啦!"赵汉章没想到事情会这样顺利,不由得一阵欣喜,心说,这次来大陆太顺利了,投资项目考察很成功,接下来再找到义父的亲人,大陆之行就非常圆满了,这可是在生意场上赚多少钱都换不来的。一时间喜上眉梢,眉开眼笑。

周书强没有赵汉章这样兴奋,大伯的儿子怎么姓赵?难道这里面还有什么故事不成,他不解地问道:

"赵董事长,如我直言,你父亲姓周,贵姓赵,方便的话能告知其中的原因吗?"

赵汉章一摆手:

"不妨事,不妨事,很简单,周正鹰将军是在下的义父,我父亲是赵良臣。"

"台湾已故陆军中将赵良臣。"陈董事长解释道。

周书强客气道:

“失敬，失敬，原来赵先生也是将门之后。”

接待处长想将周书强的身份说破，可又恐秘书长有别的想法，只好权且忍耐一时。

就在这时周树强出去打了两个电话，一个是打给省委领导的，请示并通报了台商港商的情况；一个是打给父亲的，希望得到必要的指示。省委领导回答很干脆，尽快安排客人回乡认亲，并要求周书强全程陪同，做好这项工作。周正雄则沉默了一会，然后让周书强按照省里的指示办理。这一夜周正雄失眠了。

周书强重新坐回到餐桌旁，此刻轻松了许多，他知道，关于台湾大伯的一切信息，不单单是父亲和哥哥的问题，更重要的是政治问题，涉及到两岸两党两军的问题，在没有得到上级指示前要慎之又慎。

他端起酒杯，热情地对赵汉章说道：

“赵先生，你要找的周正雄将军就是家父，周正鹰是我大伯，算来咱俩还是叔伯兄弟，欢迎您回到家乡！”

赵汉章来到大陆之后惊喜连连，怎么也没想到事情会如此顺利和喜庆，坐在对面的这位秘书长竟然是义父的亲侄子，这真是得来全不费工夫，惊喜之余忙举杯同庆：

“周秘书长，几天来朝夕相处，竟然不知是一家人，踏上这快土地之后，我第一眼见到的就是亲人，幸甚，幸甚啊！”

两人在激动下同饮甘露，心情格外兴奋，同桌的港商等人更是称赞不已。

“不知周秘书长贵庚几何？”既然论起乡情，就必然要叙叙亲情。

“不惑之年。”周书强回答。

赵汉章听罢淡然一笑：

“我虚长你几岁。”

“那你是大哥啦，小弟还得敬你三杯。”这是家乡的习俗，既然认亲就得按风俗习惯来嘛。

赵汉章自然是高兴，没想到坐在对面的省政府秘书长这等领导人竟然是自己的弟弟，于私于公这可都是大好事，说不定将来投资过来后，还少不得麻烦他哩。这个亲必须认，认得太值啦，这还要感谢义父，想到此，连连举杯，三杯酒下肚去，脸红了，话多了：

“贤弟，我这样称呼你不介意吧？”

周书强忙道：

“理所当然，怎可介意。”

赵汉章看看一旁的陈董事长，慢慢说道：

“大家没有外人，不妨说几句心里话，我义父相思成疾，终日摆弄他那本回忆录，老人家虽然不当着我们的面说什么，可咱怎能体会不到他老人家的心情，义父卸任之后，心情一直不佳，经常站在大海边向远处遥望，贤弟，他是在想家啊，因此而终身未娶，想想这是怎样一种心境？！”赵汉章眼睛潮湿了。

周书强没想到，大伯的义子竟当着大家的面说出这样一番话来，原本愉悦的心情变得沉重起来，看来像大伯这样一位将军，也生活得并不舒心。若能促成大伯和父亲重逢，对两位老人来说都是一件幸事，自己要当这个推手，希望赵汉章先生也能助一臂之力才是。

“贤兄，我想安排你尽快和家父会面，不知意下如何？”

赵汉章当然希望如此：

“此事甚好，甚好，我给叔叔的见面礼，相信叔叔肯定会感兴趣，一切听从贤弟安排。”

“我会尽快安排。”

对方能有什么见面礼？通常的一些物品父亲不会感兴趣，既然对方如此肯定，那绝非泛泛之物，周书强一时猜不透对方的意思。

两天后，赵汉章终于在义父的家乡见到了周正雄将军，一切比想象中要顺利得多。原本陈董事长还要在大陆多待几天，但赵汉章已经无暇逗留，用归心似箭形容一点不为过，他要把家乡的消息尽快告诉义父，让那颗承载着太多牵挂和思念的心，尽快平静下来。第二天便绕道香港返回台湾。

二十六

赵汉章从大陆回到台湾之后，没有惊动太多人，只身来到义父家中，他有太多的话要和义父说，要把自己看到的和经历的事情都告诉义父，大概要说上一天一夜。但还是先把正雄伯伯写给义父的信递过去。

周正鹰接过赵汉章递上的书信放在桌子上，并没有立即打开来，沉静地注视着信封，足足盯了五六分钟，这才将信笺抽出来，用那握了一辈子枪杆子的大手，托起这沉重的信纸，慢慢看下去：

大哥久违了！

聚四十年之光阴，凝成于一柬，分隔海峡之两岸，情冷血热。承蒙汉章之奔波，你我才得以鸿雁沟通，实乃周家之幸事。往事已旧，成过眼烟云，姑且不论国共两家立场之大事，抛弃海峡两岸之成见，你我均步入黄昏暮年，对于你我恐时日无多，廉颇老矣，心力皆乏，能做之事少之甚少。昨天已成为历史，只能留待后人评说。

战祸已灭，祖国已不应有干戈之纷争，华夏子孙应享受玉帛之荣幸，虽大家信仰尚不能万理于归一，但同属于家庭内部事情，血浓于水，情浓更于血，相信总会有一天合家团聚。

弟没能完成大哥之嘱托，甚感不安，经年身陷囹圄，未能照顾好爹娘，愧对兄长，愧对高堂。爹娘过世时未能身前尽孝，是江子君大姐陪伴爹娘身边并送最后一程，这等恩情终生难以报还！有一事尚需说明，子君大姐寡居至今，经历坎坷，命运蹉跎，积劳成疾，现居小弟家中，情况较复杂，信中难以言明，你侄女们对其照顾有加，请放心。

弟期盼大哥早日归来，有生之年得以重逢，以免将遗憾带入棺椁中。吾弟诚约哥哥到祖上墓地共同叩拜祭奠爹娘，以慰藉父母在天之灵。

祝大哥安好！

弟：正雄敬上

几百字的家书，周正鹰看了足足二十分钟，虽记忆力减退，但仍能将弟弟的书信一字不差背出来。这是四十多年来第一次见到弟弟的“墨宝”，爱不释手，看了又看。

赵汉章从不曾见过义父有这等举动，虽有思想准备，但仍不能理解义父此刻的心情。不就一封普通的家书吗，自己也曾浏览过两遍，没有感到正雄叔叔信中有什么特别之处。为什么爸爸心情这样沉重？

周正鹰此时此刻的心情，一个局外人怎能够理解，正雄能有这几百字的意思，实属不易，恐怕写此信时还要斟酌再三，不能有任何纰漏和闪失，信件一旦落入台湾安全部门手中也不至于祸及自己。虽然海峡两岸都在进行经济改革，人心所向是提高民族的物质生活水平，但是有些人并没闲着，自己的案卷仍然在黑名单上面。

沉思良久之后，脑子里冒出一个非常迫切的问题：回家！申请离境，这也许不是问题，但转道香港去大陆，将来再回到台湾，可能会招惹来很多麻烦；若一去不归，留在大陆，却不知大陆方面又将如何对待自己这国民党老家伙，这不能不让他有所顾忌。

他拿起正雄的全家照问道：

“就这一张？”言外之意应该还有别的。

赵汉章茫然道：

“是的，爸爸你的意思是——”

“哦，没什么。”

周正鹰望着照片上弟弟一家人，是幸福的一家人啊，儿子当上了政府领导人，儿媳又是知名作家，比我强多了，想到自己孤家寡人，不免凄楚了些。为什么没有子君的照片？是老二疏忽了还是另有其因？不可能，老二一向心思缜密，不可能没想到这一层，那又会是什么呢？

“爸爸，正雄叔叔的儿子书强是政府秘书长，这次真是太幸运了，前去迎接和陪同我们的就是他带领的一班人。这种巧合给双方合作开了一个好头，爸爸，这次如能顺利到大陆投资，您老可是首功一件啊！香港陈董事长说，您老若是到了香港，他亲自到机场迎接你，并在皇家大酒店给您老洗尘接风。”

周正鹰摆摆手：

“替我谢谢陈董事长，不必如此破费，一切从简是了。只是能否香港之行还不在我们啊。”周正鹰顾虑重重。

赵汉章没有理解父亲的意思，按道理父亲应该高兴才是，可这半晌来却并没有见到父亲愉悦的心情，到底什么困扰着爸爸呢？

“爸爸，您老多虑了，去香港简单，只要您老开口，一切还用你操心吗？那样的话，岂不让人耻笑我这个儿子是白丁啦！好办，好办，儿子就听您老一句话了。”

赵汉章希望义父能尽快去大陆探亲成行，相信香港的陈兆铭也是求之不得。

周正鹰心说，你一个生意人，只知道赚钱和花钱，怎知官场上的尔虞我诈、勾心斗角，我是有案底的人，能如此顺利出境吗。

“汉章，不要想得太过简单。”

“爸爸，您老放心便是啦，在本土你儿子赵汉章虽算不上龙头老大老二，但说句话还是有影响的，我的父亲要出去转悠转悠散散心，相信还不会有人敢横加阻拦，除非他活得不耐烦了！”赵汉章对义父对自己能力的质疑颇感不快，心说，这点事儿还叫个事情呀，莫非爸爸真的老糊涂了。

原本这番话语周正鹰听来还算顺耳，但最后一句却不中听。

“汉章，你正雄叔叔家就这几口人？”周正鹰转移了话题。

“噢——爸爸，好像还有一个佣人。”

“佣人？大陆上还兴这个，多大年纪？”周正鹰警惕起来。

“书强管她叫阿姨，大概五六十岁年纪吧。”

“知道姓什么吗？”周正鹰紧盯一句。

赵汉章摇摇头：

“不晓得，看起来大家都挺亲热的。”

周正鹰更加相信自己的猜测，这个老二，简直是个混球，还什么终生难报还？简直就是巧使唤人吗，江子君都这把年纪了，还给你们家当使唤老妈子，真他娘的恨人，见了面看我怎么收拾你小子。

赵汉章见父亲突然变了脸，阴沉的可怕，不知那句话出了问题，忙小心翼翼：

“爸爸，有什么不对吗？”

“不，没什么，既然你有把握，那尽快办理离境手续，去香港。”

“好的，爸爸，少则三天，多则五日，您老在家好好休养，到时我来接您。”

赵汉章一下轻松了许多，总算对正雄叔叔有一个交代了，心里畅然了许多。想起临出周家时，正雄叔叔把自己送到大门口，并叮嘱道：

"汉章贤侄，正鹰大哥回家之事就拜托给你了，希望你全力促成此事，到时我让你弟妹到香港迎接。"

赵汉章爽快地答应：

"叔叔放心吧，这件事我还是有把握的，到时香港陈兆铭董事长会提前通知书强弟。"转过头来对周书强说道："贤弟，我父亲喜欢喝茅台，一瓶老酒让他珍藏了几十年。老弟请你多准备几瓶茅台吧，不会让我买单吧？"

赵汉章一句玩笑话，把离别的气氛活跃起来。

"汉章大哥看你说的，几瓶茅台何足道哉，让你和大伯喝个够就是了。"周书强哑然失笑，对赵汉章的酒量实在不敢恭维，二两白酒便头晕眼花，言语失意找不到北了。

现在想来父亲和义父为什么都这么喜欢和看重茅台？不免有几分释然了。

随后，赵汉章把在大陆所见所闻讲述给义父听，爷儿俩一直唠到天黑，酒桌上继续，夜已深，两个人影映照在窗户上。韩雪和黄紫玉先后离去，把时间留给父子俩，爷俩彻夜未眠，一直到黎明才进入梦乡。

第二天下午，赵汉章开车拉着父亲一起来到医院看望李群祥。本来这李群祥健壮如牛，身体没什么毛病，相比之下周正鹰到是小病不断。偶然一次重感冒，把李群祥送进了重症监护室。平日里不当回事的他，才感到自己是真的踏上了鬼门关。

患上尿毒症的李群祥，几个月下来，人瘦了一大圈，从脸上看，用周正鹰玩笑话来说，是由憨厚质朴变得奸诈狡猾了。为便于照顾和治疗，周正鹰把李群祥转移到黄紫玉所在的医院里，黄紫玉是内科大夫，这方面的专家，是亲三分向，只要世界上还存在邪恶和善良，物以类聚、人以群分的世俗就不会消失。

周正鹰来到李群祥病床前，赵汉章给义父搬来一个凳子。周正鹰望着消瘦的失去本来面目、刚做完透析的老朋友和部下，一种说不出的苦涩袭上心头。几个月下来咋变成这个样子，想过去在战场上，数次经历生死，逃过鬼门关后仍然还是老样子，可这次却有点邪乎了。

"感觉怎样？"周正鹰关切地问。

李群祥显得无所谓：

“已没啥感觉啦,像咱这种人,鬼门关上滚几个来回的人,早在阎王爷那里挂上了号,顺其自然吧。”

赵汉章心想,李叔叔心胸非一般人可比,爸爸临终时千叮咛万嘱咐,就是不肯咽下那口气。和这李群祥截然不同, 你别看他那张老脸由南瓜变成了丝瓜,可是那双大眼睛却依然炯炯有神,眼珠子似乎要爆出眼眶,冷飕飕的寒光依然寒气逼人,正所谓虎瘦皮毛在。

“李叔叔,黄阿姨没来?”

“一会就过来,她可是大忙人,你不是去香港了吗,几时回来的?”

“昨天刚回来,我还给你老带了你喜欢的普洱茶。”赵汉章将一盒精装的茶叶放在李群祥身旁。

李群祥拿起茶叶仔细观察,突然惊奇地问道:

“广西的产品,你怎么弄到的,难道你去了——”

“知道这是谁送给你的吗?”周正鹰卖关子。

李群祥莫名其妙地望着赵汉章,谁送给自己的?香港的朋友虽有几人,但失去联系多年,能是谁?

“李叔叔, 这是周正雄将军送给你的, 让我亲自交到你的手上, 想不到吧?”

周正雄三个字李群祥可不陌生,虽然只见过几面,还是在四十多年前,但记忆尤深, 何况还是正鹰大哥的弟弟, 哥儿俩半个多世纪的信仰纷争自己是清楚的。不由问道:

“你去大陆了?”尽管这是废话,但为了证实还得问。

“是的,刚回来就来看你了。”

李群祥反复观看那盒茶叶,一股无可名状的滋味令其嗓子发干,眼发涩。他清楚, 下一步周正鹰就将实施大陆之行的计划, 这是埋藏在他心底多年的心愿,大陆有他太多的牵挂和放不下。想来,自己也是一样的心境,能不能回去很难讲了。他把目光转移到周正鹰的面孔上:

“大哥,你何时启程?”

周正鹰从跟随自己半个多世纪好兄弟的眼神中看到了一种从未有过的渴望和期盼,他强忍着咽下一口唾沫,很不是滋味,他为自己而来到台湾,可是自己能否再把他活着带回去?

“兄弟,汉章正在办理相关手续,如果顺利的话,不会耽搁太久。大哥先回去探探路子，毕竟我们离家太久了，你先把身体将养好，等大哥回来之后咱再商议一起回去的事情，慢慢来好吗？”

此时大家没有注意到，黄莺和黄紫玉已经来到病房里，两个人对视一下，来到李群祥病床前。

“大哥，你来得正好，我要安排你检查一下身体。”黄紫玉说道。

周正鹰想说什么，只见黄紫玉做了一个手势之后，退出病房。周正鹰马上跟出去，两人来到黄紫玉办公室，黄紫玉给周正鹰倒了一杯水放在面前，沉重的心情从眼神中流露出来：

“大哥，不能再瞒你了，李大哥的病情很严重，并发症已显现出来，就是立刻采取肾移植，恐也难——”

“他还有多长时间？”周正鹰没想到李群祥的身体糟糕到这种程度。

黄紫玉摇摇头。

“说嘛，怎变得如此吞吐。”周正鹰有些不耐烦。

“随时都有生命危险。”

周正鹰愣住，傻了，两眼直盯盯地看着对方，一时竟无言以对。

黄紫玉知道对方难以接受这等打击，故此隐瞒了这么久，但纸里包不住火，早晚要经历这一关。

“不、不！”周正鹰直摆手：“无论如何你要延长他的生命，一定坚持到我回来，我要带他回家，必须让他活着回去，让他闭眼前看看家乡，看看爹娘！一定，拜托了，拜托！”周正鹰拱手拜谢，那表情，那情景，让黄紫玉心如刀割一般。忙上前抓住周正鹰的双手，眼眶里滚动着泪珠，哽咽道：

“大哥，不要这样，不要这样，我会尽力的，我只能说大哥速去速回，希望你回来时李大哥还健在。”从不信上帝的她，此刻也只能祈祷上苍，保佑李群祥能度过劫难。

周正鹰明白了事情的严重性，饱含热泪的他，情不自禁地念叨着，好兄弟，我的好兄弟，一定要坚持住，等大哥回来啊！

黄紫玉将周正鹰安抚在椅子上，发现对方一下苍老了许多，眉宇间流露出万分的凄楚和悲凉。她明白，李群祥是他的好兄弟，唯一从家乡带出来的亲人，两人又一起经历过半个多世纪的腥风血雨，这种生死之情怎能一下子割舍开来，实在是难为这老人家了。此时此刻，黄紫玉更明白，面对周正鹰这样的将军，什么样的劝慰和宽慰都是多余的，只好转移话题：

“大哥,你看晚上我们是不是去爹那里一趟?”

周正鹰这才从悲痛中醒过来,心想,是该去看看黄老先生,也把自己的想法和老人家说说。

“好吧,去看看老人家,顺便把汉章带回来的茅台给老人家带上。”

黄紫玉见对方的心情缓和了许多,这才放下心来。

傍晚,周正鹰和黄紫玉,拿上从大陆带回的礼品,一同来到黄泰家中。畅快的晚宴,愉悦的心情,伴随着往事钩沉,一家人度过了一个难忘的夜晚。

赵汉章和韩雪一直等到午夜时分,才把义父和黄紫玉等来。韩雪照顾父亲歇息,赵汉章又亲自将黄紫玉送回家中,这才松了一口气,忙碌一天,午夜之后才得以休息,虽然尽显疲惫,但心里却踏实了。

送走赵汉章,周书强没去单位,直接回到父亲家里。此刻周正雄已经在沙发上坐了一个多小时,茶几上摆着大哥的几张照片和汉章送的一本画册。

周书强站在父亲的面前,周正雄面无表情,是爸爸注意力太过集中,还是故意不想说话,他不得而知。周书强刚张开嘴,爸爸说话了:

“去,把你江阿姨叫过来。”

周书强没想到, 这半天爸爸还没把伯伯的儿子赵汉章前来探访的事情告诉江阿姨。他不能理解,先前爸爸不让江阿姨和赵汉章见面是为什么?过后又没及时对其告知又是为什么?妈妈过世十几年了, 平日家中只有爸爸和江子君阿姨,不难看出,两个人相处的和谐默契,就像一对老友,更像一对姐弟,无话不谈,推心置腹,但有一点,两人很少一起出门,总像隔着一层什么。

“爸爸,有心事? 能说出来听听吗?”周书强没动地方。

“爸爸没事,去吧。”周正雄非常平静。

周书强转过身去,忽然又听爸爸说道:“明天给方书记捎个话,说我找他有事,请他安排时间。”

周书强马上转过身来:

“爸爸,方书记在中央开会,要下周才能回来。”

“哦,我知道了。”

周书强深感爸爸一定有什么事情瞒着自己,能是什么事情呢?他边走边思索,来到江子君阿姨的房间前。敲敲门,没有回音,继续敲几下,仍然没动静。忙将房门推开,只见江子君躺在床上。

“阿姨，阿姨——”

江子君艰难地睁开眼睛，虚弱地说道：

“是书强呀。”

“你怎么啦阿姨，哪里不舒服，快告诉我。”周书强担心起来。

江子君想抬起头来，怎奈没能做到。

“别动阿姨，我带你去医院。”忙掏出手机给妻子打电话。

“没事，没事，不要惊动怡萱，阿姨真没事。”江子君不愿意去医院，那地方去了就不自由了。周书强哪肯依江子君，刚忙拨通张怡萱的电话。

张怡萱接到电话，赶紧接上在省立医院工作的同学小赵，开车返回家里。

周正雄见儿子去了一会，心想，这孩子今天怎么啦，招呼个人还这么麻烦吗？忍耐不住站起来走到院子里，活动一下手脚，这才来到江子君的卧室前。忽见儿媳急匆匆走进来。

还没等周正雄说话，张怡萱忙问道：

“爸爸，江阿姨怎么了？”

周正雄茫然地望着两人，不明就里。

张怡萱忙上前推开江子君的卧室，三个人走进来。

江子君见到大家，对书强嗔怪道，这孩子咋稳不住神哩。

小赵上前给江子君诊病，听心脏，测血压，观眼底，等一切过去之后，这才对张怡萱说道：

“老同学，必须让阿姨马上住院治疗，赶紧呼120。”

周正雄没想到问题这样严重，忙把小赵叫道门外：

“赵大夫，问题严重到什么程度？直说吧。”

小赵回答：

“周叔叔，阿姨是心脏病，必须尽快住院治疗，积极配合治疗才能恢复。”

“好吧，赶紧住院，麻烦你啦小赵。”

“叔叔别见外，120很快就过来，有我在叔叔放心。”

几分钟后120救护车便到了，急救中心大夫们将江子君抬上救护车。

周正雄非要跟随120去医院，江子君摆摆手：

“别去啦，凑啥热闹啊，老胳膊老腿的，弄出好歹来咋跟孩子们交代呀！”江子君望着站在车门口的周正雄说。

张怡萱跟120大夫耳语几句，一位中年女大夫过来说道：

“首长,你不能去,中心有规定。”

周正雄摇摇头,现在的规定也着实不少,只能望着120急救车呼啸而去。原本心中只有一件事,现在却变成了两件事,放下大哥那头子,又拾起江子君这头子。

他在家里坐卧不安,一会来到院子里浇花草,一会整理那几盆盆景,一会又去喂金鱼,看到那只老龟不顺眼,用小棍子敲敲龟壳子,不管怎么拨弄那老龟就是懒得动弹。越是等的心焦,越是没有电话,书强和怡萱也不见人影,真是考验人的耐性啊。你倒是来个电话呀, 都大半天了, 不知道我老头子惦记吗,真要命了,周正雄走到门口对执勤的小战士一招手,小战士跑过来:

“首长有什么指示?”

“小同志,去把梁干事叫来,说我有事情。”

“是,首长。”小战士转身向管理处跑去。

不一会,梁干事来到周副司令员家里,还没开口就被周正雄的话堵住了嘴:

“马上安排车子,我要去医院。”

梁干事看着首长那不容置疑的表情,有几分忐忑:

“周司令,最后一辆车子刚巧派出了,是许参谋长去了警备区,要不你老再等一会儿。”

周正雄心说,既然没车子,不等一会又能怎样,今天这是怎么啦,老是背点。

梁干事望着老首长,心说,这可不能怪我呀,是你儿子出门时打招呼不让你出去的。

周正雄心想,大院里没车子,大街上不会也没有吧:

“去,到外面打辆车子。”

这下梁干事真没辙了,去吧,回来无法跟周秘书长交代;不去吧,看周司令这架势怎肯罢休,就在进退两难时,电话铃响了。梁干事见周司令盯住电话没动地方,忙过去接通电话。

“首长,是张处长。”

周正雄接过话筒立刻说道:

“怎么搞得嘛怡萱,你江阿姨情况如何?”

从话筒里传来张怡萱的声音:

“爸爸，就知道您老着急，这一检查完就给您老回电话，是冠心病，心梗前兆，幸亏来医院及时。”

“那我得去医院看看呀，怎么，你跟书强把老子晾起来啦！”

“爸爸，你别急，别急，我一会就回去。”

“回来干啥，照顾你阿姨要紧，我一会就去医院。”

“好好，爸爸，我这就过去接你，别动啊。”

梁干事在一旁偷笑了，心想，一会儿一会儿，你就等吧，恐怕天黑前能回来就不错了。

还是得等，那就等吧，周正雄对梁干事一挥手：

“忙去吧。”

看来真老啦，人走茶凉了，出个门这么不方便，弄个代步的家什都困难了，来到院子里，盯住儿子那辆破旧的山地车，这家伙倒还不错，自己很久没动了，推起车子就往院外走去。刚走出院子，执勤小战士跑过来：

“首长，别去锻炼啦，要下雨了。”

周正雄一仰头，可不，绿豆大的雨点迎面而来，赶忙退回去。放下自行车来到客厅，抓起电话筒，心想，看来今天不能出门哩，连老天爷都不给机会。

对着话筒大声说道：

“老韩，下周一你安排一下，我要去边防团看看，什么——演习？正好嘛，好久没听到炮声啦！不行？好你个老韩呀，我刚下来就要捆住我手脚！要怡萱同意？他一个文联小处长能管住我周——”没下文了。他心知肚明，司令两个字从离开岗位那刻起，就已经失去效果和意义了。撂下话筒看内参去了。原本就不平衡的心理，又增添了几分感慨，看来今后的生活要由儿子和媳妇来管理了。

二十七

周正雄隔几天去一趟医院，看到江子君逐渐恢复起来的身体状况很高兴。但埋藏在心底里的那件事还是没说出口，医生叮嘱，心脏病人不能激动。

这天上午，江子君一觉醒来，发现周正雄站在明亮的大窗户前，向外遥望。这老头真麻烦，又来了！从打退下来之后，心里总像打着一个什么结，看来是还不适应一下无事可做的环境和心情。这些天他心事好像很重，逃不过自己眼睛的。能是什么事让他如此纠结呢？

“周司令呀，你不好好在家待着，又来报到啦。”

周正鹰眉头一皱，这老婆子，一只脚踏上了鬼门关，还如此的乐观，实在难得。

“是光杆司令，就连你这年迈之人都指挥不动了，让你见笑啦。”

“那好啊，我就指挥你吧，忙碌一辈子，歇歇脚有啥不好，看你这一脸的解放前(旧社会)，心事还不轻哩，说说吧。”

“心事倒是有，可不能说啊，等你出院再说吧。”

这句话让江子君听来十分不快，能是什么事情？好像和自己有关，自从文革后来到周家，日子过得还算平静，没什么事情找上自己，多数是帮助正雄一家参谋事情，两个孩子也把自己当亲人看待，正雄更是把自己当成了亲姐姐，能有这等结果，就是立刻闭眼睛，也无憾了。

“我说你能不能别留话把呀？啥时变得这么不痛快了。”

这时周正雄才发觉说走了嘴，这下恐麻烦了，这老婆子可不好对付，看似憨厚实则鬼精灵。

江子君见对方似有难言之隐，便使出了激将法：

“你回去吧，别在这儿耗着啦，来回晃得我头晕。”

周正雄转身走到门口，伸手去拉门，忽然停顿一下。江子君望着踌躇的周正雄，嘴角露出一丝不易察觉的微笑，走？不容易吧，还得回来。

周正雄转回身来，眼神里充满质疑，你让我走我就走呀，咋这么听你的话哩，真想指挥我啊，回到病床旁坐下来。

“说吧同志，抓紧交代问题，不然大夫来查房还得撵走你。”江子君得意地抬抬身子，周正雄忙将病床摇起十几度来。

“一言难尽啊。”周正雄卖起关子来。

“还满肚子苦水啊？”江子君乐了。

“说来话长了。”周正雄咳嗽了两声。

“那就长话短说吧。”真个够啰唆的，江子君从未见过对方如此的吞吞吐吐。

周正雄实在是担心，刚才一说走嘴就知道麻烦来了，如果不告诉对方，恐怕她是食之无味、夜不成眠了。说出来又担心她身体承受不住，一边思索良策一边寻找突破口。

“大姐，其实这都是些陈年旧事了，说出来不是怕你伤心吗，不说吧，我心里又不好受。”

江子君一撇嘴，两个行将就木之人，抖落过去那些乱七八糟的烦心事干啥哩，看来周老头不知又碰上什么恼闷的事了，不说出来就得憋出病来。

“正雄啊，咱姐儿俩相处几十年了，对方啥样谁不清楚，有话尽管讲，别藏着掖着，吐出来就痛快了不是，快说、快说。”

周正雄见对方心情不错，精神也行，只得鼓起勇气开口了。

“好吧，大姐，你得答应我一件事，不能激动，不能着急，不能生气，否则我不能说。”

“咋这么多规矩呀，真个啰唆，好吧，答应你便是。”

周正雄还是不放心，小心翼翼地琢磨词语：

“我大哥的儿子从那边过来了。”

“什么，你大哥的儿子？”江子君立刻面如冰霜，瞪着对方。

周正雄一见对方那紧张劲头就后悔了，可泼出去的水是收不回来了，忙纠正口误：

“是大哥的义子，义子，国民党中将赵良臣的儿子。”

“你大哥没有孩子？”江子君盯上一句。

“没有、没有，他一直独身。”周正雄心想，你并不是关心大哥有没有孩子。

江子君松了口气，嘴上还很硬：

“这老头子，咋不成个家呢，一个人在外面漂泊多不容易啊，图个啥哩。”

周正雄见对方情绪还算稳定，这才放下心来，图啥？你心里还不清楚吗。

“大哥的义子赵汉章上个月过来考察投资项目,当然,更重要的还是来找咱们。”

“咱们?于我有啥关系,你们是亲兄弟嘛。他还好吧?”江子君尽管嘴上强硬,可心里却十分惦记周正鹰。

周正雄明白江子君心里想的是什么,但却不敢再疏忽:

“还好,生活自理没问题,但和你一样喜欢寡居一处,不善结交,精神不太好。”

“那还躲在那小岛子上干啥?过去连李宗仁这样的人物都回来祭祖了,看来他把祖宗就忘干净了吧?!”江子君面色发红,气短起来。

周正雄忙把江子君放平,心又提起来:

“我的好大姐,不是说不生气吗,怎么又上来啦,别说话了成不?别说了。”

江子君刚想说什么,被周正雄的手势逗乐了,只见对方把食指按在嘴唇上,做了噤声的模样,十分可笑可爱。

待江子君平稳了一会儿,周正雄这才慢慢道来:

“大姐,我不说赵汉章的来意,其实你心里也明白,你没看到,这个孩子可孝顺了,虽然不是大哥的亲子,可是替大哥想的那些细致事情,比亲儿子还亲。你一定会问,我为什么没让你见他?一是你身体一直不好,怕增加你心脏负担,再就是不知你本意如何?所以我决定不让你们见面。不管兄弟这个决定对错与否,都是为了你好,其实这孩子想见的是你,不过没办法,我只能让他带着遗憾回台湾了。”

此刻江子君的眼睛不再迷茫了,她明白了一件事情,这就是周正鹰心里还有自己,半个多世纪以来,思念和牵挂着远在天边的自己,这就够了,值啦!

“兄弟,大姐一直不想说感激的话,多年来承蒙你和孩子们的照料,才能活到今天,这个恩情我只能带进棺材里去了,我在等一天,如果还能有这么一天的话,我无憾了。”

周正雄何尝不明白江子君再等什么,低声说道:

“大姐,说到恩情,你对我和大哥的恩情深似海啊!爹娘去世时是你在二老身旁伺候。”

“正雄,我就是想把爹娘临终前的叮嘱带给你们弟兄俩,对九泉之下的老人家好有交代啊。”

“大姐,我明白你的心,这一天快来到了,汉章回去就办理大哥离境手续,等你出院之后就差不多了。”周正雄在宽慰江子君。

周正雄抓住江子君那骨瘦如柴的手，眼睛里充满泪水，默默地祝福着，大姐你一定要挺住啊，几十年都闯过来了，不差这几天吧。

江子君望着周正雄，多好的兄弟，若不是他精心照顾，自己恐怕早就一命归西了，哪里能等到现在，这也是命，有生之年能再见到周正鹰，也有一个了结啦。

“大姐，你还记得跟大哥一起的那个李群祥吧？”周正雄在转移对方的注意力。

“记得，柳树镇的那个人。”

“对，就是他，到台湾后升至少将，现在患了癌症，恐已时日无多。是他一直忠心耿耿跟随大哥照顾大哥，但却恐怕回不来了！”周正雄语气里充满遗憾。

“这就是命运，人怎能和命运较劲啊，我说一句话你可能不爱听——”

“爱听，咋不爱听，大姐你说。”

“李群祥跟随大哥去台湾，虽说结局凄凉，但毕竟还是活到现在，如果像他这样的人当年真的被你留在大陆，能否活到现在都两说着，你能保证他过得了文革这一关吗？”

“这——”周正雄哑口无言了。谁敢保证文革中会发生什么事情？中央结论那是一场浩劫，浩大的劫难。

“好啦，不难为你了，所以啊，不要再对他们有什么责难，历史是用发展的眼光看问题的，大家能活到今天，就说明我们还是有缘分的。记得你听到老首长陶司令被害的消息时，几天几夜坐在桌前摆弄你那只手枪，擦了又擦，机械地重复着几个动作，上子弹，拉枪栓，卸弹夹——眼睛红红的，说得最多的一句话就是抓住那小子，一枪崩了他。”

江子君故意提及此事，希望对方不要忘记那场给自己造成严重伤害的政治斗争。如果周正鹰和李群祥被你留在了大陆，恐怕早就魂归西天了，自己也等不到现在。

周正雄沉默了，他无法回答江子君的问题，现实是残酷的，无情的，谁也无法预料会发生什么和到什么程度，国共两党来来回回反反复复较量了几十年，谁胜谁负姑且不论，几代人为之付出了沉重的代价，能走到亲人可以团聚的今天，这就说明时代进步了，社会发展了，大家看到了未来和希望，祖国统一是大局,是历史必然,是现实之必然。

"让孩子去香港接机吧,你我都老了,走不动啦。"江子君言不由衷,其实周正鹰比自己和正雄都年长,人家能走动,你们走不动?

"书强事务繁忙,让怡萱去接吧。"周正雄怎能听不出对方话里的意思。

江子君慢慢闭上眼睛,她累了,想休息一下。周正雄起身走出病房,长长叹了一口,这一关总算过去了。护士小姐见周正雄走出来,忙走了进去。

张怡萱已经在外面很久了,她不想打搅二老的谈话,这才来到爸爸跟前:

"爸爸,阿姨没事吧?"

"还好,我倒出了一身冷汗。"

"走吧爸爸,我送你回家。"

周正雄和张怡萱回到家中。

一周之后,周正雄将江子君接回家中。此间,周书强接到香港陈懂事长电话,周正鹰在赵汉章夫妇的陪同下,已准备赴港,过来之后小歇几日便飞往上海。

周正雄和江子君一边准备接待客人,一边数着日子,开心愉悦的同时也备受等待的煎熬,期待那个分别半个世纪后,重逢时刻的到来,在两人看来,这很具有划时代的历史意义。

而周书强夫妇却喜忧参半,希望这次重逢不要变成诀别,毕竟大家都是七八十岁的老人,堪忧啊!

赵汉章在规定时间内,顺利拿到义父离境签证。当他把证件放在周正鹰面前时,脸上露出得意的笑容,心想,义父多虑了,在台湾没有我赵汉章办不成的事情,区区一张签证何足道哉。

周正鹰当然发现了义子的自我感觉良好,但却没有揭露其中的奥秘,在他看来,不是什么秘密都能解禁的,有的也许是永久的秘密。当然,这并不是周正鹰低估赵汉章的能量,如果那样的话就大错特错了,赵汉章在当地确实是一个举足轻重的人物。

周正鹰通过内部关系知道了批准离境签证的全过程,庆幸之余,又感到沉重。国安局一位权利人士,曾经是周正鹰的老部下,虽然跟随他时间不长,但救命之恩对方却时时铭记在心,多年来一直找不到报答的机会,这次在关键时刻帮了老上司一把,总算可以安心了些。

周正鹰望着赵汉章,目光中那莫名的神色,让赵汉章捉摸不透,父亲在想什么?

是不是应该提醒汉章?他企业内部已经渗透进调查局的人。

昨天晚上那一幕又出现在眼底。

海浪湾公园,陶然凉亭后石雕前站着一位老人,面向大海,极目遥望,手里拎着一个精致的精钢拐棍,猛一打眼,那就是一把武器。

老人家身后站着一位黑衣人,中等身材,黑色风衣,黑色礼帽,黑色皮手套,茶色眼镜,风衣领子遮住了半边脸庞。两人在低声交谈。

"师长,经过是这样的。"显然这是几十年前的老称谓。

黑衣人眼前在过电影。

国安局二处办公室。三个人在商讨重要事情。高个子是本处赵处长,矮胖子是调查局王处长,还有就是这位黑衣人。

"这确实是件棘手的事情,你认为周正鹰离境后还会回来吗?"梁处长盯着王处长。

"香港只不过是个跳板,鬼才相信他访什么友。"王处长没有直接回答对方的问题。

黑衣人深沉地说道:

"关键是我们只知道他的目的地是香港,没有拿到要去大陆的任何证据,我们又有什么理由阻止他离境?一个退役将领,单身老者,一个战功赫赫的将军。至于他能不能回来,这确实很难说。"

"要想不让他离境,理由当然会很充分,只是这个赵汉章是个人物。"

看得出赵处长对此人有几分怵头,赵汉章不单单有一个反共专家的中将父亲,而且和党国高层重要人物有很深的交往,这已不是什么秘密。况且他的经济实力在岛上举足轻重,公司遍布几个城市,掌控着部分经济命脉。

王处长则不以为然,一个商人能奈我何,自己毕竟掌握一定实权,弄倒一个商人,想来不会是什么大事情,根本没把赵汉章放在眼里,听他的狠话就能看出此人秉性不一般:

"一个生意人,何惧之有?他老爷子虽然树大根深,但那都是过眼烟云,我看关键还是给周正鹰弄一个什么说得过去的理由,不能让人家说我们师出无名,尤其对周正鹰这种有影响的人,不做则已,做就做实,让大家心服口服。你们若感到难办,不妨让兄弟我出头好啦。"

赵处长一阵欣喜，正好自己不愿意得罪这两个人，这不，来了一个好事的。心想，王胖子呀，我看你是太过急功近利了，那赵汉章是好惹的嘛，试试吧。

“此事甚好，那就由王处长来处理吧。”

黑衣人见状深沉地说道：

“王处长，我看还是慎重为好，这是上午的录像，请过目。”黑衣人按下录像机按钮。一段清晰的视频出现在对面墙壁上。

赵汉章坐在进出境手续办理办公室椅子上，翘起二郎腿，身后站立着两个彪形大汉，横眉怒目，一脸横肉。

赵汉章对面坐着两位公职人员。

“我要在规定的时间内拿到签证，这不困难吧？”赵汉章冷冷道。

“一般情况没问题，只是涉及到周正鹰将军这样的人，可能要麻烦一些。”一个年轻人和气地回答。

“我父亲是一个普通的老人，将军是过去的事情，我的时间很宝贵，一秒钟的价值比你一年的薪水多！希望你们不要让我跑第二趟。”

“赵先生，恕我无法答复你，这要有上峰来决定。”

赵汉章生气了，放下二郎腿，正正衣襟，眼睛里冒出了火光：

“给你们上峰带个信，要是在规定时间内我拿不到签证，一切后果由他负责，到时别怪我没有提醒你们！在他被撤职前，他家人的安全我不能负责。”

“别墅起火，出个交通事故什么的不奇怪嘛。”后边站着的一个黑衣人声音有些恐怖。

“你们这是威胁，恐吓，我告你们妨碍公务。”另一个久未说话的公职人员忍无可忍，顶了赵汉章一句。

哈哈，赵汉章笑了，无知，简直是无知。看你找份工作来的也不容易，或许还要靠这份收入养家糊口，今天我不跟你一般见识：

“年轻人，刚来不久吧，多跟他学着的点。”

“赵先生，他不懂事，请你多担待。”旁边的人忙赔礼道歉，然后又瞪了同事一眼。

“好啦，很普通的一件事情，谁如果想和我赵汉章过不去，那是他自讨没趣，不过你们放心，我是正经生意人，破财免灾的事情我不做，公事公办吧。”

赵汉章虎着脸蛋子走了出去。

咔嚓一声，黑衣人按下键盘，录像机停止了工作。

王处长蹭一下站起来，脸色阴沉。

“吓唬三岁孩子呀，这是法制社会，绝不容许不法之徒猖狂行走。”

黑衣人淡定地说道：

“赵汉章到大陆发展，高层持默许态度，这对本土的经济发展有益而无害，听说在大陆上肯德基连锁店遍布大小城市，大把钞票都装进了那个老头子的腰包里。赵汉章第一次出境，我们也曾提出过异议，可结果是被高层批评了一顿。说：挣境外的钱，来发展我们自己，这是最聪明的人。你看，我们倒成了傻子啦。”

赵处长点点头，上面未必然不知道周正鹰离境的事情，如果敏感的话，肯定要过问的，自己若提前插手的话不一定是好事，毕竟周正鹰、赵汉章等人非一般人可比，自己尽量不要沾上荤腥。

“上个月韩处长失踪的案子，昨天才有消息，从海里捞上来一看，人都泡发了，这等无头的案子，谈何容易破？”他在给王处长施加压力，或者是善意地提醒对方，尽量不要无事生非。

“这又不是第一次，最后只能不了了之。”黑衣人附和道。

王处长沉默了。

赵处长见对方一时无语，便说道：

“既然王处长对此感兴趣，那你就承担此重任吧。”

“不不，你们看着办吧，我还有事，先走一步，告辞。”王胖子起身离去。

赵处长望着王胖子的背影，呸了一声，真他妈老油条，有油水就狠命地沾，遇到麻烦事就像耗子一般。

黑衣人暗暗庆幸，总算过去了。

“师长，你可以出境了，在下家乡的地址可否记下？”

“放心，我定前去看望。”周正鹰没有回头。

“谢谢师长，祝一路平安。”说罢黑衣人转身离去。

周正鹰仍然没有回头。那边，那边是故乡，多少人在遥望故乡啊。

赵汉章在揣测父亲的心思，是不是在牵挂李群祥叔叔？自己回去了，可这位曾经跟随自己戎马一生的老部下却要把命留在异土他乡。想到此说道：

“爸爸，是不是去看看李叔叔？”

周正鹰转过头来，是应该去看看他了，自己即将启程，总要交代一番的。

“好吧，去医院。”

赵汉章很满意自己的判断，关键是自己不但要负责义父的生活环境，还要明白义父的心境，这样才能让他健康快乐。忙起身和义父来到医院。

看上去李群祥比上次来更憔悴了，不禁让周正鹰多了几分忧虑。周正鹰忙把黄紫玉叫到医生办公室，不无担忧地问道：

“紫玉，看他情况大不如前，问题很严重吗？”

黄紫玉心说，你看到的只是表象，其实李大哥的病情已发展到难以控制的程度，用每况愈下来形容一点都不为过。她表情沉重答非所问：

“周大哥，你何时起程？”

对方虽然没有直接回答自己的问题，但实际上已做了回答，周正鹰明白。

“这两天走，多则半月少则十天，我将尽快返回。”

黄紫玉点点头，目光里流露一种双重担忧，李群祥自不必说了，周正鹰返回故乡之旅也不会轻松，虽已期盼多年，可惜自己不能跟随前往，她注视着周正鹰那布满沧桑的面容和满头银丝，一阵颤栗。

“周大哥，你也要当心身体，本应陪你前往，可是有太多的放不下，咳，多事之秋啊。”

周正鹰从对方那忧虑的眼神中看到了亲切的关怀和难以割舍的情感，忙到：

“紫玉，李群祥已经让我放心不下，若离开你怎能行，你只管照顾好他，等我归来。”

黄紫玉饱含泪水：

“大哥，说心里话，我希望你能留在大陆，不要再回来，那里毕竟是故乡。可是我知道，这里还有你很多牵挂，小妹祝你一路平安。”说着说着眼泪流下来。

周正鹰忙递上手帕安慰道：

“紫玉，我们出来的太久、太久，虽然说哪里的黄土不埋人，可是我们还是希望回到自己的父母身边，因为那才是真正归宿。周家坟地里少了我这把老骨头的话，爹娘在天堂何以能安心?!”

黄紫玉擦干眼泪，点点头表示颇有同感。

“大哥，根据我的经验，李大哥若能再坚持半月二十天，就算奇迹了，望你斟酌行程吧。”

“好吧,我知道啦。”

周正鹰独自回到李群祥的病房里。赵汉章夫妇见父亲和黄阿姨一起出去,而自己转回来,便起身来到门外。

“机票订好没有?”韩雪问道。

“明天上午十点的航班。”赵汉章回答。

“随行的日用品和礼品都已备好。”

“香港陈董事长会准时接机。”

“黄阿姨刚才叮嘱,起程前晚一定要想办法让爸爸休息好,这是关键。”

“难办啊!”两个人对视了一下。

周正鹰望着日渐消瘦面容憔悴的李群祥,完全已失去了往日强悍战将的风采,不禁心里一阵难过,李群祥跟随自己戎马生涯几十载,能征惯战,铁血沙场,能官至将军的人不少,但像他这样的没几个。不由得感慨万千。

“老弟,大哥这两天便走了,你可要保重啊,我定去看望咱们的爹娘,一定要等我归来。”

李群祥眼睛里亮光一闪:

“好啊,大哥,你终于可以回到故乡了,替我问候正雄老弟。”

“自然,自然!我只是放心不下你,定会速去速回。”

“不必,吉人自有天相嘛,回去一趟不容易,太不容易啦,好好走一走,看一看。”李群祥眼前一暗,低声道:“大哥,不管小弟生还是死,希望大哥都要将小弟带回家乡,答应我。”

周正鹰鼻子一酸,差点失态。

“兄弟,大哥怎能把你自己扔在这荒郊野外,只要我还有一口气,咱们定一起回家。”

李群祥笑了,笑的很勉强,笑的很凄惨。

“大哥,这些天我总在做恶梦,梦见咱们过去一起战斗的兄弟们,小六子,铁蛋,老梁头,还有你的卫兵周达,长沙那场恶仗,你我带领几百兄弟奋战三天三夜,突围之后,把两百多弟兄们扔在了阵地上,相比他们,我们不是幸运多啦!大哥,自打跟随你东征西杀,我就没后悔过,不管是抗战还是内战,我可以拍着胸脯大声说,李群祥对得起这个国家和民族。”说着激动地咳嗽起来。站在一旁的黄莺忙过来,李群祥对其挥挥手。黄莺无奈地走出病房。正好和门口外的黄紫玉打照面：

“黄姐，你看他们——”

黄紫玉做了一个无妨的手势：

“莺妹，大姐说一句实在话，这也许是他们兄弟的最后一面，不让他们说够怎么成，成全他们吧。”

黄莺鼻子酸楚，趴在黄紫玉的肩头哭了。

“大哥——”

李群祥镇定一下继续说道：“千秋功罪，让后人评说吧！老子从七七事变开始，一直到登陆金门，大小战斗百余起，那场战斗不死上一回？那场战斗没有弟兄们阵亡？可你看那些要笔杆子的，玩心眼的等等，老是在咱们背后使坏，血不流汗不滴，过得是他妈啥日子？跟咱们刀头舔血一样吗！什么他妈出生入死、枪林弹雨，鞠躬尽瘁、肝脑涂地，都是扯淡！好话让他们说尽了，我们却把鲜血流干啦！”

周正鹰没有阻止对方，而是焦虑地看着李群祥，不停地思索，他能等到自己回来吗？

“想来，他妈对不起爹娘啊，从穿上军装开始，就从爹娘视线里消失了，那时我还是个大头孩子，连和爹娘辞行都没有，偷偷跑了出来，打鬼子去呀，那个劲头，现在想来仍然兴奋。”说到此，他脸色晦暗了，眼神迷茫了：“可是爹娘怎么想？他们怎么想啊！我他妈是一个不孝子孙，长这么大没能在爹娘面前端一碗饭，伺候一分钟，我还算个人吗？！”

李群祥哭了，哭得很伤心。周正鹰第一次看到李群祥这样落泪，真是破天荒。当年自己从他肩膀上将鬼子的刺刀拔出来，他都没哼一声，铁汉子一个。今天却像个孩子一般。

周正鹰只能陪着他流泪。

好一会过去，李群祥才从悲伤中走出来，擦干眼泪：

“大哥，记住，这是你兄弟第一次流眼泪，也是最后一次！不过咱可没有什么鸟人之将死其言也善啥的。死亡对咱们来说算个球，大半辈子了，不知死他娘的多少回啦，难道还在乎这一次不成！”

半晌没说话的周正鹰这才说道：

“群祥，你我相交几十年，咱哥俩那是过命的交情，过去在战场上，你为掩护我，趴在我身上，自己被炮弹炸伤，我也曾为救你，替你挡住鬼子的刺刀，把我扎成重伤。当年不管是咱俩谁倒下去不再起来的话，也就没有今天了，你我能相互支撑共同走到今天，这就是缘分，是造化！想想那些在你我面前倒下去的众多兄弟们，咱们能有今天也多亏了他们，知足啦！”

有人说回忆是幸福的，也有人说回忆是一种痛苦，对于两个走过了晨曦，走过了朝霞，走过了艰辛和辉煌，又走到黄昏的老人来说，是幸福中伴随着痛苦，泪水里掺杂着笑容，此时此刻，什么滋味和感受还重要吗？最大的心愿就是能和当初一样，一起微笑着往前走，走到人生尽头，哪怕是一个先走，一个后来。

“大哥，小弟今生最大的收获就是结识你并追随你走到现在，即使马上闭上眼睛，也心无憾。”

“兄弟，尽管大哥无法留住你的生命，但大哥用完成你的心愿报答你的心情，等我回来。”

周正鹰松开李群祥的手掌起身告辞，李群祥没有泪别，眼睛里放射出异样的光彩，就像每次出征一样，李群祥举起右手敬礼，周正鹰还礼。

黄紫玉和黄莺站在门口，通过玻璃窗看着两个人的举动，酸楚的泪流满面。两颗懂得男人心的女人心几乎破碎了。望着走出病房的周正鹰，无言以表。

“我走之后，你们要好生照看他，我不希望再回来时看到一具冷尸。”周正鹰声音低沉的可怕。

两个人点点头将周正鹰送出医院。

赵汉章已经等候在小车旁。

黄紫玉和黄莺向远去的小车行注目礼，希望周正鹰能早日平安归来。

二十八

桃园机场。上午十点,三辆高级轿车鱼贯般冲进停车场。从车上下来十几个人,周正鹰走在前边,一旁紧跟着韩雪,赵汉章跟在周正鹰身后,后面的人拉着皮箱,提着提兜,还有一个彪形大汉右手拎着一只黑的密码箱,一只手铐将密码箱铐在手腕上。

大家还在候机,但从这群人中走出五人,直接通过安检,提前登上了飞机,在头等舱中就坐。周正鹰坐在中间,赵汉章和韩雪坐在两旁,一前一后是手提密码箱的大汉和一位高个子的黑衣人。

周正鹰并不满意赵汉章这一套,搞什么嘛,弄得草木皆兵。赵汉章看出了父亲的责备意思,但是,他有自己的一套,有些事情不便言明罢了。就在刚才,机场外发生的状况已经被自己解除。十分钟前,大家走进候机厅,保安部长阿柳在赵汉章耳边嘀咕了一下,眼睛瞄向几十米外一个身穿灰色风衣的人,只见此人头戴棒球帽,戴一副大号墨镜,手里拉着一只蓝色皮箱,站远处望向这边。

赵汉章气氛地骂了一句,狗腿子!然后对阿柳一摆头。阿柳一点头,悠闲自得地往对面走去,很快走到灰色风衣人面前,两人一照面,一句废话也没有。冷冰冰都带血腥味:

"老兄你是要钱不要命吧?!"阿柳横眉冷对。

"养家糊口,没钱哪有命。"风衣人毫不含糊。

"我们老板很不高兴,希望你考虑好再行动。"阿柳给对方留了三分面子。

"收人钱财替人消灾,干我们这行的命本就不值钱。"风衣人不领情。

"我的话只说一遍,一个月之内你敢离开台湾,就等着为你两个儿子和娇妻收尸吧。不过还有一种可能,漂到深海就只能喂鲨鱼了。"阿柳见对方敬酒不吃吃罚酒,便不再给对方机会。

"算你狠!"风衣人狠狠瞪了对方一眼,扭头向来路走去。

哼哼,老子今天没空,便宜了你。阿柳转身走向赵汉章。

赵汉章从阿柳眼神中看到了事情的结果。他就知道这伙人不会善罢甘休,尤其是那几个人,对义父成见颇深,明着的手段不好使了,竟还把道上的人雇来盯梢,这等下三滥手段怎能上得了台面,真是可笑之极,想我赵汉章是干什么吃的?谁若敢动父亲一根汗毛,我就让他搭上一条命。

周正鹰虽然不明白汉章在做些什么,也懒得去问一二,只要能安全并顺利抵港,其他的并不重要。韩雪看出爸爸的不快,忙小声说道:

"爸爸,您老闭上眼睛休息一下吧。那些人怎能让您痛快地离开哩,有点小麻烦更增加了咱们旅途情趣,有我和汉章在,不会有任何问题的。"边说边把风衣搭在父亲腿上。

周正鹰看了对方一眼,然后闭上眼睛。韩雪是个好孩子,对待自己像亲父亲一般,难得啊。惋惜的是自己一生无后,难得老师一片苦心,汉章是成功的商人,有时也像一个军人,是硬汉子,有勇有谋不入军界有些可惜,当年自己再三进言,想把汉章送进军校,但老师怎么也不肯再让儿子从军,称伤心了。是伤心啦,老师干到这份上,总算保住了自己那一亩三分地,颜面和尊严尚在,可是他那几个得意门生,也包括自己,结局未免凄惨了些,残酷现实把个老先生现实透了!

此次大陆之行,自己早有所准备,树欲静而风不止,虽然自己没发觉什么特异情况,但不等于没有发生,瞧汉章这等谨慎机警劲儿,就已经说明了问题。说不定将来自己的回忆录中还要加上一章:港台大陆历险记。

陈兆铭董事长和夫人提前来到机场贵宾厅接机。挺着将军肚的陈兆铭,身材魁伟,尤其那颗粗脖大脑袋,顶夫人两个头大,陈女士娇小玲珑,站在丈夫身边,简直不成比例,头在对方的肩膀下边,像老父亲送儿女上小学一般。两个人差二十几岁,但感情很好,颇能夫唱妇随,在业界是一对有名的模范夫妻。

"阿铭,我怎么看你这个袁秘也不顺眼。"

陈兆铭瞥了对方一眼,心想,你顺眼不顺眼有啥子用,又不伺候你。可嘴上却像抹了蜜一般:

"阿靓,不要以貌取人嘛,这个袁成还是有能力的,看一段时间再说,再说。"

袁成是老朋友成乾董事长介绍过来的,这个人可是港澳台三方通吃的人物,手眼通天,尽量少得罪的好。虽如此,倒也不顾忌什么,他成乾就是本事再大,一到大陆就傻了眼,还得依靠咱来把脉。这就是江湖哲学,各人有各人的长处和所持,否则,还怎能混得下去。

"我是提醒你,他来路不明,心机很重,小心无大错嘛。"

哈哈——陈兆铭一挺大肚子笑了,笑的肥头大耳一起乱颤。

"想我陈兆铭生意场上混了大半辈子,什么样的阵势没见过?告诉你阿靓,行万里路和阅人无数两点我都做到了,不然怎能做成今天这样子?我眼里揉不进半粒砂子!"

两个人在说话,三十出头的秘书袁成站在十米之外,虽然听不到两个人说什么,但凭感觉知道对方在议论和自己有关的事情。

这时一位漂亮小姐走到陈兆铭面前,满脸笑容:

"陈董事长,你等的航班准时降落了。"

陈兆铭回敬对方一个微笑:

"好好,谢谢。"

陈兆铭整理一下紫色花条领带,对阿靓一点头。

候机大厅通道上,出现了一拨下机的旅客,一位中年女士站在下客通道一旁,默默地注视着走出去的客人。身穿中式米黄色风衣,脖子上系着一条粉红色丝带,一副高度银边近视眼镜架在瓜子脸鼻梁上,平静的表情给人一种气质风度俱佳的感觉。

突然她眼前一亮,往前跨了两步,对走过来的几个人挥挥手,脸上露出美丽的笑容。

"汉章大哥,奉家父之命,我来接你们啦。"

"哎呀弟妹,辛苦你了。"赵汉章走上前来。

张怡萱伸出右手,和对方伸过来的大手握在一起。

"怡萱,快,过来我给你引见你大伯。"赵汉章对走过来的周正鹰说道:"爸爸,这就是你侄媳怡萱,咱们的大作家。"

周正鹰眼前一亮,好一个身材人才双佳的侄媳妇,还没踏上家乡的土地,就见到了第一位亲人,他有些激动了,说什么好呢?原来想好的词语忘得一干二净。

张怡萱见眼前这位长的和爸爸一般模样的老人就是大伯周正鹰,忙上前伸出双臂,用了一个西式见面礼,也是代替爸爸拥抱住伯伯,流下喜悦的眼泪。

周正鹰的大手在张怡萱背上轻轻拍拍，表示出一个老人对孩子一种深厚的亲情。

“孩子，大伯想你们啊。”

“大伯，我们都想念您。”

赵汉章忙对张怡萱说：

“弟妹，咱们先去休息一下吧，下午就赶回上海。”

“大哥，伯伯的身体没问题吧？”张怡萱担心地问。

“再坚持一下吧。”

“嫂子你好啊！”张怡萱认出站在一旁的慈善家韩雪，比照片上还漂亮。

两个年纪相仿的女人站在一起，漂亮美丽，让周正鹰感到气氛更加亲切了。

“怡萱妹妹好靓丽呀。”韩雪一下喜欢上眼前这位亲戚。

“走走，进去休息吧。”赵汉章招呼大家进贵宾厅休息。

这时从另一个贵宾厅走出一个人来，来到赵汉章面前，彬彬有礼：

“赵董事长你好，陈董事长在等你。”

陈兆铭？是陈胖子到了，便对周正鹰说道：

“爸爸，咱们到这边贵宾厅休息吧，陈董事长来接咱们了。”

韩雪对张怡萱说道：

“是地产大亨陈兆铭，汉章的老朋友。”

“大嫂，在上海我们见过一面，一顿喝一瓶茅台的那个胖子。”

两个人笑得很开心。

周正鹰一行人走进贵宾厅。陈兆铭见赵汉章夫妇和张怡萱陪伴着一位老者走过来，两个保镖跟在后，忙携夫人阿靓起身相迎。

还没容赵汉章开口，陈兆铭便将胖乎乎的手掌伸向对方，自报家门：

“周老将军你好啊，我是陈兆铭，汉章的老友，欢迎你光临。”

周正鹰对眼前这位高大胖子的热情感到有些滑稽。尤其是他身边那矮小的伉俪，简直是一对尤物。

“有劳陈董事长大驾，不敢当啊。”

赵汉章忙插嘴：

“陈兄,我不是说了吗,回来时再到府上拜访,你怎么在此劫驾呀。”

陈兆铭晃动着肥大脑袋,一种责备的口吻:

“汉章兄,这就是你不对了,凭咱俩的交情,周老将军是你父亲,也是我的长辈,他老人家来到香港,我如不举行隆重的欢迎仪式,尽尽孝道,别人怎么看我陈兆铭?不好嘛!”

阿靓忙帮腔道:

“是啊是啊,周伯父到咱家了,我们做晚辈的怎么也要尽尽孝心嘛,皇天大酒店已经准备好总统套房和午餐,咱们先去小歇一下,当然,自己人怎能住那种地方,晚宴安排在家中进行——还有张董事长,高总裁,梁董事局主席都在等着哩。”

赵汉章一看要麻烦,忙把陈兆铭拉到一旁,将李群祥将军的病情,还有在桃园机场发生的情况简单地说了一下,陈兆铭这才明白其中的原委。这等情况自然是不能耽搁,骂了一句妈了球个的狗屁成乾,回头瞥了一眼袁成,老东西想在老子这里插棒槌,真瞎了眼。对站在远处的一位中年人伸出两个手指头。那中年人忙走过来,规规矩矩地一低头。

“通知所有客人取消午宴,中午在这里就餐,除了我和汉章董事长一家人外,任何人不得打扰,盯住他,跑了拿你的脑袋顶账!”对袁成一摆头。

“是老板,我就去安排。”

中年人标准的步子和姿态像一个经过严格训练的军人,走到袁成身边说了句什么,只见袁成看了陈兆铭一眼,跟在其后向外走去,随后,客厅里的几个随从人员也一并退到外面,贵宾厅里只剩下陈兆铭夫妻和赵汉章一家人。

“一点三十分的航班,先让伯父休息一下,等一会就在这里就餐吧,太过简单让愚兄不忍啊,你看这事闹的,都到家门口了,竟然还——”陈兆铭觉得很不好意思。

“兆铭兄,都是自己人,不必过谦,只是不能再出现任何的问题。”赵汉章知道这似乎辜负了老朋友的一番好心。

“汉章兄,你放心,他们有天大的胆子也不敢在老子面前放肆,他们若敢扎刺,我他妈把他们扔下大海喂王八去!”陈兆铭眼睛里露出了寒光。

周正鹰躺在沙发上闭目养神,马上就要踏上家乡的土地了,阔别已久,心里不免像打翻了的五味瓶,这个那个,还有谁谁怎么样了?那座房子还在吗,还有那十几颗大杨树。往事依旧、历历在目。

韩雪和张怡萱坐在靠近窗子的沙发上亲切聊天。

赵汉章和陈兆铭在商讨大陆的投资项目，投资前景看好。两人准备在老家大展宏图，干一番轰轰烈烈的事业，当然，赚钱是第一位的，商人嘛，其次才是回报祖国。

韩雪和张怡萱不由得把话题落在周正鹰身上，都在担心老人家的身体状况，几十年没回家了，所见到的老的东西无限感慨，新的东西非常兴奋，面对死去的亲人无比悲伤，健在的亲人是先喜悦后伤心。不管是感慨、兴奋，还是悲伤、喜悦没有一个不是给心脏增加负担的东西。但愿老人家能挺过这一关。

午餐简单而精致，都是陈兆铭命人从高档酒店后厨里弄来的精品饭菜，纯正的家乡味道，也是为了迎合周正鹰的口味，虽然没有五星级饭店里丰盛，但众人吃得却都很惬意，舒畅。赵汉章非常感谢陈兆铭的一片苦心。

机场播音员在广播预检的航班。周正鹰站起身来，韩雪给父亲披上风衣。陈兆铭和阿靓将周正鹰等人送上飞机舷梯，然后对最后一个登机的赵汉章说道：

"汉章兄，大陆投资项目事宜还请多操心，先期投资三亿美元的合作项目行政审批已完毕。"

"兆铭兄，回去查询你的账户，此刻我那百分之四十恐怕到你的账户上啦，哈哈！"

"我就说嘛，汉章兄，那个什么劳什子生意场上只有永远的利益，没有永远朋友的法则，在你我这里不好使啊。"

"知我者兆铭兄也。"

"彼此彼此。"

"上海见。"赵汉章说。

"浦东见。"陈兆铭说。

飞机起飞了，陈兆铭望着偌大的银腾空而起，穿云破雾渐渐消失在云层中。赵汉章这个人确实让人估不透啊，先前虽然通过不同途径调查他的家资和背景，但在看来均不可靠，政界他有极高的靠山，公司办到欧洲和东南亚，大陆上还有一个将军叔叔和省政府领导人的弟弟，给陈兆铭的感觉是既可敬又可怕。

上海虹桥机场。

周书强陪同父亲下车后并没有立刻走进去。周正雄驻足候机大厅前,仰望着一架架起飞和降落的巨型客机,阔别近五十年的大哥就在某一架客机上,马上要能见面了,多少感慨和惆怅汇聚此一刻,大哥你终于回来了,对于那些死去的和仍然还在与死神挣扎的老人们来说,你是幸运的。这里有一个人终生在牵挂着你。上午那一幕又出现在眼前。

身体刚刚恢复过来的江子君倚在卧室床上,红晕的脸色较之于前些天的苍白看起来舒坦多了。周正雄坐在床边的椅子上两人唠嗑。

“大姐,我下午去机场接大哥,你就不用去啦,刚刚出院,身体还需将养一段时间。”

“压根就没想去,是你在多想。”江子君板着脸子。

周正雄心想,啄木鸟掉进水缸里,那个什么毛湿嘴硬吧,早餐时还问书强几点的航班呢。

“大姐你还记恨大哥啊?多少年啦,他可时刻惦记着你哩!”

“惦记我啥?”

“他到台湾后一直是孤独一人。”

江子君陷入沉默中。

片刻之后:

“不容易啊,都是这场战争,能活着回来就是万幸。”江子君十分感慨。

周正雄想逗逗对方。

“大姐你要是真不愿见的话,我把他接到宾馆去吧,免得你生气,眼不见心不烦不是。”

江子君一听拉下脸子:

“你亲哥哥不远万里、漂洋过海来看你,漂泊流浪了几十年,你好意思让他住旅馆?我看你是这里出问题了!”江子君指指对方的脑袋。

“这不是为你着想吗。”周正雄憋住没笑出来。

“好啦,周司令,听我的命令,把客人安排在最大的卧室里,别忘了,还有汉章两口子呢。”江子君板着脸说道。

“执行命令!”周正雄严肃地回答。

江子君能活到今天,也多亏在周正雄这个家庭里,儿子和媳妇把她当做母亲一样看待,精心照顾,不敢有半点疏忽。他们心里明白,爸爸这样做一是为了报答江子君的恩情，再就是等待周正鹰的到来。所以两人不能让爸爸失望和寒心。

江子君也是勤快明事理的老太太，只要能动，便经常做些家务活，从她身体不好之后，张怡萱便请来一位小保姆照顾她。

从周正雄和儿子走出家门之后，江子君的心便再也不能平静，不时地在房间里来回走动，看看这里，收拾收拾那里，到院子里看看花草。保姆小莲一刻也不敢离其左右，江奶奶哪怕是轻轻地摔一下都承受不住了。

约莫十几分钟后，一行人走出机场，向停车场走过来。周书强一眼认出赵汉章，忙对爸爸说道：

"大伯他们来了。"

周正雄抬眼望去，六七个人迎着自己走过来。无疑那花白头发的老者就是大哥，忙将拐棍拎在手上，健步向前走过去。

周正鹰也看到了对面的三个人，没错，当中拎着拐棍的老者是弟弟，看那身板，那从容的劲头，那标准的步伐，没变，一点都没变。

两个人，不，是两伙人在向一个点走来。大家不自觉地放慢脚步，只有两个挺胸昂首、拎着拐棍的老将军走在前头。轻风拂面，风衣下摆在不停地摆动，一件是草绿色军用风衣，另一件是深黄色军用风衣，颜色和样式虽有不同，但明眼人一看都知道，只有将军们才有资格穿这种风衣。

突然，两位老者嘎然停步，相隔五六米距离。赵汉章等人忙止步在周正鹰身后。周书强和司机小刘站在周正雄后面。

周正鹰两眼烁烁放光，极度审视着对面的老二，一种极其复杂的心情难以言表，老啦，真老啦，光阴荏苒，弹指一挥间，仿佛就在昨天，自己离家的那个夜晚，是自己借老二的力飞出了院墙——这一晃少年变老朽了！

周正雄炯炯有神地注视着大哥，刚才还激动无比的情绪，不知什么原因，竟一下子冷静下来，五十个春秋，在人生长河中可谓不短暂，青丝变白发，让不同信仰把两个人分隔在海峡两岸，现实的残酷阻隔了多少亲情和血脉相连。

忽然两个老人扔掉拐棍张开双手大声呼喊：大哥——二弟——

周正雄往前紧赶两步，周正鹰也向前扑去。四十多年前在苏州分手，四十多年后在上海相聚，兄弟俩人没再用手枪顶着对方的脑壳，而是紧紧拥抱在一起，脖子和耳朵在不停地摩擦着，四只大手不停地抚摸着对方的后背，在感受痛苦分离太久之后重逢的喜悦和畅然。

两伙人也合在一起，周书强紧紧握住赵汉章的手使劲摇晃着，为他将伯伯安全护送来回来而表示感谢之情。赵汉章总算可以喘口气了，说心里话，一刻见不到周正雄叔叔，他心里也不踏实。

韩雪和张怡萱手拉着手，站在两位老人旁边，望着二老的重逢喜极而泣。

司机把两辆宽大的商务车提到不远处等待。

“大哥，走啊，回家！”周正雄擦干泪痕，把扔在地上的拐棍递到大哥手上。

“老二，咱们先来个全家福再回家！”

周正鹰的提议马上得到了大家的赞赏。司机从车上搬下旅行凳，周正鹰和周正雄正襟危坐在中间，左边是周书强，张怡萱，右边是赵汉章和韩雪。手提密码箱的黑衣人拿出相机忙着调焦距。咔嚓、咔嚓——闪光灯不停地眨眼，周正鹰周正雄兄弟携子女在虹桥机场留下了历史的瞬间。

车上，周正雄不停指点左右，给大哥介绍上海的新景观，周正鹰感叹不已，上海变化太大啦，说来自己对上海也算得上熟悉，可很多地方已面目全非。韩雪和张怡萱坐在前面，两人看着二老兴奋的神色颇感安慰。周书强和赵汉章二人则坐在另一辆车上，俩人在亲切交谈。赵汉章的两个秘书兼保镖坐在后面座位上，眼睛里流露出警惕的神色。两辆车子七拐八转，开进军区干休所。

二十九

回到大陆,对于周正鹰来说一切感觉都是新鲜的。第一步踏进周正雄的院子,就感觉到一种特殊的温馨,漂亮的花草盆景和那两颗枣树,和老家的一模一样,难道这老二把自己家种的那几颗弄到城里来了不成?

“老二,伺弄的不错嘛,好闲情逸致啊。”

周正雄明白大哥话里有话,心想,你真高看我啦,这还真不是咱的功劳。周正雄指着几十盆鲜花和树木:

“知花爱花赏花的人在客厅里恭候你大驾哩。”

周正鹰一怔, 抬眼向门厅望去, 只见一位身穿旧军装的老太太出现在门口, 还没等他反应过来, 一阵久违了的熟悉声音传进耳朵里, 虽然苍老了许多,但乡音没变。

“周大哥,今生还能相见,真是缘分啊!”江子君鼓足了底气,说出了埋藏在心底半个世纪的心里话。

张怡萱忙上前搀扶住江阿姨。江子君饱含热泪,尽量不想当着孩子们的面失态。

周正鹰瞪大双眼紧紧盯住江子君, 印象中的那个年轻漂亮的八路军女战士,已经变成了老态龙钟,岁月沧桑催人老啊,五十多年过去了。忙上前抓住江子君双手,声音颤抖:

“子君妹妹,老朽对不住你,对不住啊!我是想来接你,可是这道路不通啊!”周正鹰也说出了心里话。

韩雪和张怡萱忙将两位老人搀扶进客厅里。周书强吩咐秘书将赵汉章的两个随从安排住进宾馆。谁也没有注意还有一个人在院子里, 被大家忽略了的周正雄此刻心境如何?他看到众人走进屋里,自己这才慢腾腾地跟上去。此刻,周正鹰和江子君并排坐在沙发上,书强和汉章在南面沙发上坐定,张怡萱和韩雪亲热地在一起看照片。只有小保姆莲莲不停地忙碌着斟茶倒水。大家的眼睛和嘴都在高效率地工作着, 尤其是江子君和周正鹰, 那个亲热劲就甭提了。让人既羡慕又嫉妒。此刻周正雄的心里竟产生了被冷落的凄凉感。

忽然江子君抬眼看到站在一旁的周正雄,乐了,摆摆手道:

"周司令,你买得站票呀?"

张怡萱忙过来搀扶爸爸坐到沙发上,为自己的疏忽而感到不安。

"大陆的变化太大了,完全不像媒体宣传的那样。"周正鹰有感而发:"我早就说过,共产党也是人,也要吃饭睡觉,也要发展经济,并不可怕。"

赵汉章接上爸爸的话茬对书强说道:

"我爸爸他就因为这句话差点丢了军阶。"

周正鹰一想起这些就来气:

"都是那些台独分子,硬要给老子扣上什么亲共的帽子,连经国先生都一直坚持一个中国的立场嘛!"

"亲共有什么不好?"周正雄插言道:"共产党不是洪水猛兽嘛,如果像他们所说,那地球上有十几亿洪水猛兽的话,还能有其他人类生存的地方吗!"

和谐的气氛并没有持续多长时间,不和谐的分子就释放出来。

周书强和赵汉章对视一下,感到不能再继续沿着这个话题走下去,年轻一辈倒没什么,恐怕对老人们没好处。

赵汉章忙道:

"好啦爸爸,都过去的事,别提啦。"

周正雄不知就里,想把大哥的事情弄明白,既然引开了头,还留一点尾巴有啥意思?

"大哥,到底咋回事?"

赵汉章忙给爸爸一个手势,自己说话了:

"叔叔是这样,原保密局那些人总是盯住爸爸的过去不放。"

"什么过去?"周正雄截住对方的话头。

赵汉章心说,今天叔叔有点钻牛角尖,用手在江子君和周正雄面前这么一比划,也不管对方明白不明白,继续说下去:

"我一看这怎么行,一气之下就去了调查局,我对他们说,不错,我爸爸是有个弟弟在大陆当司令,还有个阿姨是八路军,你们有本事去大陆调查嘛,看看他们是怎么来往的不就成了吗!若是在这样折腾下去,我赵汉章可不答应!"

周正雄很喜欢这个赵汉章,虽然不是大哥的亲儿子,但却有大哥的气魄和勇气。

"好小子,有种,大哥有你这个儿子,我一百个放心了。大哥,因为小弟让你受牵连,我可没法说道歉呀,这可是咱俩六十多年前定下的约定。”

大家并不知道是怎么回事,就连同龄人江子君也不清楚两人到底为什么。

周正鹰原本对老二还是有气的,主要是源于老爹娘的过世,可是此刻却不好当着这么多晚辈叙旧论高低,只好揶揄道:

“老二,看来你很得意呀?不过听说那些年你的滋味也不好受吧?堂堂一个司令也关了禁闭,不会是一年半载吧?虽然他们也老想整我,可老子还是出入自由的,没挡住吃饭睡觉哩。”

周正雄摆摆手,心想,那把壶不开你专提那把壶。

江子君不免有些厌烦起来,搞什么鬼呀,不见面就想得慌,见了面就吵吵,像什么话。忙转移话题:

“好啦听我说几句吧,我跟汉章贤侄还有点渊源呢,你们想不想听听?”

正在交火的哥儿俩,忙把惊奇的目光落在老太太的脸上,她能和赵汉章有什么渊源?尤其是周正鹰十分不解。因为赵良臣是自己的老师。

赵汉章听江子君阿姨这么一说,也有些茫然不知所措,自己这是第一次和江阿姨见面,过去也未听父亲说过在大陆有这么一位江阿姨,能是什么事情?

江子君见大家都在注视自己,心想,目的达到了,这才把谜底揭开来:

“我哥哥江城就在赵良臣师当营长,是抗日英雄,他是你父亲的老部下,1943年牺牲了。你又是周大哥的义子,看看,看看,这是不是缘分哪?”

周书强感到江阿姨有点牵强附会,从两个已故人身上找到这点联系,实在太过勉强。

可赵汉章却不这么看,没想到在这里,在周叔叔家里竟然遇到了爸爸过去老部下的妹妹,而且还是义父的初恋,一辈子钟情的老人,这真有点传奇色彩了,不免有些激动起来:

“江阿姨,您真了不起啊,我家里还收藏着一张老照片,是我爸爸师营以上军官全体照,听爸爸说,抗战胜利后只剩下不到一半人,等下次再来大陆时我一定给您老带来看看。”

江子君非常高兴,能有哥哥的照片真是太好了,虽然想念哥哥,但苦于没留下一点影子可寻,这下好了,说有渊源你们还不信,看看,这是不是缘分啊。

“好孩子,你真是有心人啊,阿姨谢谢你啦。”

赵汉章更有点坐不住了,忙对韩雪使眼色。

韩雪明白丈夫的心思,可一时竟也想不出好办法来,忙打开自己的鲨鱼皮

包,从里面拿出一个精致的首饰盒,递到江子君的面前,亲切地说:

“江阿姨,来的匆忙也没给您老人家准备什么像样的礼物,侄媳孝敬您老一个镯子,不知您老喜欢不喜欢?”

江子君哪里见过这么漂亮的金手镯,忙谢绝道:

“不不,使不得,使不得,这么贵重的礼物阿姨承受不起,心意我领啦,快收起来。”

周正鹰心想,这老太太,怎能不让孩子们下台阶呢,老糊涂啦。

“子君哪,别推辞了,孩子们的一点心意嘛。”

周正雄自然不便说什么,书强夫妇看了也很高兴,只要能让江阿姨高兴,比什么都重要。

“阿姨,这是汉章大哥和嫂子的一片心意,你老要是不收下的话,他们心里可不好受的。”

张怡萱忙劝道。其实她哪里知道,这个首饰原本是韩雪给她准备的见面礼。没办法,韩雪一时窘迫,只好先拿来应付江子君阿姨。

大家你一言我一语,江子君自然也就不便推辞,捧在手上像一块烫山芋,心里不是滋味,做长辈的没给孩子们见面礼,反倒让孩子们破费了,实在不好意思。想来自己也确实一无所有,原本老母亲给自己留下的那个玉手镯和金耳环都被红卫兵小将们拽下去破四旧了,自己一个农村老太太,吃的住的用的包括穿的都是周正雄家的,这才真叫一穷二白两袖清风的无产阶级,已经不仅仅是个贫穷的问题了。

张怡萱望着一脸尴尬的江阿姨,心里不是滋味,周正雄怎能看不出她的心思,忙对书强使眼色,意思是赶紧给老太太下台阶。

张怡萱忙进屋拿出一个玉石泰山佛像,虽然不值钱但是一个纪念品,有点历史意义。忙对江子君说道:

“阿姨,把这个老古董送给嫂子做留念不是很好嘛。五岳泰山是咱大中华的象征啊。”

江子君点点头,这东西她自然见过,是侄媳妇获得的一个什么奖品,怎好替自己送人呢,但若说破了也不好看:

“还是我女儿心细,就送给韩雪留念吧。”

韩雪忙接在手上,爱不释手,小佛像很精致逼真,不收下自然不好。旁边的赵汉章看出了端倪,心里一阵酸楚,爸爸的红颜知己活得并不轻松啊,这次最好能把江阿姨带出去，哪怕先到香港，也好让爸爸和江阿姨过几天舒心日子。

保姆小莲进来对张怡萱说道：

“阿姨，晚餐好啦。”

张怡萱一点头，对周正雄说道：

“爸爸，吃饭吧。”

周正雄站起身来对大家说道：

“大哥，大姐，汉章贤侄，今晚咱就在家里将就一下，明天中午再去酒店给大家接风洗尘如何？”

周正鹰还是老脾气，不喜欢奢侈而不实惠的东西：

“老二，此意甚好，再好的国宴客宴也不如家宴好，什么山珍海味全都是一个味道，只有家里自己烧出来的菜肴才有乡情味。”

“大哥你这话我爱听，明天我亲自下厨给你弄两样拿手的家乡菜。”江子君兴奋地说。

她这话周正鹰更爱听：

“好好，子君妹妹，那我就不客气啦，就这样，就这样。”

大家说着来到餐厅就座。

原本是一顿简单的晚餐，江子君却看出了门道，竟然有点食之无味。长条餐桌原本是分主次的，今天的客人是周正鹰一家，大家自然分两边就座，周正鹰，赵汉章，韩雪坐在左面。周正鹰，周书强，张怡萱坐在右面。平时上下头是周正雄和江子君的位子，今天却空了出来。江之君只好还坐在自己常坐的位置。不知道内情的人还认为江子君是主人，其实她心里明白，自己什么都不是，只不过这个家中一个房客而已。

江子君怎么也抹不去文革给她留下的阴影，这一就座，国共两党就经纬分明了。三个国民党对着三个共产党，自己是个被开除出党的白丁，过去称为叛徒特务，今天是普通老百姓，给她的感觉不好。

“这是谁的手艺呀？蛮好嘛。”周正鹰望着满桌子的鸡鸭鱼肉和各种绿色蔬菜，食欲立马上来了。

“周爷爷莫见笑啊，若不好吃还请多担待。”莲莲站在餐桌前谦虚。

“莫谦虚啦，咱们的小莲莲厨艺甚佳呢。”周正雄赞扬对方。

莲莲打开一瓶茅台酒，先来到周正鹰面前。周正鹰忙接过酒瓶仔细看着酒瓶上的标签说明，满意地笑了，货真价实啊！对小莲说道：

“孩子，你也坐下来吧，大家能吃上这满桌子的酒菜，都是你的功劳，今天没有外人，都是一家人，不用客气啦，咱们自斟自饮就行了。”

小莲莲受宠若惊，连连摆手：

“不行、不行的，周爷爷还是我来斟酒。”

周正鹰看了看周正雄，不知平时他家里是什么规矩。

“莲莲坐下吧，都是自家人，不用客气。”周书强也说道。

小莲哪里肯坐，忙说道：

“叔叔，菜要一道一道上才成，我还是去厨房吧。”说着往厨房走去。

周正雄说道：

“让她去吧，今天在家里，大家随便，吃饱喝好尽情地聊，家乡有一句话叫，水能喝干酒喝不干，每人一瓶酒，大哥说自斟自饮，我不同意，自斟行，自饮可不成，这第一杯酒我敬大哥和贤侄、侄媳回家团聚。”周正雄把酒杯举起来。

周正鹰听到团聚二字，情不自禁想起了爹娘，这能叫团聚吗？自己离开了几十年，爹娘没了，被整死了，两个儿子还是堂堂司令，两个曾经为国家出生入死、浴血奋战的将军连爹娘的性命都保不住，还不如一个反革命，他看看江子君，怎么想这杯酒也喝不下去。

“老二，我看这第一杯酒先敬爹娘的在天之灵吧。”

周正雄一看，这下可好，半瓶茅台酒都得洒在地上了。没办法，大哥的话不能不听，况且说得有道理，忙说：

“好，先敬爹娘。”

大家将酒杯端起来，等着周正鹰发话。周正鹰看看周正雄，见对方没有反应，便说道：

“爹娘在上，恕儿不孝，未能在爹娘身前尽孝，等到了那边儿子一定守护在爹娘身边。”周正鹰眼睛里满含泪水，先是把酒杯双手举起，然后洒在地上。

周正雄从大哥的话里听出几分不满，本想解释几句，可又恐破坏了气氛。

大家效仿周正鹰样子，敬完先辈。周正雄又端起酒杯，话还未出口，大哥又张开嘴，把目光投向江子君：

“这第二杯酒敬子君妹妹，是你让我爹娘安然入土死能瞑目，没有抛尸荒野，是我连累你成为人下之人，受到不公正待遇。”周正鹰动了感情，愧疚难当，潮湿的眼眶里滚动着泪花，强忍着没留下面颊："我在那边大鱼大肉饱食终日，你在这边吃糠咽菜苦难艰辛，都是我的错，当年一念之差，造成你终生悲凉，五十多年时光，让我用什么来补偿啊！"

边说边把酒杯举向对方，羞愧难当的他无法面对江子君了。

赵汉章一看这个局面真是麻烦了，周叔叔精心安排好端端的一场接风宴，给爸爸弄成了这个样子，如何是好。用手一碰傍边的韩雪，心说，快想办法呀。

周书强望着爸爸，意思是只能你来劝慰大伯才有作用。

周正雄摇一下头，心想，你们知道什么？此时此刻谁招惹周正鹰谁倒霉，你大伯和江阿姨那些事情我最清楚，看不到吗，你大伯拿话点化我哩。谁让江子君吃糠咽菜了？她有病我能阻挡得了吗，吃五谷杂粮能不得病吗？心里虽如此想，但周正雄也只能三缄其口。

理智告诉江子君，尽量不能在孩子们面前扯那些陈芝麻烂谷子的往年旧事。可眼见周正鹰就把话题过渡到了三八线上，心说，真的老啦，还没喝一杯酒就醉啦！忙对举着酒杯的周正鹰道：

"周大哥使不得，放下，放下，我可不敢当，我就做了自己应该做的事情，不值得挂齿。再就是，我也没有怪你呀，这都是命运的安排，你我怎能左右。"看得出，江子君的解释并不能让周正鹰信服，他又张开了嘴。

江子君忙把对方的嘴巴堵住：

"都是环境造成的嘛，就像现在。"江子君的胳膊左右一比划："一边是国民党，一边是共产党，能坐到一起还不是这两年的事吗，多亏了邓小平和蒋经国两位领导人，派出的海协会和海基会，慢慢解决了大家探亲的问题，不然，你我恐怕只能到阴间去会面了！"江子君说得都是大实话。

周正鹰点点头表示赞同：

"子君，还是要感谢你，不然我心里总是系着疙瘩，来，这杯酒敬子君妹妹。"

说罢将酒饮下去。周正雄自然不能落后，随之干杯。晚辈们就是有看法也是枉然，只有听喝的份。

喝完第二杯酒，周正鹰又端起酒杯，周正雄一看好家伙，老大倒成了主人啦，这怎么成，忙截住大哥的举动：

"大哥，该我敬你啦，我的话很简单，祝贺您健康归来，祝贺您和子君大姐团聚，祝贺您有汉章和韩雪这么好的孩子，兄弟敬您。"

周正雄主动把酒杯举到大哥面前,周正鹰没辙了,想说的话没说出来,只好举起酒杯,两只酒杯碰在一起。折腾了半天,哥俩才喝上这杯酒,真个不容易。

孩子们开始给长辈们敬酒,你一杯,我一杯,杯杯不断,周正鹰喝得高兴,周正雄喝得惬意,只有江子君看了心惊,这是怎么说的?两个老家伙不要命啦,忙对张怡萱摆手,对方马上凑过来,小声地说道:

"适可而止啊,都一把老骨头啦。"

张怡萱点点头:

"阿姨,今天破破例吧,我可不敢扫二老的兴,除非您老说句话,兴许能管用。"

江子君认为对方说得有道理,现在两人正喝在兴头上,哪个孩子敢触这个霉头?但自己要是截然阻止的话显然不妥,忙给怡萱出了个主意。

怡萱笑着坐回到自己的位子上,并给对面的韩雪传递了一个信息。只见韩雪小声对周正鹰说道:

"爸爸——"然后用手指指江子君。

周正鹰明白了儿媳的意思,心想,对呀,怎么能冷落了子君呢,这才放下酒杯,对江子君说道:

"明天陪我一起回老家看看吧,不知您身体成不成?"

对面的周正雄乐了,大哥酒量不减当年,看来是自己低估了他,恐怕不是他的对手了。

赵汉章这时才得空和周正雄聊几句。他知道,在大陆投资需要对投资环境做足够的了解和评估,最好还是有一定实力的人做靠山,这是他最初的想法,后来经过几年的运作,大陆的投资环境根本不用他操心,政府就是最得力的大树。

"叔叔,小侄要敬你三杯酒,不过你只需沾沾嘴唇就成,这是小侄的敬意。"

周正雄很欣赏这个少壮派的赵汉章:

"贤侄不必多礼,请随意吧。"

三杯酒下肚,赵汉章的话题自然过渡到当前大陆的某些政策方面。周正雄简单扼要地解释,赵汉章把周正雄每一句话都当成了金口玉言。周书强明白赵汉章意思,心想,多此一举,这些本就不是应该忧虑的地方,看来缺乏沟通和交流是两岸相互接触的关键之所在。

家宴开到晚上十点，这是破例了。平时这个点大家都歇息了。人逢喜事精神爽，酒逢知己千杯少，古人的话实在是经典。说来也许你不相信，几个晚辈们都哈欠连天了，三位古稀老人却仍然精神矍铄，没有半点睡意。张怡萱和韩雪担心子君阿姨的身体，忙把她送回卧室中，照顾老人躺下之后，两个人坐在江子君身旁又唠了一会，这才像哄孩子一般把个兴奋的江阿姨安抚下来。

两个人回到客厅，好嘛，赵汉章和周书强二人早就倚在沙发上借着酒劲进入梦乡了。两位爸爸却仍在唠嗑，健谈的双方不停地挥动手掌，你来我去根本没有半点困意。

韩雪看看怡萱，怎么办？怡萱也颇感无奈，两人喝了这么多茅台酒，又大半夜了，还这么健谈，忙走到两人身前轻声说道：

“爸爸，大伯？”

周正雄看着儿媳，不明其意。

“爸爸，还是睡觉去吧，大伯从早上到现在都没合眼哩，舟车劳顿啦，你看——”怡萱指指对面墙壁上电子钟。

“怡萱啊，大伯没事，习惯了，过去指挥打仗时经常几天几夜不睡觉，你爸爸也是有名的夜猫子。”

“爸爸，还是休息吧，明天咱们不是还要回老家吗，又要颠簸一千多公里呢。”韩雪也劝道。

周正雄这才对大哥说道：

“大哥，睡觉吧，现在咱说了不算啦，老啦！”那意思是别让孩子们为难了，咱们不睡这两个孩子也得跟着熬眼。

两人走进了大卧室，这间最大的卧室里有一张两米见方的大床，怡萱原本是想让两位老人睡在一起，兄弟俩分别太久，好多点时间亲热亲热。

韩雪见状忙对怡萱小声嘀咕几句，怡萱茅塞顿开，忙走进卧室对爸爸说道：

“爸爸，你和大伯各自去小卧室睡吧，把大卧室留给我们如何？”

周正雄笑了，好一个精明的儿媳妇，这显然是想剥夺两个老人的交流权利。

“大哥，看来你我要享受单间的待遇啦，走吧。”

“好好，听孩子们的，来日方长嘛。”周正鹰站起身来。

把两位老人安顿下来后，这才把周书强和赵汉章叫醒，午夜时分才入睡，一觉到天明。

三十

按张怡萱原来的设想，在家休息几日后再去老家祭祖。大伯心急等不得，把日程安排的很紧张，这里那里，会老友、看旧部，替人捎信等等，忙得不亦乐乎。韩雪颇感无奈，这把岁数的人了，回来一次不容易，非要折腾散架子不可，她看眼里疼在心上。

张怡萱较之韩雪镇定一些，劝慰韩雪，兵来将挡水来土掩，他们有千变万化，咱们有一定之规，什么粘糊、缠磨、应付等等都是对付老人们的好办法。

周书强和赵汉章，早晨一睁眼，原来的计划变卦了，让张怡萱和韩雪直瞪眼睛。

“我和汉章大哥商量了一下，老家我们就不去了，还是你们俩代劳吧，这次大伯行程紧张，汉章大哥有很多事情需要处理，我也脱不开身，反正你们是散闲旅行，走到哪里算哪里，慢慢来就行了。”周书强一番话令张怡萱十分不快。

“你这话说得可轻松，三个七老八十的人，长途颠簸，万一有个什么事情，我们两个女人怎么应付得了？”

“不是还有司机小良子嘛，要不跟王主任打招呼，将爸爸的警卫员也带上。”周书强忙出主意想办法。

“不成，不能给干休所添麻烦。”张怡萱道。

“弟妹，你看这样行不行，我让秘书阿牛跟去，听你指挥就是。”赵汉章也感到面对三个老人，两个妇女有些单薄。

“赵大哥，还是不要耽搁你们的事情了，我再另想办法吧。”

周书强一拍脑袋，有了：

“让莲莲去呀，她是勤快有眼力劲儿的孩子，江阿姨最喜欢她，就这样吧。”

张怡萱心说，都是杨家将，只好如此了。

周正雄根本就没打儿子的谱，知道赵汉章那个什么投资项目非同小可，他怎能会有心情旅行。周正鹰倒有些不快，是你投资重要，还是老子回家祭祖重要？老子大半辈子才给老爹娘烧香一回！心里这么想，嘴上不能说什么，人家毕竟是义子,大企业家,来到大陆两眼一抹黑,还等着书强侄子给指路蹚道,自己自然不能影响孩子们的前程。

对赵汉章挥挥手:

“去吧,去吧,尽快把你的事情办妥,不要耽误返程,你群祥叔叔不能久等。”

赵汉章自然知道利害关系,忙到:

“爸爸,汉章明白,儿子不能陪您老前往祭祖,实在是事物缠身,多有不安,只是这一路上您老要保重,”

“汉章,有我呢,放心去吧。”周正雄大包大揽。

两辆轿车开出干休所,一南一北分道扬镳了。

年轻司机小梁开着高级商务车拐上京沪高速公路,直奔北京方向而来。小梁名叫梁良,是干休所的专业士官,有着高超的驾驶技术,经常陪同首长出长途。他那开朗幽默的性格,能使得经常处于严肃紧张状态下的首长们瞬间开心一乐,但有时也会遭到一顿批评。大多人把他当成开心果,有这么一个人陪你开心,旅程不会显得寂寞难耐。

商务车里宽敞的空间使几个人感到很舒适。小莲子坐在副驾驶位置上,抱着那只装满药瓶子的医疗箱,专注地注视着前方。这是她第一次乘坐这么高级的小汽车远行,既兴奋又忐忑,车上有三位古稀老人,随时准备应付各种突发状况,她明白自己肩上的担子很重,药箱里装满各种特效急救药,速效救心丸,硝酸甘油片,还有治疗胃病,拉肚子的,甚至连创可贴、药棉、酒精等等都收入箱中,以备急用之需。血压计、血糖测试表等更是必不可少。她可不是一般的保姆,是经过严格培训的护理型的特殊保姆,当然薪水自然要比普通保姆高一些。这个钱可不是白多拿的。

周正鹰和周正雄坐在第二排座位上,两个人中间有一个小茶几,上面放着水杯,手机,相机和香烟等随手拈来的物品。

江子君和张怡萱韩雪坐在最后一排,坐在中间的江子君像重点保护对象一般,享受着特殊的待遇。最实惠的要数后备箱了,塞得满满,常备的衣服等物品放在里面。每人一个旅行背包,还有随时可用的食品袋,总之,一切能考虑到和预料到的事情,张怡萱和韩雪都做了,这在江子君看来仿佛有些多余,自己当年来上海,一只小包袱装了自己全部的生活用品,哪里有如此的麻烦。

周正鹰认为这两个女孩子很不简单,心思缜密,谨慎小心,是做大事的人。

本来嘛，一个是知名作家，一个是慈善家，都是我们周家的荣耀。

车子在高速路上平稳地奔驰着。

周正鹰望着窗外的田野，长长出了一口气，心想，我周正鹰根植于大陆，长江黄河就是我的母亲，无论是什么主义，什么信仰，我也是爹娘的儿子，黄土地的子孙，回来祭祖是做人的根本，被台湾当叛徒枪毙，还是被大陆当特务收监，都已无所谓。想到此他浑身轻松了许多。

江子君怎能不理解周正鹰的心情，沧桑的经历虽然铸就了他的铁石心肠，但血浓于水的亲情，却能改变他的初衷。自己不相信经过几十年的血雨风霜，他仍然还是那个不辞而别的莽撞少年。

一路颠簸，晓行夜宿，几天之后来到冀中平原上。

周正鹰的心情豁然开朗，闻到家乡黄土地的气息了。汽车开进了周家镇，众乡亲们相继来到周家老宅探望。但是能和周正鹰说上话的人少之甚少，大多已魂归天国了。

乡亲们知道周家出了两个司令，但认识周正鹰的不多。何况如今还是那样，对国民党的印象就是祸国殃民，即便你曾经是抗日英雄，也会被国民党这几个所淹没，幸亏事隔几代人，年轻人对过去已淡化了许多。这不免让周正鹰还有几分悲哀。

韩雪根据爸爸的要求，准备了一些零钱，也许是职业习惯吧。按照见有份的原则，不管大人小孩，每人一张大额钞票。原本是好意，却惹来周正雄的不快，怎么啦？你周正鹰少小离家老大归，现在却充当起什么周大善人来了，岂不倒显得我周正雄抠门小气了。见面有份，每人一张，什么意思？周正雄郎当着脸蛋子，想要说些什么。张怡萱忙走过来，在爸爸耳边轻声说道：

“爸爸，莫生气啊，这是大伯对乡亲们的一点心意，亲情，大伯也表示自己对乡亲的一点歉意，离开家乡五十多年啦，给一点见面礼还是应该的，咱们要理解啊。”

周正雄听罢，心里释然了，是呀，你老大是应该对乡亲们有所表示，老二我就没必要了，我是共产党司令，天下是我们打下来的嘛，何愧之有？

张怡萱忙把大伯拉过来：

“大伯，咱们去上坟吧，时候不早了。”

韩雪忙把周正鹰搀扶到汽车上，周正雄和大家拜别之后也上了车。一群群小孩子围着从未见过的漂亮汽车转圈玩耍，这也是周正鹰从未有过的经历，不住摇头。张怡萱只好在车前引路，几经周折才开出镇子。

周正雄看着大哥奇怪的表情，心想，这有啥还奇怪的：

“大哥，还记不记得小时候周胖子那破辆汽车？”

周正鹰不知其意：

“怎么不记得，你还爬到车头上去尿尿哩，要不是我你的屁股就惨啦。”

周胖子是天津卫的大商，那年月能有一辆大鼻子汽车可了不得，老百姓哪见过那玩意儿，村子里的孩子们就更是稀奇了。周正雄一高兴爬到车头上去玩耍，憋不住了，掏出小鸡子又来了一泡尿。周胖子的司机出来一看有个孩子在车头上玩耍，便大声喊叫：

“小兔崽子，不想活命啦，老子把你的小鸡子割下来为狼狗去！”边喊边跑过来。

周正雄见对方凶巴巴的样子，便往车下出溜，周正鹰过去一把抱住弟弟，拉着往家里奔去。司机跑到周家的门前，对着院门哐哐——踹了几脚，留下几句骂声转身而去。

周正鹰一琢磨老二的话，似乎明白了什么，不是自己少见多怪，此一时彼一时，两者没有可比性。不得不承认，海峡两岸的生活水平和认知标准差异还是不小的，用老眼光来看待新问题，只能是越走越偏离正确判断的轨道。

周正雄知道大哥是怎么想的，这也是很无奈的事情，用过去一句话来形容也许非常贴切，理解的要执行，不理解的也要执行，虽然看来有些不近人情，或许说是霸道，但现实就是现实，国情就是国情，不能以人的意志为转移。

三十一

汽车拐上乡间小路，十几分钟后停在周家墓地前。

周正鹰和周正雄走在前面，韩雪和张怡萱搀扶着江子君跟在后边。一行人来到周正鹰爹娘的坟墓前。张怡萱按照当地风俗在爷爷奶奶坟墓前摆设了烟酒水果，并将一沓黄色烧纸和冥币放在大家面前。在家时和爸爸商量过，最好大家简单地走个形式，都这么大年纪的人，起来倒下不容易，省却一些俗礼吧。周正雄说一切听大哥的安排，在这件事上自己不便多说什么。此刻只能听周正鹰的意思。

望着长眠于地下的爹娘，周正鹰再也止不住老泪纵横，扑通一下跪倒在地上，韩雪忙搀扶住爸爸的胳膊，周正雄和江子君也跪在两旁。极度悲伤的周正鹰一股深深地歉意难以言表，声声凄厉：

“爹娘啊——不孝子鹰儿回来看你们啦，是儿子不孝啊——”

张怡萱将烧纸和冥币打开散落在地上，然后点燃起来，顿时一股灰白色烟雾腾空而起，韩雪惊奇地发现，无风竟起三尺浪，仿佛地下之人有知。尽管她从不相信什么显灵之说。

周正雄和江子君看到周正鹰如此悲伤落泪，不禁也潸然泪下。

“娘啊，子君的腿脚不加力了，未能经常来看望你们，不过你们不会孤独太久，女儿也时日无多啦。”

这倒是她的心里话，近年来颇感身体大不如前，今来到爹娘坟前，伤感油然而生。

周正雄陪伴大哥和大姐默默流眼泪。

张怡萱感到这个场面有些突然，出乎意料，深恐三位老人悲伤过度，身体不适，便加快烧纸钱的速度，不一会把带来的烧纸和冥币烧完。

大家在周正鹰带领下，给周剑锋和方文玉磕头谢恩。一切程序走完了，张怡萱松了口气，站起身来，见三位老人没有起来的意思。不由纳闷，还有什么事情？

只见周正鹰翻过身来坐在坟墓前的草地上，而周正雄和江子君也一屁股

坐在周正鹰的对面。韩雪茫然地看着周正鹰,怎么啦?小声问道:

“爸爸,草地上潮湿,起来吧。”

周正鹰一摆手:

“不妨事。”

周正雄知道大哥想做什么,看了江子君一眼。

张怡萱双手抱住江子君的身体,略微一欠身,韩雪忙将一个海绵车垫塞到阿姨屁股底下,两人担心阿姨还在恢复期的身体,不敢有半点疏忽。张怡萱坐在江子君身旁,韩雪开始还有些犹豫,说心里话,乡村的坟地可不比有规划的大型墓地,遍地尘土草丛,不乏蚂蚁草虫之类生物,她没有这个习惯。但见大家都席地而坐,入乡随俗的道理她还是明白的,原本想屁股下面也垫上一张画报之类的东西,可看看爸爸和叔叔坦然的模样,只好也坐在父亲身旁,把一瓶矿泉水递给爸爸。周正鹰接过来喝了两口。把目光落在江子君的脸上,“把你知道的都告诉我们。”

江子君满脸阴霾,还没有从悲伤中走出来,自从那年离开家乡来到上海,便没再回来过,主要是爹娘已经走了,村里不再有亲人,她实在无法面对解放初期和文革初期死去的爹和娘,还有哥哥那座孤零零的衣冠冢。再就是身体一直不好,正雄也不希望自己再发生什么事情。

韩雪疑惑地看着大家,看来江阿姨有什么重要事情瞒着大家,能是什么事情这么让爸爸凝重和关注?爸爸过去从未讲过江子君阿姨的故事,自己仅从汉章嘴里略知一二。让她不解的是,周正雄叔叔竟然把江阿姨接回家中一待就是二十多年,他们之间又是什么关系?太复杂了,令人难以捉摸。

张怡萱从韩雪那质疑的表情中看到了惊奇的神色,心想,一会就真相大白了,权且忍耐一时吧。

江子君镇定一下情绪,扫视一下周正鹰和周正雄,把目光落在杂草丛生的坟头上,又从坟头上转移到那块墓碑上,把苍劲有力的铁笔勾画隶书,周剑锋方文玉的名字收入眼底。

“娘,你儿子回来了,他们终于回来了,女儿终于完成了您老人家的嘱托!眼看就要辜负您老啦,正鹰大哥远在他乡,久无音讯,女儿不知能不能挺到这一天。是苍天有眼啊,让我们大家能有现在。”说到这里江子君心情激动,眼泪又流了出来。

怡萱早在一旁准备好了手帕,而且还不是一只,忙给阿姨擦拭泪痕。

江子君抽泣了几下,看看周正鹰,继续说下去:

“你比我大一岁,我又比正雄大一岁,咱姊妹三人原本无甚瓜葛,可是因为抗战胜利那年的偶然相遇,给以后的人生埋下了无可弥补的祸根,是怨我呢还是怨你?这已不重要,可是不应该连累我们的爹娘啊!”

周正鹰懊恼地低下头去。

江子君停顿一下,韩雪这才渐渐明白过来,原来爸爸、叔叔和江阿姨之间还有一段渊源。

“我和正雄是战友,明白吗?革命的战友,出过生入过死!但是因为你,正鹰大哥,我和正雄竟成了对立关系,不但被开除党籍,还失去工作,我的人生就此也失去了光彩。可是,就在我行将灭亡之时,是正雄延长了我的生命,奇怪吗?多么精彩而曲折的人生啊,喜乎?悲哉!”

周正鹰此刻有无地自容的感觉,没想到就是自己当年的一时冲动,也不是冲动,因为那是自己的真感觉,否则自己也不会为此而付出一生孤独的沉重代价。

“子君妹妹,我对不起你。”

“周大哥,你觉得现在再说这些还有意义吗?”江子君一句话将周正鹰堵回去。

“大姐,是我们家对不起你。”周正雄说的是心里话。

江子君摇摇头否定了对方的观点。

“没有人对不起我,我不是来听你们道歉的,还是听听娘是咋说的吧。”

周正鹰和周正雄忙坐正身子,洗耳恭听。

“1969 年的春天,我正被关在大队部里接受改造。”

“你改造什么?”周正鹰不解地问。

“一两句话说不明白,等我讲完后再回答你。”江子君知道身在台湾的周正鹰有太多的不明白在等着自己。“周劳善的儿子周明来找我,他是民兵连长,晓得吗?那时民兵连长的权利比你们这个什么司令一点都不逊色!说带我去批斗,我们大队的干部也不敢阻拦,当我来到你们家时,娘已躺在炕上多日了,病的只有出的气快没有进的气了。连日来的批斗和游街把娘的身体掏空了拖垮了。”

周正鹰心如刀割一般,对周正雄喝道:

“老二,你不说照顾好爹娘吗?那时你在哪里?”

周正雄见状竟无言以对，心想，我要是有能力的话，爹娘还能受这份洋罪吗。

“周大哥，正雄当时也泥菩萨过河，失去了自由。”

周正鹰对天长叹，这是他妈怎么啦，周家出了两个将军，竟然没能保住爹娘的性命，奇耻大辱啊。

周正雄明白大哥的心情，心想，不必如此，比咱职位高的人多的是，遭遇悲惨更甚，又能如何！

“娘对我说，子君呀，看娘这身体，是见不到他们了！将来你若能见到他们，替娘传个话，娘不怪他们，献身革命嘛，是他们的志向，娘不糊涂。娘希望他们弟兄有朝一日能团聚，只讲亲情别再论党派，只讲手足别再谈主义，打也打了，血也流了，剩下半条命还有啥争头啊。”江子君望着周正鹰兄弟两，很不是滋味，心想，你们就是知道争斗不休，让爹娘死不瞑目，何谈孝道。

周正鹰兄弟两对视一下，没有言语。

江子君见状冷哼一声继续道：

“娘深知爹的脾气秉性，是一身士可杀不可辱的英雄霸气，若不是有娘陪伴在身边，或许爹早就——娘是担心百年之后，爹再出现状况，所以娘把爹的后事托付给我。娘的原话是：孩子，娘很高兴能再见你一面，有个心事要托付给你，我走后剩下你大爷他孤身一人，看他的样子也不会撑多久，我是想他们俩没指望了，可咱不能让你大爷抛尸荒野不是！”江子君望着周正鹰和周正雄一脸的悲切：“你们一定想知道我是怎么回答的吧？娘，你放心吧，只要女儿还有一口气，爹的后事我来操办，他们不在家，女儿全顶了，披麻戴孝、擎幡摔瓦一样不少，不能让人家说咱周家没人。”

周正鹰、周正雄听到这里，真是恨天无把、恨地无环，羞愧难当，是一个和周家本无渊源的背负着沉重包袱的女人，替自己爹娘尽孝道，办后事，情何以堪啊。

“‘他们’是谁？我并不是周家人啊！但我能让‘他们’的爹娘闭不上眼吗？事情果然让娘预料到了，就在娘去世的第三天中午，本来准备下午下葬，我和周劳善大爷进屋一看，爹已安详地躺在娘身旁随娘而去了！凭爹的身板武功应该不是什么因疾而终，我想你们能明白，是爹用内功自毙。我在为爹惋惜的同时，也为娘骄傲，这是一种什么样的情感？不能同生但共死，这等感情何尝不是千古绝唱啊！”

江子君由于长时间讲话，不由得气短起来。张怡萱泪水莲莲地给阿姨按摩胸口，韩雪给阿姨擦拭泪痕。两个人被阿姨伟大的奉献精神感动的五体投地，这是怎样的一种境界？多么伟大的母亲啊，不说动天地，也能泣鬼神。

虽然周正雄和江子君相处这么多年，但这些话还是第一次听到。为什么？江子君就是要讲给他们兄弟俩听的。

周正鹰无言以对，自己亏欠江子君太多太多，再加上刚刚听到的这些，如何报答对方的恩情？自己秉承的滴水之恩当涌泉相报的正义感，却连爹娘的生育之恩养育之情都无法报还，何谈其他？你说得再漂亮只能是一句空话。

周正雄有两个没想到，一是没想到爹娘到死也没提自己和大哥的名字，只用“他们”二字，这为什么？再就是江子君大姐在自己非常艰难的处境下，拼了性命为爹娘处理后事，这绝不是一般人能做到的事情。令他对江子君更加刮目相看。看什么？是大哥的眼光太过准确，若不是发生内战，他们绝对是天作之合，绝配。也为当年自己的极力阻止而感汗颜。

江子君缓过劲来继续说道：

“两位不同阵营的司令，两位骁勇善战的将军，两位亲兄弟，我不知道此时此刻你们作何感想？面对埋在这座土堆下爹娘，我想应该会有更深刻或者更多的新的诠释吧。”

沉思片刻，周正鹰叹气道：

“现实的残酷告诉我们，承诺有时要用一生来完成，虽然太过漫长。”

此刻他才理解老二的处境和一番苦心，江子君不但是自己的初恋，还是周正雄的战友，同过生死的战友。

“不是所有的承诺都能兑现，有的虽经毕生努力，但留下的只能是遗憾。”

周正雄还在为没能实现对大哥承诺而感到遗憾，他知道，在坐的三人都是重感情，视承诺为生命的人，大哥能为五十多年前给江子君的承诺而孤独寂寞大半生。江子君为了大哥那句话，青灯苦守一辈子，她为了那份承诺，把爹娘的嘱托隐瞒了几十年，这等情操和境界，实在是难得。

“娘还告诉一个秘密，趁我还有口气，不能带进棺材里，这是娘的原话。”

周正鹰周正雄等人紧紧注视着江子君，不知道爹娘到底还有多少秘密。

“你们的老祖父周铮是一代武林宗师，有两子，老大周定海，老二周定河。老祖父当年带着老大周定海去广州，三年后病逝于南国。之后周定海跟随师兄弟们参加了洪秀全的天平军。洪秀全定都天京后，周定海才回来看望娘亲，没想到老娘亲已于一年前过逝，便带领弟弟回到天平军中。天京陷落，周定海战死。周定河跟随梁王张宗禹转战南北，梁王兵败山东后，周定河身负重伤，侥幸活了下来。回到家乡后过起隐居的生活，晚年得一子，即你们的父亲周剑锋。周定海夫妇在宣统元年相继过世，周剑锋伯伯去京城镖局当了镖师，辛亥革命前夜，方子儒翰林府第惨遭灭门之灾，是周伯伯救下了方翰林的小女儿——以后的事情你们都知道了。”

江子君仿佛像卸了载的卡车一样，往脑后梳拢一下散落在额前的白发，吃力地欠起身来。张怡萱忙搀扶江阿姨，江子君对着坟墓弯腰叩头：

“爹，娘，女儿的任务完成啦！”

周正鹰吃惊地望着周正雄，爹娘的口风着实严实，这等渊源的家世竟然不告诉儿子们，若不是在弥留之际见到江子君，岂不成了千古之谜。

周正雄摇摇头，是秘密更好，否则文革时期，岂不又要多上一条罪状吗。

周正鹰知道自己该做什么了，忙站起身来上前将江子君扶起，一双真诚而深情的眼睛里流露出敬佩和渴望的目光：“子君妹妹，让我来照顾你最后的日子吧。”

周正雄此刻也像完成一个重大战役一般的轻松，心想，是应该转移阵地了。能等到今天才是自己最终的心愿，把子君姐交给正鹰大哥，也算是自己弥补未完成对大哥承诺的一种补偿吧。

江子君推开周正鹰的大手，站稳后说道：

“你是在同情一个要饭花子吗？”

“不不，子君妹妹，忘记我走时对你说的话了吗？”

“什么话？”江子君明知故问。

周正鹰张口便来：

“民国 34 年 11 月，我走时说的那句话。”

“我听不懂什么民国时间。”江子君故意而为。

“1945 年 11 月，走时我告诉你：只要我还活着，一定要回来接你！今天我没死，回来接你啦。”

江子君摇摇头又点点头，模棱两可，她实在无法回答对方什么，不是太过突然，而是变化太大，说不定自己走不到台湾岛上就一命归西了。

“大哥，回去再商议这些事情吧，时间不早了。”周正雄提醒道。

周正鹰点点头，老二说得也是，在坟地里商量未来有点煞风景。

“叔叔,我们直接回北京吗?”韩雪问。

“不,今天住在祖屋里。”周正鹰的决定令大家吃一惊。

江子君忙阻拦:

“祖屋几十年没住人,潮湿脏乱不说,灰尘也有铜钱厚,咋个住?”

“刚才我安排人收拾了,应该没问题,既然大哥有此想法,我们还是住下吧。”

周正雄理解大哥的心情,离家半个多世纪,少小离家壮士暮年,回到自己儿时那个土炕上睡一觉,也算是一种心情的回归吧。

张怡萱到倒什么,作为一个作家,笔下经常会出现一些人物的悲惨命运,体验生活更是关键。比这更艰苦的生活都体验过,聪明的韩雪很能理解爸爸回家的心情,别说那几间祖屋脏乱差,就是一间草棚子也要随了爸爸的心愿。

“阿姨,我们回去再收拾一下,能陪爸爸在他曾经生长的地方过夜,感觉很好,既能唤起爸爸很多美好的回忆,也给我们年轻一辈人上堂教育课,一举两得嘛。爸爸常给我们说,忘记祖宗就是背叛。”

张怡萱乐了,感情大伯将列宁那句名言改头换了面。

一行人离开周家墓地,回到周家大院。

三十二

镇子里的几个年轻人早就将院子和屋子打扫干净,虽然长时间没有生气,但却让周正鹰和周正雄既伤感又欣慰,毕竟争斗一辈子的哥俩又重新团聚在老屋里,对院子里和屋子里的一切东西倍感亲切。

江子君刚开始还不太适应,里屋外屋溜达观看不停,这个家她只来过几次,每次都给她留下难以磨灭的印象,更多的伤心故事令她回味无穷。她望着里屋的土炕,就在这里,方文玉奄奄一息躺在炕上,头朝外,身上盖的就是那床紫花棉被。后来周剑锋躺在方文玉身边。几十年前的往事历历在目,不由得让江子君倍感心痛。

用张怡萱的话说晚餐吃的是忆苦饭,玉米面饼子和地瓜粥,外加几样绿色蔬菜,地地道道的几十年前的家乡饭食。玉米面饼子是江子君亲自贴的,地瓜粥也是在土灶大锅里熬的,江子君蹲在土灶前添柴烧火的样子被张怡萱用摄像机记录下来。她感到大伯和阿姨的恋情真是太过感人,爸爸和大伯的奋斗经历更是充满戏剧性,是不可多得的创作素材。为此她很珍惜。

韩雪望着爸爸那“贪婪”的吃相,不免提醒道:

“爸爸,少吃点,这种食品含糖量很高。”

“好好——”周正鹰嘴上答应,但仍我行我素。心想,高就高吧,能吃几回哩。

周正雄对此不感兴趣,平日里在家经常吃粗粮,早就改变了精细饭食的习惯,粗细搭配,健康长寿。

晚间,周正鹰和周正雄住在儿时住过的房间里。韩雪和张怡萱陪同江子君住在东里间,屋里没有电灯,点燃几只蜡烛,烛光的夜晚触景生情,让周正鹰哥俩又回到了幸福的童年。说幸福那是因为能经常在爹娘身边。遥远吗?从时间上计算是这样的,闭上眼睛,但这一切仿佛就在昨天和今天。

回忆这东西真得说不清楚,有说回忆是美好的,也有说回忆是痛苦的,在周正鹰看来都不准确,回忆应该是一种享受,快乐并痛苦的享受。

周正雄则有不同的观点,不是什么东西都能回忆,有的东西你去回忆可能是在伤害自己,是重新揭开那已痊愈了的伤疤。

不管怎样,今天兄弟二人是非得陷入回忆之中不可了,因为特殊的环境下会产生特殊的效果。不管你愿意与否,这也是一种无奈的现实。

韩雪希望听到江子君和周正鹰的过去,但却苦于无法开口。张怡萱却不想让阿姨再陷入回忆的痛苦之中,想和阿姨聊聊以后,也就是未来。两个女人达不成协议,没办法,只能看两个人口才技巧如何。

“阿姨,你是怎么打算的呀?”张怡萱捷足先登。

江子君不想回答对方提问的这个不成熟的问题,依然在沉默。聪明的韩雪发现阿姨对怡萱所提的问题不感兴趣,忙谨言慎词:

“阿姨,你是在这里和爸爸认识的吗?”

触景生情,江子君目光中流露几分怅然和凄楚,仍然选择了三缄其口。

张怡萱和韩雪对视一下,捉摸不透阿姨此刻的真实心思。

“孩子们,睡觉吧,阿姨累了。”

江子君憋了半天,弄出这么一句话来,不免令张怡萱和韩雪大失所望。只见江子君闭上眼睛。二人无奈地躺下来,熄灭蜡烛,全然没有半点睡意,想继续聊一会儿,又恐影响阿姨休息,就此睡下来又不甘心。

作家的洞察力是非常敏锐的,对人物的心理变化和行为哲学研究的非常透彻,否则是难以写出好作品来。张怡萱具备这方面的素质。根据观察她分析,阿姨就是再累也不会马上进入梦乡,对于阿姨,周家虽然不是陌生的地方,但应该给她留下非常深刻的印象,尤其是上次爷爷奶奶含冤故去,更会使她刻骨铭心和心力憔悴,此刻身临其境怎会无动于衷?有难言之隐还是不愿旧事重提?此刻三人面朝房梁,各怀心事。

周正鹰和周正雄躺在土炕上,盖着爹娘用过的被褥,面对熟悉的不能再熟悉的环境,心里一阵冰冷一阵燥热。月光透过窗子上的玻璃照射在土炕上,时近午夜,但房间里并不黑暗。

“大哥我没能照顾好爹娘,心里头一直打着个结啊。”周正雄愧对大哥当年的嘱托。

“老二,这也不能全怪你,一个人能力再大也无法和局势抗衡。”周正鹰心想你也是受害者。

“老二,咱俩这一生见面就掐架,拿吵嘴当家常便饭,就是一个原因是吧?”周正鹰心明如镜。

“信仰不同，政见不同导致了这个结果，本也无可厚非，虽然信仰至上却还存在手足亲情，不是吗大哥？”周正雄一直相信哥俩心中的情结，就是谁都不愿意伤害对方。

“是的，否则我们有很多个消灭对方的机会。”周正鹰承认老二说得有道理。“我们本身并没有错，蒋介石也好，毛泽东也罢，共产主义和三民主义的初衷都是为了让老百姓过上好日子，谁也不用否定谁，事实已经得到了证明，台湾当前的经济状况有目共睹。当然，大陆的经济发展同样非常惊人，我相信，未来的台湾和大陆，将会有一个更美好的前景。”

周正雄同意大哥的观点，香港回归进入倒计时，有了这个良好的开端，相信肯定会影响澳门和台湾的命运。祖国的完整统一是炎黄子孙多少代人的愿望。

“但是，台湾总有一伙脱离实际的台独分子兴风作浪，尽蚍蜉撼树之能事，不过是枉费心机。”

“台独？”周正鹰不愿谈这个话题：“过去两党积怨颇深，合作、分离、再合作、再分离，经历过漫长的历史演变和挫折，到今天，高层人士也应该以史为鉴了，只有和平共处，共同发展才是中华民族的未来。”周正鹰一番话让周正雄对其有了新的认识，明白了大哥到台湾后渐渐日落黄昏的原因所在。大哥面是冷的，心是热的。

“老二，六十年代你应该是将军了吧？为什么让咱爹娘饿出了一身毛病？一个将军的爹娘也食不果腹？”

周正雄一言难尽，那是一段不堪回首的往事，那是一处不愿触及的伤疤，如何跟大哥解释？

“1958 年大跃进想必你有所闻。”

“当然，据说那是实现共产主义的前夜，富裕程度达到了大家一起吃饭，一起做工，财富不分你我，资源大家共享的地步。”

为了对大陆能有一个大体上的了解，赵汉章给周正鹰买了很多书籍，包括当代经济、人物历史、名人纪实等等，令其大开眼界，尘封已久的对大陆的看法慢慢转变了。

周正雄心想，你知道的只是个皮毛，真正实质性的内涵你怎么能晓得。道听途说或书中所来可能都是一些肤浅的东西。只有亲临那段历史的人才能感受到什么叫暴风骤雨。

“中共八大制定了三面红旗,就是总路线,大跃进,人民公社的方针,大跃进就源于此。”

“这我知道,大跃进对台湾当局也有所触动,譬如经济总量十年超过英国,十五年赶上美国等等,确实让台湾当局大吃一惊,炮击金门也是在这个时期里进行的。”

“你说得对,但后来呢?后来你又知道多少?”周正雄深沉地追问。

周正鹰哪能知道更多的东西,台湾对大陆消息封锁很严密,除非一些相当高层次的人物,可通过特殊途径了解到大陆上的一些情报,像周正鹰这被调查局怀疑和监视的人,知道一些皮毛已很不错了。他只能选择沉默。

结果在周正雄意料之中,知其然不知其所以然是正确的,如你能知道的更多和详细的话,就不正常了。

“后来实践证明,所谓的大跃进是错误的,不切合实际的,对后来三年自然灾害的影响也是致命的,百姓为其付出了惨重的代价。”

听到这里周正鹰说话了:

“你不是说你们党是民主的,透明的,公开的,平等的吗?难道就没有人站出来建议或改进,更甚或阻止这种冒进和脱离实际的行动吗?”周正鹰充斥着怀疑和不解。

周正雄笑了,笑得很勉强,他感到大哥幼稚,政治上不成熟。

“当然有人站出来反对,如国防部长彭德怀元帅。‘万言书’的事你恐怕也知道吧?”他对国民党特务对大陆的渗透也是知道一些的。曾经轰动全国的彭德怀反党集团案原本就不是什么秘密。

作为国民党将领,对于中共高级将领,尤其是战斗在抗战前沿的将军,周正鹰不但知道,多少还是有研究的,像彭德怀,朱德,刘伯承,贺龙等,其他像林彪,聂荣臻,叶剑英,陈赓,叶挺和左权等黄埔军校的老师和学长,更是尊重的对象。

“彭德怀将军是我非常敬重的战将,当年的百团大战令众多国军将领佩服,听说作为志愿军总司令,在朝鲜战场上让曾经的西点军校校长五星上将麦克阿瑟睡不着觉,令李奇微将军非常头疼,朝鲜战场上的胜利,他功不可没。”周正鹰非常中肯地评价自己所崇拜的偶像。

听到这番话,周正雄眼睛里一片晦暗,就连大哥这样的国民党中将都如此地评价彭德怀将军,可见老元帅的人格魅力和影响力多么大。可就是这样一位世人尊重的战将,却死于非命,令人胆寒。他本不想和大哥过多地议论这些事,转念一想,即便自己不说,大哥也会通过其他途径,譬如人物传记等书籍知道的更多。

“彭德怀将军就是因为上书万言,59年庐山会议上被打成反党集团,受到他牵连的还有黄克诚大将等人。在我看来,这个冤案不亚于当年的皖南事变!”周正雄知道这个比喻不太准确。

周正鹰听出了老二的话外之音,心说,皖南事变如果是同室操戈,那庐山会议就是自相残杀!像彭德怀、黄克诚这样权高位重,德高望重,战功赫赫的将军,如果说让他们背叛自己的信仰,谁又能相信呢?

“国防部长站出来为老百姓请命,不管是万言书还是几句话,都是你们所谓的内部矛盾,怎能将其置于死地而后快?民主哪去了?”

周正雄能苟同对方的说法,但是有点别扭,尤其这种话出自一个国民党将领的口中,听来特别刺耳。这话题太过沉重,他转移话题:

“由于大跃进的冒进,直接导致了以后的不良后果。”

“什么后果?自然灾害和大跃进有直接关系?既然是自然,就不是人所能控制的,两者怎有必然的联系?”周正鹰越来越感到老二在避讳着什么,心有不快。

周正雄不能怪大哥无知,毕竟他脱离大陆太久。

“你有所不知,大跃进给国家经济造成了无法弥补的损失,等到后来自然灾害来临时,国家已不能掌控和无能力帮助那些处于灾害中的民众,再加上高层的错误判断和不正确决定,导致了一场更大灾难的降临。你知道吗,几年灾害,令千万同胞死于饥饿和疾病之中。这是个什么数字?你可想而知。”

这个天文数字周正鹰在一些书籍中看到过,但却不敢相信,现在出自周正雄这样的人物口中,明白了其可靠性,长长叹息:

“老二啊,莫怪大哥多嘴,爹娘能活过这场灾难是万幸!这要感谢我们祖上的习武之风,但死于文革却不能不令人愤慨了。”

周正雄本不想再说下去,这又是一个令人伤感的话题。

“如果说自然灾害是自然造成的,那这文化大革命是人为的吧?”周正鹰有些气愤。

“当然!”周正雄不想隐瞒自己的观点,隐瞒是没有意义的,文革已经臭名昭著,世人共知。

“这是国人的一段阵痛，痛彻心扉的痛！很多开国将领为此付出了生命，我的老首长陶勇将军就是其中的一位。”周正雄一想到这些心就像被针刺一般。

“我看过几本人物传记，没有大饱眼福之感，倒有惋惜痛心之情。像彭德怀贺龙这等大人物都默默消失在人们的视野之外，一般人，犹如你等，焉能有什么好结果？”

“大哥，你不要凭借几本书来观察大陆，了解大陆，容易产生偏颇。有时，历史的阵痛是必要的，对以后发展有好处。”这几句话连周正雄自己都感到没底气。

“老二，你我是过来人，什么样的苦难没经历过，回头看，以史为鉴是必要的，邓小平先生走的这条道路是真正的富民之路，可惜的是，政治运动和内部斗争就是这么可怕！”

周正雄不赞同大哥把文革和苏联大清洗相提并论，没有可比性，但又找不到合适的论据。

“这就是政治，现实和历史都要为政治服务，难道你们不也是这么做的吗？”周正雄质问道。

“为了政治的需要，难道就能歪曲历史和颠倒黑白?”周正鹰不能接受对方的观点。

周正雄再也不能忍受大哥的咄咄逼人，提高了声音：

“历史是要经过时间和实践来检验的，很多事情要留待后人评说。”

“什么是历史？何为现实？我看是你不敢面对现实！”周正鹰的声音压住了对方。

“爸爸，睡觉吧，不早啦。”是韩雪的声音。

周正雄噌一下坐起来，但听到韩雪的声音后又躺下去。

周正鹰把头转向东边，周正雄转向西边，两人背向而睡，虽然还有很多话要说，但已经没有再谈下去的心情了。

江子君望着返回房间的韩雪和张怡萱：

“孩子们不必担心，老哥儿俩再折腾也是亲兄弟，随他们去吧，还能有多少时间折腾呢。”

“阿姨，我看他们很好呀，就怕他们见了面什么都不说哩。”张怡萱道。

“我可受不了，他们都这么大岁数啦，担心。”韩雪的心脏承受能力差。

“睡吧，睡吧，没事的。”江子君安慰她们。

不一会儿,大家都带着各自心事进入梦中。只是梦境各有不同,周正鹰梦见娘躺炕上痛苦地挣扎,大声呼喊自己的名字,自己则怎么也够不到娘亲。

周正雄梦见跪在爹爹面前,爹爹那副冰冷的面孔阴沉可怕。

江子君飘荡在半空中,不知魂归何处,满眼死人,爹娘,哥哥,还有周剑锋和方文玉。

张怡萱在梦中构思一部关于爸爸和大伯,还有江阿姨的作品。

韩雪似睡非睡，恍惚中在梳理怎么也梳理不清爸爸和大伯还有阿姨之间的复杂而纷乱关系。

只有一个人没有睡觉,这就是周明,周劳善的儿子,当年的民兵连长,他上半夜溜达在大街小巷,后半夜则坐在周剑锋家门口的石头门墩上守夜,他要完成爸爸的嘱托,是赎罪还是还债他说不清楚,简单地想法是让老爹爹在那边睡得踏实。

周家祖屋在空了几十年之后迎来了第一批客人也是最后一批客人，也是主人,有将军,有作家,还有慈善家,更有一个几乎被世人遗忘了的老太太。他们走后,周家老屋以及整个镇子被统一规划为村镇改造试点范围,两年之后再也找不到原来的周家祖屋了。

三十三

回到上海,周正鹰的心情很糟糕,原本是受兄弟们之托去看望他们的家人,可没成想接连走了两家没见到一个活人。李群祥的父亲没有躲过那场自然灾害,他母亲则没能闯过文革这一关,据说被造反派当成反革命靶子消灭了。唯一的弟弟因不堪眼睁睁看着老母亲被活活打死,精神失常了,整日疯疯癫癫,不久便没了踪影。可悲的是周正鹰竟然没能找到李群祥父母的坟茔,一是时隔多年,再者当时他家里没有其他的亲人,村子里没人能说得上埋在何处。

周正鹰在国安局的那位老部下家中情况也好不到哪里,老爹爹 1948 年去世了,母亲 1959 年病故,他弟弟在淮海战役支前时被炮弹炸死。看看,这等结局实在是令人无奈,他不知道回去后应该怎样跟大家说。因为这是兄弟们的唯一念想。

周正雄见大哥终日闷闷不乐,便整日陪着大哥聊天喝茶,并拿些报纸杂志充实大哥的生活。但这并没能缓解周正鹰的郁闷之情。周正鹰拿起一张地方报纸问道:

"老二,政府说今年要给市民办十件实事,不太理解?"

周正雄心说,你不理解就对了,如果真理解了倒有问题了。

"对,就是政府对市民承诺,大家可以随时监督政府的执行落实情况。"

周正鹰似乎明白了一些:

"哦,是提前昭告天下的意思。"

周正雄不置可否,大哥离开大陆太久,思维方式都两样,没办法。

"可这什么办实事令人费解,一是为什么一年只办十件事?再就是办十件实事这个概念太过模糊,或者说是尚欠光明。"

周正鹰没弄明白大哥的意思,询问的目光看着周正鹰。原本一件很清楚的事情,为什么大哥搞的如此复杂,莫名其妙。

"一个政府一年中做十件事情未免也太散懒了吧?关键是后边两个字,告诉大家我要做实事了,平时那些事情不是实事,是虚事,就不便说了,是不是这个意思？”

周正雄郁闷了，这老大怎能如此理解和分析问题?看来要想说明白还需颇费一番口舌。

“大哥，你的理解偏差太大，既然政府公布这十件事情，肯定就是市民心中的大事，希望大家监督执行，至于实事二字，就是好事情，利国利民的好事。”

周正鹰莫名其妙地盯住对方：

“政府做几件事情还需要这么宣扬和昭告吗？这是政府的本分嘛！我可告诉你们，我要做十件实事了，这里面就意味着一个自己不好说的原因，是不是虚事做多了？心里不踏实啊？”

“大哥，你对大陆了解太少，这不是几句话能说明白的。”

周正雄感到，在某些方面和大哥沟通起来实在费力。

周正鹰认为老二是在敷衍自己，扔下报纸起身走了。

周正雄望着大哥的背影陷入沉思。

周正鹰走进江子君的卧室。

从老家回来后，江子君身体状况一直不好，不只是身体上的，更多还来自于心理上的因素，此时此刻的她感到非常疲惫，该做的做了，该结束的也应该结束了，太累了，闭上眼睛就想睡过去，每日醒来时，都是很费力地睁开眼睛。这一切给她的感觉是在这个世界正在慢慢退去。

“周大哥你回去吧，李群祥还在等着你，不要让跟随你一辈子的好兄弟失望，反正你我也见面了，知足啦。”

周正鹰从对方的话里感到了一丝哀凉。

“子君妹妹，我想等你身体恢复起来再走，我不放心啊。”

他希望江子君能跟自己去台湾，但这是不现实的。自己留下来倒没什么问题，但是还牵挂那边好兄弟，两边都牵挂，进退两难。

“周大哥，去吧，如果咱们有缘分的话，兴许还能见面。”这话说得连她自己都没底气。

周正鹰望着对方那消瘦苍白的面容，十分难过，想起自己这一生的坎坷经历不禁黯然神伤。如果没有抗战胜利后那次回乡省亲，江子君何以会变成这样子。是自己毁了她的一生，他不知应该如何来弥补这天大的过失。他坐在床边抓住对方骨瘦如柴的手掌，几滴眼泪落倒对方的手背上。

“子君妹妹,我对不起你!”

江子君的泪水也默默地流下来:

“周大哥,不必难过,也不要埋怨世道不公平,该做的我们都做了,很多事情我们左右不了,这都是上苍的安排。”除此之外还能有什么解释呢。

“子君妹妹,我必须回去一趟,把李群祥带回来,也是我当初的承诺,你一定要等我回来。”

“去吧,去吧,不要违背承诺,尤其是对自己的弟兄。”

周正鹰掏出两万块钱放在枕边:

“这点钱你留着吧,兴许能派上用场。”半个多世纪时间里,这是周正鹰第一次给江子君东西,也是最后一次。

“不用啦,你看我还有花钱的劲儿吗。”

想到此江子君觉得愧对周正雄一家,多年来吃住和看病都是周家破费,自己身无分文。

“妹妹能苟活到现在,多亏你弟弟一家照顾,不知怎样感谢他们才好,你看看我这糟老婆子,除了这具臭皮囊——哎不说啦。”眼角呈现出泪珠。

“子君妹妹不要想太多,好好将养身体,等我回来啊。”周正鹰心情非常复杂,给江子君掖好被子,脚步蹒跚走出房间。

周正雄正和赵汉章说话。赵汉章已经订好明天返回香港的机票。韩雪和张怡萱到商场去购买送亲赠友的礼品。周正鹰来到客厅,对赵汉章摆摆手,赵汉章忙借故走开了。

周正雄知道大哥有话要说,两眼注视着对方。

“老二,我感谢你这些年来对子君的照料,我给子君留下一点钱,以备急需吧。”

“大哥,这不是应该的吗,咱哥俩不论这个,从哪个角度来说我都应该这样做。”周正雄没想到大哥说得是这些话。他更没想到大哥接下来的话不中听了。

“老二,我就不明白了,像她这样一位老人,过去也是军人,他哥哥是对抗日有贡献的军人,怎么到现在没个说法?你想想,她家里那二亩地有什么用?她连走路的劲都没有还能回去种地?一个没有收入的老病人,让她等死吗?”言外之意批评管理不到位。

周正雄很无奈,江子君既无子女又无其他亲人,也不在五保照顾之列,所以当年才把她接回家中。

“大哥,你对大陆了解太少,所以当年我把她接回来照顾,我就是他的保障,我你还信不过吗?”

周正鹰满眼无助,带走不成,留下来又不放心,真他妈郁闷到家啦,心情不好,话语能好吗。

“周正雄,老子闭上眼就能看到那些倒在日本鬼子刺刀下的弟兄们鲜血淋淋的嘶喊声,我也能想到成千上万个家庭现在的困境,他们为什么要抗日啊?真他妈晦气。”周正鹰骂了一句之后转身回房间收拾东西去了。

周正雄望着大哥的背影,心里一阵刺疼,你不明白的事太多了,这不能怪你,只能说你离开大陆太久,我们的国家正在从灾难之中走出来,很多事情都要一步步来走,欲速则不达。

李群祥可谓度日如年,每天醒来第一句话就是问黄莺:大哥回来没有?但每次都失望了。这天深夜,李群祥怎么也睡不着了,午夜时分,两眼还盯着天花板出神。黄莺心里阵阵直发毛, 记得上午大夫说的话, 李群祥就这一两天了。是不是要出事呀?周大哥怎么还不回来啊,她抓住对方的手掌仿佛感到一阵冷一阵热。

“黄莺,大哥回来没有?”李群祥冷不丁一句话下了对方一跳。

“天亮就回来,就回来,别急啊,睡吧。”黄莺不想让丈夫失望,也是在给自己加力。

“不睡了,怕睡着醒不来。”李群祥已经预感到了什么。“黄莺,陪我说会话吧。”

黄莺把病床慢慢摇起来,让李群祥躺得舒服一些。

“如果我等不到周大哥回来的话,你一定要让大哥把我带回老家去,和我爹娘埋在一起,也不知道他们是否还健在?”

看到李群祥的精神头,黄莺不但没感到高兴,反而担心起来,是不是医生说得回光返照?

“群祥,不要这样,大哥天亮就来了,你一定要坚持住啊,我答应你,一定带你回老家,我也同你一起回去,不能让你孤单。”黄莺真不想让周正鹰把李群祥带走,那样的话,自己岂不成了孤雁南飞。

“我这一辈子啊,从七七事变开始一路硝烟,那年我才十几岁,跟周大哥征战沙场,几经生死走到现在,落得个不肖子孙,到头来还不知道自己能不能回到祖坟里去？令人寒心啊。”

“不是还有我吗,放心,我知道该怎么办,俗话说,树高千丈叶落归根,我能理解你的心情。”

“黄莺,难为你了,咱俩夫妻一场,也没留下一男半女,我走后让你孤独生活,对不住啊。”

“我不孤独,有你给我的这些美好回忆伴随我,我要把你的一生记录下来,这是我很重要的工作。到我离开这个世界那天,让后人把它装进咱俩的棺材里。”

“告诉大哥,我不能再照顾他啦,让他多长点心眼,他那耿直坦荡的性格让我担心,多少次都是我给化险为夷,这年头人心叵测啊。”

“告诉大哥, 将那把跟随我多年的手枪放进棺材里, 没有它我睡得不踏实。”

“告诉大哥,把我一部分积蓄带回去,将来好给爹娘修坟墓。”

“告诉大哥——”

听得黄莺阵阵发毛,浑身起鸡皮疙瘩,忽然对方没了下文,黄莺忙将床头灯打开,这才发现丈夫两眼睁的大大的,瞪着天花板,嘴巴微张,仿佛还有很多话没有说完。

黄莺再也忍不住悲痛的心情,一下失去了大学教授的斯文,大放悲声的同时按下值班护士警铃。等到黄紫玉从办公室赶过来之后, 只能帮助黄莺准备李群祥的后事了。

三天后,周正鹰和赵汉章韩雪转道香港赶回台湾,见到的是李群祥那具冰冷的尸体。周正鹰面对紧赶慢赶的结果,心情一下落到了冰点,悲愤和郁闷使他无法排解压在心头的这么多大石头, 因而一病不起, 在对江子君的无限牵挂和眷恋中,在对李群祥的愧疚和自责中,艰难地走到人生尽头。

黄紫玉为失去几十年的红颜知己而痛彻心扉, 为自己回天无力不能留住周正鹰和李群祥的性命而辞去医院的工作,和老父亲相依为命经营酒店去了。

黄莺没有遵从李群祥的遗愿,也没有听从周正鹰的叮嘱,而是把李群祥留在自己身边,她要等待一个恰当的时机,和李群祥一起回老家。

赵汉章遵照爸爸的遗嘱,和韩雪一起将义父送回大陆。

上海虹桥机场。

周正雄在儿子媳妇的陪同下接机。

不一会儿从云层中钻出一个绿豆大小的黑点映入周正雄的眼底，他身子一震。黑点渐渐变大，穿过淡淡的云层向机场方向移动过来。这是一架国航波音737，银灰色机身在阳光照射下闪闪发光，机身上的五星红旗在周正雄眼里逐渐清晰起来。

站在父亲身后的周书强和张怡萱见老父亲的身子微微一颤动，马上往前一步，搀扶住老父亲的两只臂膀。老父亲并不领情，一晃臂膀，把两人手臂荡开来。这无疑是对儿子媳妇认为自己老迈无用的一种强烈反抗。

周书强和张怡萱无奈地对视一下，真拿这倔老头没办法，若两人再坚持，很可能招来一顿怒斥。

波音737客机向周正雄头顶上飞来，片刻，徐徐降落在飞机跑道上，经过减速和缓冲，稳稳停在四号停机坪，一只庞大的银灰色大鸟呈现在大家面前，舷梯准确连接在飞机舱门口，舱门被空姐打开，经过几个小时的飞行，疲惫的旅行者们迎着明媚的阳光缓缓走下舷梯。

周正雄在儿子媳妇的陪伴下，经机场方特许，向走下舷梯的人们走过去。尽管周正雄极力保持平日里那种镇定和威严，保持一个将军的仪表姿态。但毕竟年事已高，顽强的意志难以当身体的家，何况在这非常时候，步履难免有些蹒跚。

三人止步在距离舷梯几十米的地方。

从舷梯上走下一男一女两个中年人，男子双手捧着一个黑布包裹，心情沉重，表情肃穆。

周正雄见状，身子晃了晃，提在手上的拐杖往下一沉，但没有柱在地上。张怡萱马上将老父亲搀扶住，这次周正雄没有拒绝。

赵汉章快步走到周正雄面前，哽咽道：

“叔叔，我把父亲送回来了。”双手往上一举，眼眶充满泪水。

周书强赶紧往前一步，接过赵汉章手里的黑布包，就在这时，意想不到的事发生了。

周正雄怒目圆睁，眼睛里冒着火星子，啪一下把拐杖摔在地上，怒吼一声：

“周正鹰，你终于认输啦。”

上前一把抱住大哥的骨灰盒，止不住悲愤的心情，两行热泪盈眶而下。此时此刻，周正雄复杂心情无法用语言来表达，斗了一辈子的老哥俩，竟然以这种方式结束战斗，他多有不甘。

周书强、赵汉章将周正雄搀扶住，三人缓慢地走出机场。

一辆本田商务专用车等候在候机大楼一侧。几个人上了轿车，张怡萱对司机摆摆手，汽车向市区缓缓驶去。

大家连必要的寒暄也省去了，相伴的只有息息相通的伤感悲凉，周正雄不停地自言自语：

“大哥啊，小弟接你回家，我明白，你活着时是绝不认头的，这下好了，你可以落叶归根了，还得小弟先送你，这是何苦啊。”

周正雄眼睛模糊了，双手不停地抚摸着那只精致漂亮的骨灰盒，仿佛感觉到大哥的体温还在，恍惚中从骨灰盒里站起一个人来，提着驳壳枪，满脸鲜血，两眼冒着火光，那熟悉的面孔和冷峻的表情，那刚强的个性和不屈的意志……

江子君没想到等来的不是希望而是彻底的失望，她见到周正鹰的骨灰盒后，没再悲伤，心情异常平静，默默地守候了一天一夜，她要在这一天一夜里，把心里话和周大哥说尽。半月之后江子君也离开了人世。

周正雄亲自把大哥和江子君送回老家并安葬在一起。

赵汉章的投资企业非常成功，在大陆相继办起几家公司。随着九二共识和香港的回归，赵汉章的生意如日中天。

这一年的清明节，周家祖坟，周正鹰和江子君的坟墓前来了两个陌生人，他们来之于宝岛台湾，一位是老态龙钟的耄耋老者，一位是年过半百的女士。女士把一束兰花放在两个人的墓碑前，这是周正鹰生前最最喜欢的花。(第一部完)

2013 年 2 月

后 记

在纪念抗日战争胜利70周年之际，谨以此书献给为这场伟大的战争而流血牺牲的革命先烈，献给我的父亲和他的战友们。

他们共同经历了那场惊天动地并艰苦卓绝的抗日战争。众多战友倒下去，他们是幸存者，虽然伤痕累累。他们均已作古，永远离开了这喧闹缤纷的世界。

是战争让大家骨肉分离，是抗战的召唤让父辈们决然请缨铁血沙场，马革裹尸。大家厌恶战争向往和平，因为战争的创伤几代人难以抚平。

是和平给予大家团聚的机会，天下的炎黄子孙是一家人，相信伟大中华民族之振兴将举世瞩目且不是遥远的事情。

我伏案疾书，夜以继日，希望能给父辈们和大家交上一份合格的答卷，将那段艰苦卓绝并辉煌的历史的往事还原在眼前，不辜负亲人们和读者的期望。

由于种种原因，书中难免有不尽人意之处，这或许是一种遗憾，不过，我会在《滴血的砚台》中加以弥补，届时，呈现在读者面前的作品，将更加完美。

十年文学追求成一梦，已完成六部长篇作品。是瞿旋老师让我学会了讲故事，他是良师益友，再次感谢他鼓励我走进文学殿堂。

感谢杨玫硕士顶住繁重工作压力帮助修改文稿。

感谢顾清玲老师在百忙中对作品提出宝贵意见。

最应该感谢的是我父亲和他的战友们，虽然他们均已作古，但为民族解放献身精神永存，没有他们就没有本书。

感谢所有关注本书的人。

作者

2013.3